高等学校规划教材

文艺鉴赏教程

韩敏·主编

西南大学出版社
国家一级出版社 全国百佳图书出版单位

图书在版编目(CIP)数据

文艺鉴赏教程/韩敏主编. —重庆:西南师范大学出版社,2012.5(2025.8重印)
ISBN 978-7-5621-5684-0

Ⅰ.①文… Ⅱ.①韩… Ⅲ.①文艺鉴赏学－高等学校－教材 Ⅳ.①I06

中国版本图书馆CIP数据核字(2012)第042668号

文艺鉴赏教程
WENYI JIANSHANG JIAOCHENG

主编 韩 敏

责任编辑:钟小族
封面设计:周 娟 廖明媛
照　　排:吴秀琴
出版发行:西南大学出版社(原西南师范大学出版社)
　　　　地址:重庆市北碚区天生路2号
　　　　邮编:400715　电话:023-68868624
经　　销:全国新华书店
印　　刷:重庆正文印务有限公司
成品尺寸:185mm×260mm
印　　张:13.75
字　　数:326千字
版　　次:2012年9月第1版
印　　次:2025年8月第6次印刷
书　　号:ISBN 978-7-5621-5684-0
定　　价:45.00元

编委会

主　　编　韩　敏（西南大学）

副 主 编　杨　东（西南交通大学）

　　　　　　秦红雨（西南大学）

编　　委　（按照姓氏笔划为序）

　　　　　　马　炜（重庆教育学院）

　　　　　　王　翔（重庆艺术学校）

　　　　　　刘云春（成都大学）

　　　　　　李海峰（西南大学）

　　　　　　刘　丽（重庆渝高中学）

　　　　　　吴　静（四川职业技术学院）

　　　　　　邵春波（西南交通大学）

　　　　　　周冰琦（四川大学）

　　　　　　钟世萍（重庆日报报业集团）

　　　　　　傅其林（四川大学）

代序：我们为何需要艺术

在这个物欲横流、精神躁动的时代，我依然热情洋溢地为学生讲授着《艺术概论》，对于文化成绩并不太好的艺术专业的学生来说，这是一门有点高深也有点玄乎的科目。有时我想，弗洛伊德的"俄狄浦斯情结"或是桑塔格的"新感性美学"，对于生活在消费文化时代，毕业后又亟须寻找工作的学生们究竟有何作用，对于他们理解生活与社会究竟有多大启迪与改变。对于这一切，我还是有一些惶惑。

亚里士多德说，雅典城外有两种生灵，他们从来不需要艺术：一种是神，他们因为不会死亡，因此无须艺术以表明自我的存在；一种是野兽，它们因为对于死亡的无知，也不需要艺术。唯有雅典城内的人类，他们是唯一知道自己将要死亡的生灵，于是他们发明了艺术，以此表明人类的存在。

文化史家认为，在西方文化史上，有三次重大的科学发现严重地摧毁了西方人的自信心，这就是哥白尼的太阳中心说、达尔文的生物进化论、弗洛伊德的心理学说。哥白尼的太阳中心说使西方人意识到地球并不是宇宙的中心；达尔文的生物进化论使西方人看到了自己与动物千丝万缕的亲缘关系；弗洛伊德的心理学说使西方人看到了人类竟然无法成为自己心灵世界的主人。遭遇了无数生活困境与精神困境的人类意识到，唯有在艺术之海中，人类才是自由的，因为他们拥有各种艺术形式来表达其所感悟到的快乐与痛苦。

面对中西浩瀚的艺术文化典籍，我坚信，世间万物，唯有人是最通灵与自由的，人类发明了各种文体来表达人生各个阶段不同的生活体验与生命感悟。通过多年的阅读生涯与创作体悟，我感受到了艺术文体的年龄特质：诗歌更多属于青春，那是生命激情的荡漾；散文应该是属于中年的，那是经历了生活的磨砺之后漫步于山间的生命体悟；小说则是属于老年的，那是洞悉人生之后睿智的唠嗑。

有时，我对学生说，尽管中国的女性主义运动似乎是不战而胜，中国女性享受着当前女性最充分的政治权利与自由，但是目前中国骨子里依然是一个男权社会。这样的社会对男人有着比女人更高的要求，大众文化中的各种"成功男人"形象对于大多数中国男人来说，是成长的压力。因此，男人必须首先思考生活，才能享受生活。对于女人来说，这种成长的压力可能要小一些，如果一位能干的女人还能思考，那就比其他的女人获得了更加宽广的生活空间。艺术就是人们表达对生活思考的方式之一，在这种表达中，男人和女人都获得了更为自由的存在。

产生于17世纪初期的《堂吉诃德》本来是一部喜剧，一部关于书痴的喜剧，瘦弱的没落贵族堂吉诃德因过度迷恋古代骑士小说，而完全幻化了自己的生活空间，笑话与疯狂成为他的生活常态，塞万提斯最后却让这位书痴醒过来，使他意识到自己的疯狂。面对这样的结局,有时你会觉得作者很残酷,如果堂吉诃德没有醒来,他的一生便是喜剧,结果作者又让他清醒了,他最终就是悲剧了。艺术家总是站在谷底或者地狱,他们总能够穿透表象的欢乐直抵人生的悲凉与孤独。

林语堂说:"男子只懂得人生哲学,女子却懂得人生。"喜欢哲学的女人,也许有一个聪明的头脑,想从哲学求进一步的训练;也许有一颗痛苦的灵魂,想从哲学找解脱的出路。只有珍惜往事的人,才真正懂得生活。一个轻易忘却往事的人,就如风中的芦苇,那是一种无根的生活。一个人不可能永远年轻,唯有在艺术中,人生中那种历经沧桑始终不渝的亲情、爱情、友情才是我们最值得珍惜的。

人总是很贪心,既要安宁,又要自由。因为安宁,我们有了家;因为自由,我们又需要一次次的漫游。为此,我们都需要艺术,需要那种"诗意的栖居"。

目录 MU LU

代序：我们为何需要艺术 ······················· 001

第一章　艺术的基本理论 ······················· 001
　第一节　艺术的发生 ····························· 001
　第二节　艺术的发展 ····························· 005
　第三节　艺术的本质 ····························· 007
　第四节　艺术生产论 ····························· 010
　第五节　艺术文本理论 ··························· 013
　第六节　艺术接受论 ····························· 016

第二章　诗歌艺术观念与鉴赏 ··················· 020
　第一节　中国诗歌艺术观念史 ····················· 020
　第二节　中国经典诗歌鉴赏 ······················· 026
　第三节　西方诗歌观念史 ························· 029
　第四节　外国经典诗歌鉴赏 ······················· 035

第三章　小说艺术观念与作品鉴赏 ··············· 038
　第一节　中国小说艺术观念史 ····················· 039
　第二节　中国经典小说鉴赏技巧 ··················· 044
　第三节　西方小说观念史 ························· 047
　第四节　外国经典小说鉴赏技巧 ··················· 054

第四章　戏剧艺术观念与作品鉴赏 ··············· 059
　第一节　中国戏剧艺术观念史 ····················· 059
　第二节　中国经典戏剧鉴赏技巧 ··················· 067
　第三节　西方戏剧艺术观念史 ····················· 070
　第四节　西方经典戏剧鉴赏技巧 ··················· 079

第五章　电影艺术观念与作品鉴赏 ··············· 085
　第一节　欧美电影观念史 ························· 085
　第二节　外国经典电影鉴赏 ······················· 106
　第三节　中国电影观念史 ························· 109
　第四节　中国经典电影鉴赏 ······················· 115

第六章　电视剧艺术观念与作品鉴赏 ············· 117
第一节　欧美电视剧艺术观念 ············· 118
第二节　美国经典电视剧鉴赏 ············· 128
第三节　中国电视剧发展史 ············· 133
第四节　中国经典电视剧鉴赏 ············· 140

第七章　绘画艺术观念和作品鉴赏 ············· 145
第一节　中国绘画艺术观念 ············· 146
第二节　中国经典绘画鉴赏 ············· 152
第三节　西方绘画艺术观念 ············· 159
第四节　西方经典绘画鉴赏 ············· 163

第八章　书法艺术观念与作品鉴赏 ············· 169
第一节　中国书法艺术观念史 ············· 169
第二节　中国经典书法作品鉴赏 ············· 178

第九章　音乐艺术观念与作品鉴赏 ············· 193
第一节　中国音乐艺术观念史 ············· 193
第二节　中国经典音乐作品鉴赏 ············· 197
第三节　西方音乐艺术观念史 ············· 200
第四节　西方经典音乐作品鉴赏 ············· 204

参考文献 ············· 207

第一章　艺术的基本理论

第一节　艺术的发生

马克思说:"社会的进步就是人类对美的追求的结晶。"

美存在于大自然中。面对绚丽的朝霞、翻腾的云海、连绵的青山、壮阔的大江、辽阔的草原,我们都可以兴起"美"的感叹。

美也存在于人类社会。在孩子灿烂的笑脸上,可以感受到纯真之美;在青年健硕的身躯上,我们可以感受到青春之美;在老人遍布皱纹的脸上,我们可以感受到沧桑之美……

人类对"美"的追求,成为艺术活动的原动力。人类写诗、画画、唱歌、舞蹈、演戏,无一不是表达对"美"的赞赏与理解。如果真要追溯艺术的起源,则有各种各样的说法,归纳起来,大概有以下几种。

一、艺术起源于生产劳动

在汉字的起源中,"艺"与农业相关,可能是修葺田圃的一种技术。"艺"在春秋战国时代演变为各种"技能"。《周礼·地官·保氏》中记载:"养国子以道,乃教之六艺:一曰五礼,二曰六乐,三曰五射,四曰五驭,五曰六书,六曰九数。"这就是古代儒家要求学生掌握的六种基本能力:礼、乐、射、御、书、数,即是所谓的"通五经贯六艺"的"六艺"。"礼"类似于现在的德育,"乐"是音乐,"射"是射箭技术,"御"是驾驭马车的技术,"书"是书写文字,"数"是算术。因此,"艺"与"术"都有"技能"与"技术"的含义。

从西方文字的源流看,古拉丁语中的Ars,类似希腊语中的"技艺",主要指木工、铁工、外科手术之类的技艺或专门形式的技能。我们今天称为艺术的东西,古希腊人认为不过是一种技艺而已,艺术就像木工或其他技艺一样,如果说艺术和其他技艺有区别的话,那就仅仅是两种技艺之间的差别。因此,我们可以尝试从"技术"的层面来了解艺术的起源。

如果上溯到旧石器时代,处于蛮荒状态的人类终日与野兽为伍,在与野兽的搏击和与大自然抗争之中,人类的身体逐渐强健与灵活,心智逐渐成熟,知识逐渐增加。人类开始使用自己制造的"石斧"或"石锛"等工具,终于成为自然界的主宰者。"石斧"或"石锛"不是自然的原产物,它是人类用手创造的崭新的形状。如果说,艺术起源于"技艺",

石锛

起源于人类运用自己的双手对某一种物质的技术改造,那么,旧石器时代的"石斧"或"石锛"应该是人类最早的艺术作品。

因此,马克思主义文艺理论家认为艺术起源于"劳动",认为艺术起源于以劳动为中心的人类生存活动。舞蹈、歌唱、绘画与雕刻等远古人类的艺术活动与那个时代人们的生产劳动直接相关,19世纪考古学的系列重大发现印证了两者的关系,其中最著名的发现则是西班牙的阿尔塔米拉洞穴壁画。

阿尔塔米拉洞穴壁画

1879年的一天,在西班牙的阿尔塔米拉,一个女孩穿过地面上的一个小洞口,进入一个满是动物画像的洞穴,出来之后她告诉了父亲。父亲进入洞穴的更深处,发现了许多雕刻,以野牛为主的哺乳动物画像展现在他眼前;黑、红、橘黄、棕等色彩将这些动物表现得栩栩如生;动物的画像跟随石头的天然形状而定,形态各异;有行走中的野鹿,有卧躺的野牛,还有奔跑的野马……这些壁画并不是为了艺术欣赏而作,而是艺术的胚胎。法国的西南部、南部和西班牙北部发现的大小八十余处史前洞穴遗迹进一步佐证了阿尔塔米拉的洞穴壁画,这些考古学的重大发现表明,原始艺术与远古时期人类的劳动与生活方式具有相当紧密的关系。

马克思主义艺术理论家对上述艺术现象进行了系统的研究,他们认为原始人类在早期的生产劳动中就孕育了艺术的原始形态。比如俄国早期的马克思主义者普列汉诺夫、我国的文学家鲁迅等都主张此说法。

"人类是在未有文字之前,就有了创作的,可惜没有人记下,也没有法子记下。我们的祖先的原始人,原是连话也不会说的,为了共同劳作,必须发表意见,才渐渐的练出复杂的声音来,假如那时大家抬木头,都觉得吃力了,却想不到发表,其中有一个叫道'杭育杭育',那么,这就是创作了……"①

在此,鲁迅谈论的是中国古代诗歌的起源,他认为原始诗歌的产生源于人们需要释放劳动的压力。在这个意义上,没有劳动就没有人类,因为在劳动中产生了艺术生产的主体——人类;原始人类在劳动中产生了语言,这是艺术表达的媒介;原始人类在劳动中产生了原始艺术的形式,即诗、乐、舞三位一体的综合艺术。因此,劳动是艺术起源的终极原因,在理论上却不是唯一的原因。正如当代美学家朱狄指出:"发现最早的艺术是一件困难的事情,解释它则更加困难。事实上尽管对艺术起源的推动力已经过了一个世纪的讨论,但仍然很难有一种理论能完全使人信服地去阐明各种艺术发生的原因。"②

二、艺术起源于巫术

艺术起源于巫术的说法产生于19世纪末20世纪初,被誉为"人类学之父"的英国人类

---

① 鲁迅:《门外文谈》,《鲁迅全集》第6卷,北京:人民文学出版社,2005年,第96页。
② 朱狄:《艺术的起源》,北京:中国社会科学出版社,1982年,第171页。

学家爱德华·泰勒(1832～1917)在《原始文化》中首先提出了这种艺术起源论。其后,英国另一位人类学家詹姆斯·弗雷泽(1854～1941)在其名著《金枝》中加以发挥、补充,遂形成了在西方颇有影响的艺术起源于巫术的艺术发生论,后人称之为泰勒—弗雷泽学说。

巫术仪式

远古时代,人类与自然存在双重关系。由于极其低下的生产能力,原始人类必须依赖自然,仰仗自然的恩赐;另一方面,由于原初民已经具备初步的自我意识,他们试图改造、征服自然。由于原初民对自然的理解是非理性、非科学的,对一些特殊的自然现象缺乏科学的认识,比如风、雷、电、水灾等,因此,他们对变化莫测的自然界充满恐惧,这种因无知而产生的恐惧在原始先民那里就转化为对自然的崇拜,他们相信自然界与自己都是属于一种灵性的存在,"自然界精灵,它夜间围绕房子走,轻轻敲击着不让人安宁,它是欧洲迷信中的老相识。很久以来,人们就把一种不可理解的声音归之于精灵的活动上,而精灵多半是对付人的灵魂。"[①]因此,人与自然可以相互感应,人类将自然和图腾物作为神灵顶礼膜拜时,他们相信通过这种方式能与神灵相通,从而获得超自然的力量来控制自然以实现自己的目的。由此,产生了原始人类的巫术活动。

弗雷泽在《金枝》中把原始人类的巫术活动分为两种。一是模仿巫术,即根据相似律,通过模拟狩猎活动过程,表达施行者的愿望。比如通过图画模拟动物的外形,尤其是模拟动物被射中或被捕获的姿态:口与鼻子喷着鲜血的垂死的野牛、被捆绑着的挣扎的野鹿等。二是交感巫术,即根据接触律,巫术的施行者可利用与某人接触过的任何东西来对他施加影响。比如原初民祈求下雨,巫术施行者就泼水,祈求打雷就击鼓。巫术施行者所念的符咒经常用在雕刻品和装饰品上,他们认为能够带来好运与驱逐魔鬼。

原初民在施行巫术仪式的时候,他们围着火堆,敲击木石,相互应答,手举魔杖,口念咒语,狂呼乱舞,虔诚而热烈。在这种载歌载舞的巫术活动中就孕育了后来的诗歌、舞蹈等艺术的原始形态。中国古代文献记载了原始巫术的活动情况:"击石拊石,百兽率舞"(《尚书·尧典》);"昔葛天氏之乐,三人操牛尾,投足以歌八阕"(《吕氏春秋·古乐篇》)。原初民相信自己的思想是万能的,认为通过这种巫术活动可以影响外部世界事物的进程,由此解决生存问题。

在原始社会或者文明社会的"开化"较差以及一些受教育程度较低的社会阶层或群体中,还保留着具有巫术意蕴的民俗活动。比如,云南少数民族文化中关于蛇的故事往往带着神秘的色彩,认为它与一切神秘的超自然的魔力、死亡、祸祟和凶恶等联系在一起,在长期的日常生活和生产劳动中逐渐形成了一整套关于蛇的信仰和禁忌习俗。另一方面,云南少数民族流传着的各种有关蛇的巫术,加剧了人们对蛇的禁忌和恐惧心理。在原初民的眼里,表象与实物、图像与原型、意识与物质没有区别,这种思维方式极大地促进了原始人想象力的发展,最早的艺术,如雕刻、绘画、音乐、舞蹈、诗歌就杂糅于这种狂热的巫术仪式活动中。

总体来说,艺术起源于巫术的说法具有一定的合理性。必须承认,艺术起源与巫术有密

---

① 爱德华·泰勒:《原始文化》,连树生译,上海:上海文艺出版社,1992年,第151～152页。

切关系,在人类早期,确实存在着一个巫术与艺术难分难解的阶段。但原始巫术与原始艺术之间是相互影响、渗透、融合的关系,而不是渊源与派生的关系。迄今为止,考古学的材料还不足以证明巫术早于艺术发生,并且,巫术并不是纯粹的审美活动,而是一种具有明显功利性的活动。因此,艺术起源于巫术仍然是一种艺术发生论的假说。

三、艺术起源于游戏

艺术起源于游戏的说法始于18世纪德国哲学家弗里德里希·席勒(1759～1805),形成于19世纪英国社会学家斯宾塞(1820～1903),后世艺术史家把这种艺术起源论称为"席勒—斯宾塞理论"。

德国哲学家康德(1724～1804)在其美学著作《判断力批判》中奠定了游戏发生理论的基础。康德认为艺术的本质是自由、愉快、无直接功利性的人类活动。席勒的《审美教育书简》发挥了康德关于艺术的理解,他认为人的本能存在两种冲动:一是源于物质存在的感情冲动;二是源于精神存在的形式冲动。两种冲动受到自然要求和理性要求的强制,人在这两种冲动中是不自由的。在"形式冲动和感情冲动之间有一个集合体,这就是游戏的冲动","以假象为快乐的游戏冲动一发生,模仿的创作冲动就紧跟着而来,这种冲动把假象当作某种独立自主的东西"。① 因此,席勒认为,人类的游戏活动是一种自由的活动,它既排除了感性物质力量对人的约束,又排除了理性法则对人的强迫,它是人类感性与理性和谐统一的状态,是人类的自由与审美的状态。

后来,斯宾塞则从生理学的角度进一步发挥了席勒的观点。他认为艺术和游戏都是精力过剩的发泄,美感起源于游戏的冲动。与低级动物比较,人有较多剩余的精力,因此人类可以从事不带任何直接功利目的的游戏活动。尽管这些活动对于维持生活所需的活动过程没有直接的帮助,却具有生物学上的价值。因为剩余精力的发泄,有利于人类肌体的发展。比如在打仗和狩猎的游戏中,人的各种器官都可以得到练习,这对个人甚至整个民族还是有利的。斯宾塞把游戏和审美联系起来,认为它们都不以任何直接的方法来推动有利于生命的过程。这样,斯宾塞进一步从生物学意义上阐释了艺术起源于游戏的说法。

游戏发生论包含一些有价值的成分。它肯定了人类只有在基本生存需要满足之后,才能进行真正的艺术活动。该理论指出了艺术活动是一种不带直接功利目的的对于美的"外观"的关照,揭示了艺术活动作为精神创造活动应该具有的一些特点,因此,游戏发生论在某种层面上揭示了艺术活动的本质特点:艺术的无功利性与审美性。

另一方面,艺术发生论仅从生物学、心理学角度出发,将艺术等同于游戏,并归结为人和动物共有的生物本能,否定了艺术作为人类特有的带有理性的符号创造活动所包含的深刻内容。事实上,原始人生活于极其艰苦的自然条件之中,绝少有"生命力过剩"的游戏,普列汉诺夫曾引人类学的资料指出:北美洲的红种人跳自己的"野牛舞",正是在好久捉不到野牛而他们有饿死的危险的时候,舞蹈一直要持续到野牛的出现。可见,原始人的游戏不可能没有实际功利目的。

---

① 席勒:《审美教育书简》,冯至译,北京:北京大学出版社,1985年,第139页。

游戏发生论依然无法完美阐释艺术发生的根本原因,因为它将艺术的起源归于人的本能趋向的结果,忽视了人是生活在客观的历史、社会中这一事实,它不能解释在不同的历史时期和民族中为什么会有如此丰富多样的艺术形式。各类艺术形式之间的差异是如何产生的? 游戏说对此也无法给予人们满意的解释。

劳动与巫术一样具有极强的"目的性",也就是功利性;游戏则只是消遣与有趣。认为艺术起源于游戏的理论家或许会发现,当人类沉醉于艺术情境之中,往往是一种忘我的境界,甚至极少关心所谓的社会与人生"大事"。因此,也有艺术家认为艺术的发生没有其他缘由,就是因为艺术自身,比如法国大文豪雨果(1802~1885)就提出了"为艺术而艺术"的主张,倡导艺术的独立地位,艺术不必依附在社会、人生、道德等这样沉重的命题之下。

我们写一首诗,吟诵一阕词;我们画一幅画,欣赏一出戏……都可能是消闲、娱乐或休憩,不一定是"天将降大任于斯人也",因为那可能只是人生休憩的片刻,或者是人生惬意的流露而已。

艺术起源于劳动,还是起源于巫术?

艺术起源于游戏,还是"为艺术而艺术"?

长久以来的争辩并没有一个确定的答案。或许正是在这些争辩中,我们看到了艺术的起源并没有一个简单的缘由,或许艺术的产生本来就不可能只有一个单一的缘由。一种宽广的视野,可以让我们更清楚地看到艺术发生的原动力,认识艺术与人的血脉相依。

第二节　艺术的发展

从先秦诸子散文到汉大赋,从古希腊悲剧到古罗马文人史诗;从五代的"荆关董巨"到明清文人画,从拜占庭艺术到文艺复兴时期的壁画,无论中国还是西方,艺术发展并不是一帆风顺的,潮起潮落往往是艺术发展的常态。

生产力低下的古希腊造就了人类艺术的辉煌,农奴制度下的俄国书写了批判现实主义小说的巅峰之作,封建割据状态下的德国孕育了艺术大师歌德与席勒;乱世中的先秦书写了中国散文的灿烂,盛世唐朝彰显了诗歌大国的气象;艺术发展巅峰的出现偶尔会出人意料,偶尔也会如期而至。艺术发展的规律似乎与艺术发生一样,多种因素在影响着艺术发展的进程。

所谓"时运交移,质文代变"(刘勰《文心雕龙·时序》),艺术有着自己的发展历史与发展规律,对于该问题的思索也是众多艺术理论家较为关心的问题,一些理论大家对此问题也给予一些精彩的阐释,下面就撷取英华与诸位共享。

一、艺术发展的悲观论者——黑格尔的"艺术终结论"

黑格尔(1770~1831)是西方理性主义哲学的高峰,也是德国古典美学体系的集大成者。黑格尔在其庞大的美学体系中梳理了艺术发展史,他认为所谓艺术就是"绝对理念"的"感性显现形式"。在漫长的艺术发展历史中,黑格尔发现了"绝对理念"在逐渐超越感性显现形式的束缚,最终只剩下绝对理念,这就是哲学与宗教。在黑格尔看来,艺术最终将被哲学与宗

教取代,他也是根据绝对理念与感性显现形式之间的关系演变将西方艺术发展划分为三个阶段:

第一阶段是象征艺术,这种艺术的物质因素超过了精神因素,主要代表是建筑艺术,它是一种低级的艺术形式,其美学风格是崇高;

第二阶段是古典艺术,这种艺术的物质因素和精神因素达到了和谐统一,典型代表是古希腊的雕塑,其美学风格体现为美;

第三阶段是浪漫艺术,这是指西方的近代艺术,主要是指绘画、音乐与诗,这里的"诗"是指诗歌、散文、小说。这类艺术的精神因素超越了物质因素,它是最高级的艺术,其美学风格主要体现为丑。

黑格尔所提及的西方近代艺术不等同于19世纪的浪漫主义,他认为如果浪漫主义片面地追求理想与激情,艺术就将毁灭,艺术将会消逝在哲学和宗教的汪洋之中。黑格尔认为整个艺术发展是精神因素与物质因素相互斗争的过程,整个发展趋势是精神因素逐渐超越物质形式的束缚,艺术发展的终极结果就是只留下纯粹的精神因素——即黑格尔美学大厦的核心范畴"绝对理念"。艺术发展以绝对理念为中心,从理念到形象不断发展,随着形态的不断丰富、深入,艺术也从原始走向理想,又走向否定的结局。喜剧为近代浪漫型艺术的顶峰,黑格尔的美学花环就在艺术的"安魂曲"中画上了终止符。

二、艺术发展的科学主义研究——丹纳的"时代、种族、环境"三因素论

丹纳(1828~1893)是法国史学家、文艺批评家,在《艺术哲学》中提出了影响艺术发展的"三因素"论:时代、种族、环境,著名翻译家傅雷先生称赞其是"一部有关艺术、历史及人类文化的巨著"。

法国哲学家孔德(1798~1857)的实证主义思想孕育了丹纳的科学精神。按照孔德的阐释,实证包含四层意思:真实、有用、肯定与相对的精确,实证主义精神就是按照实证的意义对自然界和人类社会进行审慎、缜密的考察,以实证的、真实的事实为依据,找出其发展规律。这种实证主义精神渗透到19世纪中后期的哲学与文艺研究领域。丹纳认为人类的精神活动受物质的支配与影响,因此,自然科学的研究方法也可以运用于精神科学(包括哲学、文学、美术、宗教等)。丹纳就运用了这种研究方法展开对西方艺术史的梳理。在西方艺术史中,丹纳发现精神文化与物质文化的发展一样,时代、种族、环境三大因素会对其产生重大影响。每一位艺术家、每一部作品都不是孤立的存在,在他们身上总是会看到时代的背影、种族的气质以及环境的征候。

丹纳强调艺术作品的产生取决于时代精神和环境,这种环境包括物质环境与人文环境,这是一种"精神的气候"。丹纳从古希腊的地理环境、人文环境、民族性格的角度分析古希腊艺术的风格形成的原因,民主政治制度以及温暖的四季气候,还有他们与自然亲近的民族性格等诸多因素造就了古希腊崇尚自然与美的艺术风格。17世纪的悲剧总体显现为温文尔雅、整齐统一的美感,淡化冲突,避免狂乱,丹纳认为这种风格的形成主要是来自于路易十四时代贵族文化情趣的浸染。

浪漫主义文论家斯达尔夫人(1766~1817)在《论文学》中延续了丹纳的艺术发展观念。

她从地域、制度等方面考察艺术发展的问题。她认为西欧文学有两种传统：一是南方文学；二是北方文学。北方文学以德国文学为代表,沉思雄奇为其主要美学风格；法国文学是南方文学的代表,浪漫逸乐是其艺术旨趣。北方寒冷的气候、多山的地理环境、落后的社会制度使德国人形成了喜爱思索的传统,由此形成了德国文学的沉思雄奇的美学风格。南方则气候宜人、环境舒适,养成了人们享受生活的态度,也促成了法国文学浪漫的气度。

无论是哲学大师黑格尔,还是深受科学主义精神影响的丹纳,以及具有浪漫主义艺术情怀的斯达尔夫人,他们从多角度揭示了艺术发展的原动力。相形之下,马克思主义理论家对这个问题进行了比较全面的阐释。他们综合考察了各个历史阶段的文学艺术发展状况,认为艺术的发展是以经济为中心的诸多综合因素合力的结果,其他因素则包括政治、宗教、哲学以及道德意识等等,正是由于不是某一种因素起绝对的影响力,才造成了一些生产力低下的历史阶段产生了辉煌的艺术,也才有乱世出艺术大师的惊喜。因此,艺术与经济发展的不平衡状态是艺术发展的常态之一；同样的,艺术与经济发展的平衡状态也是艺术发展的常态之一。

第三节　艺术的本质

我们追溯了艺术隐秘的源头,探寻了曲折的艺术发展道路,也进入了浩瀚的艺术世界,艺术的本质依然是云遮雾绕。在人类历史长河中,无数的先哲对艺术的本质进行了卓有成效的探索。无论是中国还是欧洲,最早的"艺术"都有强烈的"技术"含义。

一、从艺术发展和艺术理论的历史来看,对艺术本质的界定是多元的

先秦时期"艺"就是一种技术。《周礼·考工记》是春秋末年齐国人记录先秦时期手工业技术的官书,它将先秦时期的手工业分为六种：攻木之工、攻金之工、攻皮之工、设色之工、刮摩之工、团埴(即抟埴,陶瓷烧制前的做胎工艺)。这种技术分工是建立在物质材料的区别基础上,由此发展出不同的手工技艺、思维以及观念。艺术创造包含了手工技巧,也包含了观念的创新,是"智者"与"巧者"的综合体。

《论语·述而》记载："子曰：志于道,据于德,依于仁,游于艺。""志于道,据于德"是精神境界,"依于仁,游于艺"是生活处世的准绳,具备上述四点才是学问。如果"游于艺",知识学问不渊博,人生就枯燥了,因此,"艺"成为伟大思想与情操的表现,"艺"既需"尽美",还需"尽善",唯有如此,才是"大美"。从孔子开始,就奠定中国艺术的美(形式上的美)善(内容的伦理道德)相乐的艺术法则。

中国文人画最早出现于汉代,张衡、蔡邕皆有画名,典籍皆有记载。魏晋南北朝时期的姚最(生卒年不详)的"不学为人,自娱而已",历代文人将其尊为绘画的宗旨。宗炳的山水明志"澄怀观道,卧以游之"的绘画观念则体现了文人自娱的心态。魏晋时代,艺术活动才逐渐从"工匠"转移到"文人",中国古代的文人艺术进入了绘画与书法,而止步于雕塑,因此,古代雕塑依然停留在"工匠"层次,因此,中国古代的雕塑作品差不多都是属于未留名的石匠之作。

在西方艺术史中,也曾经以工匠作坊进行分类。比如文艺复兴时期的雕刻家米开朗基罗就属于佛罗伦萨城的"石匠工会"。1747 年,查理斯·巴托才首次提出了"美的艺术"（Fine Art）的概念,诗、绘画、雕塑、音乐等纳入"美的艺术"范畴。从此,手工艺、科学不再是"艺术",而只有"美的艺术"才是"艺术"。

二、从现实生活来看,艺术与非艺术的界限是模糊的

20 世纪初期的达达主义对传统艺术观念进行了革命性的颠覆。1916 年至 1923 年间,在法国、德国和瑞士出现了一种新的绘画风格,他们通过对传统经典艺术作品的改写表达其对传统艺术观念的消解。达达主义的主要代表人马塞尔·杜尚(1887~1968)的作品《泉》(1917)、《有胡须的蒙娜丽莎》(1919)、《新娘甚至被光棍们剥光了衣裳》等都是对文艺复兴以来的经典作品的改写。当时,这三件作品被认为极其荒谬,令杜尚声名狼藉。杜尚认为自己的创作态度是严肃的,即最大限度的自由创作。前不久,英国艺术界举行的一项评选中,他的《泉》打败现代艺术大师毕加索的两部作品成为 20 世纪最富影响力的艺术作品。所谓的《泉》,其实就是一个陶瓷小便池,而且这个小便池也不是杜尚自己制作的,是从商店买来,签上他的大名,并冠以《泉》的名字而已。杜尚自己在一篇文章中这样解释《泉》:"这件东西是谁动手做的并不重要,关键在于选择了这个生活中普通的东西,放在一个新地方,给了它一个新的名字和新的观看角度,它原来的作用消失了。"

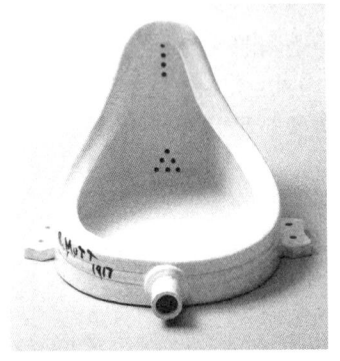

马塞尔·杜尚《泉》(1917)

兴起于 20 世纪初期以杜尚为代表的达达主义,是一种无政府主义的艺术运动,这群年轻的艺术家试图通过对经典艺术的解构以发现真正的现实,这些反传统美学的作品表达了他们因第一次世界大战而产生的对传统价值观的怀疑。非艺术物品向艺术品置换的过程所包含的两种可能性都能在杜尚的作品中找到范例:一个是艺术家的观念;另一个是展示的语境。如果艺术空间是设定的,那么,空间中的一切物品或非物质都将是合法的艺术品。美学家乔治·迪基提出了艺术"惯例"论(或制度论,Institutional Theory),被一定的"惯例"或"制度"认为是艺术的就是艺术品,因此,"什么是艺术"由博物馆的专家或者所谓"艺术世界"来决定。

三、何谓艺术品

由此看来,对于艺术是什么、什么才是艺术品这些看似简单的问题,却是众说纷纭。有人认为,艺术所包含的意义太多,主张取消抽象的"艺术"这个词,用音乐、美术、舞蹈、戏剧等具体的范畴来取代它。但是,"艺术"这个词又被广泛使用于日常生活和理论研究领域。本书暂不探讨何谓艺术这个似乎太形而上的问题,只探讨何谓艺术品。艺术品就是一件一件的具体艺术作品(Work of Art)的含义,艺术作品就是一首诗歌、一部电影、一出戏剧、一幅画……这就是艺术作品。

许多时候艺术作品并不是作为艺术作品而存在,比如作为居住或者礼拜的房屋或教堂;

作为祭祀的唱词的诗歌；作为标记方向的图片……此时的建筑、诗歌、图片并不是艺术作品。那么，艺术作品究竟存在何处？存在于人类的心灵？存在于画布、墙壁、乐谱之中？就如李泽厚先生总结的："从古至今，可说并没有纯粹的所谓艺术品，艺术总是与一定时代社会的实用、功利紧密纠缠在一起，总与各种物质的（如居住、使用）或精神的（如宗教的、伦理的、政治的）需求、内容相关联。"①那么，艺术品存在的基本条件是什么？按照李泽厚先生的总结，艺术品存在的基本条件有：②

第一，艺术品必须有人工制作的物质载体，艺术家必须将"眼中之竹"（客观物象）通过想象转化为"胸中之竹"，然后以某种艺术符号（言语、线条、色彩等）确定在一定的客观物质材料上，凝结为"手中之竹"。

第二，艺术作品只能现实地存在于人们的审美经验之中。任何艺术作品只有进入审美经验范围内才能成为艺术作品，就如马克思说的，在一个饥饿的人面前，再美的风景都不如一块面包实在。因此，对不同时代、社会的人或者同一时代、社会的不同个体，是否能成为艺术作品（审美对象）或者成为什么样的艺术作品，取决于人们各种复杂的主观条件。"如果说，物质载体（艺术产品、审美手段）是必要条件，那么，主题素养（审美经验）便是在某种限定意义上的充分条件。而艺术作品作为审美对象，便是这二者的统一交会。"③

四、当前艺术发展趋势

20世纪60年代电视文化的崛起，标志着大众文化的兴盛，以电子传媒为技术支撑的大众文化对传统文化以及艺术产生了巨大冲击，艺术消亡论一直不绝于耳，其实这种艺术悲观论从黑格尔时代就已经开始了，他的艺术消亡论在于以哲学和宗教取代艺术。当前的艺术消亡论则在于理论家们看到气势汹汹的大众文化对传统精英文化与艺术的消解而产生的感叹。当前艺术呈现出以下发展趋势：

第一，艺术的去精英化趋向。以中国近30年的文学发展为例，从"文革"后的伤痕文学、反思文学、改革文学到以余华、格非、马原为代表的"先锋小说"，文学艺术形式与内容的变化，都是以精英知识分子为主导，这种发展趋势在20世纪90年代初期出现了逆转。20世纪90年代初期，由于市场经济体系的不断完善，新兴媒体的出现，导致文学参与门槛的降低，文学艺术的精英垄断失去了客观基础，作家从20世纪80年代的社会精神领袖成为20世纪90年代以来的一种普通职业，面向市场成为大多数作家的写作选择，读者或者文学艺术消费者成为文学发展的主导力量。

第二，艺术的多元化发展。传统的主流艺术受到民间艺术的挑战，新兴艺术蓬勃发展。民间元素、民族元素在"原生态艺术"旗帜下迅速扩张。剪纸艺术、泥人艺术、信天游等开始融入人们的日常生活，并逐渐为主流意识形态所接受。科学技术的发展也为艺术表现增添新的色彩，如虚拟技术催生出交互性艺术、光电技术发展改变了传统的造型艺术等等。在这样的状况下，艺术范围不断扩大，不同的观念、原则和价值取向不断碰撞，也为艺术的定义增

---

① 李泽厚：《美学三书》，合肥：安徽文艺出版社，1999年，第549页。
② 李泽厚：《美学三书》，合肥：安徽文艺出版社，1999年，第552～553页。
③ 李泽厚：《美学三书》，合肥：安徽文艺出版社，1999年，第553页。

加了难度。

第三,艺术呈现市场化。这种趋势是文化工业发展的结果。理查德·E. 凯夫斯在《创意经济学——艺术的商业之道》中指出艺术家及艺术品在现在社会的最终定位,极大依靠其对艺术市场的预判和市场影响力的建立。今天,以艺术品为交易对象的市场已经相当成熟和庞大。梵·高、毕加索等的名画竞拍出千万以上的价格,已经不再是什么令人惊奇的新闻,同时以艺术形式作为商业噱头,贩卖艺术观念获得经济利益的情况也屡见不鲜。同时,我们也要认识到,在众多的艺术品交易中,艺术品的交易价值有时远远高于其自身的艺术价值。

综合以上分析,"艺术"一词的内涵在不断地发展,不存在本质意义上固定不变的艺术的定义。

第四节 艺术生产论

马克思和恩格斯曾经把人类的生产活动分为三大类:人口生产、物质生产和精神生产。人口生产即人口的增殖;物质生产就是"生产物质生活本身",它是人们为了满足自己和下一代的衣食住行及其他维持生命所必需的东西而进行的生产劳动;精神生产则是人们为了满足精神文化需要而进行的意识性的生产。按照马克思主义的经典推想,到了共产主义社会将会出现全面的社会生产——即三大生产的三位一体。

在《政治经济学批判·导言》中,马克思明确提出了艺术生产的概念:"就某些艺术形式,例如史诗来说,甚至谁都承认:当艺术生产一旦作为艺术生产出现,他们就再不能以那种在世界史上划时代的、古典的形式创造出来。"马克思认为艺术生产作为一种特殊的精神生产活动,它是在一定经济基础上产生的,不能脱离一定时代的物质生产条件,尤其是受到物质资料的生产方式的制约。艺术生产出现于奴隶社会时期,当人类的物质生产力达到一定水平之后,才有专门的人从事满足人类精神需要的艺术生产活动。艺术生产的发展,尽管有诸多因素在产生影响力,比如经济、哲学、宗教、道德、政治等,但经济因素是最终的根源。与其他的精神生产比较,由于艺术生产又是各种因素的综合力量在发生影响,因此艺术生产偶尔会出现与物质生产不一致的时候,比如物质生产相对落后的时期,可能也会出现艺术生产高度繁荣的情况。比如物质生产力相对落后的古希腊却产生了辉煌的艺术,战乱纷纷的先秦却迎来了中国古代散文的巅峰。

一、艺术生产的基本维度

第一,艺术生产是一种特殊的精神生产活动。马克思认为,艺术生产本质上是一种特殊的精神生产,它的哲学基础是历史唯物主义的实践论。马克思主义的艺术生产理论是以经济学的剩余价值理论作为依据的。马克思认为生产劳动分为三种:不同收入交换的劳动、仅同收入交换的劳动、同资本交换的劳动。前两种生产劳动只是一般劳动,只有第三种劳动即劳动成果的大部分以剩余价值形式被资本家占有并投入再生产的劳动才是政治经济学意义上的劳动:"生产劳动者的劳动能力,对他本人来说是商品。非生产劳动者的劳动能力也是这样的。但是生产劳动者为他的劳动能力的买者生产商品。而非生产劳动者为买者生产的只是使用价值,想象的或现实的使用价值,而绝不是商品。非生产劳动者的特点是:他不为自己的买者生产商品,而从买者那里获得商品。"①

第二,资本的交换与市场的机制。在古典艺术时代,艺术创作只是满足精神需求和政治攀附等,没有经济效益,只是一种精神需求的满足。随着商品经济的发展,新兴的市民阶层提出了精神文化的需求,商人们抓住了这一有利可图的行业,艺术创作从而成为艺术家的谋生手段。资本主义社会艺术家的创作直接同资本相交换,艺术创作成为真正意义上的劳动,艺术创作转型成为生产劳动,文化与生产统一起来。在接受者、书商、艺术家三方的共同需求下,产生了现代图书出版业的雏形,艺术家拿到少量的稿费和与销量相关的版税,而大部分的利润都被书商拿走投入再生产。文艺发生了深刻的社会转型,从纯粹的精神活动转化为社会生产方式。

作为一种社会生产,艺术市场的状况不可避免地要对艺术生产产生巨大影响。其积极作用在于:艺术消费市场的出现极大地改变了艺术生产方式,使艺术生产者将自己的注意力从统治阶层转到大众的消费市场,艺术市场改善了艺术生产者的经济状况,增强了艺术生产者特别是艺术家的独立意识。欧洲一直有贵族赞助艺术创作的传统,这种传统在英国作家萨缪尔·约翰逊那里被中断了。1755 年,他拒绝了英国贵族吉斯菲尔特伯爵的赞助,完成了英语词典的编辑工作,这时伯爵又提出资助出版,约翰逊谢绝了伯爵的"雨后送伞"。此后他写了著名的《致吉斯菲尔特伯爵的信》,这标志着欧洲文人隶属于贵族恩主的时代结束了,艺术家以自己的劳动获得了独立的社会地位,成为自由职业者。

艺术市场对于艺术生产是一把双刃剑。一方面,一定规模的艺术市场的形成可以促进艺术生产者经济上的独立,使他们在艺术生产活动中具有强烈的自我意识,敢于按照自己的意志行事。同时,艺术市场也给艺术生产增添了一种内在动力与活力,促进了艺术市场的发展与繁荣。艺术生产积极参与到对艺术市场的引导,精明的生产者力图运用各种方法和手段对艺术消费市场施加影响,进行引导,甚至创造新的艺术消费需求。如出版商采取包装宣传战略,创造出新的欣赏趣味,然后针对这种消费需求,生产某一类型的产品以获取高额利润。另一方面,艺术市场也可能导致艺术生产者过度迷恋金钱,导致社会责任意识的淡漠,一味地迎合部分消费者的低级趣味,从而难以为人类的精神价值作出贡献。

第三,休闲的大众群体的产生与大众传媒技术的发展。当人类的物质生产技术还很低下的时候,人们的闲暇时间较少。工业革命给人类带来全新的生活方式,现代工业大生产由于明确分工而形成固定的上下班制度,闲暇成为现代生活的固有方式。如果说闲暇时间的出现使艺术市场的出现具有了可能性,那么现代传媒技术则为休闲文化提供了技术的保障。印刷出版使艺术传播活动有序化和清晰化:创作——传播——接受。这个内部机制一旦形成,艺术就轻易转化成为一种生产活动过程:

---

① 马克思:《1861—1863 年经济学手稿》,《马克思恩格斯全集》第 33 卷,北京:人民出版社,2004 年,第 145 页。

马克思曾经强调:"没有生产,就没有消费;但是没有消费,也就没有生产。消费从两方面生产着生产。其一,消费使产品成为现实的产品,因为产品之所以是产品,不是它作为物化了的活动,而只是作为活动中的主体的对象。"[①]消费使生产完成了自己,生产现实得到了实现;其二,"消费创造出新的生产的需要,因而创造出生产的观念上的内在动机,后者是生产的前提。"消费不仅满足而且提高了消费主体的需求,大众在阅读中培养出来的审美能力不断提高,也对艺术生产提出了更多的要求。

在现代社会,消费必然通过市场运作的方式体现出来,因此,艺术生产便与市场产生了不可分割的联系,艺术生产必须遵守市场的规律和运作法则。如20世纪80年代中后期的武侠小说受到消费者的欢迎,很多书商和出版社大量出版武侠小说,一时竟形成一股武侠小说热潮。20世纪90年代春风文艺出版社的"布老虎"丛书也是遵循艺术规律运作成功的案例。

二、西方马克思主义的艺术生产理论

经典马克思主义提出的艺术生产理论为人们提供了一种新的思考艺术的视角,德国的法兰克福学派继承了经典马克思主义的这种文艺研究视野,瓦尔特·本雅明的研究尤其出色。本雅明(1892～1940)从马克思的艺术生产理论得到启示,提出独特的技术主义艺术理论。他把艺术创作看作同物质生产有共同规律的一种特殊的生产活动和过程,同样受到生产力和生产关系的矛盾的制约。艺术创作是生产,艺术欣赏是消费,艺术创作的技术就是技巧,代表一定的艺术发展水平,构成艺术生产力,艺术生产者和消费者的关系构成了艺术生产关系。本雅明认为,依照马克思的生产关系理论,艺术生产关系也决定于艺术生产力(技巧)。当艺术生产关系与艺术生产力发生矛盾、阻碍艺术生产力发展时,就会出现艺术革命,新的艺术技巧就会出现,打破旧的艺术生产关系,把艺术推向前进。

本雅明(Walter Benjamin,1892～1940)

本雅明在《作为生产者的作家》中,认为作家都是处于一个时代的生产关系之中,艺术创作的技巧就是艺术生产力。因此,艺术技巧就是艺术生产发展的一种阶段性标志,技巧使艺术的生产者与大众形成特定的艺术生产关系。作为生产者的艺术家对生产工具的改革,不仅发展和提供了艺术表达的水平和能力,而且新的生产机器造就了艺术家和群众的新的社会关系。

二战中的本雅明亡命巴黎后,在艺术生产的新方式——电影、报纸、戏剧中发现了表达群众心绪的新艺术形式,《机械复制时代的艺术》集中表述了他的这种创造性理论。在这篇20世纪经典艺术理论文献中,他认为一切艺术都是可以复制的,古典时期的艺术复制技术比较落后,现代则进入了机械复制时代。古典艺术的审美标志在于其"灵韵",它存在于作品

[①] 马克思:《〈政治经济学批判〉导言》,《马克思恩格斯选集》第2卷,北京:人民出版社,1972年,第94页。

的不可复制性,也就是独一无二性;机械复制时代艺术的审美标志在于"震惊",电影艺术深刻表现了机械复制时代艺术的特质。社会生产的发展必然是充满韵味的传统艺术让位于可复制的艺术,这是艺术必然走向人民的历史趋势。传统艺术的膜拜价值被解体的时候,艺术的整个社会功能也就得到了改变,它不再建立在礼仪的根基上,而是建立在另一种实践上,即建立在政治的根基上。本雅明从艺术生产理论就走向了审美的政治学。

当代马克思主义艺术生产理论也得到了极大发展,主要以英国的文化批评家特里·伊格尔顿(1943～)为代表。在《马克思主义与文学批评》中,他说:"文学可以是一件人工产品,一种社会意识的产物,一种世界观;但同时也是一种制造业。作家不只是超个人思想结构的调遣者,而是出版公司雇用的工人,去生产能卖钱的商品。艺术是与经济基础关系最为'间接'的社会生产,但是从另一意义上也是经济基础的一部分:它像别的东西一样,是一种经济方面的实践,一类商品的生产。"[1]

马克思从人的现实本质、人类三大生产活动出发提出了艺术生产理论,比较全面地考察了西方艺术实践。本雅明等新马克思主义理论研究者通过对新的生产实践的研究,建构了一个崭新的艺术生产理论体系。20世纪文学艺术空前普及,成为人们的闲暇生活方式的重要组成部分、精神生活的重要内容,艺术的社会功能得到前所未有的广泛、深入的发挥。

第五节 艺术文本理论

艺术文本理论强调艺术形式本身的重要性,是20世纪艺术理论的核心内容之一。各种艺术追求自身的规律性,主要体现在对各自的艺术形式的关注。绘画强调绘画性,音乐关注音乐性,文学关注文学性。所有的艺术都具有自己特殊的形式语言。

就视觉艺术而言,贝尔在1913年出版的《艺术》一书中通过对塞尚以来的后期印象派和毕加索为代表的立体主义等现代派视觉艺术的体验,提出了艺术的本质就是"有意味的形式",即色彩、线条组合的审美形式,这是"一切视觉艺术的共同性质"。[2]

苏珊·朗格把表现与艺术符号联系起来,提出了艺术是人类情感的符号形式,构筑情感与形式的统一体。她指出:"艺术完完全全是表现性的,每一行文字,每一声音响,每一种姿态,无不如此。所以它百分之百地是符号性的。"[3]艺术作为表现性形式体现了内在的情感,艺术品是情感转化成的可见的或可以听到的形式,形式与情感获得了结构上的一致性,情感外化为形式,形式本身就是情感。"那些优秀的绘画、雕塑、建筑,还有那些相互传达的平衡的形状、色彩、线条和体积等,看上去也是情感本身,甚至可以从中感受到生命力气的张弛。"[4]

20世纪初期受语言论哲学转向的影响,文艺研究者开始对艺术文本的形式重视起来,将艺术研究的核心定位在艺术表达技巧。下面简单介绍一些有代表性的艺术文本理论。

---

[1] 伊格尔顿:《马克思主义与文学批评》,文宝译,北京:人民文学出版社,1980年,第65～66页。
[2] 克莱夫·贝尔:《艺术》,周金环、马钟元译,北京:中国文联出版公司1984年,第4页。
[3] 苏珊·朗格:《情感与形式》,刘大基等译,北京:中国社会科学出版社,1986年,第70～71页。
[4] 苏珊·朗格:《艺术问题》,滕守尧、朱疆源译,北京:中国社会科学出版社,1983年,第29页。

一、形式主义的艺术文本理论

形式主义指的是1915年至1930年期间在俄国出现的一种文学批评潮流。形式主义者从反对文学艺术是形象思维的产物、文学作品由形象构成的传统看法开始，提出文学作品是"手法"，"形式的总和"，并对文学作品的语言结构进行分析，指出诗歌语言与普通语言的区分，从而将"文学性"确定为研究的对象。在他们看来，"文学性"不在于作品所反映的五光十色的社会内容，而在于它的形式，也就是语言文字与修辞技巧，因此，他们被对手冠以"形式主义"的称号。

形式主义文论家什克洛夫斯基说："艺术的手法是事物的'反常化'手法，是复杂化形式的手法，它增加了感受的难度和时延，既然艺术中的领悟过程是以自身为目的，它就理应延长；艺术是一种体验事物之创造的方式，而被创造物在艺术中已无足轻重。"[①]列夫·托尔斯泰的反常化手法在于，他不用事物的名称来指称事物，而是像描述第一次看到的事物那样去加以描述，就像是初次发生的事情，同时，他在描述事物时所使用的名称，不是该事物中已通用的那部分的名称，而是像称呼其他事物中相应部分那样来称呼。如他把圣餐称为一小片白面包，通过一个小姑娘的眼光来写军事会议，假托一匹马的叙述来写人际关系，用具体的描写来写人们熟知的宗教教义和仪式等。

俄国形式主义将"文学性"确定为文学的研究对象，建立了对一种文本进行科学化、具体化、系统化的分析的理论，他们建立的结构功能概念及分析方法，为后来的结构主义思潮奠定了方法论基础。形式主义文论对于文学的社会属性和意识形态性质的轻视，也受到了马克思主义理论家们的批判。

二、英美新批评派的文本主义理论

"新批评派"这一术语是因为1941年美国诗人兼批评家约翰·克罗·兰色姆用"新批评"作标题出版了一本书而流传开来。在这本书中，他评析了艾略特、瑞恰兹和艾伏尔等的理论，他称这批人为"新批评家"。这一派文学理论通常指第二次大战前由I.A.瑞恰兹和T.S.艾略特在英国所创立的文学理论，后来在20世纪40年代至60年代则由兰色姆、W.K.维姆萨特、C.布鲁克斯和A.泰特等人继续发展。1984年，三联书店翻译出版了新批评主将韦勒克和沃伦合著的《文学理论》，这本书成为当时中文专业的必读书目，新批评理论对中国20世纪80年代的现代文艺思潮产生了巨大影响。新批评主将之一科林思·布鲁克斯曾经对新批评理论进行了比较精辟的总结：

（1）把文学批评从渊源研究分离出来，使其脱离社会背景、思想历史、政治和社会效果，寻求不考虑"外在"因素的纯文学批评，只集中注意文学客体本身；（2）集中探讨作品的结构，不考虑作者的思想或读者的反应；（3）主张一种"有机的"文学理论，不赞成形式和内容的二元论观念；它集中探讨作品中的词语与整个作品语境的关系，认为每个词对独特的语境都有其作用，并由它在语境中的地位而产生其意义；（4）强调对单个作品的细读，非常注意词的细

---

① 什克洛夫斯基：《作为手法的艺术》，《俄国形式主义文论选》，什克洛夫斯基等，北京：三联书店，1989年，第6页。

微差别、修辞方式以及意义的微小差异,力图具体说明语境的统一性和作品的意义;(5)把文学与宗教和道德区分开来。这主要是因为新批评的许多支持者具有确定的宗教观而又不想把它放弃,也不想以它取代道德或文学。①

"语境"理论是瑞恰兹语义学研究的核心。一个词往往具有多重的极为复杂的潜在意义,并且只有在具体语境中才能获得具体意义,这个具体意义也会对它的语境产生影响。在诗歌分析中,词义的选择是复杂的,不稳定的,只有仔细阅读文本,才能说明由语境产生的意义及其微妙而丰富的复杂性,因此,瑞恰兹倡导"细读"的批评方法。

瑞恰兹的学生燕卜逊1930年出版的《复义七型》是新批评影响较大的一部著作,他在这本书中承袭了老师所主张的"细读"方法。采用这种方法,"我们的注意力只能集中在诗是怎样构造的,诗在诗人头脑中是怎样定型的;诗的形式结构、修辞组织、含义的层次、象征手法、意义的矛盾冲突、反讽、作为有机体的诗等。我们的探索应当是一种工具,借此可以做出准确的批评,用于所有的诗。"②新批评的这种研究方法割断了作品、作者、读者的联系,使艺术研究变得更加孤立,也造成了新批评理论的独特性与偏狭性。

三、结构主义的文本理论

结构主义是西方20世纪60年代涉及范围很广的一种方法论体系,结构主义思想发端于语言学,在人类学、文学、哲学、心理学等多个领域都产生了深远的影响。结构主义者认为,世界是由关系而不是事物构成的。虽然结构主义与俄国形式主义、布拉格学派有关联,但是真正构成结构主义思潮并造成影响的,却是列维-斯特劳斯把语言学尤其是雅各布森的二元对立的语言学理论运用于人类学而形成的结构主义人类学。列维-斯特劳斯20世纪40年代初就结识了雅各布森,受其影响颇深。

雅各布森主张必须在语言学的领域来研究人类社会及文化。他认为,语言是人类独一无二的,它"同时构成文化现象(使人和动物区别开来的)的原型,以及全部社会生活形式借以确立和固定的现象的原型"。③ 艺术与野蛮人的神话、象征、图腾等一样,被视为人类共同具有的最基本的也是唯一的知识,它与社会生活一样,"都是无意识的层次形成发展出来,社会生活因为是集体的产物,艺术品虽然是个人的产品,情况还是如此。两者之间的这项差别是次要的,而且只是表面的,因为社会现象是公众所造成的,艺术品则是为公众而创造;公众使两者具有同一个公分母与衡量的准绳,同时决定两者的创造条件。"④因此,艺术具有结构性。

文学上的结构主义兴起于20世纪60年代的法国,其主要研究领域和研究成果体现在对叙事作品的内在结构的分析上,法国结构主义弥补了形式主义和新批评对文本叙事研究的空缺,也使得叙事学几乎成为法国结构主义的别名。结构主义文学批评认为文学与语言

---

① 郭宏安等:《二十世纪西方文论研究》,北京:中国社会科学出版社,1997年,第354页。
② 王先霈、王又平主编:《文学理论批评术语汇释》,北京:高等教育出版社,2006年,第200页。
③ 列维-斯特劳斯:《结构人类学》,转引自特伦斯·霍克斯著《结构主义和符号学》,瞿铁鹏译,上海:上海译文出版社,1987年,第25页。
④ 列维-斯特劳斯:《忧郁的热带》,王志明译,北京:三联书店,2000年,第145页。

的关系并非相互否定或相互对立的,而是同源的,文学在每个层次上都组织得像语言一样,结构主义者要做的,便是揭示二者的相似性。

结构主义批评家罗兰·巴特说:"语言是文学的'存在'和世界;整个文学包含在写作的行动中,而不再包含在'思考''描绘''讲述'和'感受'中。"①这样,批评家所要做的不是理解文学作品中语言活动方式,便是对构成作品的各种因素进行归类和分析,弄清语言信息变成艺术作品的奥秘。他们对叙事作品进行了精细和力求科学的分析,并建立了一套关于叙事作品的理论。巴特是在肯定叙事作品存在一个共同模式的前提下对叙事作品进行结构分析的。他认为,叙事作品无论质量好坏,总是超越国家、历史、文化而存在的,如同生活一样。对这种具有普遍性的文学样式,只有依据一个共同的模式才能对比。而这个共同的模式"存在于一切言语的最具体、最历史的叙述形式里。"②结构主义正是通过成功地描述"语言"来驾驭无穷无尽的言语的,因此,他认为"把语言学本身作为叙事作品结构分析模式的基础,看来是合乎情理的。"③

其他结构主义者如托多洛夫、杰拉尔·热奈特、A.J.格雷马斯、布雷蒙等都对叙事作品的内在结构进行了精细的分析和研究,建立了一系列的关于叙事作品的理论,使叙事学成为一门显学,受到越来越多的关注。法国结构主义批评毫不留情地去除了文学的神秘性,将视点集中在文学文本本身,提出了可操作的理论,但由于仅仅关注封闭的文本本身,也为后来的批评家诟病和超越。

第六节 艺术接受论

20世纪60年代,西方普遍进入消费社会,消费者在社会生产大系统中的位置显得越来越重要。现代传媒技术的运用也促使昔日的精英文化艺术日益走向大众,作为文学艺术消费者的大众在艺术生产系统中的地位也更加显赫,就如博尔赫斯调侃美国电影时说到,好莱坞电影唯一要做的事情就是讨好观众,好莱坞电影工业的制作模式也就是消费社会的典型的文学艺术生产模式,作为消费者的观众永远居于中心。此时,文艺批评也感受到艺术生产的巨大变迁,关注读者也成为20世纪60年代以后的文艺批评的一种新动向,德国的解释学、接受美学,美国的读者反映论开创了艺术接受理论的新格局。

一、艺术接受的基本理论

解释学的创始人和主要代表伽达默尔(1900～2002)认为艺术作品本身不能成为文学本质的规定,作品的接受理解对意义和存在是决定性的,因此,读者对作品的阐释成为作品具有意义的关键环节。他说:"自我表现是游戏的真正本质——因此也就是艺术作品的真正本

---

① A. 杰弗逊,D. 罗比等:《现代西方文学理论流派》,李广成译,北京:北京大学出版社,1992年,第112页。
② 罗兰·巴特:《叙事作品结构分析导论》,《西方文艺理论名著选编》下卷,伍蠡甫、胡经之主编,北京:北京大学出版社,1987年,第474页。
③ 罗兰·巴特:《叙事作品结构分析导论》,《西方文艺理论名著选编》下卷,伍蠡甫、胡经之主编,北京:北京大学出版社,1987年,第475页。

质。所进行的游戏就是通过其表现与观赏者对话,并且因此,观赏者不管其与游戏者的一切间距而成为游戏的组成部分。"①文学作品的真正存在只在于被展现的过程中,只在于作为戏剧的表现活动中。

1967 年,姚斯发表的《文学史作为向文学理论的挑战》是接受理论的文章,它吸取了伽达默尔关于"现代阐释学转换"、胡塞尔现象学后期所倡导的"主体间性"等思想。接受美学的主要是代表人物是姚斯和伊瑟尔,他们的观点在强调读者阅读活动的重要性的基础上,有着各自不同的侧重点。

姚斯认为,每一部作品都有它自己独有的、历史上的和社会学方面可确定的读者,"每一位作家依赖于他的读者的社会背景、见解和思想,文学的成就以一本'表达读者群所期待的东西的书、一本呈献给具有自己想象的读者群的书'为前提。"②伊瑟尔认为,"文本与读者的结合才产生文学作品"。③ 他提出了一个新概念——"隐含读者":作为一种文本结构的读者角色和作为一种构造活动的读者角色。"隐含读者"包括了两层含义:一是,作为文本结构的读者角色,每部作品都表现了作者的世界观和价值观,作者将这些观点构筑成自己独特的艺术世界的过程中,体现了自己的意向视野,而这个意向视野对于读者来说必然具有一定的陌生性。因此,文本给读者建立了一个立场,从这个立场出发去理解艺术文本。这些出发点是多样而不同的,在读者阅读文本的过程中不断变化,从而把多种多样的视野填充到一个不断展开的模式之中。二是,文本给定的视野的汇聚并没有在文本的语言系统中表现出来,它只能靠读者来想象。在此,作为构造活动的读者角色开始发挥作用。文本的指令激发读者的心理意象,这些心理意象又把生命赋予文本。这样,读者在阅读过程中必然会形成一个心理意象,这个心理意象会引导读者进入文本的世界。文本结构和构造活动的读者角色共同构成了一个由文本引起、读者响应的结构组成的网络。文学实际上就是一个读者和文本不断交流和建构的具体过程,读者不断根据自己的阅读去填补作品文本中的空白与不定点。

20 世纪后期,在英美的批评界也出现了以关注读者为中心的"读者反应批评"。这个流派并不是一个具有严密的共同理论主张的统一流派。其代表人物如费什、霍兰德等,都有着不同的批评侧重点。这些理论在 20 世纪后半叶产生了深远的影响,将读者中心论的理念牢牢确立。无论是德国的接受美学还是美国的读者反应理论,他们都看到了艺术消费者在文化意义生产中的重要作用。

二、消费文化与艺术接受

在经济飞速发展的今天,"消费"已经不再是陌生的字眼,我们甚至可以毫不夸张地说社会早已进入了"消费时代"。因此,当下探讨艺术接受就不可忽略消费社会张扬的消费文化对其产生的深刻影响。

---

① 汉斯-格奥尔格·伽达默尔:《真理与方法》上,洪汉鼎译,上海:上海译文出版社,2004 年,第 151 页。
② 汉斯·罗·尧斯:《文学史作为对文学理论的挑战》,朱立元译,《美学文艺学方法论续集》,北京:文化艺术出版社,1987 年,第 346~352 页。
③ 沃尔夫冈·伊瑟尔:《阅读过程:一个现象学的论述》,《二十世纪西方美学经典文本》第三卷,上海:复旦大学出版社,2001 年,第 677~679 页。

(一)消费社会的到来

消费社会这种提法并不是一种空洞的建构,而是一种出现在我们身边的实实在在的大众生活。消费社会最鲜明的特征是消费关系基础化,具体表现在以下几方面:

(1)消费社会中强大的社会生产能力大大超过了人们的基本生活需求,商品正在成为一种标示生活质量的物质和文化的复合物。琳琅满目的商品为大众创造了虚假的梦想,人们误以为消费某类或某种商品就可以实现自己的梦想,就可以晋升为某种阶层。如果商品就像符号和标志一样具有社会的重要意义,具有在商品符号系统中的认同价值,那就表明消费习惯所产生的意义是"社会构建的"。正如波德里亚所说"消费的领域是一个富有结构的社会领域。随着其他社会类别相对'攀升',不仅是财富而且需求本身,作为文化的不同特征,也都从一个模范团体,从一个起主导作用的优秀分子向其他社会类别过渡。"①

(2)消费关系基础化即生产关系及与此密切相关的政治关系和文化关系都要在消费关系的基础上重新整合。在消费社会中,人不仅作为劳动力,而且也表现为形形色色的商品。人和人之间的关系变成了一种消费关系,彼此之间用消费的眼光互相看待,消费关系成为我们打量一切的中介。同时,人和自己的精神世界的关系也成为一种消费关系。人们在相互攀比或追逐更高的社会地位的过程中不断产生虚假的需要来刺激新的消费。

(3)消费关系基础化表明了经济战略成为时代的主题。地区、文化或国家民族的经济力量,能否通过强有力的文化动员而实现消费者在广阔范围内的自由认同,成为所有商品生产和经济战略必须考虑的首要问题。先进的生产技术使商品在使用价值上已经没有了巨大的差别,只能通过文化设计或美学设计来附加价值,吸引消费者的目光。这种现象导致了文化向基础领域的渗透。

(二)消费文化对艺术接受的影响

美国著名的马克思主义批评家和理论家弗雷德里克·詹姆逊(1934~)认为,在19世纪,文化被理解为高雅音乐、绘画、歌剧,文化是作为一种逃避社会现实的方法而存在;到了后现代主义阶段,文化已经完全大众化了,高雅文化与通俗文化、纯文学与通俗文学的距离在消失。后现代主义文化已经从贵族的书房走入了大众的日常生活而成为消费品。

弗雷德里克·詹姆逊(1934~)

消费社会文化的一个重要特点就在于文化向基础领域的渗透而导致的日常生活审美化。文化向基础领域的渗透产生了双重效应:一方面,消费文化倡导人们在物质和精神上的全面解放和自由发展,这使得人性可以脱离异化,以自身的发展为目的,在促进社会经济全面发展的同时也促进了作为个体的人的发展;另一方面,由于文化工业在商业利润的诱导下,"消费至上"的价值观念不断普遍化,必然导致大众文化发展水平的参差不齐,而同时商品消费倡导的理念诱使人们不断地趋向

---

① 让·波德里亚:《消费社会》,刘成富、全志纲译,南京:南京大学出版社,2001年。

消费的炫耀化与奢侈化。无节制的物质消费与精神消遣使得消费文化进一步走向了感官化、欲望化,这些都必然导致消费者主体性的失落,从生产异化中走出的现代人不自觉地落入消费异化的漩涡。

消费社会的到来对于艺术接受的影响主要表现在对接受媒介的改变和接受观念的改变上,也影响了艺术观念的变化。沃尔夫冈·韦尔施在《重构美学》中认为,审美已经不再拘囿于传统的高雅艺术的藩篱,而广泛介入日常生活。[①] "毫无疑问,当前我们正经历着一场美学的勃兴。它从个人风格、都市规划和经济一直延伸到理论。现实中,越来越多的要素正披上美学的外衣,现实作为一个整体,也愈益被我们视为一种美学的建构",甚至"把都市的、工业的和自然的环境整个儿改造成了一个超级的审美世界"。[②] 韦尔施的这段话不仅提示出"审美化"已经介入了生活的每一个层面,也同时告诉我们,传统的高雅艺术和精英艺术的观念也受到了大众文化观念的挑战,艺术接受已经不再只是单纯的高雅审美体验,而更多地趋向于消遣娱乐。那么,从艺术接受角度来看,艺术观念的不断泛化、边界的不断模糊化究竟是期待艺术自律性的重构还是期待人类精神文化走向整合,这都是值得进一步深思的问题。

---

① 韦尔施:《重构美学》,陆扬、张岩冰译,上海:上海译文出版社,2002年,第17~26页。
② 韦尔施:《重构美学》,陆扬、张岩冰译,上海:上海译文出版社,2002年,第4~5页。

第二章 诗歌艺术观念与鉴赏

第一节 中国诗歌艺术观念史

一、古典诗歌观念

朱自清先生说,"诗言志"是中国古代诗歌观念的"开山纲领"。《左传·襄公二十七年》云:"诗以言志。"《庄子·天下》云:"诗以道志。"《荀子·儒效》云:"诗言是其志也。"《礼记·乐记》云:"诗,言其志也。"由此可见,"诗言志"最迟在先秦就已经是一种普遍认识。关于"志",《诗大序》以来历代注家众说纷纭,但比较一致地倾向于视"志"为"志意"、"情"、"情性"等。《毛诗序》在肯定了诗歌的抒情本质的同时,也规定了诗歌必须"发乎情,止乎礼义"。因此,在儒学看来,诗是反任性抒情的。"诗"在正统儒家眼中乃是一种道德理性的实践方式,正如孔子界定的"诗可以兴,可以观,可以群,可以怨。迩之事父,远之事君,多识于鸟兽草木之名"。所谓"诗者,持也,持人情性","其用归于使人得其情性之正而已",诗人对自然情感必须使之"发乎情,止乎礼义","乐而不淫,哀而不伤"。在儒家诗学看来,所谓的道德情感不过是道德理念的载体,对诗歌而言,主要是以道德情感明道德理念,因此,在他们看来《关雎》是歌咏"后妃之德"。儒家正统诗学的兴寄抒情只是说理、明道的中介。

汉末以后,随着儒学中心地位的动摇,作为个体的人的价值和人性自由受到了关注,诗歌创作也突破了儒学"言志"的束缚,真切、自然地抒发一己之情成为当时的主流诗学观念,从《古诗十九首》到建安和正始文学,个人性情的自然抒发日渐高涨,《古诗十九首》中的"荡涤放情志,何为自结束!"诗人尽情书写离别相思之苦,闺阁之乐,喜怒哀乐之情溢于言表,真挚而自然,所以刘勰称赞《古诗十九首》是"直而不野,婉转附物,怅切情,实五言之冠冕。"王国维也说:"无视为淫词、鄙词者,以其真也。"后代的史学家也称赞,《古诗十九首》首首皆经典,主要是因为后来的儒家诗学成为正宗之后,中国诗论中再也没有出现类似的诗歌。

从曹丕(186~226)的《典论·论文》开始,中国诗论趋向于对个性的表现。他关于"气"的说法,有两点值得关注:第一,他认为个人之间"气"的差异,不仅是量的而且是质的差别,"气"有"清"与"浊"之分;第二,他否定了孟子的"气"为"志"所控制的观念。曹丕的"气"论影响了陆机《文赋》中的"诗缘情而绮靡"的诗学主张。"诗缘情"是儒家诗学的一个分支,但它舍弃了"止乎礼义"的道德理性限制,而只说诗"缘情"("发乎情"),所谓"诗者,吟咏情性也"。"诗缘情"又借用了道家的自然学说,认为诗歌源自自然的抒情,这是儒道合一的诗歌观念,所谓"夫诗者,兴也,缘人情而为之者也。"诗、兴、情是三位一体的。正如朱自清所说:"即如诗本'言志'的,陆机却说'诗缘情而绮靡'。'言志'其实就是'载道',与'缘情'大不相同。陆机实在是用了新的尺度。"

刘勰的《文心雕龙·明诗》和钟嵘的《诗品序》中的"物感说",以及唐代白居易《与元九书》中的"情感说"等,均以"情"为诗最主要的内在品质和根基。后来许多文论家也都将情、志并说,或者就像孔颖达说的"在己为情,情动为志,情志一也"。中国古代诗学观念就在"言志"与"缘情"二者间游荡,由此也造就了唐代诗歌的两座高峰:杜甫与李白,他们也代表了中国诗歌的两种传统。

唐代之后的宋代不乏天才诗人,由于面对厚重的唐代抒情诗歌的优秀传统,借用美国美学家布鲁姆的范畴"影响的焦虑",宋代诗人无法在抒情诗方面超越唐代,因此,这群诗人只能开辟新的诗歌路径:"以理入诗",钱钟书先说:"诗分唐宋","唐诗、宋诗,并非仅朝代之别,乃体格性分之殊……唐诗多以丰神情韵擅长,宋诗多以筋骨思理见胜。"① 因此,唐诗与宋诗分别在"抒情"与"言志"方面达到了中国古典诗歌的巅峰,成为后代诗人难以逾越的高峰,包括宋代大兴的词,都是宋代诗人企图在诗歌形式上进行创新的努力,由此可见优秀的艺术传统对后来艺术家的深刻影响。

二、近现代诗歌观念

(一)新文化运动的"急先锋"——白话新诗

有人说,新文化运动前夕的中国古典诗歌只剩下一副精致的外壳,已经很难在艺术观念上进行任何的创新。刘半农批判"五四"前夕的诗坛是"假诗世界",津津乐道于声调格律。"五四"白话新诗运动顺应历史要求,给千年诗歌带来深刻的变革,它彻底改变了传统诗歌观念,"表示了一个新的诗歌的观念","提出了一个新的作诗的方向"。② 在美国留学的胡适受意象派诗人反传统和创新思想的影响,写出《文学改良刍议》,在这篇文章中,胡适提出了文学改良的"八事",针对古典格律诗词,指斥"律诗乃真小道尔",反对旧体诗的无病呻吟,反对用典对仗,主张废除格律,提倡用俗语俗字写今日之社会情状。他在后来的《谈新诗》中进一步指出,"若想有一种新内容和新精神,不能不先打破那些束缚精神的枷锁镣铐"。胡适的诗歌革命观念成为"五四"新诗运动的重要指导思想,"五四"白话诗歌运动成为新文化运动的"急先锋"。

"五四"新诗运动首先表现在诗歌形式上的革命。胡适较早就提出了"历史上的'文学革命'全是文学工具的革命"③,提出了"诗体的大解放","就是从前一切束缚自由的枷锁镣铐,一切打破:有什么话,说什么话;该怎么说,就怎么说。这样方才可有真正的白话诗,方才可以表现白话文学的可能性。"④胡适还认为诗歌应该是诗人对生活观察与实验而得的经验的产物,胡适对新诗的形式以及内容的理解可以说代表了当时一般作诗的态度。这种诗歌观念也带来许多非议,俞平伯说:"白话诗的难处,正在他的自由上面",因为"他是赤裸裸的",诗歌容易陷入"空口说白话"而缺乏"诗美"。⑤ 比如当时引为笑柄的一首诗:"小胡同口,/放

---

① 钱钟书:《谈艺录》,北京:三联书店,2001年,第3页。
② 梁实秋:《新诗的格调及其他》,《诗刊》创刊号,1931年。
③ 胡适:《逼上梁山》,《胡适学术文集·新文学运动》,北京:中华书局,1993年,第200页。
④ 同上,第381页。
⑤ 俞平伯:《社会上对于新诗的各种心理观》,《新潮》第2卷第1号,1919年。

着一幅菜担,/满担是青的红的萝卜,/白的菜,紫的茄子;卖菜的人立着慢慢的叫卖。"这种一味强调真实摹写的诗歌背离了诗歌主观性、心灵性的艺术本质。因此,茅盾说早期诗歌大多都是具有"'历史文件'性质的作品",准确概括了初期白话诗歌的历史价值以及艺术局限性。

(二)20世纪20年代:文学研究会与创造社诗歌——现实主义与浪漫主义诗艺的双峰

20世纪20年代,中国现代文学史上两大文学团体文学研究会与创造社相继成立,它们的成立为现代诗歌带来新的活力。文学研究会的诗人以"为人生"的艺术观念,把诗歌和为人生的意图联系起来,表现了对人生严肃与冷静的态度,强调对现实人生的表现。他们认为:"诗是人生底表现,并且还是向善的表现";"诗以人生做他底血肉,不是离去人生,而去批评,或描写人生的。"①真实、客观地表现现实人生,揭示生活的本质,是文学研究会诗歌的基本特色,这些诗人大都饱尝人生颠沛流离之苦,亲眼看到同胞的辛酸血泪,在他们的诗歌中展现了20世纪20年代军阀混战时期的苦难中国之镜像,文学研究会诗歌是中国"现实主义诗艺的第一块基石"。② 一位北京人力车夫被侮辱和殴打的场景深深打动了诗人郑振铎的心,在《侮辱》一诗中,诗人向代表中国千千万万小人物的人力车夫表达了自己的同情以及希望唤起他们抗争的愿望:"被侮辱的人,不要哭吧! / 像你,一样的哭声,一天还不知有多少呢。/ 从几百几千年来,你们的眼泪已成河了,已成海了。/ 谁还留意你的弱小的哭声?被侮辱的人,不要哭吧?/让我们做太阳,让我们做太阳光的一线。/只要我们把无数的太阳光集在一起,/就可以把黑雾散开了。"

创造社诗人的创作为20世纪20年代的诗坛带来了浪漫主义气质,形成了与文学研究会完全不同的艺术风格。以郭沫若为代表的创造社诗人的"破坏"与"创造"的时代精神,个性解放与表现自我的诗歌态度成就了中国现代浪漫主义诗歌的新气象。创造社的诗人敏锐感受到伟大时代的冲击波,否定、破坏、创造为内容的浪漫主义激情在他们的诗歌中得到充分的表现,郭沫若的《女神》无疑是杰出代表,吞并全宇宙的"天狗"、香木中自焚更生的"凤凰"所代表的"不断的毁坏,不断的创造,不断的努力"的精神成为那个时代的象征,激情迸发的意象、铿锵有力的节奏是创造社诗歌的标志。创造社诗人程可怀的作品也是摧毁旧世界的欢歌:"火!火!火!/力!力!力!/摧毁宇宙的囚牢,/烧毁宇宙的狼豹!/火的力,力的叫!/我在欢叫,我在欢叫!"该诗奔放的意象、急促的节奏与《女神》有几分神似。

(三)异彩纷呈的20世纪30年代诗歌

1. 现代革命诗歌的典范:中国诗歌会

1927年"四一二"反革命政变后,革命转入低潮,社会反抗却没有停止,并且愈演愈烈,面对波澜壮阔的革命形势,无产阶级革命文学的创作迎来发展空间。活跃于1927年~1930年期间的以郭沫若、蒋光慈为代表的普罗诗歌运动是20世纪30年代革命诗歌的先声,普罗诗人用如火如荼的战斗诗篇歌颂了当时风起云涌的工农革命运动。蒋光慈在《太阳月刊》创刊号的卷首诗即是:"太阳是我们的希望,太阳是我们的象征/让我们在太阳的光辉下,高张着胜利的歌喉/我们要战胜一切/我们要征服一切/我们要开辟新的园土/我们要栽种新的花

---

① 俞平伯:《诗的进化的还原论》,《诗》第1卷第1号,1922年。
② 龙泉明:《中国新诗流变论》,北京:人民文学出版社,1999年,第84页。

木。"普罗诗歌真实地反映了当时的社会生活面貌,表现了直面现实的勇气,继承了20世纪20年代文学研究会的现实主义精神传统,为1932年成立于上海的中国诗歌会奠定了革命诗歌的写作基础。

"九一八"、"一·二八"事变的发生将中国拖入了民族救亡运动的历史潮流,沉重的历史使命感推动了中国诗歌会的诞生,中国诗歌会以创建"新诗歌"为己任,以"捉住现实"、歌唱"新世纪的意识",创造"大众歌调"为理论纲领和创作目标。工人、农民的生活是中国诗歌会的主要表现对象,建筑工人的悲惨生活(温流《搭棚工人歌》)、童工的苦难(关露《童工》),逃荒者的艰辛(王亚平《逃难者》)等,这一系列底层社会的不幸与痛苦在中国诗歌会的诗歌中得到展现。中国诗歌会创建"新诗歌"的另一个方案是对诗歌大众化的追求,他们创造"大众歌调",力求诗歌表现方式的通俗化,即"抒情单纯化"、"表现具体化",他们广泛采用民间诗歌的表达形式:歌谣、小调、鼓词、儿歌等。

2. 现代诗歌美学的探索者:新月诗派、象征派、现代派

"五四"新诗运动后,中国诗歌大体分两路进行:一是以文学研究会、普罗诗派、中国诗歌会为代表,探索如何扩大和加强诗歌的现实内容及其社会功能,使诗歌成为社会解放、革命斗争的助推器;二是新月诗派、象征派和现代派开展的"纯诗化"诗歌运动,致力于抒情的艺术化,使诗歌回归艺术本体。陈梦家、徐志摩、闻一多、朱湘等是新月诗派的代表诗人,他们"主张本质的醇正,技巧的周密和格律的谨严",他们从诗歌本体观念出发,提出"理性节制情感"的美学原则与诗的形式格律化,这是继白话诗歌运动摧毁古典诗歌美学传统之后,中国现代诗歌第一次建构自己的美学体系。徐志摩的《再别康桥》、闻一多的《死水》是那个时代的现代诗歌美学实践的典范之作。

受到欧洲象征主义诗歌影响的中国诗人李金发、王独清、穆木天、冯乃超强调诗歌应该表现变幻不定的内心情感、刹那间的感受、梦幻以及下意识,他们认为诗歌之美"蕴藏在想象中、象征中、抽象的推敲中"。[①] "我有一切的忧愁/无端的恐怖,/她们并不能了解呵。/我若走到原野上时,/琴声定是中止,/和柔弱地继续着。"(李金发《琴的哀》)琴声代表了爱的心声,可是爱而不得,情感找不到归依,这使诗人产生了"一切的忧愁"和"无端的恐怖"。千古知音最难觅,既然没有知音赏识,诗人只能将这份情感收藏起来。象征派诗歌将这种朦胧之美发挥到极致,这也导致了其诗歌的晦涩难懂。象征派诗歌追求朦胧晦涩的诗风是对当时新诗直白肤浅、坦白奔放倾向的反叛,当然也是出于对西方现代诗歌的膜拜。

1932年5月,施蛰存、杜衡(苏汶)、戴望舒创办《现代》杂志,刊载了相当多的诗歌,诗风大致相同,时人称之为现代诗派,戴望舒、卞之琳、梁宗岱等人的创作产生了较大的影响。他们是继新月诗派、象征派之后,又一次对中国现代"纯诗"的一次理论探寻与实践摸索。现代诗派挖掘人的内心、深层体验,力求除去诗歌内容、形式中的非诗杂质,使诗艺得到纯化。内向性的自我开掘、人生的犹豫徘徊、时代的低沉阴暗是现代诗派的主要情调。戴望舒的《雨巷》是该诗派的扛鼎之作。

(四)高扬现实主义精神:20世纪40年代诗歌

20世纪40年代的民族与人民的解放战争让各种流派的现代诗人都汇聚到了一起,现实主义也成为各种不同艺术倾向的诗人的自觉艺术追求。现实主义在20世纪40年代成为中

---

① 李金发:《艺术之本质与其命运》,引自《李金发生平及其创作》,《新文学史料》,1985年,第3期。

国诗歌主潮,既是历史的选择,也是新文化运动以来的中国现实主义诗歌艺术积累的一次集中绽放。抗战时期,茅盾在《还是现实主义》中写道:今天我们全民族都在流血,我们战士忠勇奋发,视死如归,"历史上最杰出的写实主义作家的健笔也不能把我们今日壮烈的现实反映得足够……遵现实主义的大路,投身于可歌可泣的现实中,尽量发挥,尽量反映,——当前文艺对战争的服务,如斯而已"。①

20世纪40年代的诗人都注重深入到火热的战争第一线,在血与火的现实生活中获取诗歌创作题材与灵感。艾青的《我爱这土地》即诞生于诗人在抗日烽火之中萌发的对祖国的深沉热爱之情。其次,诗人还非常强调诗与政治的亲密关系。政治与现实主义的结合,使现实主义对历史的承诺变为对政治的直接承担,有的诗人甚至直接把诗歌视为政治的工具甚至政治的传声筒,革命概念的意象演绎,这种倾向也是新中国成立后诗歌创作陷入政治泥淖的前奏曲。

以胡风、绿原、曾卓、阿垅为代表的七月诗派和以辛笛、陈敬容、穆旦、郑敏等为代表的九叶诗派,是国统区颇有影响的两个流派。七月诗派是以胡风主编的《七月》杂志而得名,这些诗人大多数都是年轻的共产党员,在祖国危亡之际,他们以战斗的精神、灼热的诗情感染着热爱中华民族与祖国人民的读者。他们写道:"人必须用诗寻找理性的光/人必须用诗通过丑恶的桥梁/人必须用诗开拓生活的荒野/人必须用诗战胜人类的虎狼/人必须用诗一路勇往直前/即使中途不断受伤。"(绿原《诗与真》)九叶诗派的理论家袁可嘉提出了"新诗的现代化",主张诗歌在反映重大社会问题的同时,又保留抒写个人心绪的自由,而且力求个人感受与大众心志的沟通;其次,在诗艺方面要求诗歌发挥形象思维的特点,追求感性与知性的融合,象征与联想、幻想与现实的交织渗透。陈敬容指出中国新诗的问题:"一个尽唱的是爱呀,玫瑰呀,眼泪呀","一个尽吼的是'愤怒呀,热血呀,光明呀',结果是前者走出了人生,后者走出了艺术。"②九叶诗派就是试图在人生与诗艺之间寻找到合适或者说"平衡"的表达形式。尽管20世纪40年代的战火遮蔽了九叶诗派对现代诗歌美学的探索,在20世纪80年代的朦胧诗派的作品中,我们还可以依稀寻找到九叶诗派当年的痕迹。

三、当代诗歌观念

(一)"前新时期"诗歌

十一届三中全会是中国历史上的伟大转折,我国社会主义现代化建设进入了一个新时期,新中国的文学艺术也进入一个全新的发展时期,因此,学界一般把"文革"结束后到1995年的文学艺术称为新时期文艺。在此,本节借用这个范畴,将新中国成立到"文革"时期的文艺称为"前新时期文艺"。1949年新中国成立,经历了近百年民族沧桑的中国进入了一个历史重构时期,工农兵作为新的历史主体成为"十七年"文学艺术主要表现的对象,新中国文学艺术从形式到内容都面临着全面的转换,诗歌也不例外。

以1951年开始对电影《武训传》的批判为起点,"前新时期文艺"在几次全国性文艺批判中走过来。1949年到1953年的诗歌主要以歌颂新中国的建立以及共产党的历史功绩为主

---

① 茅盾:《还是现实主义》,《战时联合旬刊》,1937年9月21日,第3期。
② 魔弓(陈敬容):《真诚的声音》,《诗创造》1948,第12期。

旋律;1953年到1955年的诗歌主要讴歌新中国第一个五年计划的火热建设;20世纪60年代以政治抒情诗为主。

"前新时期"诗人以革命现实主义情怀表现了新时代的情感,也创立了"大跃进民歌"与"政治抒情诗"(郭小川、贺敬之为代表)两种独特的诗歌体式。由于当时政治过多介入诗歌,"前新时期"诗歌总体上显得风格单调,形式单一,意象贫乏。因此,那个时代的诗歌历史价值高于艺术价值。

(二)新时期诗歌

在对"文革"的深刻反思中,当代文学艺术进入了全新的发展时期,诗歌也进入了一个观念革新的时期,朦胧诗派首先掀开了当代诗歌观念革新的第一页。1978年,北京高校流传着一份诗歌杂志《今天》,这是一份由芒克等人创办、主要刊载诗歌的杂志,面向当代,提倡纯文学,坚持民间方向。这份文学杂志聚集了舒婷、江河、杨炼、北岛等人,这群人就是后来著名的朦胧诗派的代表。1979年3月,《诗刊》选登了《今天》上的《回答》:"卑鄙是卑鄙者的通行证,/高尚是高尚者的墓志铭,/看吧,在那镀金的天空中,/飘满了死者弯曲的倒影……"这种象征主义的诗学观念,开放式的结构,表达了那个时代青年人向传统挑战的质疑精神,刚性的语言与具有冲击力的思想观念,给当时读者巨大的心灵震撼,该诗也成为"文革"之后第一首具有现代倾向的新诗。

朦胧诗派运用象征、通感、超现实想象等多种艺术手法,在他们的经典作品《回答》(北岛)、《致橡树》(舒婷)、《一代人》(顾城)中,表达了对奴性人格的否定,高扬个体价值,他们从人道主义、个体主义的价值角度对动乱年代的苦难历史、人性毁灭、理性沦丧进行反思与批判,他们重建了一整套不同于"十七年"诗创作的价值观。朦胧诗歌总体上都有一种个人英雄主义情怀,他们力图站在时代之巅审视中华民族的历史,表达了深厚的社会历史责任意识与人文情怀。"我是你河边上破旧的老水车/数百年来纺着疲惫的歌/我是你额上熏黑的矿灯/照你在历史的隧洞里蜗行摸索/我是干瘪的稻穗,是失修的路基/是淤滩上的驳船/把纤绳深深/勒进你的肩膊,/——祖国啊!/我是贫困/我是悲哀。……"(舒婷《祖国啊,我亲爱的祖国》)

20世纪80年代中后期,"新生代"诗人开始步入诗坛,比如翟永明、尚仲敏、海子、于坚等。他们在传统的现实主义与朦胧诗之外寻找到新的写作方式:地道的中国口语与自发的意象,赋予日常生活全新的意义。新生代诗歌观念完全远离了主流话语。主流话语一直坚持诗歌反映社会生活,注重诗歌为民,奉行现实主义创作原则,发挥文学的社会功能。这种主流诗学话语在新生代诗歌中完全被放逐了。新生代诗人注重在诗歌语言中探寻个体生命形式,创作的源泉也不再是社会生活,而是诗人的"自我"、纯粹的生命意识等,他们也否定诗人的神圣性,他们写诗,是因为他们比别人更敏感,因为偶然而写诗。[①] 他们怀疑语言的能指与所指关系,通过偏离、任意组合来突出语言的差异性,比如:"邻居的钢琴开始有节奏地敲击/像是把钉子/要钉上我的眼皮/我一手拿苹果,一心想第二个动词/……为什么诗歌/总是不能直截了当/不能像鸟身上的羽毛/像桑树上的桑叶"(何小竹《动词组诗》)听钢琴敲击、钉上眼皮都异于日常语言,这些背离日常语言的组合形式凸显了语言的张力。新生代诗人显然不再为公众写作了,纯粹的自我写作以及充满自恋的心态,以生活的零余者和反英雄的形

[①] 方涛:《精神的追问:中国现代主义诗脉》,海口:南海出版社,2002年,第246页。

象进行一种小圈子的"娱乐",诗歌在这里真正沦为精神"贵族"的艺术。

(三)后新时期诗歌

20世纪90年代中期,随着中国市场经济体系的成熟,当代诗歌面临新的生存语境,市场经济意识的冲击,大众文化对精英文学艺术的挤压,诗人队伍开始分化,诗歌在公众社会生活中的作用被削减。在这种生存语境中,还坚持诗歌写作的诗人反而获得了一个相对宁静的创作空间,他们对诗歌本体的思考更为深入。这个时期的诗人依然坚持"反传统"的姿态以及"民间化"的写作立场。对诗歌写作的本体性问题的研究贯穿了20世纪90年代。诗学家王家新认为,诗歌的个人写作是要求诗人以个人方式承担人类命运。[①] 肖开愚则从"理想的诗歌形式"、"自我探索"、"社会责任"三个方面的"合力"来造就20世纪90年代诗人的抱负,他宣称:"写作,在个人与世界之间。"[②] 20世纪90年代的诗学表达了对20世纪80年代那种群体写作的不满,也对20世纪五六十年代以社会、政治名义压抑诗人艺术个性进行了反思。

20世纪90年代的诗人主要以20世纪80年代中后期成名的诗人为主要代表,比如欧阳江河、张枣、白桦、王家新、陈东东等,他们的诗歌不仅深化了20世纪80年代的诗歌精神,而且还直接影响了许多新人的创作。他们非常注重抒情诗的叙事世界的建构,在市场经济文化语境中,这些诗人的创作少了对崇高的追逐,更多的是对生活世界的"生活化"处理与表现:"火车站候车厅的旅客们/低声交谈着,我从没见过车站里/旅客这么少:大厅里的灯光/……人们精心选择,避开/能够引起联想的词语(所有的语言)"(肖开愚《国庆节》)作者选取了人生旅途中的一段场景,眼中所见的镜像正是诗人一段思想历程的巧妙折射。

20世纪90年代后期网络文化的崛起,也为诗歌带来新的展示平台,在这个既是诗人又是读者的平等的文学艺术空间中,我们已经很难看到过去那种白纸上一行一行的诗歌、沉吟低唱的读者以及有理论建构追求的诗学家。在这个文字爆炸的网络世界中,我们已经没有时间去细细体会诗歌语言的震撼力以及情感的感染力,在诗歌渐行渐远的同时,现代人的精神家园也就更加虚无。

第二节　中国经典诗歌鉴赏

经历了五四新文化运动之后的中国新诗与古典诗歌已经产生了非常大的区别,除了白话新诗与现实生活的亲密关系之外,新诗与古典诗歌在形式上也有重大区别,古典诗歌注重格律,并有确定的格式和字数要求,新诗在字数、韵律等方面都趋于自由,尽管以闻一多为代表的格律诗派以诗歌"三美"(建筑美、音乐美、绘画美)建构现代新诗的形式美学,"音乐美"就是强调诗歌"有音尺,有平仄,有韵脚";"建筑美"注重诗歌"有节的匀称,有句的均齐";"绘画美"借鉴了中国"诗中有画、画中有诗"的艺术资源,恢复诗歌的场景之美。与古典诗歌严格整饬的形式要求相比,现代新诗的形式已经很难回复到古典时代,下面选取几首20世纪现代诗歌进行评析,以引领读者进入自由诗的世界。

---

① 王家新:《夜莺在它自己的时代:关于当代诗学》,《诗探索》1996年,第1期。
② 肖开愚:《九十年代诗歌:抱负、特征和材料》,《学术思想评论》赵汀阳、贺照田主编,沈阳:辽宁大学出版社,1996年。

我不知道风是在哪一个方向吹

徐志摩

我不知道风
是在哪一个方向吹——
我是在梦中,
在梦的轻波里依洄。

我不知道风
是在哪一个方向吹——
我是在梦中,
她的温存,我的迷醉。

我不知道风
是在哪一个方向吹——
我是在梦中,
甜美是梦里的光辉。

我不知道风
是在哪一个方向吹——
我是在梦中,
她的负心,我的伤悲。

我不知道风
是在哪一个方向吹——
我是在梦中,
在梦的悲哀里心碎!

我不知道风
是在哪一个方向吹——
我是在梦中,
黯淡是梦里的光辉。

他以对爱情的执著追求,千回百转的诗篇成为中国现代诗歌的经典,作为诗人、作为爱情的信徒,他生前灿烂,死后依然被众人吟唱,这就是新月派著名诗人徐志摩。对于爱情,徐志摩说过:"我将于茫茫人海中访我唯一灵魂之伴侣;得之,我幸;不得,我命,如此而已。"足见其态度是坚决的。可是,他留学英国时与"人艳如花"的才女林徽因恋爱却未能成功。回国后,他与陆小曼恋爱,虽然有情人终成眷属,但在当时社会上引起了不小的反响,遭到了很大的压力。此诗就是诗人当时追求坚贞爱情的自白,也是自由人生的颂歌!

徐志摩诗歌是现代新诗抒情诗的典范,这首堪称徐志摩诗歌的经典之一。纯诗,按照法国象征主义诗人瓦雷里的阐释,追求的是"探索词与词之间的关系所产生的效果,或者说得确切一点,探索词与词之间的共鸣关系所产生的效果;总之,这是对语言所支配的整个感觉领域的探索。"就是说,它不是直接地承担我们这个现实世界的实在内容,而是探索语言所支配的整个感觉领域;既包容、又超越;最终以一个独立的艺术与美学的秩序呈现在人们面前。不是现实世界的摹写,而是感觉领域的探索;不是粘连,而是超越;不是理念与说教,而是追求词与词之间产生的情感共鸣和美感。《我不知道风是在哪一个方向吹》中,诗人以灵动的意象、一咏三叹的节奏表现了理想越来越缥缈的情感状态。

徐志摩最高的诗歌理想就是:回到生命本体中去!为保存生命的真与纯,他要人们张扬生命中的善,压抑生命的恶,以达到完美的人格境界。诗人想要摆脱物的羁绊,心游物外,去追寻人生与宇宙的真理。这是怎样的一个梦啊!它绝不是"她的温存,我的迷醉"、"她的负心,我的伤悲"之类的恋爱苦情。这是一个大梦,一个大的理想,虽然到头来总是黯然神伤,"在梦的悲哀里心碎。"

献诗

穆木天

我是一个永远的旅人永远步纤纤的灰白的路头
永远步纤纤的灰白的路头在薄暮的黄昏的时候
我是一个永远的旅人永远听寂寂的淡淡的心波
永远听寂寂的淡淡的心波在消散的茫茫的沉默

我的心永远飘着不住的沧桑我心里永远流着不住的交响
我心里永远残存着层层的介壳我永远在无言中寂荡飘狂
妹妹这寂静是我的心情妹妹这寂寞是我的心影
妹妹我们共同飘零妹妹唯有你知道我心里是永远的蒙胧

穆木天(1900~1971)是现代象征派诗人。1926年毕业于日本东京大学,1921年参加创造社,1931年参加左联,负责诗歌工作,并参与组建中国诗歌会。著有诗集《旅心》(1927)、《流亡者之歌》(1937)、《新的旅途》(1942)等。

穆木天认为诗是"内生命的反射","是内生活真实的象征",诗歌的思维、表现方式与散文有很大区别:"诗是要暗示的,诗最忌说明的。说明是散文的世界里的东西。诗的背后要有大的哲学,但诗不能说明哲学。"他要求诗与散文纯粹分界,创作纯粹的诗歌。

"旅人"是现代小说与诗歌的重要意象,旅人情结的核心内涵其实是一个现代人内心世界在不断探索中逐渐完善、逐渐升华的过程。这一点恰恰是激进的"五四"风潮过后,中国现代性继续发展的重要动力。该诗的"旅人"形象中透射了穆木天诗歌创作的文化依据,旅人情结贯穿着他前期的诗歌创作。

"五四"的重要意义是确立中国现代社会的现代性。"五四"初期的启蒙者们,从发现社会问题出发,对种种旧有的压抑人自身合理性的怪现状进行批判,将"人的觉醒"这个重要的命题与中国社会的现代化进程联系起来,觉醒的使命完成后,究竟怎样做一个现代人成为了时代的难题。穆木天的诗歌无疑在这个关键的转折点上给人们指出了新的方向——做一个"旅人"。显然这里的"旅人"不仅仅是一个流连于各地风光的游客,它更多的指向了一个现代人为了追求自身价值的实现,为了追寻内心世界的真实体验而上下求索的形象。

该诗情调朦胧,意象幽微远渺,充分体现了象征主义象征、暗示的特点,思想情调上呈现了淡淡的哀愁,意境有些灰暗,也体现了象征主义诗歌特有的悲哀、感伤、落寞的情怀,乃至消沉、颓废情调。

第三节 西方诗歌观念史

一、古代诗歌观念

现在保存下来的古代诗歌,主要产生于原始社会后期与奴隶社会,分为歌谣、宗教诗、英雄史诗以及较晚出现的文人诗。原始人的世界观是万物有灵论,人们认为语言信息能够像魔法一样去影响别人,尤其是诗的语言,将能够影响神灵,这就是埃及的《亡灵书》、印度的《吠陀》和其他祭祀诗、巫术诗、咒语诗的作用。这些歌谣表达了人们企图控制自然界的尝试,也是人类想象力的初步表现。

在原始社会向奴隶社会过渡期间产生了史诗。史诗一般都要经过漫长的流传与加工,从一个新的角度反映了人类的生活、斗争和人类加强自己能力的愿望。各民族的史诗都塑造了强者、大力士以及半人半神的英雄等。公元前9世纪到前8世纪是古希腊的史诗时代,相传盲诗人荷马所写的《伊利亚特》即取材于特洛亚战争的传说。史诗从希腊联军围攻特洛亚九年零十个月后的一场内讧写起,最后写到赫克托尔的葬礼。《奥德赛》通过希腊英雄奥德修斯在特洛亚战争结束后艰难的返乡历程,由于在战争中得罪了海神波塞冬,海神在奥德修斯的返乡路程上设置了重重障碍,奥德修斯还是克服了各种困难,最终回到了家乡,他的返乡历程,表明了离开神的庇佑,人依然可以挺立于自然界。

远古社会最后兴起的古罗马诗歌,继承了古希腊文化传统。一位历史学家说,古罗马在军事上战胜了古希腊,古希腊却在文化上战胜了古罗马。古罗马开始出现文人史诗和抒情诗,史诗代表为维吉尔的《伊尼德》(又译《埃涅阿斯记》),抒情诗代表作是贺拉斯的《歌集》。总体来说,古罗马诗歌不如希腊诗歌清新,艺术创新性较少,属于"述而不作"的时期,是欧洲诗歌史上承前启后的阶段。

二、中古诗歌观念

中古诗歌是指公元5世纪到14世纪欧洲文艺复兴之前的诗歌,包括英雄史诗、骑士诗歌等。随着城市的逐渐发展和商人、匠师等组成的市民阶层的出现,市民诗歌逐渐兴起;到中世纪的末期,欧洲出了但丁、乔叟、维庸三大诗人。中世纪诗歌主要有四种类型:

(一)英雄史诗

中古早期的英雄史诗反映的还是氏族社会末期的生活和思想意识,在流传过程中染上了基督教的色彩。后期英雄史诗兴盛于封建制度上升时期,主题是对封建王国统一和强盛的赞美,对理想君主和骑士精神的赞颂。

(二)宗教诗或赞美诗

包括讲述宗教故事或圣徒行传的叙事诗、宗教寓言诗和哲理诗等。单纯的宗教诗一般价值不大,其中也往往含有世俗性的成分。比较突出的是宗教寓言长诗《耕者皮尔斯》(Piers Plowman),表现了农民平等的思想。

(三)骑士传奇诗和骑士抒情诗

骑士传奇用俗语写作,在十二三世纪达到高潮。内容主要是骑士冒险和爱情故事,以爱情、忠诚和勇敢为主题和歌颂对象。骑士传奇代表作《特利斯坦和伊瑟》(12世纪)属于不列颠系统,是在德、法两国民间流传很广的一部亚瑟王传奇。特利斯坦和伊瑟无意中喝了一种药酒,其功效是使人永世相爱。他们受到伊瑟的丈夫马尔克国王的残酷迫害,但他们的爱情永远消灭不了。这种由魔力引发的爱情比死更强,主人公殉情而死后,坟中长出两棵树,枝叶紧紧缠绕在一起,歌颂了爱情力量的强大。

兴起于法国南部普罗旺斯的骑士抒情诗对欧洲文学产生了很大影响,它表现骑士与理想美人的爱情,包括骑士追求牧女的"牧歌"、骑士与贵妇人惜别的"破晓歌"等。骑士"典雅爱情"冲破基督教的禁欲思想,也违背了世俗社会的男人至上的传统,从中表现了个性的初步觉醒。

(四)市民诗歌

在宗教禁锢的中世纪,市民诗歌的出现犹如苦难世界上空的一缕阳光,它是在民间歌谣基础上发展起来的,代表作有法国的故事诗《列那狐传奇》,长诗分27组,每组包含若干个小故事。采用动物人格化的叙事方法,讲述列那狐同猛兽斗争的故事,反映了市民同贵族的矛盾,赞美市民的才干与机智,讽刺了封建势力的残酷、贪婪和愚蠢。同时,列那狐欺侮小动物的故事,表现市民阶层内部的矛盾,谴责了上层市民弱肉强食的行径。

早在伊斯兰教创立之前,阿拉伯半岛上的麦加每年都会举行赛诗会,把获得优胜的诗悬于寺庙的墙上,称为"悬诗"。6世纪有7首"悬诗"获得了阿拉伯早期文学中的最高地位,7世纪以后又出现了宗教诗和抒情诗,而流传最广、影响最大的则是《一千零一夜》中的诗歌。

三、文艺复兴诗歌观念

经历了近千年的漫长中世纪,欧洲终于迎来了文艺复兴的艺术盛世。当欧洲从古代进入中世纪之际,古希腊、罗马的文化传统被中世纪的基督教文化取代。文艺复兴运动倡导以人性、人智取代神性、神智,从上帝那里找回人的价值、人的主体性,即人自己,从而全面恢复人的主体性。文艺复兴运动的早期,人文主义思想是以古希腊—罗马的世俗人本意识为主体,文艺复兴运动中人文主义对基督教文化思想的胜利,也就意味着古希腊—罗马文化的胜利。

被称为"第一个人文主义者"的彼特拉克率先突破了中世纪的束缚,开拓了近代抒情诗的新天地。欧洲文艺复兴的开拓者但丁,被恩格斯评价为"封建的中世纪的终结和现代资本主义纪元的开端,是以一位大人物为标志的,这位人物就是意大利人但丁,他是中世纪的最后一位诗人,同时又是新时代的最初一位诗人"。他创作的《神曲》全面阐释了文艺复兴的人文主义精神,对后世产生了巨大影响。文艺复兴末期,天主教加强了思想控制,诗人塔索的长诗《被解放的耶路撒冷》虽然写的是十字军东征耶路撒冷的主题,却呈现了人文主义倾向以及异教情感,塔索因此受到教会的囚禁与迫害。

16世纪后半期,法国开始出现人文主义诗歌。马罗是法国人文主义诗歌第一人,他擅长讽刺诗。此后兴起的七星诗社真正开创了法国文艺复兴诗歌,他们崇尚古典,以希腊、罗马为榜样,致力于统一和完善民族语言,把处于方言土语地位的法语提升为文学语言。七星诗社提倡俗语即民族语言,表现了民族意识和一定程度的人民性。16世纪七八十年代出现了斯宾塞、锡德尼两位大诗人。斯宾塞的名作《仙后》讲述了仙后与一群骑士的故事,每位骑士都代表一种德性,创造了每节九行的"斯宾塞诗律"。

莎士比亚是文艺复兴时期人文主义文学最高成就的代表,如果说文艺复兴是"人"的发现,那么只有到了莎士比亚那里,"人"才被发现得最全面、最深刻、最丰富,人文主义的内涵才发展到最完整的境界。莎士比亚的诗歌创作颇丰,却被其戏剧艺术所掩盖。他有三部著名诗作:两部长诗(《维纳斯和阿多尼斯》《鲁克丽斯受辱记》)和一部十四行诗集。莎士比亚的诗赞美爱情与友谊,歌颂人之美。比如十四行诗《我不相信,两颗真心的姻缘》:

我不相信,两颗真心的姻缘

(原诗序号第116首)

我不相信,两颗真心的姻缘
会有任何阻碍。爱算不得爱,
如果它一遇到改变就改变,
如果它一遇到衰败就衰败,
啊,不!爱似灯塔在海上高照,
它坚定地面对风暴,毫不动摇;
它是一颗星,把迷航的船引导,
它的高度可测,价值不可测量.
爱情不受时间戏弄,尽管红颜
总要落到时间的镰刀下,遭到刈割,
时限短暂的爱情却永远不变,
并将一直坚持到灭亡的时刻.
如果这都错了,并能对我证明出来,
那就算我从未写诗,世人从未恋爱!

诗歌的第一节破题,提出爱是两颗真心的结合,不用怀疑真爱的力量;第二节把爱提升到崇高的地位;第三节进而说明爱能够战胜时间与死亡。偶韵以及铿锵有力的语言强化了爱的力量。莎士比亚的十四行诗继承了意大利彼特拉克的艺术传统。

总体来说,文艺复兴诗歌全面肯定了人的价值,诗歌艺术的描写对象从中世纪神的世界转化为人的世界,宣扬了世俗精神,重视对自然以及人类内心世界的表现,全面发掘人性之美,为资产阶级登上历史舞台奠定了深厚的思想基础。

四、古典主义时期的诗歌观念(17世纪～18世纪)

16世纪到17世纪中叶,西欧地区发生了严重的内战和宗教战争。一方面,文艺复兴运动带来了人的解放与社会的发展;另一方面,对个人自由的片面追求以及欲望的释放导致了人的道德水准的下降以及社会的混乱。面对混乱的社会局面以及陷入欲望之乱的人类,人们逐渐意识到理性与秩序的重要性。古典主义时期,人们重新发现了古罗马的政治、国家的集权思想,古典主义文学也热衷于表现政治意识,颂扬理性意义上的"人"。

古典主义诗歌首先崇尚理性,轻视情感,反对传奇性,反对"过分"。他们认为诗歌的目的是说理、道德教育以及赞美君主与国家的强权。其次,讲究规范,他们要求诗歌形式必须严谨、规范、匀称,他们在诗律和语言的规范化方面作出了贡献。最后就是崇尚古典,追求典雅。他们崇尚古罗马帝国风格,形成了高雅、节制、严谨、简洁的风格。因此,古典主义时期排斥抒情诗与叙事诗,只有说理诗、讽刺诗、寓言诗还有存在的空间。古典主义诗歌主要以法国的马莱伯、英国的德莱顿和蒲柏为代表。

五、浪漫主义诗歌观念(18世纪末～19世纪中期)

欧洲的浪漫主义诗歌以1798年为起点(以耶拿派为标志),到1848年资产阶级革命为止。浪漫主义诗歌的思想源于卢梭的哲学、德国古典哲学、空想社会主义等,浪漫主义诗歌表现自我意识的觉醒以及回归自然,显示了彻底的反传统姿态。我们可以从创作方法和文艺运动两个角度来理解浪漫主义。

作为创作方法,浪漫主义诗歌侧重从主观世界出发,抒发对理想世界的热烈追求,常用热情奔放的语言、瑰丽的想象和夸张的手法来塑造形象。

作为文艺运动,浪漫主义诗歌是法国大革命、欧洲民主运动和民族解放运动高涨时期的产物。它反映了资产阶级上升时期对个性解放的要求,是政治上对封建领主和基督教会联合统治的反抗,也是文艺上对法国新古典主义的反抗。

按照所表现的情感,浪漫主义诗歌可以分为积极浪漫主义与消极浪漫主义。积极浪漫主义诗歌敢于正视现实,批判社会的黑暗,矛头针对封建贵族,反对资本主义社会中残存的封建因素,同时对资产阶级本身的种种罪恶现象也有所揭露,因而充满反抗、战斗的激情,寄理想于未来,向往新的美好生活,有的赞成空想社会主义。代表诗人有英国的拜伦、雪莱,法国的雨果,德国的海涅以及俄国的普希金(前期),波兰的密茨凯维支,匈牙利的裴多菲,美国的惠特曼等。这群诗人的创作对我国五四新文化运动时期的浪漫主义诗歌产生了直接影响。

消极浪漫主义诗歌往往不能正视社会现实的尖锐矛盾,采取消极逃避的态度,他们思想上还依然眷恋着被历史浪潮所吞没的贵族阶级。他们从对抗资产阶级革命运动出发,反对现状,留恋过去,美化中世纪的宗法制,幻想从古老的封建社会中去寻找精神上的安慰与寄托。代表诗人有法国的夏多布里昂,俄国的茹科夫斯基,英国的湖畔派诗人华兹华斯、柯勒律治、骚塞。

六、三足鼎立的现实主义、象征主义、唯美主义(19世纪中期～20世纪初期)

随着浪漫主义偃旗息鼓,19世纪中期兴起的诗歌浪潮不是单一的思潮,而是现实主义、象征主义、唯美主义三种思潮相互交错,促成了19世纪后期诗歌的繁荣。马克思说:"资本来到世间,从头到脚,每个毛孔都滴着血和肮脏的东西。"资本家血腥的发展历史压碎了浪漫主义的热情与幻想,面对这样严峻的现实,诗人群体产生了分化,一部分诗人冷静下来正视现实,冷眼观察社会与人生,这就产生了现实主义诗歌;一部分诗人则远离现实,退到所谓的纯艺术世界,这就产生了唯美主义与象征主义诗歌。

现实主义文学思潮主要体现在小说领域,现实主义诗歌也取得不小的成就,主要代表有英国的勃朗宁、德国的海涅、匈牙利的裴多菲、俄国的普希金(后期)和涅克拉索夫等。19世纪50年代出现"现实主义"一词,这个术语本来是贬义,用来指法国画家米勒和库尔贝的现实主义油画,指责他们油画人物的低贱和令人难堪的生活场景。1856年《现实主义》创刊,发表宣言倡导以现实主义代替浪漫主义,不要美化现实,要创造人民艺术。现实主义诗歌以强烈的理性主义和社会批判精神介入社会现实,他们在诗歌中毫不隐晦其思想倾向性,甚至直接使用宣传鼓动的语言表达强烈的爱憎,现实主义叙事诗和戏剧诗则往往使用客观化方式展示现实世界。欧洲的现实主义诗歌对我国20世纪30年代的中国诗歌会的诗人产生了重要影响,比如勃朗宁的《衬衫之歌》《孩子们的哭声》等。

唯美主义产生于19世纪40至60年代英国美术界的先拉斐尔派运动,他们反对当时的学院派艺术,崇尚1508年拉斐尔离开佛罗伦萨前的真挚率真的画风。唯美主义诗歌主要以英国的王尔德、法国的果尔蒙为代表。王尔德认为美高于一切,艺术高于生活,艺术应该超脱人生,艺术本身就是目的。唯美主义诗人崇尚对感官的直接呈现:"西茉纳,雪和你的颈一样白/西茉纳,雪和你的膝一样白/西茉纳,你的手和雪一样冷/西茉纳,你的心和雪一样冷/雪只受火的一吻而消融/你的心只受永别的一吻而消融/雪含愁在松树的枝上/你的前额含愁在你栗色的发下/西茉纳,你的妹妹雪睡在庭中/西茉纳,你是我的雪和我的爱"(果尔蒙《雪》),果尔蒙的诗歌对我国象征派诗人戴望舒产生了重要影响,读者可以在他的《雨巷》中,体味到果尔蒙《西茉纳》组诗的安谧、辽远、神秘的诗境。

象征主义横跨19世纪与20世纪,是欧美现代文艺思潮中出现最早、影响最大的派别。象征主义主要涉及诗歌与戏剧领域,象征主义诗歌分为前后两期:前期象征主义诗歌(19世纪50年代到19世纪末)、后期象征主义诗歌(20世纪初到三四十年代)。波德莱尔的诗集《恶之花》(1857)的出版是象征主义诗歌闯入诗坛的第一步。后期象征主义代表诗人有瓦雷里、里尔克、梅特林克、勃洛克、叶芝、庞德、艾略特等。象征主义诗歌反对肤浅的抒情和直露的说教,主张情与理的统一;通过象征、隐喻、自由联想和语言的音乐性去表现理念世界的美和无限性,曲折地表达诗人的思想和复杂微妙的情绪。

从美学史角度来看,象征主义在诗学观念上有重大突破,被誉为象征主义鼻祖的波德莱尔在《恶之花》中第一次运用了病态的、丑陋的城市题材,反对传统的乐观主义,否定地狱般的城市生活,追求"人工的天堂"。法国象征主义"三杰"魏尔伦、兰波、马拉美从不同角度发展了象征主义诗歌美学,魏尔伦以对诗歌音乐性的追求,展示了诗歌的本质。兰波在如何认识与表现"真实世界"方面充实了象征主义诗歌的内容,主张通过感官的错位进入幻觉,从而表现非理性世界。马拉美在象征主义诗歌语言与技巧方面丰富了诗艺,被誉为象征主义诗歌形式的大师。

七、杂语喧哗的 20 世纪现代主义诗歌:意象派

意象主义是 20 世纪欧美现代主义诗歌运动中出现最早、影响最大的诗歌流派,美国诗人庞德是该派的重要理论家与代表诗人。庞德深受中国古典诗歌以及日本文化的影响,逐渐形成了意象派的理论,得到了希尔达·杜立特尔(1886~1961)、弗·弗林特(1885~1960)的支持。1913 年弗林特发表意象派宣言:直接"处理"事物,不管它是主观的还是客观的;绝对不用无益于表现的词汇;至于节奏应用音乐片语,而不按节拍器的重复来组成。同年,庞德在《意象主义者的几个"不"》中,提出"意象是瞬间理智与情感的复合物"。庞德对意象的理解充分体现在其名诗《在地铁车站》:"人群里忽隐忽现的张张面庞,/黝黑沾湿枝头的点点花瓣。"诗人看到地铁到站,车门打开的瞬间,所有人蜂拥而出的场景,令他想起了中国的水墨山水画。因为两个空间中物象形态的一致性,诗人就将它们并置,为了表现在巴黎地铁站看到的一些面孔而精心选择了"湿漉漉的黑树枝上朵朵花瓣"的意象。

庞德毫不讳言对中国古典诗歌的热爱,他说:"正是由于中国诗人满足于把事物直接呈出来,而不加以说教或评论,人们才不辞辛苦地翻译它。""中国诗主要跟基本的、特定的、可见的事物打交道,他们谈一棵美丽的树,一个可爱的人,而不谈诸如美或爱之类的抽象概念。"可见,意象派诗人对中国古典诗歌的某些特点是有所认识的。意象派诗人非常注重对直觉印象的表现,比如希尔达·杜立特尔的《林中仙女》:

> 翻卷起来,大海——
> 把你的松针翻卷起来!
> 把你大堆的松针
> 往我们的礁石上泼过来,
> 把你的绿色往我们身上摔吧——
> 用枞叶的漩涡把我们覆盖!

这是杜立特尔的一首著名诗歌。诗句所写的正是诗人看到波涛汹涌的大海时所产生的直觉印象。由于意象派诗人过分强调诗的精确、简明,致使许多意象派诗作篇幅短小,不能表现丰富的社会生活。他们强调的是诗人对现实的反映,主张在诗作中表现个人情绪。英国的意象派诗人休尔姆(1883~1917)曾把田野之月说成是红脸庞的农夫,把船坞的明月看成是顽童溃忘在那里的气球,还把落日比做一位不愿走下舞台的芭蕾舞主角。这些意象的产生均来源于诗人内心的感受,来源于诗人在瞬间产生的直觉印象。可以设想,如果另一位诗人来描写同样的事物,其结果会大相径庭。

西方意象论虽然没有我国意象论那样漫长的发展历程,但我们从以上诗人及评论家的观点中可以看出,西方意象论侧重于主观思想对客观世界的直觉感受和直接反映。无论这一感受和反映多么古怪和离奇,都要如实记录下来,不加任何修饰和议论的成分。而且,似乎感受越离奇古怪,写出的诗便越是好诗。

第四节　外国经典诗歌鉴赏

　　1991年,流亡美国的苏联诗人布罗茨基被美国国会图书馆授予"桂冠诗人"称号。5个月后,他在图书馆做了一次《一个不谦虚的建议》的演讲,他说道:"我想指出,在当今这个时代,仰仗并不昂贵的技术,存在着这样一种可能性,即把这个国家改造成为一个具有高度文化的民主国家。这种可能性值得去利用一下,趁音像还没有取代文字。我的建议首先从诗歌开始,这不仅仅因为,这一方式在一定程度上反映了文明的发展,因为诗歌是先于故事而存在的,而且还因为,这种方式要更便宜一些。"在这次演讲中,布罗茨基提出了诗歌传播的具体方法,比如诗集进入超市、政府提供便宜的诗歌书籍等,在他演讲后的一两年内,美国也开始"运动中的诗歌""公益性"的诗歌事业。

　　在这个喧哗浮躁的时代,如果我们能够将急匆匆的步伐减慢一些,如果我们能够将视线从电脑屏幕、电视屏幕移开,多与家人、朋友面对面地促膝交谈,或许我们的焦虑会少一些。在这个速度至上的现代化时代,如果我们还能有时间与心境来品味诗歌,展现在我们面前的应该是绿意处处的春天……诗歌作为人类精神的产物,无论以整体或者碎片的形式出现,它都将生生不息,因为诗意的栖居是人类存在的终极需求。下面我们就带领读者进入欧美诗歌世界。

啊,夜莺

华兹华斯

啊,夜莺,园林中的灵禽,
你准是具有"炽热的心灵";
你令世人倾倒的歌透肺穿心,
那样的热情如火的促节繁音,
仿佛酒仙激发你的妙响纷纷,
让你以酣畅的歌声奉献给情人。
你的歌声充满戏谑和讥笑,
不管树影暗露和夜的悄悄,
不管深稳的至乐和正安睡
在宁静的林中的双双情侣。
我在今天听到野鸽
唱出他那质朴的歌。
他的声音为树海所淹没,
只有微风与他互应相和。
他不停地唱,咕咕,咕咕,
在沉思中唱出他的倾慕。
他唱爱情,却掺和着平静,

不竞于先鸣,却永不会停:
唱严肃的忠贞,内在的欢欣;
就是这首歌啊,为我所追寻。

威廉·华兹华斯(1770～1850)是19世纪英国著名的浪漫主义诗人。诗学家郑敏先生如此评价华兹华斯:"没有华兹华斯的诗,英国诗怎样过渡到现代诗是很难想象的。华兹华斯的诗和诗的理论在这18、19世纪英诗的发展史上起着承上启下的作用。"[①]华兹华斯认为,农村朴素贫寒的生活使人们保持着情感的纯洁与真挚,与大自然的接触使人们保持了性格的坚强,他们的语言朴实无华。华兹华斯认为农民的这种情感、意志与语言很适合诗歌。华兹华斯在不少的诗歌中也表现了对这些人物的爱怜,比如《鲁西葛雷》中,一个女孩在风雪之夜,提着灯笼走过荒原去迎接深夜从城镇归来的母亲。迷路的女孩却永远走不到城镇,她消失在风雪中,欢乐天真的形象徘徊在荒原上:

但至今人们坚信
荒原上仍生活着小露西,
她可爱的背影逶迤前进,
头也不回,
她的歌声将人们吸引。

一个天真勇敢的小女孩,在风雪之夜中的乐观精神,被诗人生动地刻画下来,而她的死则引发了对大工业的批判。华兹华斯一方面在描写这些朴实无华的农村人,一方面也在歌唱大自然。

面对浮华的城市生活,19世纪早期的诗人们普遍将视野放到农村田园世界,放到自然界之中,对自然的歌咏也是华兹华斯诗歌的主题之一。华兹华斯认为自然是人类精神品德的良师,与自然朝夕相处有助于人们道德品质的成长,从自然中寻找力量、美感、智慧和坚强,这也是华兹华斯描写自然的动力。

预感

里尔克

我像一面旗帜被空旷包围
我感到阵阵来风 我必须承受
下面的一切还没有动静
门轻关 烟囱无声
窗不动 尘土还很重

[①] 郑敏:《英国浪漫主义大诗人华兹华斯的再评价》,《诗歌与哲学是近邻》,北京:北京大学出版社,1999年,第85页。

> 我认出风暴而激动如大海
> 我舒展开来又蜷缩回去
> 我挣脱自身 独自
> 置身于伟大的风暴中

莱纳·玛利亚·里尔克(1875～1926)是一位重要的德语诗人,除了创作德语诗歌外,还撰写小说、剧本以及一些杂文和法语诗歌,书信集也是里尔克文学作品的一个重要组成部分。他对19世纪末的诗歌以及欧洲颓废派文学都有深刻的影响。

从1902年8月开始,整整12年的时间,巴黎一直是里尔克生活的中心。在这个异乡的城市中,里尔克始终像一个城市的游荡者,在廉价的客栈中搬来搬去。对于里尔克来说,巴黎就是一座恐惧之城、死亡之城。"这座城市很大,大得几乎近于苦海。""巴黎?在巴黎真难。像一条苦役船。我无法形容这里的一切是多么令人不快,我难以描绘自己是如何带着本能的反感在这里混日子。"

《预感》正是写作于里尔克的巴黎时期,诗人把自我物化为旗帜,第一节展示了期待的情绪,"我"好像一面旗帜被无法捕捉的空旷所包围,那是一种无限孤独的感觉。接着是风暴来临之前的寂静,在门、烟囱、尘土中包孕着风暴的气息,也就是"山雨欲来风满楼"。

第二节以"我认出风暴而激动如大海"与第一节呼应,使得诗的整个节奏显得上扬,就如风中的"旗帜"一样。随后运用旗帜的舒卷暗喻内与外的关系,结尾处,"我"挣脱自身,独自处身于伟大的风暴之中。

在里尔克看来,拯救世界的方法是将全部存在——过去的、现在的和将来的存在放进"开放"与"委身"的心灵,在"内心世界"中化为无形并永远存在。

第三章　小说艺术观念与作品鉴赏

据说,当人们具备了语言表达能力并有了闲暇的时候,他们就开始相互讲故事,但是人类何时开始把讲述虚构的故事作为娱乐手段却不得而知了。

鲁迅也说过,诗歌产生于劳动与宗教,小说则起源于休闲:

"至于小说,我以为倒是起于休息的。人在劳动时,既用歌吟以自娱,借它忘却劳苦了,则到休息时,亦必要寻一种事情以消遣闲暇。这种事情,就是彼此谈论故事,而这谈论故事,正就是小说的起源。"①

希腊有盲诗人荷马讲述战神阿克琉斯的故事,西班牙有小说家塞万提斯讲述骑士堂吉诃德的悲喜故事,英国有小说家笛福讲述鲁滨孙漂流记……

中国人最早的故事在《山海经》中得到集中收录。中国历史上不乏精彩的故事:造剑名匠干将与莫邪为楚王铸造雌雄剑,以及儿子眉间尺复仇的故事;唐玄宗与杨贵妃凄凉的爱情故事;梁山108位好汉的故事……

小说文体的产生就是为了满足了人们讲述故事以及阅读故事的欲望。

中国最早的故事是上古时期的神话,主要代表是《山海经》,既讲述了宇宙与人类的起源(《开天辟地》《女娲补天》《抟土造人》),也讲述了人类与自然抗争(《精卫填海》《后羿射日》《夸父逐日》)的故事。魏晋南北朝时期出现了讲述神异鬼怪故事的志怪志人小说。《搜神记》是志怪小说的代表。

唐代的传奇开始讲述比较完整的故事,大多数是才子佳人的爱情故事。这些传奇后来成为中国戏曲的源泉,比如《柳毅传》《李娃传》等。明清时期的章回小说是中国古典小说的高峰。这个时期既有文言小说,比如《聊斋志异》等,也有主要供说书人使用的话本小说,比如"三言""二拍"。

小说观念的变革源于人们认识、感受世界的思维与表达方式的变革,是人们在小说实践的基础上形成的对小说文体的理解。小说观念包括小说的文体观念、对象观念、创作观念以及功能观念等。小说观念的逻辑内容具有历史的生成性,它总是特定历史文化的产物,同时又是历史文化等复杂关系的表征,因此,小说观念又是时代文化精神的缩影。每个时代都有其核心的小说观念,借助对核心观念的考察,可以考察小说的时代价值,分析小说演变的文化机制。

---

① 鲁迅:《鲁迅全集·中国小说的历史变迁》第8卷,北京:人民文学出版社,1957年,第314～315页。

第一节 中国小说艺术观念史

一、古代小说观念

从先秦到今天，中国小说艺术的观念已经发生了巨大变化。从两汉时期的"小道"到现在的"登堂入室"，小说在文学世界的地位可谓天翻地覆。我们可以将这一段历史大致分为三个部分：先秦至清末的古代小说观念；晚清至20世纪40年代的近现代小说观念；新中国成立后的当代小说观念。

"小说"二字的连用，最早见于《庄子·外物》："饰小说以干县令，其与大达亦远矣。"这里的"小说"只是一个词组，非专指文体，意思是粉饰浅识小语以求高名，与明达大智的距离很远。东汉的桓谭与班固首次使用文体意义上的"小说"。桓谭说："合丛残小语，近取譬论，以作短书，治身理家，有可观之辞。"他沿袭了庄子的说法，同时也指明了小说的文体特点与作用。班固的《汉书·艺文志》中收录了"小说家"，所收的"小说"十五家已经失传。班固说："小说者流，盖出于稗官。街谈巷语、道听途说者所造也。"此处的"小说"是指专门为皇帝收集百姓言论的官员所收集的街谈巷语，指出了小说的民间色彩、起源与形式。班固对于"小说"的理解奠定了中国古典小说的文体意识。清代纪晓岚编纂《四库全书总目》依然延续了这种观念，传统的目录学家或者把"小说"列入子部，或者列入史部。

魏晋南北朝时期，中国小说已粗具规模，主要有志怪小说和志人小说两类。志怪小说集中于干宝编撰的《搜神记》，志人小说集中在刘义庆编撰的《世说新语》。干宝认为小说有"游心寓目"和"发明神道之不诬的作用"，极力证明小说具有历史的真实性，体现了中国丰厚的史官文化对小说的重大影响，却抑制了小说虚构意识的产生。

隋朝时期开始实行科举制度，这种政治制度一方面保证了统治阶层人才的更新，另一方面也在极大程度上改变了读书人的生活方式。中国读书人此时有了出远门的理由，生活空间的变化为读书人带来更多的生活阅历。产生于唐代的传奇在内容方面就有了很大变化，大部分都是讲述书生进京赶考路上发生的情感奇遇记。故事从志怪小说中的道听途说转变为文人有意识的编撰，具有明显的娱乐性，故事情节完整，人物形象比较鲜明，在文体上也就趋于完备。

宋代城市的发展促进了市民阶层的发展与壮大，城市也产生了市民的娱乐场所——"瓦肆"。在这里有一种以讲故事、说笑话为主的活动即"说话"。当时的"说话"分为四家，即小说、讲史、说经、合生，其中小说、讲史最受听众的欢迎，对后世的小说创作影响也最大。我们今天所说的小说实际上就包括了宋代的小说与讲史这两种。前者是用浅近的文言讲述历史上帝王将相的故事；后者指的是用通行的白话来讲述平凡人的故事。话本小说以正史为依据，也吸收一些传说、异闻等，同时也不免虚构以增强吸引力。它们的情节往往较曲折，篇幅较长。宋元时期的话本主要是民间艺人创作，文人参与很少。话本小说的兴盛，标志着小说进一步走上了文学舞台。洪迈认为"稗官小说家言，不必信，固矣"，明确了小说的虚构性，小说开始脱离史官文化，凸显了小说文体的本质。

明清小说主要有神魔小说和世情小说。《西游记》《封神传》《三宝太监西洋记》《镜花缘》

是神魔小说的代表作。世情小说讲述市井百姓悲欢离合的俗世故事,代表作有《金瓶梅》《玉娇梨》《好逑传》等。随着明清小说创作的兴盛,小说的观念也有所发展。首先,对小说的消遣性与社会教化功能有了清晰的理解。比如李昌祺、刘敬认为小说"可泄其暂时之愤懑,一吐胸中之新奇,而游戏翰墨云尔"。"三言"中大量善恶因果报应的故事情节,无一不是在劝导人们弃恶扬善。其次,小说的虚构性与历史实录性并重。明清小说评点家对小说与历史实录进行了明确的区分,主张小说要写出社会生活、社会关系的情理,写出社会生活的必然性与规律性,而不必"实有其事"、"实有其人",金圣叹是这种观念的代表者。强调小说的实录性的观念依然存在。比如纪昀从史学的角度对蒲松龄的戏剧化叙述方式进行了批评,他认为小说不像戏剧可随意装点,作者不能够描述人物的"媟狎之态",因为作者"则何从而闻见之?"《三国演义》的评点者毛宗岗是这种小说观念的代表人物,他认为小说就是把社会生活中(或者历史上)实际的人和事记录下来,不能有一点虚构。最后,明清小说开始强调人物性格的真实性。李贽主张小说要有真情,他认为《水浒传》之所以好,"只为他描写得真情出。"

总体说来,古代小说一方面强调小说的社会功能,一方面也追求现实的真实性。在创作手法上,文言小说往往采取笔记形式,白话小说则深受史传影响,采取话本与章回小说的形式。

二、近现代小说观念

中国近代小说观念的变化始自1897年天津《国闻报》所刊载的《本馆附印说部缘起》,作者严复、夏曾佑称:"夫说部之兴,其入人之深,行世之远,几几出于经史之上,而天下之人心风俗,遂不免为说部所持。"从小说影响人心的角度强调"小说为正史之根",一改历来小说依附于经史的看法,将小说凌驾于经史之上。1902年,梁启超提出了"小说界革命",将古代作为"小道"的小说提到了兴国强民的高度,"欲新一国之民,不可不先新一国之小说"。在近代,文体自觉仍然没有成为小说的核心观念,但在功能观念以及创作观念上,都较古代有了发展,成为由古代向现代过渡的小说观念。

"五四"文学革命标志着中国文学步入了现代化历程,这其中当然也包括小说。20世纪20年代的小说观念主要分为两派:一是以文学研究会为代表的为人生而艺术的现实主义小说观;二是以创造社为代表的为艺术而艺术的浪漫主义小说观。

文学研究会主张为人生而艺术,认为小说应反映、改良乃至提升人生。强调写实主义,认为艺术的真实来源于生活的真实,看重文学的社会功能。其代表作品为问题小说和乡土小说,立足于社会现实,关注民生疾苦,执著于人生意义的追寻,强调对外在世界的精密观察和真实再现。比如丁玲的《莎菲女士的日记》描写了一位五四新女性的卑微的心理与精神的痛苦,揭示了五四时期女性缺乏独立的社会地位所带来的人生困境。

创造社则主张为艺术而艺术,认为小说应表现作者的内心世界,推崇浪漫主义,重视小说的美感作用。其代表作品为浪漫抒情小说,侧重宣泄作者的自我情绪,宣扬个性主义,淡化情节,带有强烈的主观色彩和情感,富有诗情意境。代表作有郁达夫的《沉沦》,这是一篇"注重内心纷争苦闷"的现代抒情小说(也叫"自我小说"),具有"自叙传"的色彩,表现了留学日本的中国青年置身于发达的邻邦,想着落后的祖国所产生的强烈的苦闷与焦虑。

中国现代小说的奠基人鲁迅借鉴了西方现代小说的表现技巧,又融合了中国传统小说的长处,创造了中国现代小说的新形式。他开掘了农民和知识分子两大题材,以小说来鞭挞国民的劣根性,揭示中国传统文化在现代化世纪的危机,强调了小说的启蒙叙事功能。

20世纪30年代的小说观念主要分为三派:左联为代表的无产阶级小说、京派小说、海派小说。左联强调社会生活对小说的决定作用和世界观对创作的决定作用,主张小说要反映无产阶级的革命斗争生活,追求小说的大众化形式,强调小说的阶级意识,推崇小说的政治功利性。左联的小说观念顺应了30年代民族解放战争中民众的救国救民的愿望,从而成为当时的占主导地位的小说观念,比如蒋光慈(1901~1931)为代表的"革命加恋爱"模式的小说一度成为当时的畅销书。

以沈从文、废名、芦焚为代表的京派小说贴近京城的市民生活,融合了现实主义与浪漫主义的表现技巧,侧重于对人物个性的展示,显示了对小说艺术形式的创新。以上海为中心的海派小说则强调小说的世俗性与商业化,追求新颖的表现技巧,运用西方现代派手法,注重心理、幻觉和潜意识的描写,表现人的深层次的隐秘心理。海派小说对于20世纪30年代上海都市文化形象的建构做出了重要贡献,它成为上海城市经典形象的重要组成部分。

20世纪40年代,民族与人民的解放是时代的主题,这个时期的小说有着共同的爱国主义主题和昂扬乐观的英雄主义气息,此外还有对国统区黑暗的暴露与讽刺。小说具有服务于时代政治的功利性,强调形式、语言等的大众化以及小说的战斗作用。尤其是毛泽东所作的《在延安文艺座谈会上的讲话》,明确了文学(包括小说)必须为工农兵和革命服务,提出了政治标准第一、文艺标准第二的批评标准。此外,在主流文学之外还有其他非主流的小说观念。如以张恨水为代表的现代通俗小说家就认为小说是一种消遣、娱乐、游戏,同时强调小说的商业性。雅俗共赏的张爱玲,在琐碎的世俗故事中注入了深刻而丰富的现代内涵,她的小说以一种淡漠的叙事态度解构爱情、亲情、人性,消解人生和生命的意义。

总的来说,"五四"新文化运动所倡导的民主、科学等启蒙精神,成为小说观念迈向现代化的土壤,审美和虚构作为小说的文学性被确认,人物代替故事成为小说的中心。在继承传统小说叙事技巧的基础上,现代小说突出了描写的功能地位,人物心理成为人物刻画和小说结构的关键。在创作上,超越了传统的全知全能的叙事视角,自觉运用限制性叙事视角以及多叙事视角。

三、当代小说观念

(一)"十七年"小说观念

"十七年"(1949~1965)的小说观念以革命现实主义为主流,主要塑造新的历史主体——工、农、兵,小说的社会教育与政治动员功能被极大地强化,最终导致了小说的公式化、概念化。在表现手法上,追求民族化、大众化,注重故事情节的完整、生动以及语言的通俗。注意通过人物的外貌、言行和周围的环境、气氛来刻画人物形象,但是不少人物形象却显出类型化、模式化,大多符合"二元对立"的模式。尤其是"文革"期间提出的"根本任务论"、"三突出"创作原则和"主题先行论"等创作理论导致了"十七年"小说的严重僵化。

柳青的《创业史》、杜鹏程的《保卫延安》、曲波的《林海雪原》、周而复的《上海的早晨》、杨沫的《青春之歌》、罗广斌和杨益言的《红岩》等代表了"十七年"工农兵长篇小说的艺术成就。

比如《创业史》是一部具有史诗气质的小说，以农民梁生宝带领的农业互助组的发展为线索，展现了我国农业社会主义改造的历史风貌，梁生宝是当代小说中的经典农民形象。

(二)20世纪80年代前期的新时期小说观念

1976年"文化大革命"结束后，我国文学进入了全新的发展时期，小说的观念也发生了巨大的变化。文艺界对现实主义以真实性为核心达成了共识，并对文艺与政治的关系进行了重新界定。这一时期的小说观念主流是现实主义，如伤痕小说和反思小说，并遵循着现实主义美学原则，对造成"文革"历史悲剧的原因进行了反思，强调描写的真实性。随后兴起的改革小说虽然也突出了功利色彩，但是将功利话语和审美话语结合得较为完美，在创作方法上也以现实主义为主。

20世纪80年代中期兴起的寻根小说，则是把最初的伤痕小说、反思小说推进到中国传统文化的深处，1984年发表的《棋王》代表了寻根小说的艺术成就。这部小说写了两件事："吃"和"棋"，小说以"我"——一个落难的高干子弟与贫民棋王王一生交往的故事。尤其是故事的高潮部分，作家以白描讲述了那场九车轮大战，显示了作家高超的艺术表现力。韩少功的《爸爸爸》《女女女》、王安忆的《小鲍庄》等皆被划归为寻根小说。

(三)20世纪80年代后期的先锋小说观念

从20世纪80年代开始，西方的现代小说观念再次引起了中国小说界的关注，尤其是到80年代后期，在法国新小说、拉美的魔幻现实主义等小说观念影响下，以余华、格非为代表的先锋小说的出现，标志着中国当代小说观念发生了颠覆性的变革，这是一种全新的叙事实践。

一是叙述方式的变革。马原的"叙事圈套"和余华的"冷漠叙述"是先锋小说中影响力较大的叙事实践。马原的"叙事圈套"，也就是"元叙事"、"元小说"、"元虚构"，在其作品中经常出现"马原"的形象，他会说："我怎么写到这里了？我写不下去了，下面应该怎么写？"这种叙事直接向读者展示了小说的虚构过程，时刻提醒读者小说文本的虚构性，从而产生间离的阅读效果。余华的"冷漠叙述"也有着强烈的先锋性，小说叙述者的主体情感降至零点，表现出近乎残酷的冷漠。比如在《死亡叙述》中，在第二次车祸发生以后写道："这一切都是命中注定的。"这种叙述让读者感受人与人关系的冷漠，呈现的是人类的丑陋，人类无可救药地在苦难中沉沦、堕落与死亡。

二是对形式的极度推崇。先锋小说家对小说形式的思考达到一个前所未有的高度，他们研究的不是具体"写什么"，而是"怎么写"，怎么创造新的语言和形式。作者关心的是故事的形式和如何处理故事，而并不想通过故事表达某种意义，小说已不再具有明确的主题和社会意义。而其所叙述的故事也往往只是一些缺乏逻辑联系的片断，结构散乱、破碎，人物趋于符号化。

三是语言的狂欢。最具有代表性的是孙甘露的语言实验，在他的作品中语言并不传达日常语言里所有的确定意义，即用语言的能指的滑动来结构小说，而并不在意语言背后的意义。这样一来，语言解放了，语言的组合不再是为了传达某种特定的意义，语言最大限度地获得了自由和它本身。不过，在如此极端的语言实验中，语言的所指被减少到极点，只剩下漂浮的能指，一堆漂亮的词语而已。

四是对传统表现技巧的"戏仿"。所谓的"戏仿"，就是滑稽模仿，"是一种通过对原作的游戏式调侃式的模仿从而构造新文本的符号实践",[1]比如余华经常对传统文类进行颠覆性挪用,也就是一种对旧有文类的戏仿。比如《河边的错误》对侦探小说进行了戏仿,《古典爱情》对传统的才子佳人小说进行了戏仿,苏童的《妻妾成群》则是对传统历史小说的戏仿。在这种对传统小说的戏仿中,表达了作家在文体意识方面的先锋性。

(二)20世纪90年代的新写实主义小说观念

20世纪90年代,由于市场经济体系的逐步完善,小说创作受到市场意识的影响,小说观念也产生了较大变化,呈现多样化的发展趋势。作为主流的新写实小说具有鲜明的当下意识,它主张对生活采取"零度介入",也就是叙述者对小说人物与事件隐匿情感与价值立场,采用平面化、零散化的叙述手段呈现普通人的原生态的生活与情感。20世纪90年代初期出现的新写实主义小说实现了双重背离:一方面抛弃了传统现实主义的全知全能的叙述视野,吸收了现实主义面对人生的写作态度;另一方面抛弃了先锋小说由"元叙述"、"冷漠叙述"所带来的远离读者的精英贵族的高高在上的叙事姿态,采取了后现代主义的平面化、零散化的叙述方式以表现普通人日常生活的琐碎。

新写实主义小说以池莉、方方、刘震云为代表,他们的作品被大量改编为电影和电视剧,成为90年代中国电视剧的重要艺术资源。池莉的作品较多地被改编为电视剧,比如《来来往往》《不谈爱情》《超越情感》等。

(三)新生代小说观念

新生代小说是20世纪90年代出现的另一个影响较大的写作群体。这是指20世纪60年代末期出生的一代作家,他们"在边缘处叙述"的姿态,强调自我个人经验,拒绝小说叙事传统,这意味着个人化经验对小说技巧和观念的全面超越,意味着自由的莅临和自我的重新发现。它主张将叙述者还原为以主人公形态出现的世俗性、欲望化的生存个体,放弃文本游戏和技巧展示的倾向,试图返回小说叙述的初始状态,并强调语言的返璞归真,多使用方言、口语和本色生活语言,代表作品有李洱的《花腔》、刘志钊的《物质生活》等。

(四)21世纪的新潮长篇小说

新潮长篇小说深化了先锋小说的艺术实验,并在对长篇小说诗学规范和操作模式的全面颠覆中,把先锋小说对小说观念的反叛现实化了。其小说观念体现在:一是重叙述,轻描写,将小说叙述最终本体化、终极化,同时强调叙述的扑朔迷离和游戏成分;二是重想象,轻经验,认为文学与生活之间只存在想象和虚构关系,并不存在实际的经验性关系;三是反对长篇小说全景化与包容性的史诗追求,张扬其艺术纯度;四是主张内容形式化,形式本体化,反对割裂二者的关系;五是追求语言的狂欢色彩,主张采用独特不俗的话语方式,试图证明小说不是故事、人物或结构,而是语言。

新世纪的文学受到市场经济和商品经济的冲击越来越大,当下的小说也越来越受到市场走势和读者阅读趣味的引导。奇幻小说、通俗小说、青春亚文化小说等等新兴小说形式层出不穷,受到广大读者的追捧。这些小说完全以读者的审美趣味为主导,追求作品的娱乐化,强调语言的轻松俏皮和流行性,故事情节的曲折动人。此外,许多作品还标榜小资情调或者带有愤青色彩,以迎合读者的心理。这一时期的小说观念又有回归到小说是一种消遣

---

[1] 汪民安:《文化研究关键词》,南京:凤凰出版集团、江苏人民出版社,2007年,第378页。

和娱乐的意味,以适应市场需要和读者喜好为最高标准。

第二节　中国经典小说鉴赏技巧

面对当前大众文化的冲击,经典文学正在远离读者的视野。美国著名批评家哈罗德·布鲁姆极力维护经典文学的地位,他在《西方的经典》中对经典的内涵进行了重新界定。在他看来,文学经典是由历代作家写下的作品中最优秀部分组成的,这样经典也就成了"在那些为了留存于世而相互竞争的作品中所作的一个选择,不管你把这种选择解释为占主导地位的社会团体、教育机构、批评传统所做出的,还是像我认为的那样,由那些感到自己也受到特定的前辈作家选择的后来者做出的。"[①]其实,任何关于"经典"的界定都是相对的,任何艺术产品的价值判断,都不会是单纯的与恒定的,经典具有时代性。无论如何,经典始终代表了一个时代艺术的高度。

一、典型人物

清代怪才金圣叹在《读第五才子书法》中说:"别一部书,看过一遍即休。独有《水浒传》,只是看不厌,无非为他把一百八人性格都写出来。"金圣叹将一部小说的艺术魅力与人物性格的典型性联系起来,这是一个相当深刻的艺术见解。一部小说,只有成功塑造了典型性格,它所反映的社会生活、社会关系才有深度,才能获得恒久的艺术魅力。

对于人物的描写,中国传统小说非常注重人物的共性描写。明代小说戏曲评点家叶昼指出人物的描写就应该是"说淫妇便像个淫妇,说烈汉便像个烈汉,说呆子就便像个呆子",《水浒传》中鲁智深就是烈丈夫的典型,洪教头便是嫉妒小人的典型,潘金莲就应该是"淫妇谱"。所谓"谱"者,就是类型化的性格,这种表达技巧在戏曲艺术发展为"脸谱",比如红脸的关羽、黑脸的包拯、白脸的严嵩。这就是指人物的类型化特点,经典的小说人物总是能代表某种人物的共性特点,也就是福斯特在《小说面面观》中提出的"扁平人物",或者"性格人物","就是按照最简单的意念或特性而被创造出来"。[②]

经典人物不仅要表现一类人的共性特点,更重要的还要表现其独特的个性,就是"这一个"的特性。叶昼在《水浒传》第三回总评说:

且《水浒传》文字妙绝千古,全在同而不同处有辨。如鲁智深、李逵、武松、阮小七、石秀、呼延灼、刘唐等众人,都是急性的。渠形容刻画各有派头,各有光景,各有家数,各有身份,一毫不差,半些不混,读去自有分辨,不必见其姓名,一睹事实,就知某人某人也。

"同而不同",即是指典型性格即是个性与共性的统一,人物的个性是来自其不同的生活环境与生活经历,比如同样的打虎英雄,武松打虎"到底有些怯在,不如李逵勇猛也",在打虎

[①] 引自王宁:《"文化研究与经典文学研究"》,《天津社会科学》,1996年,第5期。
[②] 爱·莫·福斯特:《小说面面观》,苏炳文译,广州:花城出版社,1984年,第59页。

中显现了不同的性格,主要是因为两人境遇的差别:武松打虎是与老虎狭路相逢,不得已的事情;李逵打虎是孝子为母亲报仇,因此全然不顾性命。金圣叹指出108位好汉中有不少是粗鲁的英雄,作者却写出了不同韵味的粗鲁:鲁达粗鲁是性急;史进粗鲁是少年任气;李逵粗鲁是蛮;武松粗鲁是豪杰与不受羁勒;阮小七粗鲁是悲愤无说处;焦挺粗鲁是气质不好。同样是向往美好爱情以及出身豪门的林黛玉与崔莺莺,她们的个性也各具特色:林黛玉饱读诗书、俊逸高洁、孤高浪漫却又软弱与孤僻;崔莺莺则是美丽多情,恪守传统礼教,内心又渴望自由、炽热的爱情,最终成为封建势力以及自私男子张生的牺牲品。

鲁迅先生的《阿Q正传》代表了"五四"时期现代小说艺术成就,阿Q也是20世纪小说之林的经典人物形象。鲁迅说,他之所以要写《阿Q正传》,就是因为要"画出这样沉默的国民的魂灵来"。阿Q是"反省国民性弱点"的一面镜子,这面镜子的灵魂就是"阿Q精神":精神胜利法。阿Q处于未庄的底层,在与赵太爷、假洋鬼子,以至王胡、小D的冲突中,他永远是失败者。面对失败,阿Q总是采取自欺欺人的说辞与粉饰态度,这种自我安慰、自欺欺人的"精神胜利法"是国民劣根性的集中体现,是中华民族现代化的障碍。鲁迅塑造的"狂人"形象揭露封建文化"吃人"(泯灭个性)的本质,鲁迅塑造系列人物形象都与20世纪中国的发展主体——现代化紧密相关,他发现中国传统文化、传统国民性都难以适应现代化发展的要求,为了强国富民的现代化理想,必须进行彻底的文化改造与国民性的重塑。

二、典型情节

金圣叹认为《水浒传》情节的最大特点就紧紧围绕典型性格的塑造,可以说情节就是典型性格的发展历史,他把《水浒传》分为鲁达传、林冲传、武松传等。苏联文学家高尔基(1868～1936)也有相同的见解:"人物之间的联系、矛盾、同情、反感和一般的相互关系——某种性格、典型的成长和构成的历史。"金圣叹的这种观点在某种程度上概括了《水浒传》的结构特点,但可能对其他小说并不适合,比如《红楼梦》《镜花缘》等。因为情节尽管是人物性格塑造的基础,但是情节本身依然有独立的艺术魅力,作为典型的叙事文学的小说,情节是其基本要素之一。金圣叹认为小说的情节应是传奇性、惊险性与现实性的统一,符合生活事理,这是小说的艺术美感来源之一,也是小说吸引读者的主要元素,情节的主要任务是表现人物的性格与命运。

首先是情节的真实性。情节的真实性体现在两个方面:一是情节符合客观生活的真实;二是情节符合生活事理的真实。前者主要是针对描摹现实生活的作品,比如历史小说《三国演义》《水浒传》等;后者主要针对幻想性作品,比如《西游记》《镜花缘》等。

在众多小说作品中,存在着两种类型的小说,一是以塑造了典型性格而获得读者青睐的作品;二是"以情节取胜"的作品。前者如《水浒传》,后者如《西游记》,前者让读者首先想到的是一串串生动的人物:智多星吴用、及时雨宋江、花和尚鲁智深等;后者让读者印象深刻的则是一个又一个故事情节:大闹天宫、三打白骨精、女儿国等。中国短篇文言小说的巅峰之作《聊斋志异》就是以曲折奇峭的情节为人称道。在一个篇幅不长的故事中,情节总是跌宕起伏,一波三折的故事总是超越读者的想象。比如《青梅》主要讲述了狐女青梅与少女王阿喜的爱情婚姻及生活遭遇,在两位主人公曲折离奇的婚姻生活中,表现了她们过人的眼光以及善良多情的品格。

在中国现当代小说史上,因为情节的生动而成为经典的小说也是比比皆是。以鲁迅的《祝福》为例,小说中祥林嫂再嫁以后被鲁四老爷剥夺了"沾手"祭祀的劳动权利,就显示出了尖锐的矛盾,由此可见情节的生动性,小说中有一段很精辟的描写:

> 她像炮烙似的缩手,脸同时变作灰黑,也不再去取烛台,只是失神的站着……第二天,不但眼睛窈陷下去,连精神也更不济了。而且很胆怯,不独怕暗夜,怕黑影,即使看见人,虽是自己的主人,也总惴惴的,有如在白天出穴游行的小鼠;否则,呆坐着,直是一个木偶人。不半年,头发也花白起来了,记性尤其坏,甚而至于忘却了去淘米。

这变化是明显的、悲惨的,只有受了致命的打击,才会发生这样的变化。这是情节的尖锐矛盾所造成的变化,祥林嫂是一个非常勤劳又极其不幸的农村妇女:先后死了两个丈夫,儿子又被狼叼走了,在鲁家做佣人,鲁四老爷视她为"不祥之人"……传统的父权社会不仅给祥林嫂以身体的压迫,还在精神上摧残了她。

《红岩》是20世纪60年代发行量最大的小说之一,它对一代青年人的价值观曾经产生了重大影响。罗广斌、杨益言两位作者都是在重庆解放前投身反蒋斗争的共产党员,他们亲身经历了光明与黑暗的生死搏斗,于是他们在解放之后,饱含着对敌人的刻骨仇恨和对先烈的景仰之情,写下了一系列纪实文学,《红岩》就是其中一部。《红岩》以江竹筠、许建业、陈然等烈士的典型事迹为素材,经过概括、抽象与集中,塑造了鲜活的江姐、许云峰等英雄形象,成为一代人的崇拜偶像。

三、个性化的语言

文学就是语言的艺术。文学的基本材料是语言,是给我们一切印象、感情、思想以及形态的语言。各种文学作品都是凭借语言形象地反映社会生活。因此,总的来说,文学语言都有表现形象的功能,都有某种形象性。文学题材不同,语言的应用也不同。小说语言和诗歌、散文等其他文学体裁是不一样的,小说语言是综合性的,一般是直接描摹性的语言较多。小说的兴起和繁荣充分发挥和发展了语言的描摹功能,小说语言的艺术就是描摹的艺术。小说语言主要分为两种:小说人物语言和叙述者语言。

首先看小说人物的语言。小说里一般都有由一系列人物的活动构成的情节,所以,在塑造典型人物的时候,小说人物语言是非常关键的,它关系到情节的好坏。不同的人物语言反映不同的人物身份,也反映不同的人物性格,所以小说人物语言的描写要具有灵活性。以《红楼梦》为例,刘姥姥劝女婿的一段话:

> 姑爷,你别嗔着我多嘴。咱们村庄人家,哪一个不是老老实实守着多大碗吃多大饭呢?你皆因年小时候托着老子的福,吃喝惯了,如今所以有了钱就顾头不顾尾,没了钱就瞎生气,成了什么男子汉大丈夫了!……

看这段话中的"嗔着我多嘴"、"守着多大碗吃多大饭呢"、"顾头不顾尾",这种乡土气十足的语言在豪门深宅的大观园中显得异常的有趣,这符合一位乡村老太太的身份。人物语言是为了凸显人物的个性化,人物语言必须符合其身份、地位、经历、教养,符合由此形成的性格。

其次是叙述者语言。叙述者语言是体现小说家对人物以及人物所生活的世界等各方面态度的叙述载体,比如《孔乙己》中的叙述者是一位尚未成年的小伙计,小说家选择其作为叙述者,既能体现小说家对孔乙己那种同情,同时也没成年人那种世故,还可以真实再现孔乙己的生活状态。

王蒙的《悠悠寸草心》写了个次要角色——市委招待所传达室的工作人员,他对理发师吕师傅爱理不理,冷若冰霜,但是一听到市委书记爱人叫门,立刻换一幅腔调,一种模样。叙述者这样描述他的变化,生动再现了一个趋炎附势的守门人:

> 从听到这声音的一刹那,他的全身的肌肉和皮肤,线条和纹路,姿势和表情立即发生了奇迹般的变化,好像观音大士的杨枝净水点到了一块木头疙瘩上,好像王子的爱情使一只癞蛤蟆变成了美丽的华西莉萨。

一部小说中,语言分为两部分,叙述语言和人物语言。综观以上,要鉴赏一部经典小说,对两者的分析都是十分必要的。

第三节　西方小说观念史

笛福的《鲁滨孙漂流记》被认为标志着欧洲现代小说观念的产生"从笛福或者是从理查森开始,小说变得严肃了:私人生活、个人心理、劳动阶层的活动渐渐取代了史诗英雄的高尚事迹,开辟了通向19世纪资产阶级小说的道路。"[①]与先前的作家相比,他们不再像以前的叙事者依赖于神话、历史传说,他们开始虚构故事,或者从当下生活中取材。小说理论家伊恩·瓦特在《小说的兴起》中指出,笛福等人的小说,无论是在内容还是形式都呈现了新的特质:它们写的是"不久前发生的事实",它们重视个人的经验、经历,重视对个人所处环境的描写。

从历史的角度来看,西方小说艺术的观念发展也历经了几个世纪,虽然期间出现了众多不同的流派,其小说观念也各不相同,但是其主要脉络仍然是比较清楚的。我们可以将西方小说艺术的观念史大致分为三个部分:从欧洲小说起源至19世纪末的传统小说观念;20世纪前期的现代小说观念;20世纪后期的后现代小说观念。

一、传统小说观念

欧洲最早讲述故事的是希腊神话,讲述神与英雄的故事。神的故事主要讲述宇宙与人类的起源,奥林匹斯山上的十二大神的产生以及谱系等内容。英雄的故事则是讲述神与人的后代——半神半人的英雄与自然抗争的故事。

其次是寓言与史诗。《伊索寓言》是古希腊民间流传的讽喻故事,经后人加工汇集而成,

---

① 贝尔纳·瓦莱特:《小说——文学分析的现代方法与技巧》,陈艳译,天津:天津人民出版社,2003年,第2页。

以寓言故事来体现日常生活中那些不为我们察觉的真理。《荷马史诗》包括《伊利亚特》和《奥德赛》。《伊利亚特》讲述了希腊联军围攻小亚细亚的城市特洛伊的故事,以希腊联军统帅阿伽门农和战神阿喀琉斯的争吵为中心,集中描写了战争结束前几十天发生的故事。《奥德赛》讲述特洛伊战争结束后,希腊将领奥德修斯带领随从返乡,一路上经历了千难万险,这主要是因为战争的胜利使奥德修斯看到了人的伟大,引起了海神波塞冬的强烈不满,因此,海神波塞冬在奥德修斯的返乡路上制造了种种灾难,奥德修斯依然战胜了困难终于回到了家乡。奥德修斯历尽艰险的返乡之路,证明了人的伟大。自此,西方文学开始进入了讲述人的故事的时代。

罗曼司传奇(Romance)是中世纪欧洲人讲故事的主要文体。中世纪的传奇主要围绕亚瑟王与他的七个骑士为原型,这些故事全部使用民间语言,而不是当时盛行的拉丁语。法国的《罗兰之歌》是代表作,这是一部英雄史诗,该诗歌颂了查理大帝远征西班牙、讨伐摩尔人的战争。

古希腊、罗马的神话、史诗、寓言,以及中世纪的传奇,写实是核心的理念。文艺复兴时期的人文主义小说面向世俗,面向现实,主要表现人的欲望,从中世纪表现神性转向对人性的表现。因此,18世纪之前的小说基本上以再现与模仿现实作为主要的叙事观念。18世纪末与19世纪的小说则广泛反映了资产阶级的发展和现实生活,情节曲折动人,结构严谨完整,启蒙主义小说抨击封建专制制度和社会上种种不平等、不合理的现象,宣传自由、平等、博爱的思想,具有强烈的战斗性和批判性,重视小说的社会功能和教育功能。

西方小说在19世纪进入了鼎盛时期,此时出现了两种主要的小说观念:现实主义与浪漫主义。现实主义小说继承了西方艺术的再现叙事传统,通过对波澜壮阔的现实生活的呈现,揭示了资本主义制度下赤裸裸的物欲对人性的扭曲。他们运用"在典型环境中塑造典型人物"的创作方法,揭示现实生活中的各种矛盾,批判资本主义社会的罪恶,体现了小说家强烈的现实批判精神和历史使命感,并力图使自己的作品成为时代的记录。法国的司汤达与巴尔扎克、英国的狄更斯、俄国的托尔斯泰与陀思妥耶夫斯基等代表了批判现实主义小说的最高艺术成就。

与现实主义小说并行的是浪漫主义小说,大仲马的通俗小说、凡尔纳的科幻小说以及乔治·桑的田园小说是其代表。浪漫主义小说的基本特征就是"在从客观现实中所抽出的意义上,再加上依据假想的逻辑加以推测、所愿望的、可能的东西,并以此使形象更为丰满"。浪漫主义小说表现出以下特点:在反映生活的态度上,强调以小说的形式表现作家的理想和理想化的生活;在人物形象塑造上,要求通过理想的生活画面刻画理想世界中的理想人物;在艺术表达方法上,往往采取幻想、想象的形式,离奇的情节,大胆的夸张等,使作品具有强烈的抒情性质和浓重的神话色彩。

英国女作家艾米莉·勃朗特的《呼啸山庄》讲述了一个因炽烈的爱而生的强烈的恨与复仇的故事。小说讲述了吉卜赛弃儿希斯克利夫被呼啸山庄老主人收养后,不平等的家庭地位让希斯克利夫倍感屈辱,自己深爱的庄主女儿凯瑟琳

《呼啸山庄》电影海报

似乎意在他人,他由此离家闯荡。多年以后已经成为富翁的他回到了呼啸山庄,成为一个充满仇恨的人,他将多年的愤懑发泄在老庄主的每一位后人身上,包括自己深爱的女人。小说讲述了一个在极端情境下(荒凉的呼啸山庄与温情的画眉山庄)走向极端的情感故事(炽烈的爱与恨)。在人世仅停留了30年的艾米莉·勃朗特留给世人一部充满想象力的作品,它是英国小说史上最辉煌的作品之一,被11次改编为电影。

19世纪后期还有一些非主流的小说观念,如以左拉为代表的追求科学和真实的自然主义小说,主张真实地再现客观现实,把人类社会等同于自然界,冷静而不动声色地描写现实社会。另外还有以英国小说家王尔德为代表的具有强烈叛逆色彩和创新意识的唯美主义小说,宣扬为艺术而艺术,强调美的超功利性、主观性和享乐性,主张人生艺术化,认为艺术高于一切,其代表作是《道林·格雷的画像》。他在《道林·格雷的画像》中说:"这世上只有一样事情比被人议论还要糟糕,那就是不被人议论。"这是王尔德唯一的小说,它展现了一个王尔德式的耽美世界。格雷为了美,与魔鬼做了交易,以出卖灵魂为代价,获得不老的容颜,由此,格雷一步步走向堕落。

总的说来,传统小说观念认为小说是一种虚构的叙事性散文作品,具有较长的篇幅,其情节一般来说较为复杂曲折,人物形象较为鲜明,作品旨在真实地再现社会生活,并要求体现作者的某种精神或思想,对读者有所教益。小说所建构的虚幻世界与现实世界有着密切的联系,是现实的直接反映或变形。构成小说的关键要素是故事情节和人物形象,而小说中情节和人物性格的发展必须具有某种必然性,必须符合历史的逻辑、自然的逻辑和情感的逻辑。因此,现实主义成为小说的一种内在特质,小说以写实为宗旨成为传统小说的主要观点。

二、现代小说观念

现代主义小说家都锐意求新求变,极力反对传统,有着强烈的反叛意识和先锋精神。如意识流小说家强调人的内在世界才是最真实的,客观时间是有限的而心理时间是无限的。意识流小说淡化了情节,努力开掘人物隐秘的内心世界,宣称意识的流动才是唯一的真实,同时扬弃了传统的全知型的叙述视角,代之以叙述者的视角,从主观叙事走向客观叙事,以此获得真实感。现代小说叙事观念的转变主要是基于对真实的重新理解,他们认为客观世界并不是真实的,唯一真实的是人类的内心或者潜意识世界。比如现代小说的杰出代表卡夫卡,他的小说就给读者展现了现代世界人们的各种内心煎熬:恐惧、孤独、无能为力等,揭示了现代人精神异化的主题。现代小说观念在叙述方式、表现技巧、时空观、真实观等方面进行了重大的革新,在许多方面颠覆了传统小说观念。

第一,描述世界的变化,从外在真实转向心理真实。传统小说追求的是概括的、典型的真实,是符合理性秩序的必然真实,将反映和摹写外部现实世界作为根本任务。作品往往表现现实生活中的事件,情节完整,有始有终。比如法国批判现实主义文学的奠基作《红与黑》,小说家司汤达围绕木匠的儿子于连个人奋斗与最终失败的经历,为下层青年的个人奋斗唱响了一曲悲壮的挽歌,呈现了"19世纪最初30年间压在法国人民头上的历届政府所带来的社会风气",同时也反映了19世纪早期法国的政治和社会生活中一些本质问题。

现代小说追求的是偶然的、相对的真实,是符合人物内在心灵的真实,转而深入人的潜意识和无意识,对人的主观心灵世界进行挖掘和探索。作品多表现人物内心中的事件,完整的情节不复存在,只剩下破碎的片段,反对模仿现实,反对按客观生活的本来面貌反映社会生活,追求个体主观情感不受限制的充分表现,强调非理性的现实、心理化的现实、梦幻的现实、超现实。它不重视现实的整体性,而强调现实的碎裂,把微观世界绝对化,把小说归结为自我表现。

旅美苏联籍作家纳博科夫的《洛丽塔》,以在精神病院的欧洲文学教授亨伯特的自白为叙事线索,讲述了一个中年男子与一个未成年少女的畸形情感故事。亨伯特对那位被他称为"洛丽塔"的少女的畸形情感,主要源于亨伯特少年时期一段悲伤的爱情经历,他的初恋女友由于伤寒在14岁就告别人世,亨伯特的恋爱就此停留在14岁少女的身上。从此,他就满世界寻找能够释放他少年时期积聚的爱的力量。在这篇小说中,你会发现理性的力量是如此孱弱,即使身为欧洲文学教授的亨伯特,他的情感却停留在了少年时期,我们看到的是一位理性无法超越感性的柔弱无助的现代人。

第二,时空观念的变化,从传统小说的叙事时间与故事时间的一致到现代小说的错位。传统小说中叙述时间和被叙述的时间都是可以确定的,不同的叙事时态之间有着严格的界限,并且叙事时间与故事时间基本一致。现代小说的叙事时间与故事时间则经常错位,比如打乱时间顺序,或者意外地更改正常时间顺序,或以奇特的方式表示若干事件是同时发生的。

哈代的小说《苔丝》就体现了传统小说的时空观念,小说的叙事时间基本上就是故事发生的时间。小说讲述了维多利亚时代的一个爱情悲剧,当农村姑娘苔丝的父亲知道自己祖上竟然与当地贵族地主德伯家还有亲戚关系的时候,这位一心想攀龙附凤的老农民决定将自己的女儿苔丝送到德伯家做女佣,这是苔丝悲剧的开始。进入德伯家的苔丝越发出落得亭亭玉立,惹得德伯家少爷垂涎三尺,苔丝没有逃脱少爷的魔爪。被凌辱的苔丝还是得到上天的垂爱,她得到了爱情。在新婚之夜,深爱她的丈夫向她坦白了自己曾经的年少轻狂,备受感动的苔丝也向心爱之人坦诚曾经受到的凌辱,丈夫完全不能容忍少女时期苔丝的遭遇,在新婚不久就远走南美。多年以后,依然爱着苔丝的丈夫回来了。此时苔丝决定要报多年前受到的凌辱之仇,她杀死了德伯家的少爷,最后被绞死。故事发展的时间脉络非常清晰,给读者展示了维多利亚时代那种严苛的门第制度对纯真少女的戕害。

英国意识流小说家伍尔夫的《海浪》体现了现代小说的时空观念。小说家把主人公一生的时间压缩在一天里,她把一天从日出到日落分割为九个时间片段。每个片段的开头,都要先描写一天之内海浪的变化以及季节更迭等自然景观。现代小说观念从传统小说叙述时间与故事时间的基本一致发展到叙述时间与故事时间的不对称,在这种不对称中,读者能明晰地感受到时间的存在。这种不对称的时间观念也表现了人类意识的不连续性、不确定性。

第三,叙述视角的变化,从传统小说全知视角发展到现代小说限知叙述视角。传统小说的叙述者就如全知全能的上帝一样,他对每个人物的一切甚至所思所想都了如指掌,经常越俎代庖地进行描写与议论,阐述自己的哲学、伦理与价值观念。现代小说大量使用限知的叙述视角,这种叙述视角限定在特定的感知范围,或固定在一个观察点或者特定的视角。更有甚者,叙述者在叙述中不带任何感情色彩,不给读者任何判断依据,几乎成为一种物化的存在。比如德国作家君特·格拉斯反思二战的德国三部曲之一——《铁皮鼓》,就以一个不愿意长大的孩子奥斯卡为视角,讲述了他充满黑色幽默的成长历程,讲述了他眼中的父母的婚姻,以及二战中人们"癫狂的行为",从而表达了小说家对二战的反思。从小孩子的视角来看,那就是丑陋的成人世界的一次集体癫狂。这部小说被施隆多夫改编为电影,获得了1979年戛纳金棕榈奖,小说在1999年获得了诺贝尔文学奖。

法国新小说家罗伯·格里耶认为小说人物与物质世界无关,他的小说世界就经常呈现一种混乱的、不断变动的状态,人物的经验往往缺乏连续性。比如他的《嫉妒》写了一桩恋爱事件,可是他花去了大量篇幅描绘香蕉树如何分类,饮食技巧,或者压扁一条蜈蚣的小事。叙述者一直没有出场,他一直如一台摄影机一样观察、记录,在猜测、分析、假想一桩自始至终没有发生的奸情。

第四,人物形象的变化,从典型人物形象发展到"小"人物。传统小说一般采用"在典型环境中塑造典型人物"的方法,人物塑造是小说叙述的中心,因此,传统小说往往就是由这些外在形象突出、性格鲜明的一些人物群像构成,比如吝啬的葛朗台、向往上流社会生活的底层青年于连、善良美丽的艾斯梅拉达等。

现代小说中人物形象显得破碎而模糊,很多人物没有外貌,没有性格特征,甚至只用一个字母或"他"("她")作代号。比如卡夫卡的《城堡》的主人公K,与其说是有个性的人,不如说是代表全体人类的人物。以姓名的符号能指暗示文本的含义:人的无个性、无意义、不足道,以及世界的模糊、混乱和不明确,历史与人生的重复、宿命的轮回……充分表现了人在现实世界的困境以及这种生存体验的普适性。

第五,缺乏具体所指的语义系统。传统小说观念追求语义的确定性和明晰性,作品传达着某种确定的意义,可以归纳出某种道德结论或教化意图。作品中的对话服务于刻画人物形象,推动故事情节的发展,服务于作者表达自己思想与价值观的需要,是可以解读和把握的;现代小说中,语言的能指和所指间的关系变得模糊、松散,语言可按转换生成语法的规则进行不同形式的排列组合,产生出不同的语句,生发出不同的语义。

因而,现代小说所表达的仅仅是对人生和现实世界的一些体验和感受,意义是非常不确定的,最终的所指是不存在的。同时,由于语言内涵的多义性、歧义性、不确定性,现代小说观念认为它并不能为对话提供任何保障,反而会将其引入歧途。因此,现代小说的对话大多带有游戏性质,对话者在交谈中,语言并不流向某一明确的或终极的所指。传统小说创作意图和主题的明确单一性让位于作品的多义性和语义的模糊性。

总的来说,现代小说的出现宣告了传统叙事方式的不足和无力。现代社会日新月异,其变化之快令人眩目,探寻终极的意义而不可得,人生的价值被悬置。因此,传统的全知全能的叙述方式居高临下地俯瞰一切,讲述完整、封闭的事件,刻画个性鲜明的人物,揭示事件相关的意义在现代社会已不可能。现代小说选择了与传统叙事断裂,解构代替了单一与完整,片断和碎片代替了有始有终的故事,模糊时空秩序代替了单向线性发展,多角度、多人叙述代替了作者独立观照。同时,现代小说对传统的写作方式进行大胆的突破,创造了许多新的表现技巧,如意识流、梦魇、时空错位等。另外,现代小说家还求助于一切表现手段的整合,如复制广告、说明书,添加图案、插图,插入新闻报道等。此外,还出现了"电影小说",如罗伯·格里耶的《去年在马里安巴》,玛格丽特·杜拉斯的《广岛之恋》,借助电影的表现手段,扩展了小说的表现空间。

三、后现代小说观念

20世纪后期的小说观念在现代小说的基础上有了进一步的发展,美国的黑色幽默小说、拉美的魔幻现实主义等流派纷纷出现。此外,现代小说观念相对于传统小说观念虽然在多方面有了巨大的革新,但并未从根本上动摇其作为一种文学形式的基本品格。后现代小说观念不仅彻底否定了传统小说观念,突破了其固有的形式,还对"叙述"本身进行了大胆的解构和反思,乃至质疑小说形式本身,颠覆、否定了小说本身,主要体现在以下几个方面。

第一,现代小说虽然突破了传统小说的叙述方式和写实主义的原则,在小说的时空逻辑、表现技巧和语言等方面进行了大胆而成功的探索,这些仅限于小说形式的内部革新,并没有触动小说这一文学形式的根本特性。后现代小说不但颠覆了传统小说的内部形式和结构,并对小说这一文学形式本身发出了质疑。

后现代小说已经不再是传统意义上的小说,而是对小说这一形式和叙述本身的反思、解构和颠覆,在表现形式和语言上都导致了传统小说及其叙述方式的解体。因此,后现代小说又被称为"元小说"、"反小说"、"关于小说的小说"……因为后现代小说认为,传统小说的叙述方式所反映的是虚构的现实,作者虚构出一个虚假的故事去反映本身就是虚假的现实,从而把读者引入了双重虚假之中。于是一些后现代小说家在作品中对小说写作过程、叙述本身和小说的形式进行反思、解构或者自嘲式的模仿和自我剖析。作者明白地告诉读者他是如何写小说的,以此来揭穿现实的虚假和故事的虚假。

在后现代小说观念中,很多时候讲述故事比故事本身更加重要。比如英国小说家约翰·福尔斯的《法国中尉的女人》的叙述过程中,作者时不时停下来,明确地告诉读者自己正在编故事,还不时把他如何虚构的伎俩抖落给读者看,甚至讨论现代小说的技巧、创作目的等。这部小说被改编为电影之后依然保留原作这种叙述特点。电影《法国中尉的女人》采用了"戏中戏"的套层叙事方式讲述了两层故事:一层是维多利亚时代的一位名叫莎拉的女子和一位爱好地质考察的贵族少爷查理的爱情故事;一层是饰演莎拉与贵族少爷查理的主角之间的爱情故事,两个故事发生在不同的时空,因为对爱情的不同理解,爱情故事也有不同的结局。

第二,现代小说不仅保持了小说这一文学形式的独立性和封闭性,而且注重作品结构、语言等的纯粹。换句话说,小说作为一种独立的文学形式,其"类"的纯粹性仍未动摇,小说与其他文学形式的界限依然分明。后现代小说则力图突破小说形式的外部界限,模糊它与其他文学体裁的分野,颠覆小说的叙述常规。许多后现代小说从形式上看已然不再是纯小说,夹杂着报刊摘录、民间传说、文件表格、招贴、传单甚至作者不甚高明的简笔画,看上去就是一堆大杂烩。时间跨越过去、现在和未来,人物可以变换名字、身份甚至是性别……此外,许多后现代小说家试图超越纯小说与大众通俗小说的界限,拉近作者与读者的距离。他们的作品情节离奇曲折而荒诞不经,又多采用大众喜爱的通俗题材,如侦探、悬疑等,可读性较强。

德国作家帕特里克·聚斯金德的《香水》运用传奇的叙事技巧,讲述了18世纪法国巴黎一个怪才格雷诺耶,他是一位情感畸形又热爱制造香水的人,因此他演绎了"寻香杀女人"的离奇人生,小说充满了奇情异想,艺术性与消遣性融为一体,达到了雅俗共赏的效果,这部小说被翻译成40多种语言，发行量达到1200多万册。

第三，由于现代社会的纷繁复杂，以往那种明确的意义已经不复存在，在各种诱惑与压力面前，现代人越来越成为一种异化的存在，出现了前所未有的精神危机。因此，现代小说家在描述现实世界的混乱和荒谬、表现人对破碎生活的感受的同时，往往哀叹人生的无意义，主体的失落，价值的解体，流露出迷惘、绝望的情绪。也就是说，尽管现代小说具有多义性和不确定性，但是仍然有着某种形而上的意义，至少是提供了这种意义的暗示。

后现代小说观念却认为，世界根本就不存在什么意义，所谓的价值和形而上的意义只不过是一种先验的预设和虚构。意义是语言在运用的过程中创造出来的，因此，写作仅仅是一种语言的游戏，只有读者的阅读和阐释才能使文本产生意义，未经阅读的文本仅仅是无意义的符号组合，任何文本都是未完成的，开放的。基于这种观念，许多后现代小说不仅不提供关于某种意义的暗示，甚至拒绝承担任何意义的许诺。在某种意义上，它们仅仅是一种能指的延续，而其所指则在能指的链条下不断地滑动。读者想要从中抓住某种意义是徒劳的，他所认为的任何意义都是他赋予作品的。有的作品文本中的各种因素互相颠覆、分解，故事前后不一，甚至相互矛盾，让小说无终极意义可寻。比如美国作家托马斯·品钦的小说《V》，主人公怎样也弄不清导致他父亲死亡的"V"到底是座城市还是个女人或机器；巴思的《烟草经纪人》事实变幻莫测，真相难以确认。小说家运用这些技巧是想表明事实与虚构界限的消弭，世界本来就是荒诞、无序、无意义的。

第四，现代小说使用了大量新的表现技巧，如内心独白、联想、暗喻、时空错位、梦魇，等等。这些技巧在后现代小说中虽然存在，但已经显得不重要了，戏仿、拼贴等技巧被广泛使用。戏仿就即对经典文学名著的题材、内容、形式，或历史事件、历史人物，或现实生活中的一些现象等进行扭曲的、夸张的、嘲弄的模仿，使其变得荒诞可笑，从而达到对传统、历史和现实的价值、意义以及经典的文学范式进行讽刺和批判的目的；拼贴，即将其他文本，如报刊文摘、新闻、文学作品片断等组合在一起，使这些似乎毫不相关的片断构成统一体，从而打破传统小说凝固的形式，给读者造成强烈的震撼，产生常规叙述方式无法达到的效果；此外，还有蒙太奇，即将一些处于不同时空的画面和场景衔接起来，或将不同文体、不同风格的语句重新排列组合，采用预述、追述、插入、叠化、特写等手段，增强对读者感官的刺激，以取得强烈的艺术效果。

第五，现代小说观念中，文本作为可写的文本是一种非终结性的文本，作品留有广阔的空间供读者想象。后现代小说家则可以随意终止他的故事，摧毁关联性观念，其方法是在文本中嵌入强调非连续性的文本。如巴塞尔姆的《雪白》中所插入的一张问卷和其他不相关的片断，以及后现代小说家经常用到的存货清单和数字的罗列等等。作者似乎并不关心作品在何处及如何开头，前后如何关联，又在何处及如何结尾。

迷宫是后现代小说的一个重要构成手法，它摧毁了我们日常的关于时间和空间的观念。有的后现代主义作家甚至对时间、空间、逻辑等任何形式的连续性都持怀疑态度，因而蓄意打破行文的连续性，极端的例子是"活页小说"，这样小说就成了可以用来组成若干小说的篇章，有着若干种可能性。

总的来看，后现代主义小说试图超越小说的文体规范，试图消解一切意义、价值和深度，走向平面化。它反对现代主义关于"深度"的神话,拒斥孤独感、焦灼感之类的哲学反思。后现代小说认为所谓的终极价值已经不重要,认为世界只是存在着,并不具有意义。格里耶就说过:"世界既不是有意义的,也不是荒诞的,它存在着,如此而已。"[1]后现代小说冷漠的叙述以及消解形而上价值,使读者也能感受到作家的迷茫和无奈。

第四节　外国经典小说鉴赏技巧

英国作家伊丽莎白·鲍温在《小说家的技巧》中开门见山地给小说下了这样一个定义:"小说是什么?我说,小说是一篇臆造的故事。"[2]英国的小说家、文艺评论家爱德华·福斯特在他著名的《小说面面观》的《导言》中也引用了这样一个定义:"小说是用散文写的具有某种长度的虚构故事。"[3]因此,"故事"以及"如何讲故事"则是小说鉴赏的两个重要内容。对于"故事"以及"如何讲故事",西方传统小说与现代小说有着不同的理解,本节就这两个维度来引领读者分别鉴赏西方小说。

一、讲什么

(一)传统小说中的故事情节

所谓故事情节,就是在小说中按照一定的因果逻辑组织起来的一系列事件,它是指作品所描写的事件发生、发展和演变的全过程,是承载小说人物与表达小说家对社会生活认识与理解的主要载体。西方传统小说向来是以惊险、曲折、复杂、完整的故事情节取胜,以满足读者的好奇心。现代小说,尤其是意识流小说,开始有意识淡化情节,不追求曲折变化的故事,故事往往是主人公的意识流动,描述意识与下意识的活动,因此,故事情节往往显得支离破碎。

传统小说的故事情节在19世纪的批判现实主义小说中进入了纯熟阶段。批判现实主义的概念来自苏联作家高尔基,他指出在19世纪中期产生的现实主义文学是"批判地再现当时存在的社会制度和社会关系,解剖性地暴露、撕毁所有一切的假面具,故称之为批判现实主义"。雨果、巴尔扎克、托尔斯泰、陀思妥耶夫斯基等是批判现实主义小说的大家。这些小说家的作品的故事情节都具备复杂而完整并且引人入胜的特点。托尔斯泰的《安娜·卡列尼娜》就讲述了两个故事:其一,是安娜与渥伦斯基从相识、热恋到毁灭的过程,以及围绕这一进程的所有社会关系的纠葛;其二,是列文的故事以及他在宗教意义上的个人思考。通过卡列尼娜的爱情悲剧展示了封建主义家庭关系的瓦解和道德的沦丧;通过列文的改革描绘出资本主义势力侵入农村后,地主阶级面临的危机,揭示出作者执著地探求出路的痛苦心情。两个故事反映了农奴制改革后"一切都翻了一个身,一切都刚刚安排下来"的那个时代,在政治、经济、道德、心理等方面的矛盾。

---

[1] 柳鸣九:《未来小说的道路》,《新小说研究》,北京:中国社会科学出版社,1986年,第62页。
[2] 伍蠡甫、胡经之主编:《西方文言文艺理论名著选编》,北京:北京大学出版社,1987年,第190页。
[3] 爱德华·福斯特:《小说面面观》,广州:花城出版社,1984年,第3页。

因此,故事情节成为读者理解小说所反映那个时代的社会风俗的主要载体,恩格斯的《致玛·哈克奈斯》如此评价巴尔扎克:"他在《人间喜剧》里给我们提供了一部法国'社会'特别是巴黎'上流社会'的卓越的现实主义历史,他用编年史的方式几乎逐年地把上升的资产阶级在1816年至1848年这一时期对贵族社会日甚一日的冲击描写出来,这一贵族社会在1815年以后又重整旗鼓,尽力重新恢复旧日法国生活方式的标准。"①

故事情节不仅是读者理解小说反映时代的风俗画,也是小说家塑造人物形象,表达小说家对时代的理解与认识的载体。俄国批判现实主义短篇小说大师契诃夫的小说,尽管每篇小说并没有讲述像巴尔扎克、托尔斯泰那样曲折复杂的故事,但是在短小、精练的故事情节中依然准确地表达了作家对那个时代的深刻洞悉与强烈的批判意识。契诃夫的《变色龙》讲述了警官奥楚蔑洛夫六次"变色"的过程。这六次"变色"绝不是毫无意义的简单重复,而是层层深入,使人物思想性格一步步得到揭示,让人物一层层脱去伪装。作者虽无一句直接表白观点的话,但读者从中非常清晰地看到沙皇俄国统治下的小人物命运的凄凉。

19世纪中期的批判现实主义将小说发展成为一种叙事模式,即一部小说必须有一个或者几个复杂曲折、生动的故事,塑造一个或者几个性格鲜明的典型形象,这些人物的性格置身于自身的心理或者社会矛盾中,随着情节的发展,这些矛盾、冲突将得到某种形式的解决。传统小说这种完整、确定的故事情节观念在现代小说中遭遇了前所未有的挑战。

(二)现代小说的故事情节

19世纪末兴起的象征主义、表现主义、超现实主义、意识流小说等现代主义认为,小说家的根本任务不在于去表现表面的、客观世界的人和事,而应该深入被日常生活表象所掩盖的人的内心活动。现代主义小说舍弃了故事情节的完整性和戏剧性,故事情节不再是小说的叙述中心,小说所展现的往往是片段的、破碎的现实生活。小说更注重挖掘人物的内在心灵,以把握人的本质、生命意识和人生意义。

1. 淡化故事情节

对于这类小说的理解,首要的问题是把握小说的核心意象,比如意识流小说家弗吉尼亚·伍尔夫的《墙上的斑点》突破传统小说的套路,没有情节,没有环境,也没有结局,作者只抓住人物瞬间的没有行动的印象感觉和沉思冥想,将我们引入人物的精神世界。"斑点"是一个象征性意象,它是叙述者进入人物心理世界的一个跳板和支点。作品中的人物是从墙上的那个斑点出发,产生许多联想,而每一段落的联想又都是以这个斑点作为支点而生发的。从支点出发,弹出思绪,再返回支点,再弹出思绪,如此循环往复,表现出了人物散漫无序的意识活动。同样,在普鲁斯特的《追忆似水年华》中,也有一个核心意象:一块茶点,通过这块茶点唤起主人公关于童年的记忆,叙述者从而将一生的时间浓缩在一天之内。

2. 人物的退隐

现代小说对故事情节的淡化,也表现在人物在小说中的退隐。在现代主义小说中,很难确定小说的人物形象,也就很难准确把握人物形象。20世纪以来,小说逐渐摆脱了批判现实主义那种塑造"典型环境中的典型人物"模式。从意识流小说作家伍尔夫的第一篇小说

---

① 马克思,恩格斯:《马克思恩格斯选集》(第四卷),北京:人民出版社,1995年,第682页。

《墙上的斑点》开始,小说中心人物就是看到"斑点"一直不停遐想的人,到法国的"新小说"中人物性格越来越模糊,甚至连人物的外貌都不清楚,小说注重的是"心理的真实"。比如卡夫卡的《城堡》和《审判》中,主人公都叫K,名字只是简单的符号,性格也相当模糊。

现代小说人物的隐退,还有另一个重要的方面,即零度情感的出现。现代小说逐渐脱离对人物的情感观照,甚至把情感降低到"零度",崇尚零度写作。当然,这是出于反思和批判西方工业社会对人的"异化"的目的。从这个意义上说,现代小说与其说是消灭了人物,不如说是创造了一种新的人物,创造了整个现代人类的缩影。比如阿尔贝·加缪的《局外人》的开头一段:"今天,妈妈死了。也许是昨天,我不知道。我收到养老院的一封电报,说:'母死。明日葬。特此通知。'这说明不了什么,可能是昨天死的。"

在这段当代文学史上著名的开篇文字中,读者无法窥知叙述者以及小说人物(莫尔索)的情感,读者被小说家毫不留情地同时置入了"局外人"的位置。莫尔索最终接受了自身的荒诞,因而从容地观看自己在这个荒诞世界中的命运:"仅有的愿望就是我行刑那天能有许多人来观看,他们会对我报以仇恨的喊叫声。"

现代小说对完整的故事情节的拒绝,在缺乏完整性与戏剧性的故事情节中,小说人物被从多个视角窥探与观察,模糊、破碎的人物,正是现代人的真实感受,就如加缪说:"一个能用歪理来解释的世界,还是一个熟悉的世界,但是在一个突然被剥夺了幻觉和光明的宇宙中,人就感到自己是个局外人。这种放逐无可救药,因为人被剥夺了对故乡的回忆和对乐土的希望。这种人和生活的分离,演员和布景的分离,正是荒诞感。"①

正是在这个意义上,"小说死亡"的声音在20世纪60年代后不绝于耳,1948年约瑟·奥特加·加塞特在《艺术的非人化及其他关于艺术、文化和文学的论文》中说:"小说这一文学体裁,如果尚未无可挽救地枯竭,肯定进入了它的最后阶段,可用题材的严重贫乏迫使作家们不得不用构成小说本体其他成分的精美质量来弥补。"因此,现代小说就从传统小说关注"写什么"(故事情节)转向了对"怎么写"(叙述技巧)的重视。

二、"怎么讲"

小说既然要讲故事,自然就有一个由"谁"站在什么"位置"来讲和怎样讲的问题。因为"故事不能自我讲述,不论谁讲故事,为了达到讲述的目的,他总得站在一定的相关位置才行。"②小说家总是借助他选定的讲述者的视角将故事——人物、事件以及其他相关的一切——告诉我们。小说中不可能有绝对客观、绝对公正的叙述,"即使采取那种'无所不知'的叙述方法、从全知全能的上帝般的高度来报道一件事,通常的做法也只授权一两个人物,使之从自己的视点叙述故事的发生、发展,而且主要讲述跟他们的关联。"③

"谁"在讲故事关涉的是叙述者。小说的叙述者并不一定就是小说家,而是由小说家创造的一位人物来讲述故事。比如鲁迅的《孔乙己》的叙述者就是咸亨酒店的小伙计,通过这

---

① 加缪:《西绪福斯神话》,《文艺理论译丛》第3辑,北京:中国文联出版公司,1985,第313页。
② 玛乔丽·博尔顿:《英美小说剖析》,林比曼译,重庆:重庆出版社,1988年,第41页。
③ 戴维·洛奇:《小说的艺术》,王俊岩等译,北京:作家出版社,1998年,第28页。

位见过诸多站着与坐着喝酒的宾客却尚未成年的小伙计,鲁迅为读者塑造了一位可笑又可怜的悲苦的旧时代读书人形象。全知叙述者与限知叙述者是西方小说中比较常见的两种叙述者,传统小说使用全知叙述者较多,现代小说比较热衷于限知视角,有的小说也是同时使用两种叙述者。

(一)全知的叙述者

全知的叙述者既可以叙述事件,塑造人物,描绘景物,发表议论,它可以从所有的角度观察一切人与事,无论是外部的行动还是隐秘的内心都在这种聚焦范围内,这种叙述者就像无所不知的"上帝"一样。这是西方传统小说中最常使用的一种叙事类型。就小说整体来审视,《傲慢与偏见》《悲惨世界》《安娜·卡列尼娜》等小说都采用了全知的叙述者。

全知的叙述者以再现现实生活为基本原则,故事时间与叙述时间基本一致,读者在阅读小说时会产生强烈的真实感,叙述者总会告诉读者小说人物的最终命运。全知叙述者总是以某种具体的价值观念、道德原则引导读者得出对生活的某种明确的认识与理解。

(二)限知的叙述者

在《我的叔叔于勒》中,"我"是小说的叙述者,这个叙述者显然是小说创造的一个人物,"我"不是小说家。"我"作为叙事者贯穿全篇,其他人物的态度和行动,都是从"我"的眼里看到的;对其他人物的感受和评述,也都是从"我"的角度表示的。这里的"我"明显是作者创造的一个评价者。对"我"的心理描写,体现着孩童的纯真、善良,与大人的势利、刻薄形成了对比。"我"表明了作者的良好愿望——希望"人间多一点亲情、多一点爱,少一点金钱下的冷酷"。

"我"就是一种限知视角。限知叙述者通常是故事的参与者或观察者,在这种情况下,叙述者和人物知道的同样多;对事件的解释,在人物没有找到之前,叙述者不能向我们提供。比如《傲慢与偏见》在讲到达西不可救药地爱上伊丽莎白时,伊丽莎白就成为了小说的中心和焦点,故事里的人物、事件主要由她去见证,转述的也大都是她自外部接受的信息和产生的内心冲突。而一般与她没有直接或间接联系的人物、事件被最大程度地遮蔽,整个叙述被尽可能地限制在她的感觉世界与心理意识里了。限知视角表达的是一种世界感觉的方式,由全知到限知,意味着人们感知世界时能够将表象和实质相分离。限知视角的出现,反映了人们审美地感知世界的层面变得深邃和丰富。

(三)客观的叙述者

叙述者仅叙述从外部看到和听到的事物,不作提示,没有心理描写,也没有任何进入人物思想情感世界的企图。这是一种戏剧化的直叙方式,叙述者作为一个不作判断和解释的旁观者,提供给读者一个个故事场面。在这种叙事中,讲述者既不是全知者也不是故事的参与者,而仅仅只是一个似乎正在发生着的故事的观察者,完全置身事外,只是从外部观察正在发生的事情,然后将故事的发展过程客观地记录下来。

美国小说家海明威的小说通常采用这种叙事视角。海明威小说中的叙述者通常是冷静甚至冷漠的,这种冷静或冷漠是从叙述语言所使用的所谓"电报式短句"上体现出来的。叙述者的冷漠,完全不同于选择、构想整个作品及其哲理的那个隐含的作者对世界、人生的那

海明威(1899~1961)

种执著态度。还有一些作品中,叙述者好像对故事中后面要发生的事一无所知,像读者一样对自己所讲述的事件感到新鲜和惊奇。他的短篇小说《白象似的群山》,讲述一个男人要带一位姑娘到马德里去做一个违法的手术,故事就在西班牙的某个小火车站发生。他们在等候去马德里的火车,两人交谈着,故事描述了两个人的谈话,男人希望女人去做流产,女人的回答言不及义,故事发生在盛夏,白象似的群山,群山看上去像白象,这是小说女主人的感觉,当然这种感觉是非常个体化的,就是男主人公也并不认同,更不用说读者了。

对于西方小说鉴赏,无论是传统小说还是现代小说,欣赏的维度总是一样的。只是由于小说创作和表达观念上的差别,在小说欣赏的具体操作上会有差别。当然,具体欣赏某部作品时,还要作具体的判断。

第四章 戏剧艺术观念与作品鉴赏

戏剧,是以语言、动作、舞蹈、音乐、木偶等形式达到叙事目的的舞台表演艺术的总称。戏剧是一门古老的艺术,西方从古希腊算起至少已有2500年的历史;东方印度的戏剧,有不下1600年的历史;中国的戏剧历史,如果按照学术界流行的说法,从12世纪末算起的话,那也将近1000年了。在众多类型的艺术——文学、音乐、绘画、雕塑、建筑、舞蹈、戏剧、影视之中,戏剧曾长期占据首位,一度有"艺术的皇冠"之称,并一向是一个国家或民族文化发展水平的标志。

在《简明大不列颠百科全书》中,分别以"戏剧"或"戏曲"来称谓戏剧艺术。总体上,人们倾向于以"戏剧"来总称来自西方的话剧以及我国传统戏剧——戏曲,以"戏曲"来特指我国的传统戏剧。正如《辞海》对"戏剧"一词所解释的:"在中国,戏剧是戏曲、话剧、歌剧等的总称,也常常专指话剧。在西方,戏剧(Drama)即指话剧。"《辞海》称"戏曲"为"中国传统的戏剧形式"。很明显,"戏曲"属于戏剧的一种,是中国传统的戏剧形式。

第一节 中国戏剧艺术观念史

历史悠久的中国古典戏曲是人类文化遗产宝库中极为珍贵的一部分。在它漫长的历史发展过程中,创造了无数的辉煌,也曾几度衰落。中国戏曲是民族基因,是文化血脉,融化流淌在我们华夏民族的肌体里。中国戏曲中那份沁人心脾的、充满地域色彩的音情、音韵,与五千年文化脉搏一起跳动的曲调板腔,通过非真非幻的"虚拟"表演,撩拨着中国人的情丝,也吸引了世界的目光。那些闪烁着东方智慧的插科打诨,那些具有观赏性和象征意味的脸谱、行头和"切末",那些神秘和令人惊叹的"绝活",更是传递着中国戏曲的东方神韵,散发着中国艺术永久的魅力。正如外国传教士明恩溥所观察的那样:"戏剧可以说是中国独一无二的公共娱乐,戏剧之于中国人,比运动之于英国人,或斗牛士之于西班牙人。"[①]

一、古代戏剧观念

中国戏曲艺术的血缘,可以追溯到上古时代的歌舞、巫觋等多种成分,到周代宫廷的仪式性歌舞,已有模仿性的戏剧因素。关于中国戏曲的起源,则有歌舞说、巫觋说、俳优说、傀儡说、民间说、外来说、文学说、百戏摇篮说等说法,从这些说法当中也可以看到中国戏曲起源的丰富和博杂,才会演绎出中国戏曲独特的变迁轨迹。中国戏曲由萌芽而勃兴的漫长历

---

① 明恩溥:《中国乡村生活》,陈午晴、唐军译,北京:时事出版社,1998年版。明恩溥在中国乡村生活20余年,有局外人的清醒也有局内人生活的经验,作者专章来论述"乡村戏剧",见第53~68页。

程中,事实上由一个多元的血脉系统支撑着:从民间到宫廷,歌舞杂耍、滑稽表演、说唱艺术等等多种表演艺术,都曾为戏曲艺术的最终成形提供了源源不断的血液,也正是如此,中国戏曲从北宋后期到南宋前期的半个多世纪里,最终成为一种成熟的、具备完全形态的艺术活动,一直流传至今。梳理中国古代戏曲发展,会发现其经历了几个特殊的历史阶段,并且形成了独特的戏剧艺术观念。

(一)南戏与元代杂剧

在北宋后期到南宋前期,一种完整的戏曲样式开始成熟,这就是以《赵贞女蔡二郎》《王魁负桂英》为代表的"温州杂剧"的出现。"温州杂剧"是南戏艺术最早、最有代表性的形态,南戏的定型与完备,是中国戏曲真正进入成熟阶段的一个标志。南戏又被称为戏文或南曲戏文,它已经具备了相对完备、稳定的戏剧性表演体制。而体制的完备与稳定是一种戏剧形式成熟的标志。早期南戏植根于民间社会,其中喜怒哀乐、爱憎好恶,比较多地表现了平民百姓的思想情怀。艺人们敢于直面现实的黑暗与社会的不公,通过戏剧形象予以无情的揭露,显示出强烈的现实批判精神。

元朝统一中国后,北方的北曲、杂剧凭借着政治文化的优势,迅速南下并深入原来南戏流行的区域,这种外来文化的入侵限制了南戏的发展。但是植根于本土的南戏具有极强的艺术生命力。由于南方相对繁荣的社会文化生活的吸引,大批北方的杂剧艺人也聚集到了临安,南戏吸收了杂剧的艺术表现形式,促使了演出的规范化和专业化。"目前可知的宋元南戏大约有230多种,但传存全本的只有17种左右(而且大多经过明人的修订)"。[①] 可以确定的有《赵贞女蔡二郎》《王魁负桂英》《张协状元》《风流王焕贺怜怜》以及《乐昌公主破镜重圆》五种。

从早期的剧作中可以看到,早期南戏俚俗朴素,活泼自然,保存了明显的口语化倾向,已经大体确立了中国戏曲表演的虚拟性、写意性、抒情性和程式化的舞台原则,凸显出东方戏剧艺术有别于西方戏剧艺术的审美情趣。因地理、人文环境之别,南戏在音乐系统、剧本结构、戏剧内容、语言风格上均与北方杂剧有所不同。还有一些里巷歌谣、村坊小曲,市女顺口可唱,自由自然。元代的许多南戏剧本早已湮没无闻,流传下来的有"四大南戏"之称的《荆钗记》《刘志远白兔记》《拜月亭记》和《杀狗记》等。

大约在金末元初,一种全面继承了宋金杂剧的演出特点,又融合其他多种艺术形式的成就与经验,体制更为完备、更为定型的戏曲样式,在北方各地迅猛地繁兴起来,这就是北曲杂剧。元杂剧是中国戏曲发展的一座丰碑,大都以及各地的杂剧演出非常活跃,作家辈出,名作如林。如关汉卿的《窦娥冤》《救风尘》《拜月亭》《单刀会》,王实甫的《西厢记》,马致远的《汉宫秋》,纪君祥的《赵氏孤儿》等不朽作品,反映了广大人民的苦难和呼声。

元曲包括元代杂剧和散曲。杂剧受音乐制约,在结构上有两大特征:第一,一本四折,有时加一段"楔子";第二,一人主唱。由同一宫调的不同曲牌组成一套曲子,这一套曲的唱词再加上相应的"科"(表演动作)、"白"(独白、旁白、对白),就是一折,一折表现全部剧情的一个重要发展阶段。在"四折"之外还有"楔子",主要是交代前因或者不能省略的情节。所谓一人主唱,就是四折之中由一人唱到底,其他角色只能参与对白与表演,不能唱。如《窦娥冤》一剧,从第一折至第四折,均由窦娥扮演的"正旦"一角主唱。只有在"楔子"里,扮窦娥父

---

① 程芸:《世味的诗剧》,长沙:湖南人民出版社,2002年,第38页。

亲窦天章的"冲末"才可唱（只限一两个曲牌，不是套曲）。"这种结构上的严格限制适应了戏剧舞台的时空要求，对加强戏剧的集中性与统一性，是有积极意义的。"①

杂剧最令人称道的是剧情之真实感人，文词之本色优美。这表现在对黑暗社会的控诉，对贪官污吏、权贵罪恶的揭露，对爱情自由的追求，对思想苦闷的解脱等等。这些主题在元杂剧中都得到了富有时代特色的表现。关汉卿的《窦娥冤》《救风尘》，王实甫的《西厢记》，马致远的《汉宫秋》，纪君祥的《赵氏孤儿》等，都是元杂剧最有代表性的优秀之作。

南戏和杂剧，时间上有先后，但又有重叠。南戏所表现的内容，多涉及家庭、伦理与婚姻变故，其悲欢离合之情足以感人，不像北杂剧那样触及一些更加沉重的社会主题。在音乐上，南曲柔缓散漫，北曲铿锵入耳。所以，有人说："听北曲使人神气鹰扬，毛发洒淅，足以作人勇往之志……南曲则纡徐绵渺，流丽婉转，使人飘飘然丧其所守而不自觉，信南方之柔媚也。"②

（二）文人士大夫的风雅兴致——昆曲与传奇

宋元南戏发展到明朝，产生了一部辉煌的作品，那就是《琵琶记》，其剧本因擅长表现曲折复杂的情节而被称为"传奇"。从明朝初年至清朝中期，传奇借昆曲等声腔而大兴，昆曲因传奇而强盛。由于文人的积极介入，文学与音乐、"戏"与"曲"的密切配合，中国传统戏剧进入了辉煌时期。

在明朝，南戏的演唱，音乐上有地域之别，江苏的昆山腔，浙江的海盐腔、余姚腔和起源于江西的弋阳腔，被称为明代四大声腔，同属南戏系统。明朝嘉靖年间，杰出的戏曲音乐家魏良辅对昆山腔的声律和唱法进行了改革创新，吸取了海盐腔、弋阳腔等南曲的长处，发挥昆山腔自身清丽悠远的特点，又吸收了北曲结构严谨的特点，运用北曲的演唱方法，以笛、箫、笙、琵琶等伴奏乐器，形成了细腻优雅的特点，集南北曲优点于一体的"水磨调"，通称昆曲。昆山人梁辰鱼继承魏良辅的成就，对昆腔作进一步的研究和改革，让昆曲以清唱的形式出现，终于使昆腔在无大锣大鼓烘托的气氛下能够清丽悠远，旋律更加优美。他将笛、管、笙、琴、琵琶、弦子等乐器集合于一堂，用来伴奏昆腔的演唱，获得成功。隆庆末年，他编写了第一部昆腔传奇《浣纱记》。这部传奇的上演，扩大了昆腔的影响，文人学士争用昆腔创作传奇，习昆腔者日益增多，从此昆曲大兴，艺压群曲，蔚然成为唱遍全国的"国剧"。正如有研究者所说的那样："昆曲所代表的美学趣味虽然明显是南方的，尤其是江南地区的，但是其文化身份却并不属于一时一地，它凝聚了中国广大地区文人的美学追求以及艺术创造。正是由于它是文人雅趣的典范，才具有极强的覆盖能力，有得到广泛传播的可能，并且在传播过程中，基本保持着它在美学上的内在的一致性。"③

明清两代产生了许多有成就的传奇作家，如汤显祖、李玉、孔尚任、洪升等。汤显祖（1550～1616），其在世的时间正与西方的莎士比亚大致相同，他的戏剧在表现人性之"真"，追求人的自由、解放上亦与莎士比亚相通，正如汤显祖在《牡丹亭》中所说："情不知所起，一往而深，生者可以死，死可以生。生而不可与死，死而不可复生者，皆非情之至也。"汤显祖在戏曲创作方面，反对拟古和拘泥于格律。他作有传奇《牡丹亭》《邯郸记》《南柯记》《紫钗记》，

---

① 董健，马俊山：《戏剧艺术十五讲》，北京：北京大学出版社，2004年，第312～313页。
② 徐渭：《南词叙录》，《中国古代你戏曲论著集成》（三），北京：中国戏剧出版社，1959年，第245页。
③ 傅瑾：《京剧崛起与中国文化传统的近代转型——以昆曲的文化角色为背景》，《文艺研究》，2007年，第9期。

合称"玉茗堂四梦",其中以《牡丹亭》最著名。在戏曲史上,他和关汉卿、王实甫齐名,被誉为"东方的莎士比亚"。

《牡丹亭》又名《还魂记》,写杜丽娘、柳梦梅生死不渝的爱情,追求个性解放,其想象之高妙、文词之优美、内涵之深刻,堪称传奇之冠,亦是世界戏剧之瑰宝。"花花草草由人恋,生生死死随人愿,便酸酸楚楚无人怨",这是《牡丹亭》中杜丽娘著名的唱词,生者可以死、死可以生的凄婉故事,感动了无数的世人。晚于汤显祖20多年的沈德符说:"汤义仍《牡丹亭》梦一出,家传户诵,几令《西厢》减价。"

李玉,号一笠庵主人,是由明入清的才学俱丰的文士,他的早期作品以描写人情世态为主要内容,最负盛名的是"一笠庵四种曲",即所谓"一人永占"(《一捧雪》《人兽关》《永团圆》《占花魁》)。后期代表作是《清忠谱》,写明末天启年间苏州市民为反对缇骑逮捕东林党人周顺昌而进行的一场斗争,具有很强的社会现实性。"如果说汤显祖着力描绘的是人的'灵魂世界'里的'戏',重在一个'情'字,那么李玉则成功地展示了'现实世界'里的'戏',重在一个'义'。"[①]

传奇创作的最后辉煌是17世纪末的两部戏:洪升(1645~1704)的《长生殿》与孔尚任(1648~1718)的《桃花扇》,《长生殿》取材自唐代诗人白居易的长诗《长恨歌》和元代剧作家白朴的剧作《梧桐雨》,讲的是唐玄宗和贵妃杨玉环之间的爱情故事,他在原来题材上发挥,演绎出两个重要的主题:一是增加了当时的社会和政治方面的内容;二是改造和充实了爱情故事。《桃花扇》通过男女主人公侯方域(朝宗)和李香君的爱情故事反映明末南明灭亡的历史戏剧。两部作品暗合了"借离合之情,写兴亡之感,实事实人,有凭有据。"[②]借历史以言情,借言情、讲史以解读社会,写出皇权专制下国家社会的兴亡。

(三)百花齐放——地方戏的崛起与京剧的辉煌

清中期之后,中国戏曲进入又一个举足轻重的时代,昆曲衰微,有梆子、皮簧、弦索诸腔兴起,地方戏曲遍地开花。地方戏的蓬勃发展,使得戏曲艺术继晚明、清初之后再次呈现出百花争艳的崭新面貌,最终结束了昆曲主导舞台的独尊地位,奠定了近现代戏曲以舞台表演为中心的基本发展格局。这期间最具历史意义的事件,就是乾隆、嘉庆年间的"花雅"之争。将戏曲声腔分为"花部"和"雅部",这是乾隆年间文人士大夫阶层的通识。雅,指纯正、高雅,昆曲被视为雅乐正声,故归为雅部。所谓花,有驳杂、粗俗之意,花部为京腔、秦腔、弋阳腔、梆子腔、罗罗腔、二黄调,统谓之乱弹,包含了南北流行的多种民间地方戏。雅部与花部的划分,对戏曲声腔有明显的褒贬评价,是古代封建正统的"雅""俗"观念在戏曲认识上的具体表现,所以戏曲史中把此时期"花部"诸腔和昆曲争夺剧坛地位的历史称为"花雅之争"。"花雅之争"的后果是花部取得最终胜利,花部乱弹取代了雅部昆曲成为中国剧坛的主角。

1790年,乾隆帝80大寿。著名的四大徽班进京,把二簧调带入北京,与京、秦、昆合演,形成南腔北调汇集一城的奇特艺术景观。"花雅之争"绝非只是各声腔剧种抢夺观众的竞争,其背后所隐藏着的则是一个时代各种思想意识之间的交锋与融合,体现出更为深刻的社会和文化意义,也标志着中国戏剧进入"地方戏"时代。正如有学者所评价的,"中国戏剧进入'地方戏时代'的背景,是中国文化整体大变革时代的来临,徽班之所以能够进入京城演出

[①] 董健,马俊山:《戏剧艺术十五讲》,北京:北京大学出版社,2004年,第316页。
[②] 孔尚任:《桃花扇》,长春:吉林文史出版社,1998年。

并且在北京站稳脚跟,赢得市场与观众的认可,进而催生出京剧,就是这一时代变革的突出呈现。这个大变革时代的实质,是汉代以来大一统的文化格局逐渐让位于更加错综复杂的新的多元文化格局。"①清代地方戏,是自康熙中叶蓬勃兴起和相继流行于全国各地的多种民族、民间戏曲的统称。它们继承完善了中国戏曲的唱、做、念、打和手、眼、身、法、步四功五法的完整的载歌载舞的表演体系。戏曲舞蹈作为一个独特的舞蹈体系,在清代戏曲舞台上确立起来。清代地方戏被统称为"乱弹诸腔",原因是他们突破了联曲体的传奇形式,创造了板式变化为主的"乱弹"形式。这一时期,被戏曲史家称为"乱弹时期","其主要标志,就是梆子、皮黄两大声腔剧种在戏曲舞台上取代了昆山腔所占据的主导地位,从而使戏曲艺术更加群众化,更加丰富多彩"。②

清乾隆末期四大徽班进北京后,在嘉庆、道光年间同来自湖北的汉调艺人合作,互相影响,逐渐接受了昆曲、秦腔的部分剧目、曲调和表演方法,并吸收了一些民间曲调、北京土语,逐渐融合发展,形成了全国性的大剧种——京剧。京剧舞台艺术在文学、表演、音乐、唱腔、锣鼓、化妆、脸谱等各个方面,通过无数艺人的长期舞台实践,构成了一套互相制约、相得益彰的格律化和规范化的程式。它创造舞台形象艺术的手段十分丰富,所要表现的生活领域更宽,所要塑造的人物类型更多。因而,其表演艺术更趋于虚实结合的表现手法,最大限度地超越了舞台空间和时间的限制,达到"以形传神,形神兼备"的艺术境界。表演上要求精致细腻,处处入戏;唱腔上要求悠扬委婉,声情并茂。京剧从它孕育到鼎盛的发展过程中,流派纷呈、名家辈出,可谓潮气潮涌,先是"老生三鼎甲"之称的程长庚、余三胜、张二奎,后又"后老生三鼎甲"的谭鑫培、汪桂芬、孙菊仙,又有20世纪30年代旦角"三大贤"的杨小楼、余叔岩、梅兰芳,诸芳争艳的繁荣局面,把京剧表演艺术推进到一个新的阶段。

(四)危机与重生:近代之后的戏曲

19世纪中叶,帝国主义用舰炮轰开了古老中国的大门,西方的物质文明和精神文明像潮水一样漫过中国大地,浸入都市与乡村,也影响了中国的文学形式和艺术样态,甚至造成了艺术危机,对中国最古老的艺术形式之一的戏曲同样如此。

第一,生活形式和节奏的变化,导致古典戏曲无法适应现代节奏的变化。现代生活与提炼出戏曲舞台语言的那个时代距离越来越远,戏曲离人们的日常生活越来越远,这迫切需要本土戏曲进行变革。

第二,全社会高度一致的价值观、伦理观发生了分裂,新思想、新道德每一天都在生长和传播。现代生活使个人的勇猛和智慧显得不如古代那样重要和可信了;正统的、忠君的思想受到普遍质疑和责难;情爱的权利以及自主追求的准则逐渐被认知和接受;个人权利的思想日益增长,王公贵族、"君君臣臣父父子子"的纲常理念都受到挑战……整个社会价值体系、伦理体系的分裂对古典戏曲赖以生存的伦理基础提出了严峻的挑战,歧视妇女、读书做官和甘为奴才等思想越来越令人反感,关羽、赵云、诸葛亮这类故事越来越被人们所质疑,怎么将新思想、新道德乃至现代的生活理念融入戏曲当中,这也是当时许多戏曲艺人和知识分子面临的难题。

第三,现代剧场的物质条件给戏剧提供了新的发展空间,它改变了传统戏剧的观演关

---

① 傅瑾:《京剧崛起与中国文化传统的近代转型——以昆曲的文化角色为背景》,《文艺研究》,2007年,第9期。
② 张庚:《中国戏曲通史》下卷,北京:中国戏剧出版社,2007年,第3页。

系,也对戏剧提出了新的要求。戏曲是中国剧场培养的戏剧艺术,古典地方戏的传统演出场所有三:乡村的社戏、富家的堂会、都市的茶园式剧场。前两种方式的演出时间很长,观众出入十分方便,因此,"演出往往服务于喜庆的目的,观众借戏狂欢、招待亲友或者过戏'瘾'",[①]茶园式的都市剧场也不买票,只收茶钱。这时的剧场演出,一般从中午开始,演到黄昏日落,不演夜戏,当然也不要求完整复杂的戏剧情节,而要求熟悉的人物和故事,熟悉的唱腔和表演。近代之后,随着新式剧场的兴起,出现了欧中近代戏剧的镜框式舞台,"看到这种半圆形的形式舞台,跟那种照例有两根柱子挡住观众视线的旧式四方形的戏台一比,新的光明舒敞,好的条件太多了,旧的又哪能跟它相提并论呢?"[②]在这样的剧场,消遣娱乐的色彩淡了,艺术的氛围浓了,剧场观众的成分也发生了变化,他们对剧场艺术的期待也发生了变化,这也对戏剧艺术提出了挑战。

第四,作为一种公众娱乐和交往媒介,地方戏的主流地位受到挑战。在依靠口耳相传的时代,人们散布于地球的各个角落,孤单地打发着光阴。对于不识字的乡村和市井小民来说,它甚至还是一种最重要的公众交往媒体,鲁迅笔下的阿Q也会唱"悔不该,酒醉错斩了郑贤弟"。19世纪末期出现了电影,梅兰芳演出的真光剧场不仅演戏,还演电影,电影不仅瓜分了戏曲观众特别是青年观众,而且改变了戏曲观众的审美趣味和审美期待。话剧虽然刚刚崛起,但它对剧场观众的审美期待和审美趣味的改变发挥着潜移默化的作用。

总之,由于以上种种原因,古典戏曲在进入近代之后,遭遇了全方位的冲击,也开始了多方面的探索,"古典地方戏死去了,古典戏曲死去了,现代戏曲却得以诞生。"[③]现代戏曲既包括以京剧为代表的传统戏曲的发展,又包括了现代地方小戏的发展。在前者的发展中,戏剧学家董健教授曾将其概括为梅兰芳所代表的道路和田汉所代表的道路。梅兰芳"他们在物质上利用社会现代化所提供的条件,依靠着文化传统的'心理惯性',以世俗文化的姿态占据文化市场,而在精神上与'现代化''启蒙主义'保持着距离,只把工夫下在京剧本身的艺术上"。田汉"极力要将以京剧为代表的传统戏曲与时代结合起来,从'启蒙'与'革命'的需要出发对其进行改革和利用";"他赋予了近二百年来在文学性上渐趋贫困化的京剧以表现现代意识的文学生命;他初步扭转了京剧'重戏不重人'的旧习,开辟了人物塑造的新路子;他结束了旧京剧只有演员没有作家的历史。"[④]梅兰芳对戏曲的发展,形成了以《邓霞姑》《一缕麻》为代表的"时装戏",以《嫦娥奔月》《黛玉葬花》《天女散花》《洛神》为代表的"古装戏";田汉创作的戏曲作品包括《琵琶行》《白蛇传》等。

十年"文革"期间,传统戏曲被改为"样板戏",尽管赋予了戏曲许多现代形式,终逃不掉"消解理性"和"反现代"的"退步"[⑤],被很多专家看成是"'伪'现代戏曲"。[⑥] 20世纪80年代,陈静执笔改变的昆曲《十五贯》和陈仁鉴的莆仙戏《团圆之后》等,代表了现代戏曲的成熟。现代戏曲是受"五四"发端的现代文学的影响,改变了中国古典戏曲。在文体形式上,它不再由语言艺术(无论文学的语言还是舞台的语言)决定本质,而是由成熟起来的情节艺术决定

---

① 吕效平:《戏剧本质论》,南京:南京大学出版社,2003年,第305页。
② 许姬传,朱家缙编述:《梅兰芳舞台艺术生活四十年》,北京:中国戏剧出版社,1987年,第132页。
③ 吕效平:《戏剧本质论》,南京:南京大学出版社,2003年,第308页。
④ 董健:《中国戏剧现代化的艰难历程》,《文学评论》,1998年,第1期。
⑤ 董健:《论中国当代戏剧启蒙理性的消解与重建》,《戏剧与时代》,北京:人民文学出版社,2004年。
⑥ 吕效平:《戏剧本质论》,南京:南京大学出版社,2003年,第331页。

着本质;在艺术精神上,它具有鲜明的现代性,前所未有地表现了作家拒绝奴役的个性化思考。

二、近代以来的"文明戏"

中国古典戏曲在近代遭受剧烈冲击的同时,一种新的戏剧样式被一批知识分子引进到了中国,这就是话剧。话剧原本是西方舶来品,英语名为Drama,最初中文译名曾用过新剧、文明戏、爱美剧等名称。1928年,洪深提议将其定名为话剧,以与西方歌剧(Opera)、舞剧(Dance Theater)相区别,得到公认,从此沿用下来。

(一)中国话剧深受西方戏剧观念的影响

五四时期,影响中国话剧的两个重要剧作家是挪威的易卜生和英国的王尔德。胡适自称他是把易卜生介绍到中国来的第一人,其实在他之前早有鲁迅、陆镜若提到过这个名字。胡适还模仿易卜生的剧本《玩偶之家》创作过《终身大事》,所不同的是,易卜生写了一个背弃虚伪自私的丈夫离家出走的妻子娜拉,而胡适却写了一个摆脱父亲的阻挠而投向未婚夫怀抱的女子田小姐。此后,中国出现了很多反映女性与家庭的矛盾的剧本,如欧阳予倩的《泼妇》《潘金莲》,石评梅的《这是谁之罪》、白薇的《打出幽灵塔》等等。这些剧中主人公的身上总映现出娜拉的影子。王尔德也是五四时期被中国剧作家们看重的人物,洪深曾转译并导演过他的《少奶奶的扇子》,并由此确立了中国话剧导演制的基础;田汉曾翻译过他的《莎乐美》,并使这部戏为他的南国社带来广泛的社会声誉。那时,西方的现代主义戏剧已经开始影响到中国的话剧创作,在向培良、陈楚淮、陶晶孙、王独清、许幸等人的剧作中,我们总是不难看出那种或隐或显的象征色彩和迷惘的心理。

(二)现代戏剧以"启蒙"与"人性"作为核心,提倡思想启蒙

话剧是西方的戏剧形式,这种艺术形式被中国人不断地吸纳和改造,从而实现了创造性的转化。清末以来,催化民智的需求呼唤着社会价值与人生观念的变革,导致了传统戏曲的改良和"新剧"的创建。在其影响下,一时"新剧"运动蓬勃兴起,众多的戏剧团体纷纷成立。中国话剧呱呱坠地这个文化大事件本身,直接体现着当时的中国新型知识分子反对旧时代、开创新文化的革命意识。中国话剧诞生初期,革命党人为宣扬共和、抨击时政就把戏剧当作武器,把剧场当作战场。

1907年,春柳社和春阳社在东京和上海先后上演《黑奴吁天录》,成为中国带有改良痕迹的"新剧"的先驱和模本。春阳社继而编演了《爱国血》《革命家庭》《秋瑾》《徐锡麟》等许多带有鼓动性的时事新戏,受到广泛欢迎。伴随着思想解放和社会解放运动,中国话剧不断发展,国统区的左翼戏剧向社会大众宣传抗日、揭露国民党政府的腐败;解放区的革命戏剧则直接鼓舞部队的战斗士气,直接唤醒战士的阶级觉悟。话剧运用人物语言和身体作为传播工具,这种传播方式决定了话剧与观众的情感与思想能够产生共鸣。

(三)剧本成熟,名家辈出

从"五四"运动的思想旗手胡适到革命闯将郭沫若,从"社会问题剧"到"无产阶级戏剧",中国话剧从一开始就站在了一个成熟的平台上。郭沫若是中国现代文学史和话剧史上的一朵奇葩。他既是卓有成就的政治家和史学家,也是充满激情的浪漫诗人和剧作家。他的诗

剧和历史剧充满了喷发式的浪漫激情。"三个叛逆的女性"(即《卓文君》《王昭君》《聂嫈》),表达了他反抗封建礼教、追求自由和爱情、关注妇女解放的思想。抗战期间他创作的《屈原》热情讴歌了中国历史上伟大爱国诗人屈原忧国忧民、光明磊落、不畏强暴、大义凛然的崇高品质,表现出强烈的爱国激情和不屈不挠的斗争精神,大气磅礴、震撼人心,在大后方的观众中引起强烈共鸣,产生了鼓舞抗战的巨大影响。

戏剧大师曹禺,在大学毕业前夕,就创作了四幕话剧《雷雨》,在社会上引起强烈反响。它不仅是曹禺的处女作,也是他的成名作和代表作。《雷雨》在一天时间(从上午到半夜)、两个场景(周家和鲁家)里,集中展开了周、鲁两家前后30年错综复杂的矛盾冲突,显示了作品严谨而精湛的戏剧结构技巧。《雷雨》以自己富有动感而精美的语言,充分展示了话剧作为"说话的艺术"的魅力,在千百个舞台上曾以多种面貌出现,被不同的人饱含深情地演绎着、解读着,并一举将中国话剧推上了巅峰时期。抗战期间,曹禺相继写出《日出》《原野》《北京人》。他的戏剧创作促进了中国现代话剧的成熟。更重要的是,他极富想象力与创造力的实验性创作,为中国现代话剧的发展开拓了广阔的领域,提供了无限丰富的可能性,展示了多元的、自由创造的发展前景。同时,田汉、洪深、熊佛西、老舍等一大批戏剧家登上历史舞台,共同推动了中国戏剧走向社会、走向世界。

中国现代戏剧从它诞生之日起,从来就不曾是一种"为艺术而艺术"的奢侈品,也不是一种纯粹游戏与娱乐的消遣物。历史重负与深广的忧患意识,使它更多地与启蒙相勾连,一脸正经而少谐谑,与政治的复杂纠缠成了它无法摆脱的宿命。

三、当代戏剧的发展

新中国成立初期的话剧舞台上,多幕剧在新生活的推动下,得到了较快的发展,出现了许多有影响的作品。如:刘沧浪等的《红旗歌》、胡可的《战斗里成长》、老舍的《方珍珠》和《龙须沟》、陈其通的《万水千山》、曹禺的《明朗的天》、夏衍的《考验》等。新中国成立初期的独幕剧和多幕剧在新旧社会的强烈对比中,比较真实地反映了各族人民在新社会里翻身解放、当家作主的喜悦与自豪,以及由此而生发出来的主人翁责任感和崭新的精神风貌。许多剧作还塑造了在社会主义革命和建设中涌现出来的英雄人物和新人形象,显示了新旧交替时代的时代精神和时代特征。

新中国成立初期,话剧的创作和演出显示出良好的开端。但当时接连不断的文艺批判运动,给当代话剧的发展造成了无形的阻力,特别是对话剧直接配合政治、运动和政策的要求,更使话剧无可奈何地陷入公式化、概念化的泥淖,致使这个时期的话剧——尤其是多幕剧虽然数量不少,但在思想上和艺术上都属于上乘的佳作并不多,精品更是微乎其微。这种情况到1956年的第一届全国话剧观摩演出大会得到一定程度的扭转。这次会演有来自全国的43个剧团参加,演出剧目51个,集中展示了1949年10月以来话剧创作和演出的成绩,也集中暴露了新中国成立以来话剧存在的公式化、概念化问题。"文化大革命"使这种戏剧走向了极端。

1976年之后,中国历史在经历了"文革"之后进入新时期,在改革开放的时代,话剧出现了惊人的变化。一是话剧敢于冲破"文革"时期的阴霾,一度成为思想解放的先锋,显示了干预生活、关注现实的批判力。如《于无声处》(宗福先,1978)、《报春花》(崔德志,1979)、《陈毅市长》(沙叶新,1980)、《秦王李世民》(颜海平,1981)、《吴王金戈越王剑》(白桦,1983)、《红白喜事》(孟冰,1984)等话剧,率先在思想意识上反抗了"左"倾政治,并对现实进行积极干预和思考。同时,一部分剧作家大胆吸收外来戏剧特别是西方现代主义戏剧的成功经验,出现了"探索剧"的创作、演出热潮,戏剧理论、戏剧观念空前活跃,剧坛呈现多姿多彩的态势。1982年,北京人民艺术剧院演出了林兆华导演的《绝对信号》,标志着新时期小剧场戏剧运动的开始。接下来的20多年,大批剧作家和戏剧理论家投入话剧实验,使各种新型探索剧冲破传统壁垒走上舞台,在中国话剧史上留下浓墨重彩的一笔。如《屋外有热流》(1980)、《一个死者对生者的访问》(1985)、《WM》(1985)、《狗儿爷涅槃》(1986)、《桑树坪纪事》(1988)等,在戏剧的表现主题、内在结构和外在形式方面,均做出了大胆探索,体现了新锐的戏剧观念。

随着电视的普及和娱乐方式的扩展,话剧遭遇了前所未有的危机。在面临信息社会的多方挑战的严峻形势下,话剧队伍逐渐站稳了脚跟,话剧艺术从体制到表现方式,开始了新的调整与突破。独立制作人、民间剧场、商业戏剧、校园戏剧开始出现,中国戏曲走向了一个多元化发展的时代。

第二节　中国经典戏剧鉴赏技巧

作为中国独特的传统艺术,中国戏曲如果以宋代杂剧作为起点,已经有了近千年的历史。在这近千年发展过程中,中国戏曲经历了萌芽、成形、发展、兴盛和渐趋低迷等不同阶段,但自己的独特魅力始终没有改变,这些独特魅力也成为吸引当代人走进戏曲的重要因素。

一、以"乐"为本位的综合性

中国戏曲是一种综合了诗、歌、舞的舞台表演艺术。即使是"巫""祝""优",也必须能歌善舞才得以胜任。"从宋元南戏、杂剧到明清传奇、京剧,变化不可谓不大,但以'乐'为本位的诗、歌、舞的综合性则是一以贯之的。"[1]正如戏曲理论家祁彪佳所言:"诗亡而乐亡,乐亡而歌舞俱亡。自曲出而使歌者按节以舞,命之曰'乐府',故今之曲即古之诗,抑非仅古之诗而即古之乐也。"[2]如果问"乐"是什么?可能大多数人首先会想到音乐。而实际上,中华古"乐"是包括音乐、舞蹈、杂技等在内的中国古代各类表演技艺的总称。中国古典戏剧是众"乐"汇集的结果,其本身也是一种"乐",它是中华民族源远流长而又博大精深的"乐"文化的高级形态。在中国古代文学史中,诗以言志、文以载道,主要是针对一定文化语境下社会文化发展的需要、作家的创作意识和对文体的特殊要求而言的。王国维说:"吾国人之精神,世间的也,乐天的也。故代表其精神之戏曲、小说,无不著此乐天之色彩。"[3]因此,作为国人精神之象征的中国古代戏曲,不仅喜剧多,而且喜剧的种类也多。苏珊·朗格在《感情与形式》中说:"在亚洲的伟大文化中,喜剧贯穿于各种情调中,从最轻快的情调到极为凝重的情调;同

---

[1] 董健,马俊山:《戏剧艺术十五讲》,北京:北京大学出版社,第318页。
[2] 郭彪佳:《孟子塞五种曲·序》,《中国古代戏曲序跋集》,北京:中国戏剧出版社,1990年,第290页。
[3] 王国维、蔡元培:《红楼梦评论石头记索引》,上海:上海古籍出版社,2005年。

时也贯穿于各种形式中,独幕讽刺剧、滑稽剧、各种风格的喜剧等……"①这段话也可以说是对亚洲文化之主流的中国文化,尤其是中国戏曲文化的精辟概括。林语堂断言:"中国真正幽默文学,应当由戏曲传奇小说小调中去找。"②那么,戏曲呢?中国戏曲是以"行当"登场,通过"谑、歌、舞、角力"等形式扮演"人物"、演述故事,"召唤"剧场观众当下"戏乐"的一种俗文化形式。"乐"本位,既是一种本土文化的特色与优良的艺术传统,又充满中国文化的独特艺术特征。

二、艺术表现的写意性

"凡音之起,由人心生也,人心之动,物使之然也,感于物而动,故形于声。"中国戏曲宛若一位待字香闺的古典佳人,伴着唐风宋韵的高叹低吟,沿着南戏、元杂剧的历史轨迹一路莲步轻移而来。正是传统文化的烛照濡染,使戏曲"离形取意",不求形似而求神似。虚拟的表演如水墨丹青的纵横之笔,长歌当哭、长袖善舞,"无画处皆成妙境";写意的舞台简约空灵,无花木却见春色,无波涛可观江河;唱念做打中"汇千古忠孝节义,成一时离合悲欢",处处体现着戏曲自身诗的艺术表现和诗的抒情美。举例言之,京剧《秋江》"行船"一场,老艄翁摇桨渡陈妙常追赶赴考远行的潘必正,舞台上既没有水也没有船,全凭演员的形体动作表现颠簸摇荡的情景,时而急流险滩,时而风平浪静,表演出神入化,惟妙惟肖。音乐是最抽象的艺术,它高高飞翔在"想象""精神""情绪"的天空,决不落到实实在在的大地上,它拒绝写实,擅长写意。几个龙套演员过场,就是千军万马,绕场一周,已过千里之遥;一桌一椅,可演作楼台城郭;上楼不用踏梯,开门无需有门……凡此种种,写意性与舞台动作的象征性、游戏性、虚拟性密切相关。写意的表演,必须靠观众的联想、想象才能把真实内涵传达出来。③ 中国戏曲是综合艺术,唱念做打加上整体的虚拟化表演形成了一个丰富的意象群,传达出远比视觉丰富的"韵味","其妙处,政不在声调之中,而在句字之外。又须烟波渺漫,姿态横逸,揽之不得,挹之不尽。……此所谓'风神',所谓'标韵',所谓'动吾天机'。不知所以然而然,方是神品,方是绝技"。④ 戏曲韵味之产生,在于其声腔的声情并茂和浓郁的地方特色,在于服装的美轮美奂,在于挥一挥旗千军万马、打一圆场跨越万水千山的丰富想象,在于表演的手眼身法步传达出的无限意蕴,看戏与听戏更是让人产生一种"余音绕梁,三日不绝"的陶醉。

三、动作、语言、化妆与唱腔的程式化

中国传统戏曲艺术在中国传统美学观物取象的影响下,吸收了其他艺术的审美样式,形成了独特的舞台审美风格。同西方写实的戏剧艺术不一样,中国戏曲侧重于程式化、虚拟化的表现,"三五人可做千军万马,六七步如行四海九洲"、"瞬息间前朝后代,方寸地万水千山"。⑤ 在空旷的舞台上,演划船拿一船桨,船桨翻飞,伴随着舞蹈般的表演,将观众带入相应

---

① 苏珊·朗格:《情感与形式》,刘大基等译,北京:北京大学出版社,1986年,第389页。
② 林语堂:《论幽默》,《林语堂论中西文化》,上海:上海社会科学院出版社,1989年,第269页、265页。
③ 董健,马俊山:《戏剧艺术十五讲》,北京:北京大学出版社,第319页。
④ 王骥德:《曲律》,中国戏剧研究院编《中国古典戏曲论著集成》(四),北京:中国戏剧出版社,1959年,第132页。
⑤ 金实秋:《古今戏曲楹联荟萃》,北京:中国戏剧出版社,1992年,第27页。

的情景之中。这种表演方式需要艺术家对现实生活进行观察,对现实进行提炼,但不照搬现实生活的原态,形成可重复的、可复制的、一目了然的程式化表演方式,而这些也都是中国传统艺术精神"观物取象原则在戏曲艺术中的体现"。[①] 再如人物个性的脸谱化,通过人物性格特征的外化,使其忠奸可辨、良莠可察。观物以立象,立象以尽意,亦是传统戏曲舞台形式的审美特征,立象不是在舞台上设立具体写实的舞台景物,而是在简约的美学原则下,使舞台景物化为具有主观思想的视觉符号,让空灵的舞台充满了意象编织的网络,从而获取舞台形式的内在精神韵味,而戏曲韵味和戏曲意象相联系,构成了丰富的戏曲观看和审美方式。

四、时空自由、结构铺展

既然是写意的而非写实的,既然是象征的、游戏的、虚拟的,那么舞台上的时空观念便不拘于真实的、客观的时空,而是一种主观的、意念中的时空。剧场中的两个小时,可以在舞台上表现上下几千年的事;舞台上的有限空间,可以容纳天上人间、无限世界。正如戏台的对联写道:"三五步行遍天下,六七人百万雄兵。""顷刻间千秋事业,方寸地万里江山。"在关汉卿的《窦娥冤》中,窦娥被歹人诬告,被判斩刑,在临刑之时指天为誓:

> 又听得法场外人声呐喊,都道说我窦娥冤枉可怜!虽然是天地大无处申辩,我还要向苍穹诉苦一番;……这官司眼见得不明不暗,那赃官害得我负屈含冤;倘若是我死后灵应不显,怎见得此时我怨气冲天,我不要半星红血红尘溅,将鲜血俱洒在白练之间;四下里望旗杆人人得见,还要你六月里雪满阶前;这楚州要叫它三年大旱,那时节才知我身负奇冤!

窦娥死后,血溅白练、六月飞雪、大旱三年果然都应验。三年后窦天章任廉访使至楚州,见窦娥鬼魂出现,于是重审此案,为窦娥申冤。舞台当中,"人鬼"穿梭,时空措置,都在小小舞台当中呈现,上演了"感天动地"的千古故事。中国戏曲的时空不仅是现实的时空,更是一种心理时空和生命时空,正如有学者所指出的那样:"我国古典戏曲所表现的空间意识富有鲜明的民族性,它不是透视学的物理空间,而是充满生命节律、流动不居、渗透着时间的心理空间。"[②]

五、舞台与观众的"直线"交流

中国古代戏曲表演者有三重演述身份:演员、行当、角色(剧中人物)。"演员是现实生活域中的人,行当属于审美游戏域中的演述者,角色则是剧情虚构域中的人物。他们可以根据故事的搬演、观众的接受、剧场气氛的调节、商业化经营等需要,灵活地改变演述身份与剧场观众进行不同语境的审美互动交流。"[③]这三种身份共存于舞台形象之中,高行健先生称之为"中性演员状态",他认为:"当表演者同时以一个叙述者、被叙述者,甚至以她/他自己的社会

---

① 徐宏:《观物取象:艺术情怀的熔铸》,《中国戏曲学院学报》,2008年,第2期。
② 郑传寅:《传统文化与古典戏曲》,长沙:湖南人民出版社,2004年,第411页。
③ 陈建森:《戏曲与娱乐》,上海:上海人民出版社,2003年,第5页。

身份出现,并向观众介绍自己所要扮演的角色时,'中性演员的状态'便在其中起到效用;一种在演出者、角色和观众间交流的特殊关系也由此产生"[1]。颜海平先生把这种"交流的特殊关系"称为"情感之域"[2]。"交流的特殊关系"的完成,是通过可视的舞台形象来达到的,并在观众观戏的过程中和戏曲舞台的呈现中,实现了"情感之域"中的"特殊交流"。因此,中国戏曲的表演及视觉表现不仅作用于人的视觉,还营造了一个观演交流的重要空间,共同穿越生与死、情与理的界限,获得一种人性的升华和净化。戏曲视觉,构成一个戏曲的"气场",形成了丰富的"情感之域",更是启动了观众的能动认知,孕育着观众创造的可能。正如一副对联所说的那样:"戏剧本属虚,虚内寻实,实非为实,虚非为虚,虚虚实实,方寸地生杀予夺,荣辱贵贱,做来千秋事业,莫道当局是假;唱弹原为乐,乐中藏忧,忧民之忧,乐民之乐,乐乐忧忧,顷刻间悲欢离合,喜怒哀惧,现出万代人情,须从戏里传真。"

在中国戏曲独特的戏剧场域当中,戏剧性以独特的方式张扬出来,"所谓戏剧性,是指戏的演出能够吸引人,感动人","这一方面要求剧情的发展能步步把观众引向新的境界,向观众提出新的问题,使观众的心情能跟着剧情的变化,时而紧张,时而松弛,有时更为剧中善良人物的不幸命运担心,而流泪;为剧中的恶棍、流氓、滥官、酷吏的罪恶行为而不平,而愤慨,最后更为他们受到正义的制裁而鼓掌称快。"[3]中国戏曲程式化的动作、一招一式、一个眼神、一次水袖舞动、一个帽翅表演,观众都通过观看感受到人物内心的活动和精神气质,而这样的交流最终完成的是"感动人"的审美过程。中国戏曲中那些表演者和观众互动的剧场"戏乐"机制,[4]那些在艺术传统中"情感、审美和伦理的互动蕴涵着的人的能动性及其无限可能",更是有着震撼人心的力量,调动着国人的"能动认知",[5]把中国观众带到悠远的如谜似梦的审美和认知境界中,滋润着国人历经磨难的心灵。

第三节　西方戏剧艺术观念史

西方戏剧源远流长,从公元前5世纪古希腊戏剧算起,到20世纪众多戏剧流派的争奇斗艳,上下几千年,积累了极其丰富的资源。它包罗了戏剧艺术的各个方面,从剧本创作到舞台演出,从艺术实践到理论总结,形成了一个完整的系统。戏剧大师层出不穷,戏剧理论更是对戏剧本质、功用、创作方法进行了多方面的探究。西方戏剧的历史可以分为古希腊罗

---

[1] 高行健:《我的戏剧和我的钥匙》,选自《高行健戏剧六种》第二册,台北:台湾帝教出版社,1995年,第76～77页。
[2] 颜海平:《情感之域——对中国艺术传统中戏剧能动性的重访》,高瑞泉、颜海平主编《全球化与人文学术的发展》,上海:上海古籍出版社,2006年,第89页。
[3] 王季思:《王季思文集》,广州:中山大学出版社,2004年,第236页。
[4] 作者认为"中国戏曲的一个显著特征是,舞台上的演述者具有演员、'行当'和剧中'人物'三重演述身份,这三重演述身份可以根据剧情演述或者观众接受的需要而自由转换,由此而形成了演员与观众、'行当'与观众、剧中'人物'与观众、剧中'人物'与'人物'之间四重主要的审美互动和交流语境。这四重主要的交流语境组成了戏曲剧场的审美交流系统。"(见《戏曲与娱乐》,陈建森著,上海:上海人民出版社,2003年7月版第33页)作者是从戏曲和娱乐的角度回答了戏曲能调动人的审美能动性的原因,但是作者并没有进一步深入探讨。审美之上是否还有更为深层的伦理、认知的能动?颜海平教授站在古今、中西交汇的视野上进行深入的探讨,提出"中国艺术传统中情感、审美和伦理的互动蕴涵着人的能动性及其无限的可能,这种互动和可能是中国戏曲中戏剧能的核心"。(颜海平:《情感之域——对中国艺术传统中戏剧能动性的重访》,见《全球化人文学术的发展》,高瑞泉、颜海平主编,上海:上海古籍出版社2006年3月第一版第95页)
[5] 颜海平:《情感之域——对中国艺术传统中戏剧能动性的重访》,见《全球化域人文学术的发展》,高瑞泉、颜海平主编,上海:上海古籍出版社,2006年。

马戏剧、中世纪戏剧、文艺复兴时期戏剧、古典主义时期戏剧、启蒙运动时期戏剧、19世纪戏剧、现代戏剧和当代戏剧等，各个历史阶段共同汇流成西方戏剧流派纷呈、精彩迭现的文艺景观。

一、古希腊罗马戏剧

公元前6世纪的希腊半岛上已经出现了严格意义的戏剧活动，一般认为古希腊戏剧脱胎于一种独特的宗教祭祀活动——酒神祭典。古代希腊每年春冬两季都要举行祭祀酒神狄俄尼索斯的大典。在春季举行祭典时，有人化装成酒神的伴侣羊人萨提洛斯，众人载歌载舞，颂赞酒神的功绩，称为"酒神颂"，酒神颂又称为"山羊之歌"（Tragoidia），因歌队表演时身披羊皮、头戴羊角，英文"悲剧"（Tragedy）一词即源于此。在冬季举行祭典时，人们化装成鸟兽，狂欢游行，载歌载舞，这种歌称为"狂欢队伍之歌"（Komoidia），"喜剧"（Comedy）一词则源于"狂欢游行之歌"。这种即兴滑稽表演逐渐演变为戏剧因素。

古希腊戏剧是欧洲戏剧发展史上第一个高峰。基于当时出现的伟大的悲剧作品，亚里士多德给悲剧下了一个定义："悲剧是对于一个严肃、完整、有一定长度的行动的模仿；它的媒介是语言，具有各种悦耳之音，分别在剧的各部分使用；模仿方式是借人物的动作来表达，而不是采用叙述法；借引起怜悯与恐惧来使这种情感得到陶冶。"[1]在上述定义里，亚里士多德首先指明悲剧是模仿，这一基于人的模仿本能和古希腊戏剧传统提出的观念影响深远。同时，亚里士多德确定了戏剧之所以是戏剧的基本特点，即戏剧是由人物的动作来表现的代言体，而不是叙述体，由此他确定了戏剧艺术与其他艺术门类相区别的特性。他还指出了剧场的六大元素，分别为情节（Plot）、角色（Character）、思想（Thought）、语言（Language）、音乐（Music）与景观（Spectacle）。在这一时期，成就最高的悲剧作家是埃斯库罗斯、索福克勒斯和欧里庇得斯三人。

埃斯库罗斯（公元前525~前456）是古希腊最伟大的悲剧作家。他对古希腊悲剧最大的贡献是在表演中引入了第二个演员，改变了过去古希腊戏剧中只有一个演员和歌队共同演出的传统模式，为戏剧情节的发展和戏剧道白的丰富多彩提供了可能。埃斯库罗斯已知剧名的作品共80部，其中只有7部传世，包括《俄瑞斯忒亚》三联剧（《阿伽门农》《奠酒人》《复仇女神》）和《乞援人》《波斯人》《七将攻忒拜》《普罗米修斯》。埃斯库罗斯是古希腊戏剧的第一位大师，对整个西方戏剧艺术的发展产生了深远的影响。

索福克勒斯（公元前496~前406年）是雅典民主全盛时期的悲剧作家。他在27岁首次参加悲剧竞赛，即战胜了埃斯库罗斯。索福克勒斯一生共写过100余部戏剧，却只有7部传世，成就最高的是《安提戈涅》和《俄狄浦斯王》。索福克勒斯的悲剧往往被称为"命运悲剧"，即通常表现个人意志行为与命运之间的冲突。《俄狄浦斯王》取材于希腊神话传说，展示了富有典型意义的希腊悲剧——人跟命运的冲突。讲述的是希腊神话中忒拜的王子俄狄浦斯在命运面前，奋起抗争，设法逃离"神示"的预言。但最终仍弑父娶母，真相大白后自挖双眼行乞涤罪的故事。《俄狄浦斯王》被亚里士多德视为戏剧艺术的典范，认为是古希腊悲剧的典范。

---

[1] 亚里士多德，贺拉斯：《诗学·诗艺》，北京：人民文学出版社，1997年，第19页。

欧里庇得斯(公元前485～前406)是雅典奴隶制民主国家危机时代的悲剧作家。他一生从未参与过任何政治活动,而是醉心于哲学思考。他在自己的作品中提出了许多问题,包括神性与人性、战争与和平、民主、妇女问题等等。他一生共创作了80余部悲剧,有18部传世,其中最优秀的包括《美狄亚》《特洛伊妇女》等。

古罗马戏剧大量模仿古希腊戏剧,其戏剧观念的创新自然也不多。模仿说仍然支配着戏剧创作,西塞罗认为戏剧是"生活的摹本、习俗的镜子、真实的反映"。① 古罗马产生了拉贝里乌斯(公元前106～前43年)、普劳图斯(公元前254～前184年)、泰伦提乌斯(公元前190～前159年)、塞内加(公元4～65年)等悲喜剧诗人,也产生了贺拉斯的《诗艺》等戏剧理论著作,提出了"寓教于乐"等戏剧思想,对西方戏剧本质和戏剧艺术价值的探索作出了重要的贡献。

西罗马帝国灭亡之后,欧洲进入了漫长黑暗的中世纪,亚里士多德几乎被人遗忘,教会排斥和破坏一切非宗教的文化,戏剧艺术自然也不能幸免于难。"古希腊和古罗马戏剧传统遭摧残殆尽,奇迹剧、神秘剧、道德剧等描写宗教故事、传达宗教思想的宗教戏剧大行其道,宗教成为戏剧艺术必须加以反映和表现的唯一内容。"②

二、文艺复兴时期的戏剧

14世纪,随着新兴资产阶级的出现,欧洲开始从封建社会向资本主义社会过渡。在这个过渡时期,资产阶级作为一个新兴的阶级,考虑着如何才能摆脱中世纪教会套在人们身上的精神枷锁,他们试图通过文学和艺术寻求一种新的思想文化来反对封建专制和教会势力。他们回过头去,从古希腊、古罗马艺术文化中发现闪烁的思想,通过文艺创作,宣传人文精神,这便形成了轰轰烈烈的文艺复兴运动。戏剧这一艺术形态在文艺复兴带来的伟大变革中,也像其他艺术形态一样发生了本质的变化,用戏剧来反映社会,反映人生,反映客观世界的同时,用理性取代对权威的顶礼膜拜,使感性世界获得空前的价值和力量成为文艺复兴时期人文主义戏剧家的本质追求。个性自由、理性至上和人性的全面发展成为戏剧表现的主旨。这一时期的欧洲戏剧以英国和西班牙为主流,主要剧作家有英国的克里斯托弗·马洛(1563～1593)、威廉·莎士比亚(1564～1616)、本·琼森(1572～1637),西班牙的洛佩·德·鲁达达(1505～1565)、洛佩·德·维加(1562～1635)等。莎士比亚的大量剧作成为世界戏剧宝库中的珍品。莎士比亚(1564～1616),英国文艺复兴时期伟大的剧作家、诗人,欧洲文艺复兴时期人文主义文学的集大成者。相对于古希腊的命运悲剧,莎士比亚以自己创作的伟大悲剧作品,开创了"性格悲剧"这一崭新的悲剧形态。悲剧主人公在困境中仍表现出高贵的尊严,勇于面对厄运,并战斗到最后一刻。莎士比亚的代表作有四大悲剧:《哈姆雷特》《奥赛罗》《李尔王》《麦克白》,著名喜剧包括《仲夏夜之梦》《威尼斯商人》《第十二夜》《皆大欢喜》,历史剧有《亨利四世》《亨利五世》《查理二世》,正剧包括闻名世界的《罗密欧与朱丽叶》等。本·琼森称他为"时代的灵魂",马克思称他和古希腊的埃斯库罗斯为"人类最伟大的戏剧天才"。他的作品从生活真实出发,深刻地反映了时代风貌和社会本质。他认为,戏剧"仿佛要

---

① 阿·尼柯尔:《西欧戏剧理论》,北京:中国戏剧出版社,1985年,第23页。
② 周安华:《戏剧艺术通论》,南京:南京大学出版社,2005年,第3页。

给自然照一面镜子:给德行看一看自己的面貌,给荒唐看一看自己的姿态,给时代和社会看一看自己的形象和印记"。①

文艺复兴使欧洲戏剧艺术再一次走向辉煌,戏剧观念也出现了一些新论点。西方学者从《诗学》归纳出古希腊戏剧的特点是"三一律",即时间的一致、地点的一致和表演的一致。文艺复兴时期最伟大的文艺理论家之一卡斯特尔韦特罗这样说:"表演的时间和所表演的事件的时间,必须严格地相一致。……事件的地点必须不变,不但只限于一个城市或者一所房屋,而且必须真正限于一个单一的地点,并以一个人就能看到的为范围。"②在以后欧洲戏剧发展的历史长河中,"三一律"成为戏剧创作需要遵从的金科玉律。

三、古典主义时期戏剧观念

到17世纪末,法国的戏剧进入了古典主义时期,在这一重要阶段,法兰西人为人类的戏剧史增添了光辉的一页。17世纪,法国产生了两个重要的哲学家伽桑狄和笛卡尔。伽桑狄肯定地认为,感觉是知识的唯一来源,国家只是一种分工,而这种分工应建立在社会契约的基础上。笛卡尔是法国理性主义的奠基人,他认为真理的标准存在于理性之内,他反对宗教权威,主张人们应当用理性代替盲目信仰。他们的哲学思想在法国乃至欧洲产生了很大影响,并成为古典主义戏剧的思想基础。

古典主义戏剧主张反映真实生活,强调理性,排斥情感,认为理性是最真实和美的裁判。古典主义戏剧把古希腊、古罗马时期的戏剧奉为典范,其作品的故事和人物,大都采用古代传说或古代的文学艺术作品。内容上,古典主义强调拥护王权、崇尚理性,在形式上强调严格遵守"三一律"。关于"三一律",古典主义戏剧的重要代表人物高乃依专门著文《论"三一律",即行动、时间、地点的一致》,并结合自己的创作实践加以阐述。

高乃依(1606~1684),是17世纪上半叶法国古典主义悲剧的代表作家,一向被称为法国古典主义戏剧的奠基人。高乃依一生写了30多个剧本,包括《梅德》《熙德》《贺拉斯》等悲剧,其作品大多遵从了"三一律"的原则。虽然高乃依推崇"三一律",但是"三一律"的戒条还是无法被完全遵守,一再被生性浪漫的法兰西人所打破。1636年,高乃依创作的《熙德》在巴黎上演,就引发了一场关于古典主义戏剧规则的争议。5幕诗体戏剧《熙德》,取材于西班牙作家卡斯特罗的剧本《熙德的青年时代》,描写11世纪时贵族青年唐罗狄克与施曼德的爱情经历。高乃依将男女主人公投入责任与爱情的剧烈冲突之中,剧中人都表现出刚毅的美德和百折不挠的精神,为了完成自己的义务,不惜牺牲一切。首相黎塞留授意法兰西学院撰文批评《熙德》。他们指责高乃依的悲剧违背了戏剧"以理性为根据"的娱乐作用,没有始终把满足荣誉的要求放在首位,违背了"三一律"等等。

这一时期代表性的剧作家还有若望·拉辛(1639~1699)、莫里哀(1622~1673)等。拉辛出生于法国北部拉费泰米隆,3岁成为孤儿,由外祖母抚养长大,学习古希腊文学。1663年他开始在巴黎的戏剧活动中崭露头角,很快与高乃依形成分庭抗礼之势。从1664年至1691年,他写了11部悲剧和1部喜剧。悲剧《安德洛玛克》和《费德尔》是其代表作,在艺术

---

① 莎士比亚:《莎士比亚悲剧四种·汉姆雷特》,北京:人民文学出版社,1988年,第89页。
② 见《亚里士多德〈诗学〉的诠释》,伍蠡甫主编:《西方文论选》(上),上海:上海译文出版社,1979年,第194页。

上获得很大的成功。

莫里哀是法国古典主义时期的喜剧家,也是继阿里斯托芬之后最伟大的喜剧家。由于他的努力,那个时代的喜剧获得了与悲剧同等的地位。莫里哀出生于一个宫廷陈设供应商家庭,曾享受贵族教育,但后来他宣布放弃世袭权力,投身戏剧活动。他创立"盛名剧团",惨淡经营,曾因负债而被指控入狱。后来,他不顾当时蔑视演戏的社会风气和家庭的反对,毅然离家出走,在外漂流了十多年。由于他积累了丰富的生活素材,编写了一系列很有影响的喜剧,这包括《可笑的才女子》(1659)、《丈夫学堂》(1661)、《太太学堂》(1662)、《伪君子》(1664~1667)、《唐·璜》(1665)、《悭吝人》(1668)。最后,莫里哀作为剧团的领导人重返巴黎,一直在巴黎进行创作演出。莫里哀生活在资产阶级勃兴、封建统治日趋衰亡的文艺复兴时期。他同情劳动民众,笔锋所向,揭露的是昏庸腐朽的贵族、坑蒙拐骗的僧侣、无病呻吟的地主、冒充博学的"才子",还有靠剥削起家而力图"风雅"的资产者,利欲熏心、一毛不拔的高利贷者……从各个侧面勾画出了剥削阶级的丑恶形象。

《唐·璜》借一个西班牙的传说人物,揭露法国贵族的罪恶。主角唐·璜表面上文雅、潇洒,还有"自由思想",实际上无恶不作,正如他的仆人所说,是"世界上从未有过的最大的恶棍"。他代表了当时社会上那些大贵族,利用自己的身份和特权,为非作歹,横行霸道。《唐·璜》一剧的人物性格复杂,情节发生的地点多次转换,并不遵守"三一律",是莫里哀剧作中独具一格的作品。代表作《伪君子》写伪装圣洁的教会骗子答尔丢夫混进商人奥尔恭家,图谋勾引其妻子并夺取其家财,最后真相败露,锒铛入狱。剧作深刻揭露了教会的虚伪和丑恶,"答尔丢夫"也成为"伪君子"的代名词。《伪君子》在许多方面突破了古典主义的陈规旧套,结构严谨,人物性格和矛盾冲突鲜明突出,语言机智生动,手法夸张滑稽,风格泼辣尖锐。迄今为止,还没有哪一个法国剧作家的喜剧成就堪与莫里哀比拟,他对世界喜剧艺术的发展产生了深远的影响。

四、启蒙运动时期戏剧观念

到了18世纪,西方社会进入启蒙主义的历史时期,这是一场资产阶级反抗封建统治的思想运动。法语中,"启蒙"的本意是"光明"。当时先进的思想家认为,人们从古到今一直处于黑暗之中,应该用理性之光驱散黑暗,把人们引向光明。他们著书立说,积极地批判专制主义和宗教愚昧,宣传自由、平等和民主思想。伏尔泰、卢梭、狄德罗等人是这一思潮的思想代表,在哲学上他们比较认同培根等人的经验论,倾向自然神论和无神论,在现实中他们反对教会和封建制度。法国的启蒙主义异军突起,迅猛发展,很快便成为全欧洲的思想中心。当时,许多启蒙思想家像狄德罗、伏尔泰等,他们的剧作,代表了这一时期戏剧的主要特征。

"百科全书式"的巨人狄德罗(1713~1784)对戏剧艺术进行了深入的阐释,深刻地思考了戏剧艺术的形态和美学原则,提出建立市民戏剧、严肃喜剧等主张。他在著名的《论新剧艺术》一文中打破长期以来形成的严格区分悲剧和喜剧的惯例,提出了"严肃喜剧"这一新的戏剧形态。这种形态区别于以人类德性方面的缺点和可笑性为主题的愉快戏剧,也区别于以家庭的不幸事件、人类的灾难和大人物的不幸为主题的悲剧,而是"以人类的美德和本分为主题"。① 这种戏剧样式不是悲剧和喜剧的简单杂糅,而是建立在真实、自然地反映现实生活的现实主义美学原则之上,对普通市民的喜怒哀乐进行真实描绘。

狄德罗理论的积极响应者和实践者、伟大的剧作家博马舍(1732～1799)在"严肃喜剧"的基础上进一步提出了"严肃戏剧",他说"严肃戏剧的根本目的,是要提供一个比在英雄悲剧中所能找到的更加直接、更能引起共鸣的兴趣,以及更为实用的教训;并且,假定其他一切都相同。严肃戏剧也能给予一个比轻快喜剧更加深刻的印象。"②博马舍以他著名的戏剧三部曲,即《塞维利亚的理发师》(1775)、《费加罗的婚礼》(1778)和《有罪的母亲》(1792)享誉后世。三部曲中贯穿着一个重要的戏剧人物——费加罗。费加罗是一个出身卑微却头脑聪明的人,无论处在什么样的境地,他都不向命运屈服,而靠着自己的勇敢和智慧,为生活打开一条通路。博马舍的戏剧理论富于现实精神,他以历史进步观点论证了戏剧形式新旧交替的必然性和合理性,对后来的"社会问题剧"或"近代社会剧"具有深远的影响。"狄德罗的'严肃喜剧'和博马舍的'严肃戏剧'堪称后来剧坛'正剧'的先声。"③

启蒙运动最初发端于英国,后来集大成于法国,波及到了德国。在德国,被称为"德国新文学之父"的莱辛(1729～1781)的戏剧理论巨著《汉堡剧评》随即诞生。《汉堡剧评》是莱辛为汉堡民主剧院历次演出而撰写的评论,共104篇,是现实主义戏剧理论的重要文献。莱辛针对德国当时的社会现实和戏剧界的状况,广泛而深刻地探索了现实主义戏剧的一系列问题,他强调戏剧的教育作用,认为它是教育人民大众的有效办法;他主张戏剧应忠实地反映丰富多彩的生活,提倡写普通市民故事,认为市民的命运比帝王将相的命运更激动人心,更易引起人们的同情,因为"王宫和英雄人物的名字可以为戏剧带来华丽和威严,却不能令人感动。我们周围的人不幸自然会深深侵入我们的灵魂"④。莱辛要求艺术忠实于现实,人物刻画要有个性,合乎自然和逻辑,而不要古典主义戏剧所崇尚的矫揉造作、故弄玄虚的人物。

五、浪漫主义戏剧

18世纪末到19世纪初,在启蒙主义戏剧不断深入发展的时候,一种新的戏剧思潮正悄然产生,这就是波及整个欧洲的浪漫主义戏剧。这一时期,不仅出现了以德国的康德、费希特和黑格尔为代表的唯心主义哲学家,还出现了以法国的圣西门、傅立叶和英国的欧文为代表的空想社会主义者。他们的哲学、社会学思想,与这一时期文学艺术的发展关系密切。他们倡导的人道主义和个人主义,主张自由、平等、博爱思想,是浪漫主义文学艺术的思想核心。因此,当时的浪漫主义戏剧家冲破一切古典主义的既定规则,主张戏剧既不必拘泥于古典传统的所谓规范,也不必恪守生活真实的局限。从创作思想来看,它崇尚主观、讴歌自然天性,强调艺术家的激情、个性、想象和灵感,喜欢夸张地表现个人的内心情感,运用强烈对比的手法,抒发自我对社会人生的价值判断。在艺术形式上,常用强烈的对比和夸张,使舞台色彩斑斓,自由多变,充满机巧和突转,处处出奇制胜。浪漫主义戏剧的代表人物是法国的雨果、小仲马以及德国的歌德、席勒等。

---

① 狄德罗:《论戏剧艺术》,伍蠡甫主编:《西方文论选》(上),上海:上海译文出版社,1979年,第347页。
② 博马舍:《论严肃戏剧》,伍蠡甫主编:《西方文论选》(上),上海:上海译文出版社,1979年,第399页。
③ 周安华:《戏剧艺术通论》,南京:南京大学出版社,2005年,第4页。
④ 莱辛:《汉堡剧评》,上海:上海译文出版社,1998年,第74页。

浪漫主义运动的领袖雨果(1802~1885)在他著名的《〈克伦威尔〉序》中深刻地批判了古典主义,系统地阐述了浪漫主义的创作原则。他反对古典主义,公开抨击"三一律"等清规戒律,主张创作自由,扩大艺术的作用范围;《〈克伦威尔〉序》强调了模仿自然、反对典范的戏剧创作原则,他说:"戏剧是一面镜子,一块刻板的平面镜,那么它只能映照出事物暗淡、平板、忠实,但却毫无光彩的形象……戏剧应该是一面集聚物像的镜子,非但不减弱原来的颜色和光彩,而且把它们集中起来,凝聚起来,把微光变成光彩,把光彩变成光明。因此,只有戏剧才为艺术所承认。"[1]在雨果看来,戏剧艺术不应该是对生活真实的复制,而应该是对生活真实的提炼和升华。在《玛丽·都铎》序中,他提出:"在莎士比亚的全部作品中,既有真实的伟大,也有伟大的真实。"正是"伟大的东西和真实的东西参差交错",才使他的"艺术达到了完美的境界"[2]。雨果肯定莎士比亚,以莎士比亚戏剧为榜样,实践他的浪漫主义戏剧,为西方戏剧史翻开了新的一页。

雨果的戏剧创作贯彻了他自己的理论主张,他的《欧那尼》(1830)、《逍遥王》(1832)、《吕伊·布拉斯》(1838),皆可视为浪漫主义戏剧精神的体现。《欧那尼》是雨果的代表作,该剧取材于16世纪西班牙的故事,写的是当时西班牙一个贵族出身的强盗欧那尼反抗国王的故事,赞美了强盗的侠义和高尚,表现了强烈的反封建倾向。《欧那尼》以反暴君为主题,反映了七月革命前夕人民反对复辟王朝斗争的迫切性和尖锐性。在艺术上一反古典主义的陈规陋习,在戏剧发生的时间或地点上,都不拘一格,自由变换,充满浪漫主义自由奇异的构思,大大拓展了戏剧的表现空间。1830年,《欧那尼》在法兰西大剧院上演,被称为浪漫主义和古典主义的"决战"。结果是,古典主义戏剧结束了独霸剧坛的统治地位,浪漫主义戏剧在巴黎舞台上开始占据主宰地位,这就是著名的"欧那尼之战"。

正当法国的启蒙思想家为反对古典主义而努力的时候,德国文坛上的莱辛、席勒、歌德等人也在为建立德国的民族文学、民族戏剧呼吁奔走。

席勒(1759~1805)的作品曾被恩格斯称赞为"洋溢着对整个德国社会的挑战和叛逆精神"。他写了市民戏剧《强盗》《阴谋与爱情》《华伦斯坦》三部曲和《奥尔良的姑娘》《威廉·退尔》等,张扬着争取独立、自由、平等的斗争和叛逆精神,涌动着市民阶级在社会现实面前无能为力的悲愤情绪。但席勒的戏剧作品在艺术上存在着一定的欠缺,连马克思也说,他是"把个人变成了时代精神的单纯的传声筒"[3]。

歌德(1749~1832)和席勒是德国文化史上忠贞不渝的朋友。自1796年相识,他们就开始了长达10年的艺术合作,他们互相帮助,彼此激励,各自完成了其重要作品,并以他们的成就提升了德国文学和艺术的水平。标志着歌德创作顶峰的作品是其长篇诗剧《浮士德》(1773~1775初稿,1808~1832定稿),这是他历经60余载,不断进行思想和艺术探索的结晶,诗剧共分上下两部,计12000行。这部不朽的诗剧,以德国民间传说为题材,以文艺复兴以来的德国和欧洲社会为背景,以浮士德思想的发展变化为线索,展现了浮士德所经历的书斋生活、爱情生活、政治生活、追求古典美和建功立业五个阶段,这五个阶段都有现实的依据,它们高度浓缩了从文艺复兴到19世纪初期几百年间德国乃至欧洲资产阶级探索和奋斗

---

[1] 雨果:《〈克伦威尔〉序》,见《雨果文集》(17),石家庄:河北教育出版社,1998年,第68页。
[2] 古典文艺理论译丛编委会编:《古典文艺理论译丛》第2册,北京:人民文学出版社,第136页。
[3] 马克思:《致斐迪南·拉萨尔》,《马克思恩格斯全集》第29卷,北京:人民出版社,1972年,第537页。

的精神历程,是一部不朽的民族"史诗"。

六、现实主义戏剧

从19世纪30年代到70年代,随着文学领域里浪漫主义和现实主义两大流派的相继出现,现实主义戏剧也开始在欧洲舞台上活跃起来。在法、德、英等国,这个时期的现实主义戏剧尚未同浪漫主义划清界限,不少剧作家沿用了浪漫主义戏剧的口号,或者本身就是从浪漫主义运动转过来的。在现实主义盛行之前,曾有所谓自然主义的戏剧,这是现实主义戏剧的前奏,它的代表人物就是法国的左拉。

19世纪,自然主义文艺思潮之后出现了批判现实主义思潮,在欧洲的戏剧界,出现了一种以批判现实弊端、揭露社会问题为特色的戏剧潮流,令人瞩目的成就发生在俄国。果戈理的《钦差大臣》、奥斯特洛夫斯基的《大雷雨》,显示了现实主义戏剧的创作佳绩,开启了现实主义戏剧创作的先河。别林斯基在提出文学有"现实的"(即现实主义的)与"理想的"(即浪漫主义的)区分的基础上,对戏剧创作中的现实主义进行了进一步的论述,他认为:"我们要求的不是生活的理想,而是生活本身,像它原来的那样。不管好还是坏,我们不想装饰它,因为我们认为,在诗情的描述中,不管怎样都是同样美丽的,因此也就是真实的,而在有真实的地方,也就有诗。"[①]现实主义戏剧的主要特点表现在:

第一,在题材与主题上,选择与现实生活密切相关的题材,并尽可能地反映生活的真实,特别注重揭露社会的黑暗现象,试图在舞台上暴露现实的真相,激起人们对生活本质的思索。

第二,在艺术表现上,现实主义戏剧将客观真实地再现生活作为基本准则。他们主张在舞台上严格按生活的逻辑组织冲突和场面。无论人物的心理刻画,还是动作细节的描绘,都应尽可能做到逼真和准确。剧作家必须恪守"代言体"格式,不能像浪漫主义戏剧那样,借人物之口直接抒发作者自己的情感和议论,而必须通过客观的舞台形象自然地流露作者的社会理想和道德激情。

第三,在艺术结构上,为使舞台形象真实可信,现实主义戏剧的结构通常具有时间、地点和事件比较集中的特点,注重戏剧结构的完整性和戏剧的内在张力。

第四,在演出方式上,他们严格划分了舞台与观众席的界限,主张在二者之间筑起观众看来透明、演员看来不透明的"第四堵墙",以便演员更好地"生活"在舞台上,力求在舞台上创造逼真的生活幻觉。现实主义戏剧在其历史发展中,涌现了一大批优秀的剧作家和剧作,如挪威的易卜生、俄国的契诃夫、高尔基、英国的萧伯纳、高尔斯华绥等。

亨利克·约翰·易卜生(1828~1906),被认为是现实主义戏剧的创始人。他诞生在挪威希恩城一个破产的商人之家。他经历了家庭由富裕坠入破败的过程,由此看到世人的真面目,感受着严酷的现实。因此,他憎恶无耻虚伪的小市民社会,谴责资本主义社会的丑恶现实,痛斥宗教道德。在易卜生的创作过程中,无论是题材的选择、主题的表现、人物的塑造,还是细节的描写,都放射出积极的人道主义理想光辉和强烈的社会批判锋芒。

---

① 别林斯基:《论俄国中篇小说和果戈理的中篇小说》,伍蠡甫主编:《西方文论选》(下),上海:上海译文出版社,1979年,第377页。

易卜生一生创作了26部戏剧和一部诗集,其中影响最大的是《玩偶之家》《群鬼》《人民公敌》等,这些剧作成为易卜生"社会问题剧"的典型代表。在易卜生1879年创作的《玩偶之家》中,娜拉是一只在她丈夫看来很可爱的"小鸟儿"和"小松鼠"。为了拯救她丈夫的生命,她在借据上伪签了她父亲的名字,为此有人向她提出勒索,她丈夫为此大骂娜拉是"下贱的女人",是"伪君子、撒谎的人;比这还坏——是个犯罪的人。真是可恶极了",因此要与她离婚。等事情解决的时候,其丈夫又转变了对娜拉的态度,声称永远会保护他的"小松鼠"。在这样的激变中,娜拉发现自己不过是丈夫的"玩偶"。于是,她毅然决然地出走了。主人公娜拉最后离家出走的开门声,被认为是"震响了整个欧洲"。在这出戏里,易卜生十分尖锐地提出了妇女在资产阶级社会家庭中的地位问题,揭开了温情脉脉的资产阶级道德的虚伪面纱,也透漏出对资产阶级社会法律、宗教和伦理道德的深刻怀疑。此剧在欧洲广泛上演,于20世纪初传入中国,同样引起巨大的反响。

随着现实主义戏剧的繁荣,与之相适应的写实派舞台艺术也迅速发展起来,并趋向成熟化和理论化。到20世纪初,终于形成了以斯坦尼斯拉夫斯基体系为代表的现实主义演剧体系。

七、现代主义戏剧

19世纪后期开始,西方社会出现了普遍的精神危机和认识危机。面对主体与客体、理想与现实的尖锐冲突,人们的认识开始变得模糊,原有的价值观念也开始崩溃,哲学家和思想家开始对过去的"理性崇拜"失望并发动了全面的攻击,力图以非理想主义的理念解释一切,主导一切。以叔本华、尼采、柏格森、弗洛伊德等为代表的非理性思潮成为当时独特的精神现象,这股思潮强调人的自由意志、个体性、主观性、情感、本能、欲望与无意识,主张通过非理性的思维方式(如直觉)认识世界与人生,从而恢复人的创造力与生命力。

在此思潮影响下,现代派戏剧家开始了一系列的实验运动,象征主义戏剧、表现主义戏剧、存在主义戏剧、超现实主义戏剧、未来主义戏剧、荒诞派和残酷戏剧等多种戏剧流派相继出现。某种程度上来说,现代主义戏剧也是对浪漫主义和现实主义戏剧的一种反拨。尽管它们之间没有明确的顺序和界限,没有统一的方式和规定,但却都是立足于表现非理性、意志自由、下意识,甚至是荒诞、无意义等理念和意识,追求艺术表现形式的新奇、独特和绝对。"现代派戏剧的特立独行开创了舞台表现的新视角,并且代表了西方戏剧发展史上20世纪这个流派众多、兼收并蓄、繁荣发展的重要阶段的戏剧成就。"[1]在现代主义戏剧中,比较有代表性且产生较大影响的是象征主义戏剧、表现主义戏剧和荒诞派戏剧。

象征主义戏剧的哲学基础带有神秘主义色彩,认为宇宙万物与人类精神之间存在着契合与对应的关系,主张将事物作为人类精神和观念的对应物加以表现,强调表现直觉和幻想,追求内心的最高真实。象征主义戏剧多取材于神话或语言,通过生、死、爱的矛盾,表现人对命运和宇宙的思考,对人生的价值和意义的探寻等,艺术效果追求朦胧、隐晦、神秘和多义性。

梅特林克(1862~1949)被认为是象征主义的戏剧大师。梅特林克,是比利时著名的剧

---

[1] 李贵森:《西方戏剧文化艺术论》,北京:中国传媒大学出版社,2007年,第271页。

作家、诗人、散文家。他先后写了《青鸟》《盲人》《佩利亚斯与梅丽桑德》《蒙娜·凡娜》等多部剧本。1911年，由于"他多方面的文学活动，尤其是他的戏剧作品具有丰富的想象和诗意的幻想等特色，这些作品有时以童话的形式显示出一种深邃的灵感，同时又以一种神妙的手法打动读者的感情，激发读者的想象"（诺贝尔奖颁奖词），梅特林克获得诺贝尔文学奖。

表现主义戏剧是一部分左翼资产阶级知识分子对资本主义现实深感不满，并想在精神上将此种情绪表达出来而产生的一种新的戏剧流派。他们受到柏格森的直觉主义和弗洛伊德精神分析心理学的影响，通过对人的情绪和感受进行夸张、歪曲和变形以及设置离奇的剧情来揭示出人的内心世界，强调表现人物的内心活动、直觉和梦幻，内心独白、梦境、假面具、潜台词是其重要的表现手段。在表现派剧作中，最引人注目的是对各种人物的潜意识的开掘，并把它"戏剧化"。

瑞典的约翰·奥古斯特·斯特林堡（1849～1912）是欧洲表现主义戏剧的先驱人物。其代表作《走向大马士革》（三部曲，前两部创作于1897年，第三部创作于1904年）以独白的形式描述与命运、异性、社会、自我的搏斗，主旨是勾勒人一生精神变化的轨迹。在另一部代表作品《鬼魂奏鸣曲》中，斯特林堡借鬼魂之口揭露人间的阴暗和人性的丑恶，最后得出"这个世界是疯人院，是妓院，是停尸场"的结论，透露着浓重的悲观主义色彩。

荒诞派戏剧的哲学基础是存在主义，他们否认人类存在的意义，认为人与人根本无法沟通，世界对人类是冷酷的、不可理解的。他们对人类社会失去了信心，这正是第二次世界大战后西方资本主义社会现实在意识形态上的反映。荒诞派戏剧家提倡纯粹戏剧性，通过直喻把握世界，他们放弃了形象塑造与戏剧冲突，运用支离破碎的舞台直观场景、奇特怪异的道具、颠三倒四的对话、混乱不堪的思维，表现现实的丑恶与恐怖、人生的痛苦与绝望，达到一种抽象的荒诞效果。代表作家有尤奈斯库、贝克特等人。

荒诞派戏剧在艺术上有以下几个特点：①反对戏剧传统，摒弃结构、语言、情节上的逻辑性、连贯性；②通常用象征、暗喻的方法表达主题；③用轻松的喜剧形式来表达严肃的悲剧主题。荒诞派剧作中最先引起注意也是最典型的，是贝克特的《等待戈多》（1952）；最极端的是他的《呼吸》（1970），连一句台词都没有。其他著名的荒诞派剧作有尤奈斯库的《秃头歌女》《椅子》，热内的《女仆》《阳台》，品特的《一间屋》《生日晚会》等等。1961年，英国戏剧理论家马丁·艾思林写出《荒诞派戏剧》一书，为这一流派定名。

第四节　西方经典戏剧鉴赏技巧

戏剧既然是一门综合艺术，那么，对观众来说，戏剧鉴赏就具有全方位的特性。如关于语言艺术、造型艺术的鉴赏方法，对于戏剧鉴赏来说均是适用的。西方戏剧艺术的赏析，既和中国戏剧艺术的赏析有相同点，也有其独特特征。

一、把握冲突，探求主旨

戏剧是通过矛盾冲突展开情节和塑造人物的，没有冲突就没有戏剧。"在某种意义上，使虚构的东西看起来真实,可能被看作一切艺术中最伟大、最高级的艺术。"[1]好的剧本能集中反映社会生活中尖锐的矛盾冲突,并通过它来展开情节,塑造人物。因此,鉴赏西方戏剧首先要了解戏剧所展示的矛盾冲突,看看冲突是怎样造成的,冲突的性质是什么,进而分析人物形象,把握戏剧主题。莎士比亚的悲剧共有十部,涉及社会生活的各个方面,例如爱情、复仇、野心、金钱、权势等。在这些悲剧中,尤以《哈姆雷特》《奥赛罗》《李尔王》和《麦克白》最为精彩。《哈姆雷特》讲述"复仇",《奥赛罗》展现"爱情",《李尔王》和《麦克白》则代表了人性中的罪恶。这四大悲剧是莎士比亚悲剧的精华所在,它们的戏剧冲突代表了莎士比亚式冲突的典型状态。把握戏剧冲突,具体说来可从以下几个方面进行。

(一)了解冲突发生的背景

冲突往往是在一定的背景中发生发展的,都是和社会生活紧密联系的,只有把冲突放在社会的、历史的辽阔背景中,才能准确地把握冲突。恩格斯1895年5月18日曾在给拉萨尔的信中提出"福斯塔夫式背景",福斯塔夫是莎士比亚在其历史剧《亨利四世》和喜剧《温莎的风流娘儿们》中塑造的形象。他是一个破落的骑士,在封建制度没落时期由贵族社会跌到平民社会,上与太子关系亲密,下与强盗、小偷、流氓、妓女为伍。通过他的活动,莎士比亚展示了上至宫廷下至酒店、妓院等广阔的社会背景,再现了"五光十色的平民社会",为塑造人物和展开戏剧冲突提供了广阔、生动、丰富的社会背景。恩格斯称赞这种背景,是希望作家在广阔复杂的社会背景中塑造典型,再现生活。

(二)明确冲突的基本内容

一出戏往往涉及许多冲突,各种冲突之间往往互相牵连,形成极为复杂的冲突网。作为观众,一是要尽快明晰各种人物的关系及各种冲突的缘起;二是要理清主次,抓住本质。后者尤其重要,因为抓住本质冲突是探求作品主题的关键。《哈姆雷特》整部剧围绕"复仇"展开,但是在复仇的过程中更多的是对复仇的思索。它的戏剧冲突表现在主人公哈姆雷特与周围环境和自我内心的激烈"斗争"中。人物冲突首先表现为某一人物与其他人物之间的冲突,也就是外部冲突。某一人物并不局限于主人公,他可以是剧中任何一个角色。其次,表现为人物自身的内心冲突,也就是内部冲突。这两种表现方式有时各自单独展开,有时则交错在一起,互相作用,互为因果。哈姆雷特所面对的环境是一座"牢狱",而克劳迪斯及其周围的朝臣恰恰是社会环境的人化,例如剧中"戏中戏"一幕,是哈姆雷特与克劳迪斯短暂交锋的小高潮,人物的语言中透露出丝丝危险的罅隙,关系似乎有崩裂之势,但是哈姆雷特的犹豫使一次次冲突的爆发点都趋于缓和,直至最后一幕,所有的角色都成为这次冲突的牺牲品,他们每一个都是如此的被动,在苦苦的思想挣扎之后被情绪驱使的战士,只有用鲜血与死亡来完结最后的复仇。无论是该死去的,还是本不该死去的,都躺在了冰冷的大理石上陷入永久的睡眠。这是整部剧最大冲突终结后的场景,无限凄凉和绝望。而镶嵌于这些行动之上的冲突是哈姆雷特自我的冲突:他作为一个国家的王子,接受良好的教育,拥有新的思想与灵魂。他的理想使他对这个世界充满由衷的感慨:

"人是一件多么了不起的杰作!多么高贵的理性!多么伟大的力量!多么优美的仪表!多么文雅的举动!在行为上多么像一个天使!在智慧上多么像一个天神!宇宙的精华!万

---

[1] 厄尔·迈纳:《比较诗学》,北京:中央编译出版社,1998年,第62页。

物的灵长!"

这种议论,充分体现了他是一个怀抱理想的乐观之人。然而,当他的理想与现实遭遇激烈的冲突,使他在一次次的"生存"还是"毁灭"的选择中挣扎,最终成为这场冲突的失败者,他最终完成了复仇却也赔上了自己的性命。

(三)分析冲突的内在结构

戏剧是通过加工后的矛盾冲突,了解剧作家组织冲突的方式,也是把握冲突的一个重要方面。有些戏剧是依据人物间的敌对关系来组织冲突的。莎士比亚的戏剧《威尼斯商人》中,包含两个平行的情节。主要情节是威尼斯商人安东尼奥和犹太人高利贷者夏洛克之间围绕割一磅肉的诉讼而展开的冲突;次要情节是富家小姐鲍西娅遵父命三匣选亲的故事。此外还穿插进夏洛克的女儿杰西卡同罗兰携款私奔的故事。而这些矛盾最终在第四幕第一场全部爆发,成为全剧的高潮:冲突双方夏洛克与安东尼奥等围绕着是否"照约执行处罚"即是否"割一磅肉"展开情节。安东尼奥等人和夏洛克矛盾的激化,把剧情推向法庭审判的高潮,而鲍西娅的出场,以欲擒故纵之法,分三步降伏了夏洛克,法庭审判中,鲍西娅女扮男装出场,作为律师用自己的博学帮助安东尼奥,她提出只许割肉,不能流一滴血,也不准割得超过或是不足一磅的重量,否则夏洛克的财产要全部充公。这样一来,夏洛克不但打消了割肉的念头,而且到头来一无所有。这样的故事情节使作品的中心得以突出。鉴赏戏剧时,抓住了矛盾冲突的线索,就等于抓住了全剧的纲。

(四)理解冲突的思想倾向

戏剧冲突之中往往寄托着戏剧家强烈的情感倾向,或者说,戏剧的本质冲突往往与剧作的思想主题相一致。在《威尼斯商人》中,莎士比亚通过相互联系的情节冲突,表现出文艺复兴时期两种生活观的斗争。他肯定并赞美了安东尼奥、鲍西娅等人以友谊、爱情等为重的人文主义生活理想,否定并谴责以夏洛克为代表的唯利是图的生活态度,最后以夏洛克败诉和三对有情人终成眷属的美满结局,歌颂了人文主义生活理想的胜利。这些冲突既是社会矛盾和性格矛盾的反映,同时也是故事情节发展的必然。

二、品味具有动作化和个性化的语言,解读生动的人物形象

戏剧语言是构成剧本的基础,无论是说明剧情、过场连接,还是展示冲突、刻画人物,揭示戏剧主题,都离不开戏剧语言。戏剧语言包括人物语言和舞台说明,在鉴赏时"一个都不能少"!人物语言也叫台词,包括对白、独白、旁白等。剧作家通过人物语言来展开戏剧冲突,塑造人物形象,揭示戏剧主题,表达自己对生活的认识。舞台说明是一种叙述语言,用来说明人物的动作、心理、布景、环境等等,直接展示人物的性格和戏剧的情节。在戏剧鉴赏中,对人物语言的鉴赏要把握好以下几个方面。

(一)要品味个性化的人物语言

所谓个性化,是指受人物的年龄、身份、经历、教养、环境等影响而形成的个性特点。语言的丰富有力,是莎士比亚戏剧动人的力量所在。歌德曾说:"莎士比亚是用生动的语言感动人的。"莎士比亚按照人物的身份与处境的不同而使用不同的语言,文雅或粗俗,哲理或抒情,目的都是为了更有助于表现人物。

在《威尼斯商人》第四幕的戏剧高潮中,夏洛克在前半场舌战中,有时用反诘方法进行反驳,有时冷嘲热讽,锋芒毕露,咄咄逼人,语言却很鄙俗,充满商人口语,如"耗子""张开嘴的猪""忍不住要小便"等。而判决后,处处不离一个"钱"字,表现了他拜金主义的本性。同时,他词锋逼人,表现出老于世故,心肠歹毒,一旦上手,便置人于死地的那种洋洋自得的心理。例如巴萨尼奥对夏洛克说:"初次的冒犯,不应该引为仇恨。"夏洛克不正面回答,而只是说:"什么!你愿意给毒蛇咬两次吗?"这样的比喻可以看出他对安东尼奥的仇恨和杀死安东尼奥的决心。鲍西娅的语言是诗与哲理的结合,明快简洁,既表现了人文主义者的思想,又符合其律师的身份,果断干练,聪明博学。有人曾经统计说,莎士比亚所用词汇有一万五千之多,是世界作家、诗人中罕见的。[1]

(二)品味富有动作性的人物语言

动作性包括外部动作和内部动作(内心活动)。"戏剧语言是戏剧展开情节、刻画人物、揭示主旨的手段和工具,由于戏剧艺术的特殊性,戏剧语言具有自己明显的特性,即戏剧语言的动作性、个性化和抒情性。语言的动作性就是指语言作为心理和行动的体现,能推动剧情向前进展的特征。"[2]在《哈姆雷特》中,哈姆雷特有很多的内心独白,其中这一段最为著名:"生存还是毁灭?……死了,睡着了,什么都完了;要是一切创痛、打击,都在睡眠之中消失,那正是人们孜孜以求的人生的结局;死了,睡着了,睡着了还会做梦,恩,阻碍就在这里……究竟将要做什么梦,那不能不使我们踌躇顾虑……"哈姆雷特复杂而矛盾的性格就在他的独白中展现了出来:一方面是对命运的服从和恐惧,另一方面是对命运的蔑视和背叛。

(三)挖掘人物语言中丰富的潜台词

好的潜台词总是以最少的语言表达最丰富的内容,给人以品味、想象的空间。品味人物语言,还要善于抓住语言中所蕴涵的丰富的潜台词,即言外之意,弦外之音,补充和丰富原台词的内容,从而把握人物微妙的内心世界和性格特点。

在《哈姆雷特》中,父王死后,哈姆雷特一直满存疑虑,心怀鬼胎的叔父问他,"为什么愁云依旧笼罩在你的身上",他的母亲劝导他"抛开你阴郁的神气吧",而哈姆雷特却回答"我郁结的心事却是无法表现出来的"。在这里"愁云""阴郁"和"郁结"是统一的意象,却表达3个人不同的心理;对哈姆雷特来说,"郁结"的心事包括母亲的改嫁,父亲的被害,更重要的是他对这个世界的理性的怀疑和反思。哈姆雷特的"阴郁"表现为从一特殊的高度对根本问题的探求。

三、理清线索,掌握结构

戏剧结构是戏剧的骨架,在戏剧演出中具有极为重要的作用。戏剧结构是戏剧作品铺排情节、渲染情绪的逻辑框架,一部作品如何发生、发展和结尾,高潮何时到来,各部分之间的比例关系如何,都有赖于结构的安排。好的戏剧结构是戏剧作品整体和谐的基础。弄清了它,才能更好地理解和领会戏剧的思想内容。一般来说,戏剧结构是完整统一的,是一个有机整体,场与场之间、情节与情节之间必须有连贯性、逻辑性和顺序性。它所要求的紧密、

---

[1] 转引自朱雅之《莎士比亚的〈哈姆雷特〉》,《世界文学名著选评·第一集》,南昌:江西人民出版社,1982年。
[2] 周安华:《戏剧艺术通论》,南京:南京大学出版社,2005年,第150页。

紧凑和巧妙,比其他艺术形式要高得多,分析戏剧结构,可以从以下几个方面入手。

(一)掌握戏剧结构的类型

关于戏剧结构的类型,向来有着不同的划分方法。目前戏剧结构有以下几种:

1.点线型,亦称开放型。点,指剧中各段的中心事件;线,指贯穿全局的主线。这种戏剧结构包括的范围很广,把戏剧故事情节按先后顺序从头到尾表现出来,能完整地表现事件过程。

莎士比亚就非常喜欢采用这种戏剧结构。比如悲剧《奥赛罗》,第一幕是奥赛罗秘密地接走苔丝狄蒙娜,伊阿古向苔丝狄蒙娜的父亲勃拉班旭报信,奥赛罗被勃拉班旭追赶。此时,土耳其人侵犯疆土,公爵请奥赛罗商议大计。奥赛罗和勃拉班旭在公爵那里争论,最后苔丝狄蒙娜出来表态,她是心甘情愿嫁给奥赛罗的。解决这个问题后,奥赛罗统领大军与敌人进行大战。在这一幕,奥赛罗的英雄气概、伊阿古的小人嘴脸、苔丝狄蒙娜对爱情的执著都有了铺叙。情节危机重重,很有戏剧性,一直到作品最后,奥赛罗亲手杀死苔丝狄蒙娜,可以说一个又一个紧张场面扣人心弦,紧紧抓住观众的心。莎士比亚的作品之所以伟大,不仅在于其容量大、情节曲折,更在于其结构组织得非常严谨,危机一波接着一波。

2.横截型,亦称闭锁式。这种戏剧的完整过程并不按时间顺序来展示,而是截取生活的某个横断面,把一切都集中在这个断面上,而那些有关情节则用回顾叙述的方式在剧情发展中逐步透露出来。

易卜生就非常擅长使用闭锁式结构,古希腊的很多剧作也是闭锁式结构的典范之作。在易卜生的《群鬼》这部剧作中,情节很简单:为纪念阿尔文上尉而建造的孤儿院在完工那一天被烧毁,而上尉的儿子欧士华爱上了家中的女仆吕加纳。在情节推进中,吕加纳发现自己是阿尔文上尉的私生女,于是便离开了上尉家,欧士华则身患绝症。这部戏是由对过去事件的回顾形成的,过去事件的揭露对当下发生的事产生了深远影响,比如阿尔文上尉的荒唐行为,以及吕加纳私生女的身份等,形成紧张而富有感染力的表达效果。

3.展示型,亦称人物展览型。这种戏剧结构介于点线型和横截型之间,以展示人物形象和社会风貌为主要目的。其特点是剧中人物多,情节简单,全剧似乎没有一件贯穿到底的事件。在大多数戏剧作品中,戏剧的目的是行动而非人物性格,性格是在通过动作揭示冲突的过程中自然而然展现出来的。而人物展览型结构的目的是刻画大量的人物,表现不同的性格,通过人物画卷带动故事发展,展现一定社会风貌,以寄托作者所要传达的思想感情或人生态度。代表作有德国剧作家霍普特曼的《织工》、高尔基的《在底层》等。

4."三一律"式。"三一律"式结构有着严格的要求,它要求戏剧创作必须保持时间、地点和情节的一致性。一出戏所叙述的故事应发生在同一时间,即一天(一昼夜)之内,地点要设在一个场景里,情节要服从于一个主题。如法国剧作家和演员莫里哀的喜剧《伪君子》,就采用了"三一律"式。《伪君子》全剧共五幕,为单线发展。其情节集中在一个地点,即奥尔恭的家里;所描写的全部事件都在一昼夜之内发生;主题集中在揭露答尔丢失的伪善面目上。

(二)要善于剖析戏剧结构

1. 可以从纵横两个方面入手

纵,指要弄清剧中有几条情节线索。有时一出戏只有一条线索,有时为一条主线一条副线,有时有若干条副线,重点是把握主线。横,指要弄清剧中各个阶段的特点。戏剧一般可以分为五个阶段:剧情介绍、矛盾开始、高潮出现、矛盾解开、全剧结束,重点要把握住高潮。

2. 理清戏剧情节的来龙去脉

情节是塑造人物、表达思想的重要手段。有的剧作情节较为复杂,要能去掉枝蔓,把握主干。比如莎士比亚的《李尔王》中,莎士比亚不仅讲述了一个父亲(李尔王)和好女儿(考狄利娅)、坏女儿(高纳里尔、里根)的故事,还表现了一个父亲(葛罗斯特伯爵)和好儿子(爱德蒙)、坏儿子(爱德伽)的故事。《李尔王》主要情节是主人公从具有绝对权威的封建君主变成了一无所有、无家可归的老人,人物命运和性格发生巨大的变化,这在莎士比亚的作品中最具特色也最打动人心。

3. 把握戏剧节奏

戏剧的节奏是有一定规律的,有的好似一个浪头跟着一个浪头,最后汇成冲天而起的大浪;有的戏剧节奏是时快时慢、有张有弛的,好似上下起伏的波澜。莎士比亚作为戏剧大师,善于描写几条相互平行交错的线索,来促进生动复杂的情节发展。写作技巧上则表现出一种奇妙的戏剧紧迫感,逐渐加快情节发展的节奏,往往一气呵成,令观众惊叹不已。《哈姆雷特》的第一个冲突是哈姆雷特与克劳狄斯的矛盾冲突,第二个冲突是哈姆雷特内心的矛盾冲突,这两个冲突相互交织构成了悲剧情节的主线,虽然发展缓慢,渐次展开,但是冲突的过程环环紧扣、前后照应、紧密联系,一步一步地走向高潮,走向结局,而悲剧的情节也就波澜起伏,生动丰富,始终充满了巨大的艺术魅力。

(三)把握戏剧结构的艺术技巧

1. 悬念

悬念可以不断造成观众的急切期待心理,是引起观众兴趣的最重要艺术手段。《哈姆雷特》第五幕第二场,主要情节是哈姆雷特和雷欧提斯比剑,这是全剧的高潮。剧情发展到这里,克劳狄斯和哈姆雷特都知道了对方要置自己于死地,他们谁都不能再回避、耽搁,形势刻不容缓。老辣狠毒的克劳狄斯抢占了先机,安排了看上去万无一失的"比剑"圈套。"比剑"这一关键情节包含有若干悬念:哈姆雷特是否会答应与雷欧提斯比剑,哈姆雷特能否察觉到雷欧提斯使用的剑有诈,雷欧提斯会不会按照和克劳狄斯事先设计的计划行事?每一个悬念都关系着克劳狄斯的毒计是否能成功、哈姆雷特能否避免厄运,读者的心始终处于高度紧张状态之中。

2. 激变

激变是指剧情突然发生急剧变化,即所谓突然由逆境转到顺境,或由顺境转到逆境,引起人物命运、情绪和人物关系的突然变化,以激起观众的情感波澜。激变往往造成戏剧中精彩动人的场面,使剧情转入一个新的境界。剧本里总的激变,是由每一场戏的局部激变汇合构成的。戏剧决不描绘各种事件漫长的延续,而是用一连串短促的片断,写出可信的总的变化。《威尼斯商人》中,本来安东尼奥按照用户夏洛克的约定,肯定要割"一磅肉"给夏洛克,结果鲍西娅假扮律师,使剧情急转而下。

第五章 电影艺术观念与作品鉴赏

人类对于影像的痴迷最早可以追溯到 2000 多年前古希腊哲学家的洞穴故事。柏拉图说,一群被困在洞穴里的人,他们无法转身,只能面对洞穴壁,在他们的后上方有一堆燃烧的火,他们对外部世界的认识主要来自投射在洞穴壁上的影子。法国电影理论家安德烈·巴赞认为人们对光影艺术的迷恋就如古埃及人的木乃伊情结,古埃及人试图将人类鲜活的生活形象保存下来,这种永不腐烂的肉身标示了生命的永生,这种木乃伊情结表达了古代人渴望超越时空的欲望。中国人对于影像艺术的痴迷则体现在皮影戏上。西汉时期陕西华县出现了皮影戏,距今有 2000 多年的历史,这是世界上最早有人配音的活动影画艺术,有的人把皮影戏视为现代"电影始祖",西方电影的诞生就受到了中国皮影戏的启发。

为了实现对日常生活影像的记录和作者艺术思想的表达,人们摸索了近一个世纪,才使电影的拍摄与放映成为现实。1824 年,尼塞富尔·涅普斯用 12 小时曝光,拍下了一幅名为"餐桌"的静物照片;1838 年雅克·达盖尔发明了"银版照相法";1882 年,法国人马莱发明了摄影枪;1888 年乔治·伊斯曼发明了胶卷;1894 年,爱迪生发明了"电影视镜";而后,卢米埃尔兄弟则在爱迪生的基础之上发明了"活动电影放映机",正是这些技术专家、艺术家的探索,人类在 20 世纪才能进入声光电所建构的梦幻世界。

当我们走进电影院,坐在黑暗之中,面对银幕之际,电影艺术的种种观念便以各种形象化手段综合作用于我们的视线和心绪。这个经验自电影诞生以来直到今天依然是相通的。当代被影像文化包围的我们,往往形成了一种依赖影像将历史与现实进行视觉化解读的习惯。电影的经验是一种新的现代集体意识,它构成了重要的现代文化遗存。

第一节 欧美电影观念史

一、电影艺术早期探索者(1985~1916)

(一)卢米埃尔兄弟和梅里爱:记录者和魔术师的较量

1895 年 12 月 28 日,在巴黎"大咖啡馆"里,卢米埃尔兄弟放映了 12 部短片,每部影片时长仅一分钟。这一天被公认为电影的诞生日。对此次具有划时代意义的放映活动,当时的法国报纸有如下描述:

灯光一熄灭,里昂贝尔古广场的景象就出现在银幕上,"想用这玩意儿来糊弄我们",有一个观众悄悄地向他旁边的人说,"这种东西(指幻灯)我已经看了十年了"。

突然,一匹马拖着一辆汽车向前走去,紧跟着又是一些汽车,然后又出现一些走路的孩子,他们摆动着手臂和头,他们有说有笑,整个热闹的街道都出现在小银幕上。

有一些观众开始窃窃私语,还有一些惊奇得目瞪口呆。

当一辆汽车从贝尔古广场那头向剧场里的观众飞速开来的时候,一些观众赶紧让开,好几位太太都站起来了,直到汽车拐了个弯消失在银幕的角落里时,才勉强坐下。

当看到婴儿喝汤时,人们笑了。不一会儿,人们又小声议论:"看那些河边的树,树叶在风中颤动。"

这一切显得如此奇特,所有的人从未见过这样抖动的树叶,从未见过如此有生命的树。

当放映结束时,大家都鼓掌。从他们脸上可以看到惊奇的表情。他们喊道:"这和现实中的完全一样啊!这太奇怪了,这简直是场梦。"①

生活是艺术创作的源泉。卢米埃尔兄弟善于从现实生活中捕捉自然景物,拍摄了100多部一分钟左右的风景和时事电影,如《水浇园丁》《火车进站》《工厂大门》《渔船出港》等,均是人们日常生活的横截面。这种纪实电影最初获得了观众的追捧,然而,十八个月后,它们就已经很难再吸引巴黎人的眼球。

此时,法国戏剧导演梅里爱的电影实践再次吸引了观众回到银幕前面。梅里爱将摄影机安放在摄影棚中,他非常讲究舞台布景与摄影技巧,运用了停机再拍、特写等手段来表现无暇的幻想。《贵妇人的失踪》中就运用了停机再拍的手法来表现一个坐在椅子上的妇人的"失踪",这是最早的电影特技。他的《月球旅行记》表现一群科学家从筹备到成功登陆月球,记录他们探险过程的刺激和凯旋的喜悦,创造了戏剧纪录片美学。梅里爱成功地运用戏剧叙述技巧,通过银幕讲述了一个个虚构的故事,正是他的尝试,为电影获得了"第六艺术"的美誉,电影由此成为继小说之后的又一种叙事艺术。

(二)格里菲斯的《一个国家的诞生》

格里菲斯的《一个国家的诞生》与《党同伐异》是世界电影史上具有里程碑意义的作品。从诞生之初,电影就被认为是满足好奇心的低等的官能享受,难登大雅之堂。电影放映也局限于地下咖啡厅等地方。凭借着对电影语言的悟性,格里菲斯开启了电影进入高雅殿堂之门,使电影与音乐、舞蹈、诗歌等并行,成为了艺术大家庭中的一员。

1915年格里菲斯拍摄的《一个国家的诞生》,保留了原小说《同族人》所具有的浓重的种族主义偏见。然而,意识形态上的偏颇并未掩盖影片艺术上的巨大成功。美国理论家霍华德·劳逊说:"从未有一部影片会在技巧的革命性和内容的反动性之间存在着这样触目的

---

① 于保泉,田丽红:《影视欣赏》,北京:北京大学出版社,2007年,第4页。

矛盾。"①

　　从艺术上看,这部长达3小时的史诗片,既有宏大的战争场面,又有精心设计的表现人性的细节,导演还进行了电影语言的探索,比如特写、平行交叉蒙太奇的运用。影片《最后一分钟营救》的平行交叉蒙太奇运用是电影史上的经典片段:白人姑娘遭到黑人的追逐和强暴,她的哥哥营救未及,她跳崖而亡;黑人围攻白人住宅,眼看灾难即将发生之际,3K党人及时赶到,击退了黑人,成功解救屋里的白人。两个平行剪辑的段落以"营救不及"和"营救成功"形成了鲜明对比,营造了扣人心弦的效果。法国电影史家萨杜尔认为,该片的上映是"好莱坞艺术称霸世界的开端"。第二年,格里菲斯拍摄了《党同伐异》。这是对《一个国家的诞生》遭到批评后的回应,也是他在艺术上更加雄心勃勃的一次尝试。然而,影片却遭到商业上的失败,导致格里菲斯破产。

　　格里菲斯的电影实践奠定了叙事蒙太奇语言的地位。他将摄影机完全解放出来,首次将镜头的视角和景别规范化和标准化了,且明确地运用于艺术表现。格里菲斯是第一个意识到蒙太奇的艺术意义而自觉在电影实践中加以运用的人。从这个意义上看,格里菲斯的电影实践对于整个电影事业的发展具有举足轻重的作用。

二、无声电影:造型的诗(1917~1926)

　　20世纪20年代以后,世界电影的格局逐渐分为三部分:欧洲的先锋派电影运动,虽然它以失败而告终,却成为了电影史上的一朵奇葩;苏联蒙太奇学派,他们在理论上的探索为电影艺术的深化开辟了新的道路;以好莱坞为中心的美国电影,它在商业化浪潮中迅速崛起,开始垄断全球的商业电影市场。

(一)先锋派电影运动

　　先锋派电影运动是20世纪现代主义艺术思潮的重要组成部分。第一次世界大战使人们看到了科技与邪恶结合所产生的巨大的破坏力,人类的理性在被解放的欲望面前显得如此羸弱,人们开始思索曾引以为傲的理性主义文化传统。面对战争的伤害,孤独、猜疑、苦闷、愤世、逃离现实成为当时知识分子普遍的心态。在这样的社会背景之下,文艺界掀起了一股反对传统的思潮。绘画中的印象派、立体派、达达主义,诗歌中的象征主义、超现实主义,电影中的先锋派,共同描画了一战后人们颓废、绝望心态的镜像。

　　先锋派电影的兴起与当时一部分人对无声电影的艺术前景抱有虚妄的幻想有关。无声电影时期,视觉上纯粹的活动画面,那种绘画和节奏元素、无声的影像和黑暗环境引发的梦幻之感深深地吸引着现代主义的艺术家们。他们从无声电影中看到了符合现代主义的抽象化和意识化要求的东西。于是,一大批从事现代派艺术创作的作家、画家开始涉足电影领域,开始给电影艺术注入新的血液。表现主义电影、抽象电影和超现实主义电影是其中最杰出的代表。

---

① 约翰·霍华德·劳逊:《戏剧与电影的剧作理论与技巧》,北京:中国电影出版社,1978年,第404页。

1. 表现主义电影

表现主义兴起于 20 世纪初,盛行于 20 年代。它是一种流行于德国、奥地利和北欧的艺术流派。它首先出现在绘画界,要求突破事物的表象,探寻事物的内在本质,要求突破对于暂时现象的表面描写而展示永恒的品质和精神内核。这一学派深受康德哲学、柏格森直觉主义和弗洛伊德精神分析学的影响,强调用独特的手法来表现现实世界。表现主义电影主要具有以下特点。

第一,以主观唯心主义为哲学基础,把艺术看作"自我表现"的工具,用艺术来抒发个人情感或表达自己的观点。为了强调永恒的品质,他们在影片中往往运用符号来表现共性、抽象性和象征性。影片中的人物往往没有具体的姓名,都用符号来指代。

第二,非常重视表现手法和形式,着力于挖掘电影特性和电影手法,以达到强烈的艺术效果。尤其在舞台布景和人物服装方面,他们往往采取变形、夸张等方式追求异质效果。

第三,艺术表现上,不追求形似,却着重写意,强调艺术的假定性,有时甚至会有意歪曲客观事物的形象。

第四,表现主义艺术家往往带有浓郁的悲观主义色彩,甚至有宿命论的观点,他们多表现人生的不幸、残酷与悲惨,充满了强烈的讽刺意味。

罗伯·特维纳导演的《卡里加里博士》就是表现主义电影的代表作。它讲述了一个怪诞的故事。卡里加里博士是精神病院院长,不时摆出一副权威的架势,暗地里却干着一些不为人知的勾当。他对青年舍柴实施催眠术,使得青年人听命于他。博士把青年当成杂耍节目中的玩物,并指使他夜里去杀人。青年人为他卖命却被他残忍地折磨致死,博士的阴谋最后被揭穿,也被关进了疯人院。电影着力表现的将人导向焦虑与恐怖的风格、演员的夸张面孔、画面的人工化、巨大的阴影、绝对规避地平线与垂直线等特点,都营造出幻觉般的场景和身处其中的人的渗透肌肤的焦虑。《卡里加里博士》摄于 1920 年,讽刺和抨击了侵略战争的残酷和集权统治的精神权威。电影 1920 年 2 月在柏林首映,影片票房也相当成功。

表现主义电影的历史很短暂,主要是由于其艺术加工痕迹太过明显,假定性太大,很快就失去了观众,它对电影的视觉风格产生了影响,尤其是某些恐怖细节启迪了后来的恐怖片。

2. 抽象电影(纯电影)

抽象电影深受达达主义的影响。达达主义的倡导者是法国诗人特里斯唐·查拉。1916 年,他在苏黎世与一些青年诗人组成了一个文艺小组,他们翻开一部法语词典,用手随便一指,手指恰好落在"dada"这个词上,于是他们就用达达来命名他们的小组。Dada 本意是儿童初学说话时表示"马"的意思,作为一种文艺思潮,并没有任何意义。

达达主义的宗旨在于反对一切有意义的事物,甚至包括达达主义本身。它主张用梦呓、混乱的语言、怪诞荒谬的形象来表现不可思议的事物。他们对政治、艺术乃至整个人类文明都持否定态度,热衷于偶然因素的自发性表现。达达主义的精神内核是非常空虚的,就像帕斯卡尔说的"我甚至不知道在我以前还有别人","指导我们行动的原则的确是破坏一切"。

费南·莱谢尔的《机械的舞蹈》是其代表作。它把一些机器的零件如轴承、螺丝和齿轮等用动作的节奏和形状上的类似联结起来一起"舞蹈"。维金·艾格林的《对角线交响乐》则用诸如螺旋形、梳齿形等线条组合成抽象动画。汉斯·里希特的《第21号作品》由一些黑灰、白色的长方形和正方形的跳动形象构成。

雷内·克莱尔拍摄的《休息节目》是抽象电影后期的代表作。作为一部娱乐性作品，它是穿插在一出芭蕾舞剧幕间休息时放映的短片。影片描写的是一个疯癫的科学家，用魔光使巴黎陷入沉睡状态，然后又用讽刺的笔触描绘了八个人生活在死寂中的巴黎的情景。这部"荒诞杰作"就是为了追求创作的快感，它只为了博得观众一笑而别无其他目的。

抽象电影家们只是一群狂热的艺术分子。他们重视画面，认为电影应当是音乐，是由视觉的和谐、静默本身所形成的音乐；在构图上应当是绘画和雕塑；结构和剪裁上应当是建筑；电影应当是一首诗，由扑向人和物的灵魂的、梦幻般的旋风所构成的诗；应当是一支舞蹈，心与心的交融所形成的心灵与画面融为一体的舞蹈。画面主宰了一切，传达了一切。光影之中，没有故事，没有开始，没有结尾，没有正面，亦没有反面。观众可以进行任意地观察与读解。

3.超现实主义电影

德国女导演谢尔曼·杜拉克拍的《贝壳与僧侣》是第一部超现实主义影片。影片讲述了一个性无能的僧侣的梦幻世界：他追求一个女人，而女人爱着另外一个僧侣，那个僧侣还看守监狱。影片善于进行心理分析，表现了弗洛伊德式的性压抑下所形成的变态而古怪的行为。比如僧侣穿着一件拖到脚跟的大衣在街上到处乱逛，再或是他打碎了酒窖里许多的玻璃球等。

西班牙著名导演路易斯·布努艾尔和超现实主义画家萨尔瓦多·达利合作的《一条安达鲁狗》是超现实主义电影的代表作。它表现的是一个精神困顿的男子的一连串梦幻。影片没有任何逻辑，没有理性可言，都是一些潜意识的"自我书写"。比如影片一开始就是主人公想要拥抱他渴望已久的女人，结果却被两根系着南瓜的长绳和两位修道士以及一架堆满驴肉的大钢琴所阻挠，未能如愿。影片还贡献了电影史上两个经典镜头：一片被浮云分成两半的月亮中露出了被剃刀切成两半的眼睛；一只被切断的手，手心里藏着一窝蚂蚁等等。全片浸透着一种令人发疯的绝望，弥漫了主人公对西方文化的诅咒与颠覆。这部电影也是盲目反抗现实的青年知识分子的写照，同时也具有一定的现实意义。

先锋派电影持续十年时间，以1930年布鲁艾尔拍摄的《黄金时代》而告终。这股电影思潮出现于20世纪初的欧洲大陆，反映了第一次世界大战后人们思想的迷茫，人们无目的地反抗传统道德和观念，试图摆脱理性的束缚，用非理性的直觉、本能、潜意识、梦等"原始力量"体现创作者的真实"自我"。

由于电影商业特性的制约，先锋派电影运动最终因失去能够理解它的观众而从银幕上消失。然而先锋派的探索却为50年代的非理性电影打下了实践的基础。银幕形象表现意识、潜意识，无情节的表现手法，以及在摄影和剪辑中所运用的夸张、变形、隐喻等手法均为第二次世界大战后大规模的现代派电影运动开创了先河。

(二)苏联蒙太奇学派

正当欧洲电影艺术家们致力于单个镜头的视觉造型之际，苏联早期的电影艺术家们开始探寻镜头与镜头之间的连接。这种连接在英美电影术语中被习惯地称为"剪辑"(Edit)，而法俄电影界则称其为"蒙太奇"(Montage)。蒙太奇是镜头间的分割和组合。按照蒙太奇在电影中的功能可分为叙事蒙太奇和表现蒙太奇。关于蒙太奇的分类，法国理论家马塞

尔·马尔丹在《电影语言》中指出:

> 所谓叙事蒙太奇,就是蒙太奇最简单、最直接的表现,是意味着将许多镜头按逻辑或时间的顺序分段纂集在一起,这些镜头中的每一个镜头自身都会有一种事态性内容,其作用是从戏剧角度(即戏剧元素在一种因果关系下展示)和心理角度(观众对剧情的理解)去推动剧情发展。其次便是表现蒙太奇,它是以镜头的并列为基础的,目的在于通过两个画面的冲击来产生一种直接而明确的效果,在这种情况下,蒙太奇是致力于让自身表达一种情感或思想,因此,它此时已非手段而是目的了。它已不是将尽量利用镜头之间的灵活联接来消除自身的存在作为理想的目的,相反,它是致力于在观众思想中不断产生割裂效果,是观众在理性上失去平衡,以使导演通过镜头的对称予以表达的思想在观众身上产生更活跃的影响。[①]

可见,"叙事蒙太奇"就是为了更好、更充分地利用电影在时间与空间两个维度的自由来讲述故事,镜头的组接主要按照时间顺序或情节的事理逻辑;"表现蒙太奇"则是主观表现性的,其镜头连接原则基本上是"并列"。然而在实际运用中,叙事蒙太奇和表现蒙太奇常常是兼容的。

苏联的蒙太奇学派兴起于苏维埃政权成立的初期。新兴的苏维埃政权对电影、报纸等大众媒介的宣传功能都极其重视,列宁曾说:"在所有的艺术中,电影对于我们是最重要的。"他还把电影比喻为"装在铁盒子里的大使",强调电影在传播革命思想和宣传教育中的重要作用。一批年轻的、毫无电影经验的艺术工作者们以充沛的精力、饱满的热情参与到早期的创作和实践中来,其中最杰出的代表是爱森斯坦和普多夫金。

1. 谢尔盖·爱森斯坦

爱森斯坦的蒙太奇理论并非信手拈来,他继承了库里肖夫的实验成果。在著名的"库里肖夫效应"中,一些相同的镜头因为连接方式的变化,产生了不同甚至相反的意思。例如,他们从旧片中选取了沙俄时期的演员莫兹尤里的一个毫无表情的脸部特写,然后将它分别与一碗热汤、一口棺材、一个小女孩的镜头连接起来,结果,同样的一张脸竟然出现了饥饿、悲伤和慈爱的不同表情。爱森斯坦将蒙太奇提升到理论的高度、电影思维和创作的高度,并在理论和实践两个方面将蒙太奇学派推向了历史的高峰。

1923年,他发表了著名的论文《吸引力蒙太奇》(旧译:《杂耍蒙太奇》)。他认为,一部作品(电影或戏剧)的成功与否,并不取决于内容和形式上有没有"绝招",而取决于整体演出的编排有没有对观众的"吸引力"。"绝招"意味着一种绝对的、能自身完成的事物,而"吸引力"则不同,它建立在观众的反应基础之上,意味着必须构造"能够起感染作用的结构",这就是"吸引力蒙太奇"。

谢尔盖·爱森斯坦
(1898〜1948)

《战舰波将金号》是爱森斯坦成功运用隐喻、对比、夸张等一系列蒙太奇手法的经典文本,也是电影学院学生必须研读的影片。该片是为了庆祝俄国革命十周年而拍的。全片分五个部分,并以"黄金分割率"安排了情节发展的低潮和高潮。故事始终贯穿了相反的两条

---

① 马塞尔·马尔丹:《电影语言》,北京:中国电影出版社,1982年,第108页。

情节线和动作线,突出了戏剧性冲突;人和蛆——表现士兵与军官的冲突;甲板上的戏剧性场面——展示镇压与反抗的对比;死者激发人们——从哀悼牺牲者到愤怒的抗议;敖德萨阶梯——群众欢呼起义与残酷的大屠杀的转变(高潮);与舰队汇合——不安的期待与汇合以后庆祝胜利的对比。

其中最为人们称道的是被称为"有史以来最为精彩的剪接段落"的高潮部分——"敖德萨阶梯"。它几乎包含了所有形式的蒙太奇:平面的、立体的、平行交叉的、光影的、韵律的、节奏的、思维的、情绪的等等。为了突出沙皇军队的残暴与血腥屠杀,爱森斯坦有意进行了延时性剪辑,在这个由139个长短不同镜头组成的段落里,不断插入特写细节、重复蒙太奇和隐喻蒙太奇,完全重塑了时空。

《战舰波将金号》剧照

2. 弗谢沃洛德·普多夫金

普多夫金是苏联著名的电影艺术家和电影理论家。普多夫金坚信:"电影艺术的基础是蒙太奇。"他在《论电影的编剧、导演和演员》一书的德文版自序(1949)中写道:

> "拍摄电影"这种说法是完全不正确的,应该把这种说法从电影术语中取消。电影不是拍摄成的,而是剪辑成的,是由它的素材即一段一段的胶片剪辑成的……

然而,普多夫金对蒙太奇本质和功能的理解和阐述上与爱森斯坦有着显著的不同。爱森斯坦认为蒙太奇的核心是"冲突",而普多夫金则强调镜头的"特殊连接"。爱森斯坦的蒙太奇理论偏重于表现,普多夫金的则偏重于叙事;爱氏偏重于主观形式(风格化、程式化),普氏则偏重于客观再现(现实主义的诗意);爱氏偏重于哲学思考,普氏则偏重于典型化美学研究(具体的编、导、演等)。普氏重视电影叙事,其作品里的表现蒙太奇基本上不脱离故事情节,因而结构严谨、人物形象鲜明,观众易于接受。

根据高尔基小说改编的电影《母亲》是普多夫金最成功的、震惊世界影坛的代表作。普氏以高超的叙事技巧处理了无声的画面,将一个觉醒的俄罗斯母亲形象塑造得光彩照人。他的影片注重人物的个性塑造,这与爱氏的《战舰波将金号》中壮阔宏大的群像塑造形成了鲜明的对比。

《母亲》中有两段表现情感与思想的隐喻蒙太奇段落。其一是当狱中的儿子从母亲秘密传进来的字条中得知了"越狱"

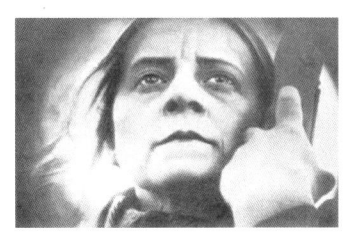

《母亲》剧照

和"罢工"的计划后,影片在儿子兴奋之中的双手特写和微笑的嘴巴大特写,以及兴冲冲回家的母亲的镜头之间,插入了涨满了春水的小溪、波光粼粼的水面和小鸟在池塘中戏水的画面,最后是婴儿的笑脸,以独创性的视觉化形式表现了"喜悦"。这里,普多夫金用了一系列的隐喻性的形象"叠加"蒙太奇,犹如诗歌中的排比式抒情手法。另一个为人称道的隐喻蒙太奇段落是片末部分的"冰河解冻"。正在解冻的冰河与罢工工人队伍形成的洪流交替切换,暗示了人民的觉醒和沙皇统治者的分崩离析;同时,影片又切入了逆反方向的叙事契机:冰河的前方是仰拍的大铁桥和军警队伍。奔涌的冰河、前进中的工人队伍、高耸的铁桥、扑面而来的军警马队……当冰河在铁桥上撞得粉碎时,马队冲击了工人队伍,爆发了一场血腥的搏斗。这段平行蒙太奇,由舒缓到急促,惊心动魄,将叙事与抒情近乎完美地结合起来,极富诗意。

(三)崛起的好莱坞:一颗升起的新星

大约从1910年开始,为适应美国电影业迅猛发展的需要,原来设立在东部的一些电影公司陆续西迁至加利福尼亚州的洛杉矶。因为他们发现,西海岸终年的灿烂阳光和优越的地理条件(海滩、森林、沙漠、高原、城市、乡村等各种自然风光应有尽有),以及西部价廉物美的低成本摄制条件,都是建立摄制基地、发展电影事业的最佳选择。1915年,环球公司率先在洛杉矶西北郊外的小镇好莱坞建立了庞大的环球影城,确立了好莱坞制片厂观念。后来,几经扩张与合并,派拉蒙公司、米高梅公司、华纳兄弟公司、福克斯公司(后更名为20世纪福克斯公司)、环球公司、雷电华公司、哥伦比亚公司,先后在好莱坞落脚,加上后来成立的联美公司(由卓别林、范朋克、璧克馥和格里菲斯合资创办),共称"八大公司",共同打造了好莱坞的黄金时期,一度垄断了电影制作、发行和放映,主宰了全美电影业,也极大地影响了世界电影的发展。

1."活动的绘画美"理论

好莱坞娱乐工业浪潮铺天盖地席卷而来。依靠大规模、流水线的工业生产方式,好莱坞各大电影公司制作了一批批影片,并逐步开启了国际市场。带着商业烙印的好莱坞影片以追逐利益为其第一目标,因此,最早的美国电影理论也带有明显的实用主义倾向,大多是一些影片制作经验的总结。其中最具代表性的作品就是佛里伯格的《电影制作法》《银幕上的绘画美》,以及瓦契尔·林赛的《活动照片的艺术》。简单说来,他们的观念可概括为以下两点。

第一,电影的本性是"活动的画"。佛里伯格说过:"电影就是绘画式动作的单纯的再现","如果用绘画的构图原则来摄制电影,这种影片就表现出反映在银幕上的绘画美"。在他看来,电影不仅具有戏剧的效果,还具有绘画的效果。林赛也强调电影的视觉艺术特性。他将电影分成三类,分别与三种造型艺术相对应,即"人情电影"——绘画美、"动作电影"——雕塑美、"壮丽电影"——建筑美。诗人出身的林赛用的不是科学而严谨的理论表述方式,但他这种比喻式的概括也有一定的道理。

第二,强调电影的动作性。早期美国电影所关注的"动作"主要是指画面内部造型元素的运动。所以,有人总结电影最擅长表现的是"追逐""格斗"和"舞蹈"。这也是好莱坞各大电影公司致力于发展西部片、警匪片、歌舞片的一个观念上的依据。从鲍特的《火车大劫案》开始,再到格里菲斯的《一个国家的诞生》《党同伐异》,直到三四十年代的经典好莱坞电影,"动作片"逐渐成了美国影片的一大特色。看惯了好莱坞大片的年轻人难以忍受缓慢而抽象的欧洲电影。美国人通常将电影称为Movie,与动作Move同词根。而英国人则将电影叫做Film(胶片),这就显示了美国与欧洲对电影本体认识的差异,从而产生了不同类型的电影艺术。

以上两者的结合,就是"活动的绘画美"。这是早期无声电影最直白、朴素的表达。这时,对于"动作"的理解基本上是戏剧动作在银幕上的扩展而已,这也是"电影运动"在第一层次上的含义。

2. 喜剧电影之王——卓别林

紧身的西装、肥大的裤子、大皮鞋、八字步、圆顶礼帽和一根手杖(这个形象最初受到了法国喜剧电影家麦克斯·林代的影响),卓别林的"绅士流浪汉"形象已经成为无声电影时期经典的银幕形象。卓别林的电影就围绕这个"失败的小人物"来表现严肃的社会主题。1923年的《寻子遇仙记》被认为是卓别林喜剧电影的成熟之作,一个完整而深刻的银幕形象流浪汉"查理"从此诞生了。这是一部植根于美国现实生活,又充满了无限感伤和幽默的诗意作品,奠定了他以后的创作基础。

卓别林为人们所津津乐道的默片作品有《巴黎一妇人》《淘金记》《大马戏团》《城市之光》《摩登时代》等。其中,被公认为最成功的作品是《淘金记》。影片塑造的淘金者形象,是对一切梦想成功的小人物命运和情感的绝妙艺术概括。片中"吃皮鞋"和"面包舞"堪称喜剧电影史上不朽的经典画面,透露出主人公对现实世界的反抗与绝望。

卓别林的电影贡献主要表现在喜剧电影美学上的独树一帜。他的作品渗透着博大的人道主义情怀、深刻的社会洞察力以及别出心裁的构思。他的哑剧表演富有想象力和感染力。他摄制的喜剧是"含泪的戏剧",是现代意义上的悲喜剧。查理是个想当绅士的流浪汉,一个四处漂泊、孤苦无依、身无分文却又善良勇敢、见义勇为的小人物。在阐释查理这个人物时,卓别林说:"你瞧,这个家伙的个性是多方面的,他是一个流浪汉,一个绅士,一个诗人,一个梦想者;他感到孤单,永远想过浪漫的生活,做冒险的事情,他指望你会把他当作一个科学家、一个音乐家、一个公爵、一个玩马球的,然而他只会捡捡香烟头,或者抢孩子的软糖,当然如果看准了机会,他也会对着太太小姐的屁股踢上一脚——但只会在非常愤怒的时候才会这样。"[①]卓别林怀着对生活的热情,保持着清醒的头脑,深刻地指出这类小人物只能生活在社会的边缘,生活在自己编织的"美梦"之中,命运只会让他们别无选择地流浪。悲天悯人的内核与喜剧逗乐的外套,使卓别林的电影雅俗共赏。

1927年,当无声电影达到顶峰之际,华纳兄弟公司推出了世界上第一部有声片《爵士歌王》。这部由著名黑人歌星阿尔·琼生主演的歌舞片,片中除了歌曲外,只有几句简短的对话,却引发了意想不到的轰动。1935年,好莱坞又成功地拍摄了第一部彩色电影《浮华世界》。从30年代到40年代,有声电影和彩色电影先后在世界各国普及开来。正当观众欢呼"伟大的哑巴终于开口说话了"之际,电影艺术家们却不得不思考——有声电影到底是什么?它仅仅是在无声片中加入声音的元素吗?

匈牙利著名的电影理论家巴拉兹·B(1884~1949)在《电影美学》一书中指出,在人类发

《摩登时代》剧照

---

① 张式成:《卓别林》,沈阳:辽海出版社,1998年,第48页

明语言文字之前,直感的视觉形象是文化的主要表现形式。肢体、姿态、手势、脸部表情等,都是非常丰富的表意工具。自从有了读和听后,这些表意功能都逐步退化了。电影让人们重新发现了"看"的乐趣,它使人们看到最细微的表情(如特写),看到"时间"(如蒙太奇特效)。电影营造的是开放的、运动的、人与自然亲密无间的世界,创造了真正的"人化的自然"。

三、现代电影发展

(一)美国:"经典好莱坞"与"新好莱坞电影"

从电影叙事观念的角度来看,三四十年代无疑是戏剧化观念占统治地位的时期,而且还形成了有声片的第一个黄金时代。好莱坞电影是戏剧化电影观念最典型的代表。有人曾说:"从1932年到1946年的电影历史,就是好莱坞的历史。"电影史学家把这个时期称为"经典好莱坞时代",在这个时期好莱坞形成了傲居世界电影之林的电影生产模式。

1. 经典好莱坞电影的叙事系统

经典好莱坞电影的叙事系统具有以下三个基本特征。

第一,戏剧化的故事结构。好莱坞的叙事模式,总是注重一个按照"冲突律"结构起来的富有戏剧性的故事。正所谓"没有冲突就没有戏剧",经典好莱坞电影非常重视对冲突的架构。电影中的冲突一般是由抽象的善和恶、美与丑的斗争贯穿,有些干脆由"命运"主宰情节的走向,引导出悲剧或喜剧的结局。比如《魂断蓝桥》虽有控诉战争罪恶的一面,但女主人公玛拉的悲剧似乎也因为"命运"的捉弄(报纸上误登了罗伊阵亡的消息);《蝴蝶梦》中的冲突则表现为"好女人"和"坏女人"之间的较量。

经典好莱坞时期的电影,强调故事必须富有戏剧性,情节完整,线索单一,但要跌宕起伏甚至曲折离奇。它要求故事尽可能地具有封闭式的结构,按照开端、发展、高潮、结局的顺序发展,情节的进展必须逐步强化冲突;一部影片总要有几场冲突集中、对话精彩的"重头戏";常用悬念、发现、突转等传统的戏剧技巧,而且往往最后是"大团圆"的结局。

第二,类型化、平面化的人物形象。戏剧化的故事模式,必然会带来类型化的倾向。冲突分明的人物形象被划分为旗帜鲜明的正反两个阵营,其中还会加入一些灰色的"中间人物"。所谓人物性格的平面化,主要是指人物往往性格单一,没有立体的、由内至外的复杂性格的刻画。这一方面是由于人物被类型化为某一阵营里的力量,是某一类意念的符号,不需要复杂和变化。另一方面,好莱坞电影对动作和画面特效的重视,往往忽略对人物内心世界的描写,或者说是外部世界的刻画掩盖了内心世界和心理深层动机的表现。

从好莱坞的文学名著改编中就可以看到他们的电影生产思路。比如根据茨威格著名的小说《一个陌生女人的来信》改编的电影《巫山云》就加强了外部冲突,增加了原著中根本没有的反面人物,尽管加强了情节的冲突性与人物的类型,小说本身的细腻与感人的风格却荡然无存。

第三,自然流畅的连续性剪辑。在经典好莱坞的叙事系统中,"连续性剪辑"最能体现其电影观念的核心,也是其展现戏剧化的故事情节和类型化人物、制造以假乱真的"梦幻"世界的基本前提。好莱坞电影多注重故事与人物(表演),而并不把人与自然的融合看作表现对象(西部片除外)。所以,经典好莱坞的叙事一般都在内景中展开。即使要表现外景,也是在摄影棚里搭出来的,强调一种类似于戏剧的集中空间。

好莱坞电影被称作"技术主义"或"形式主义",这也主要是由于它特别讲究技巧的标准化、程式化,即"表达的程序性模式"。以自然流畅的时空连贯性来讲述一个具有因果关系的故事,这是"连续性剪辑"的重要原则。也就是说,经典好莱坞的剪辑,完全是为了"叙事",极少用于"表现"。它的人物就是要把虚构的事件、人物和时空,自然流畅地组合在一起,并始终给人一种身临其境之感。

2. 类型化

类型化伴随着以娱乐为目的的商业化运作体制而生,这也与当时电影的戏剧化浪潮相吻合。好莱坞电影巨头,采用一系列商业管理和控制的手段,力求获取最大的经济效益。这些手段包括建立和强化制片人制度,以合同的形式控制明星的演艺事业,"装配流水线"的制作,以及制作、宣传(炒作)、发行、放映一条龙垄断。从选择剧本、导演、演员,控制预算、监督拍摄和后期制作,直到负责影片的宣传和发行,制片人拥有绝对的权力,是电影制作的真正主宰,这就完全区别于欧洲电影的导演中心制。在制片人制度的规约下,电影的艺术特性让位于电影的商业性。

在制片人制度的控制之下,在大工业"批量生产"的观念指导下,好莱坞影片都是按照一定的规格和模式制作出来的,这就必然导致类型电影的出现。类型片不仅有严格的题材限制,而且在故事情节、人物设置以及视觉体现上都有相同或相似的元素。有研究者曾归纳出类型片的三个基本元素:公式化的情节、定型化的人物和图解式的视觉形象。[1] 目前,好莱坞已经形成以下成熟的类型片。

(1)西部片。西部片最能反映美国人的民族性格与精神,是美国特有的一种电影样式。它颂扬和推崇粗犷的个人主义和适者生存的精神。《火车大劫案》是西部片的开山之作,约翰·福特被称为西部片大师,他的《关山飞渡》是公认的西部片经典文本,影片中的驿车和荒原形成强烈的视觉张力,塑造了经典的西部形象。《太阳浴血记》《红河谷》《正午》《原野奇侠》等都是该类型片的杰作。

(2)歌舞片。歌舞片一般都围绕一个温馨浪漫的爱情故事,在轻歌曼舞中讲述一个个温暖人心的故事,表现主人公曼妙的舞姿以及优美的音乐。名片有《碧云天》《绿野仙踪》《雨中曲》《窈窕淑女》《出水芙蓉》《让我们都来跳舞吧》等。获得奥斯卡五项大奖的《音乐之声》是音乐片的巅峰之作。

(3)喜剧片。默片时代的卓别林达到了一个高峰。有声片出现之后,以生活写真而带有轻喜剧色彩的"生活喜剧片"开创了美国式喜剧电影的新类型。《一夜风流》是爱情喜剧的开山之作。这类喜剧通常表现一男一女在假定性极强的叙事时空中,不断产生戏剧性摩擦,彰显幽默浪漫的理想化爱情,最终皆大欢喜。类似的影片还有《罗马假日》《漂亮女人》《诺丁山》等。

《一夜风流》剧照

(4)史诗片。史诗片情节曲折延绵,场面豪华壮丽,一般都表现宏大的主题,较多表现战争,因此,有人也将"战争片"归入史诗片。格里菲斯的《一个国家的诞生》奠定了史诗片的基础。《乱世佳人》是这种类型片的巅峰。经典的史诗片还有威廉·惠特的《宾虚》,以及英国导演大卫·里恩的《阿拉伯的劳伦

---

[1] 邵牧君:《西方电影史概论》,北京:中国电影出版社,1982年,第33页。

斯》，梅尔·吉普森的《勇敢的心》等。

（5）犯罪片。犯罪片通常包括警匪片、黑帮片、强盗片等，它主要表现社会底层以及边缘人与主流社会的冲突，常通过对犯罪动机和根源的揭示来批判社会的体制、文化和法律等。该类影片动作性强，带有鲜明的感官刺激和情感宣泄。《小凯撒》《疤脸大盗》等是经典好莱坞时代犯罪片的代表作。在新好莱坞电影运动时期，出现了《教父》《美国往事》《纽约黑帮》等黑帮片，新世纪前后又有《亡命天涯》《天生杀人狂》《第一滴血》等枪战片、暴力片。

1995年拍摄的《盗火线》一直被誉为难以超越的警匪片。黑夜中起降的飞机象征命运一次次地转换，当航班照明灯射亮，枪声响起处，一个满布鲜血的身影猝然倒下，尽管在与枭雄对决中胜出，由阿尔·帕西诺饰演的警长韩云信并无一丝得意。在轰鸣的飞机声中，韩云信是那般落寞，眼神是那样的凄楚，显然，这眼神不是因为击败罗伯特·德尼罗扮演的劫匪麦考利，而是有一些惺惺相惜，是作为各自忠实于自己的"事业"的男人的无奈之举。

《盗火线》海报

劫匪麦考利本可以出逃到新西兰，带着他美丽而有才华的女友开始新的生活，因为要给兄弟复仇最后命殒机场；他的兄弟"滑头"有家有室有物产，因为兄弟基斯需要钱而冒险丧命；在阳台上对着丈夫轻轻地摆手，四目相向，早已泪布眼眶，方基默饰演的基斯与妻子分离的一出戏更是断人心肠……导演迈克尔·曼将盗匪的盗亦有道、侠骨柔情演绎得淋漓尽致，感人心怀。故事环环相扣，跌宕起伏，人物刻画更是细腻分明。警长韩云信婚姻数度失败，却忠于职守，无悔无怨；劫匪麦考利虽然凶狠残忍，对朋友生死以报；基斯"敬业、专业、执著"，家庭生活满目疮痍；荣谷残暴、阴险狡猾，背信弃义。这部片子绝不俗套，警察照样缺点多多，脾气暴躁；强盗也有肝胆相照、忠于诺言的一面。影片最经典的场景出现在咖啡馆，这是两个影帝在《教父》中合作后，阔别近20年后再度合作出演对手戏，话里字字如刀，机锋暗藏。"这也许是我们最后一次相会，下次看到你，我会毫不犹豫开枪"。"我死也不会再进监狱的，看到你，我会杀死你"。枪响了，麦考利中弹倒下，在闭眼之前缓缓对韩云信竖起了大拇指："我说过，死也不进监狱的！"

（6）恐怖片。恐怖片可以给追寻刺激的人们一种情感的宣泄和释放，同时也增强了人们对苦难的承受能力。恐怖片基本上分为两类：一类是表现自然或超自然的力量给人带来的"噩梦"。表现自然所造成的恐怖，也称为灾难片，比如《海啸》《旧金山大地震》等。超自然的恐怖一般来自于神怪之物，如《吸血鬼》《木乃伊》等。如果说这类恐怖片主要是以视觉形象和外在因素作用于观众的感官刺激，那么另一类恐怖片则侧重渲染心理感受的恐怖，这就是惊悚恐怖片或悬疑片。希区柯克是好莱坞最杰出的悬疑大师。他说："炸弹决不能爆炸，炸弹不爆炸，观众就老在惴惴不安。"他是制造心理悬疑的高手，并善于保持和加强这种内在紧张感。《爱德华大夫》《深闺疑云》《后窗》《精神病患者》等都是他著名的悬疑片。

（7）幻想片：在电影中营造超现实的幻想。《弗兰肯斯坦》是好莱坞幻想片的鼻祖。此后陆续出现了几部以弗兰肯斯坦为主角的影片，以及《化身博士》《隐形人》等，表现科学转为异己力量的悲剧。1960年代后，好莱坞又掀起了"科学幻想片"的热潮，如《星球大战》《超人》《侏罗纪公园》《骇客帝国》《变形金刚》等。

好莱坞类型电影是现代大众文化的典型产物，是"波普"文化的重要组成部分。法国后现代主义理论家、作家罗兰·巴尔特说过："大众文化是一部展示欲望的机器。这部机器总是说,这一定是你感兴趣的东西,好像它猜想人们自己无法发现自身的欲望一样。"确实,好莱坞的制片人充当了大众娱乐导师的角色,为观众献上一份份形色俱佳的文化大餐。从接受美学上来看,好莱坞类型电影的成功还在于它遵循中庸和基本保守的思想原则,渗透着一般中产阶级的道德理想和价值观念。它将"大众情感模式"和"大众理解方式"巧妙地结合在一起。影片的个性美学最终要服从于共性的文化导向,这是一切商业文化和大众流行文化的特点之一。

3. 明星制

明星制是好莱坞商业电影的又一大特色。明星除了"表演"之外,他们的"形象"被赋予了多重价值:一是吸引电影投资人,作为利润的保障;二是承诺放映商,作为票房的保证;三是号召观众,作为提供欲望满足的保证。从社会心理学角度而言,明星是超越具体角色的。他们是观众心目中的理想化身,是形形色色的欲望与幻想的满足对象,是一种人生的典范和精神的寄托,代表了观众无法企及却在眼前活生生实现了的"梦"。观众对明星的崇拜是一种集体无意识,与一个时期的社会风尚相互影响。

20 世纪 60 年代以后,美国社会的政治和文化出现了更加激烈的震荡:民主运动、黑人运动、女权运动、反越战的抗议示威运动等不断出现,"年轻一代文化"(即反主流文化)逐步兴起。战后成长起来的一代对他们的父辈乃至对整个社会都充满了失望与抗拒的情绪。他们渴望独立与自由。他们反抗的标志就是留长发、穿牛仔装的"嬉皮士"形象,他们不愿遵从家庭和学校教育的传统,而是特立独行,吸毒、性解放,"退出社会"是他们反传统的姿态。

在这样的时代背景之下,"新好莱坞"电影应运而生,其形成标志是两部影片:阿瑟·佩恩的《邦妮和克莱德》和麦克·尼克尔斯的《毕业生》。之后,又有两部重要的"新好莱坞"影片问世:丹尼斯·霍普的《逍遥骑士》和约翰·施莱辛格的《午夜牛郎》。20 世纪 70 年代是"新好莱坞"全面崛起并走向鼎盛的时期。一批青年导演开始登上好莱坞内部体制改革的舞台。这批号称"好莱坞的聪明小子"的新进导演中,最著名的有弗朗西斯·科波拉(代表作《教父》《现代启示录》)、乔治·卢卡斯(代表作《美国风情画》《星球大战》)、马丁·斯科塞斯(代表作《出租车司机》《愤怒的公牛》)、斯蒂文·斯皮尔伯格(代表作《大白鲨》《第三类接触》《外星人》)。他们成为好莱坞新老交替后的中坚力量。

科波拉的《教父》是其中的佼佼者,它开创了好莱坞黑帮电影的基本叙事模式。电影讲述纽约黑手党家族领袖唐·维托·科莱恩凭借自己的家族背景与庞大的黑社会势力,经常替人主持公道,进而受到当地意大利移民拥戴,尊称其为"教父"的故事。剧情跌宕起伏,人物形形色色,更重要的是它展现了黑手党家族对传统的忠诚。让人印象深刻的是由戈登·威利斯掌握的低调灯光摄影技巧。在令人窒息的房间里,在阴暗无比的世界中,出现在人们面前的那个高贵和冷酷兼具的黑手党形象,他胸前所佩戴着的那朵鲜红的玫瑰,令人信服地塑造出黑色电影的精神偶像。

与法国新浪潮等欧洲现代电影相比,美国"新好莱坞"有自身的一些特点:

第一,"新好莱坞"打破了经典好莱坞纯粹的商业电影一统天下的局面,于多元化的格局之中确立了美国本土意义上的"艺术电影"和"作家电影"的地位。在思想上,他们力图摆脱传统的"造梦"观念和疏离社会现实的倾向,开始关注美国民众尤其是年轻一代的生活状态和内心情感。

第二,"新好莱坞"电影的革新毕竟属于体制内部的,因此一定程度上传承了经典好莱坞的传统。商业利益是不可动摇的原则,票房的成功与否依然是衡量导演成就的主要标尺。

(二)法国:诗意现实主义与新浪潮

20世纪30年代初期,法国电影处于低谷。一方面是由于先锋派电影运动退潮后,许多导演转向纪录片拍摄,还有一部分人去了好莱坞发展;另一方面则是来自好莱坞商业电影的冲击,法国电影业陷入巨大的危机。面对种种困境,"诗意现实主义"是法国电影人士的一次艺术与商业的突围。它的特点有:

第一,题材大都取自现实生活,尤其注重表现普通人的日常生活,甚至对社会底层的人也寄予了深厚的人文关怀。只是,在表现下层社会的小人物或者丧失社会地位的人群时,影片常常带有悲观主义和宿命论的人生观,透露出一股"灰色"的情调。

第二,叙事结构基本属于"戏剧化"的范畴,有些还有很浓厚的"三一律""室内剧"痕迹。影片力图从平常而朴素的日常生活场景中,挖掘人物的内心世界,揭示出生活的哲理,表达出内在的诗意。

第三,电影语言通常追求场景的诗情画意,画面造型受到印象派绘画的影响。雷诺阿的作品就往往与好莱坞的分解式镜头的连续性剪辑不同,也与苏联蒙太奇学派强调的冲突、隐喻等视觉形象有别。他喜欢运用长镜头、景深镜头,通过精心设计的移动摄影和多层次动作的场面调度,保持时空的真实感和整体感。这种近似纪录电影的创作风格,对意大利新现实主义电影运动产生了巨大影响。

"新浪潮"一词最早是法国女作家、新闻家弗朗索瓦兹·吉鲁德在1957年10月的《快报》周刊的封面上第一次使用的。她在一幅妙龄少女的特写照片上配了一个醒目的题目:"新浪潮来了!"虽然不是针对电影,但却表达了一种对于变革的期盼,对于新时尚、新生代的呼唤。围绕《电影手册》,青年影评人士表达了对当时法国电影的强烈批判,特吕弗是其中的狂热先锋。他于1945年发表了《法国电影的某种倾向》,痛斥了"优质电影"传统,嘲笑他们都是些画面雕琢、语言"规范"、风格古板的程式化的电影,提出了"作者电影"的理论。1958年,电影理论家巴赞去世后,《电影手册》的影评家们终于按捺不住内心的激动,从理论走向了实践,拉开了"新浪潮"运动的序幕,这场运动声势浩大、影响深远,其特点和历史贡献主要表现在以下两个方面。

第一,"新浪潮"是电影制作方式的革命,由此确立了"艺术电影"在法国乃至国际影坛的地位。在"制片人中心"的生产模式下,以好莱坞为代表的商业电影侵袭全球。然而,新浪潮的艺术家们则认为,电影最重要的不是制作而是表达;电影主要不是赢利的工具,而是实现自我表达的手段。他们认为电影应当实行"导演中心制",让导演在创作中拥有充分的自由和表达个性的机会。戈达尔呼吁:"拍电影就是写作!"

"新浪潮"确立的"电影是导演的艺术"的观念,以及充满诱惑的独立制片的方式,最终使得艺术电影的地位得以确立。一般说来,艺术电影有三个特征,即个性化的表达、艺术化的追求、哲理化的思考。艺术电影并没有排斥电影商业性的属性,试图将现代意识、个性化风格和一定的娱乐形式较好地糅合起来。因此,"新浪潮"没有正式统一的剪辑风格,他们分别追随巴赞理想的全景模式和长镜头(特吕弗)、雷诺阿的诗意写实风格(戈达尔)、蒙太奇对镜头单元的强调(阿伦·雷乃)和实验电影的反常规"跳切"(戈达尔),与此同时,又试图将这些元素进行糅合。

第二，新浪潮开创了现代电影多样化的局面，由此确立了个性化书写的"作者电影"在电影创作中的重要地位。在"作者电影"观念的影响下，他们认为电影创作如同文学作品一样，是"作者"（导演）个性化的表达。如果说，新浪潮的制片革命是对新现实主义的集成和发展，那么强调个性化书写，就是对纪实性美学的一种反驳。

特吕弗(1932～1984)

法国新浪潮电影运动杰出的电影导演有弗朗索瓦·特吕弗、让·吕克·戈达尔等。他们在新浪潮电影运动中都有举足轻重的地位，却有完全不同的电影风格。特吕弗重视传统、重视观众，在传统与创新、艺术与商业之间力求中和。戈达尔则离经叛道，致力于反传统的电影语言革新，他的电影热衷于哲学思想的表达。

特吕弗的每一部影片都包含着"自我"，表达个人对社会、人生的感受和体验，如《四百下》《二十岁的爱情》《偷吻》《夫妻之间》《飞逝的爱情》等。他的影片也蕴涵着浓郁的抒情风格，充分体现了法国艺术的浪漫、优雅和多愁善感的气质。他钟情于爱情题材，比如《朱尔和吉姆》《柔肤》《最后一班地铁》等。特吕弗非常善于塑造女电影明星，德诺芙、阿佳妮、苏菲·玛索就是在他的镜头下成为法国巨星的。

新浪潮的作者电影运动在20世纪60年代初期，就被作家电影潮流所取代。这是一群聚集在塞纳河左岸的作家，他们开始涉足于电影行业，代表导演有阿伦·雷乃、罗伯·格里耶、玛格丽特·杜拉斯，在电影创作上，这群作家出身的电影导演们在电影艺术方面形成了自己的特点：

第一，重视电影的文学性和哲理思考。他们的中心议题往往包括命运问题、记忆与忘却、生与死、时间与永恒等等。比如，阿伦·雷乃的《夜与雾》将纳粹集中营的暴行与战争结束10年后废弃的遗址进行了对比，以表现"记忆与遗忘"的主题。

第二，与特吕弗、戈达尔喜欢运用"生活流"不同，他们更加偏好"意识流"的表现手法来展示人物的内心世界，以及文学性的主题。比如，阿伦·雷乃的《去年在马里昂巴德》则是一种意识流的手法，不断回忆、不断插叙来表现对人记忆的根本性怀疑。

(三)意大利：新现实主义电影

二战后的意大利满目疮痍，好莱坞电影那种歌舞升平的爱情故事已经很难赢得意大利观众的心，他们需要在银幕上看到新形象、新风格，呼唤能够反映真实社会现实的、表达民族心声的电影。这就是新现实主义电影兴起的最直接的原因。鲁奇诺·维斯康蒂(1906～1976)的《沉沦》被认为是意大利新现实主义兴起的信号。在《沉沦》的影响下，演员出身的德·西卡与记者出身的柴伐蒂尼第一次合作拍摄的《孩子们在注视我们》也被公认为新现实主义的先驱之作。从1945年兴起到1960年结束，意大利新现实主义大致经历了三个阶段。

1. 兴起阶段(1945～1947)

罗伯特·罗西里尼(1906～1977)的《罗马，不设防的城市》是新现实主义电影运动的开山之作，被认为是新现实主义的"宣言书"。这一阶段的电影主要反映意大利人民在二战中的反法西斯抵抗运动。

2. 全盛时期(1948～1953)

以德·西卡(1902～1974)的《偷自行车的人》和维斯康蒂的《大地在波动》为标志,新现实主义电影进入了全盛时期。大量优秀作品不断涌现,如反映农民的苦难与挣扎的《艰苦的米》《橄榄树下无和平》等,反映城镇劳动者深受贫困和失业威胁的《米兰的奇迹》《罗马十一时》《温别尔托·D》。

3. 衰落阶段(1954～1960)

20世纪50年代中后期开始,新现实主义电影运动逐步走向衰落。这是因为时代的发展和社会的变化,使得新现实主义电影的局限性日益凸显。这一时期仍有一些优秀作品,如德·西卡的《屋顶》、罗西里尼的《罗威莱将军》等。费里尼的《甜蜜的生活》被认为是一部具有转折意义的作品,标志着新现实主义的终结和意大利"新浪潮"的开始。

费德里克·费里尼(1920～1993)早年作为罗西里尼的助手,曾参与了《罗马,不设防的城市》《游击队》等新现实主义影片的创作,但不同于新现实主义电影,他并不注重题材的社会内容,而是关心人性的主题。

《八部半》(又译为《$8\frac{1}{2}$》)被公认为费里尼最有代表性的作品,也是最坦诚的自传性电影。影片讲述一位名叫吉多的电影导演筹拍他的第八部影片而最终没能成功。全片体现了这位导演工作的困扰、创造力的萎靡、情感的纠葛、混乱的思绪和困顿不堪的内心世界。全片采用了混乱无序的"意识流"形式,以导演的11个"白日梦",展现他个人的回忆、想象、迷惘、绝望。法国电影符号学家克里斯蒂安·麦兹认为:"这部影片像是画中有话或像是小说中有小说,可以说是一部'电影中有电影'的影片,属于有双重结构那类艺术作品,其展现方式在于放映自己。"[①]

《$8\frac{1}{2}$》剧照

米开朗基罗·安东尼奥尼(1912～2007)是新现实主义后期出现的导演,从《叫喊》一片开始奠定了个人风格。进入60年代后,他以"爱情三部曲"《奇遇》《夜》和《蚀》声名鹊起,成为著名的现代主义电影大师。他的影片充满了存在主义哲学的气质。与费里尼挖掘物质繁华背后人的精神失落、混乱和颓废不同,安东尼奥尼侧重于表现现代社会里,人的寂寞、孤独和人际沟通障碍。

《红色沙漠》表现了现代人的"异化"精神世界。故事发生在城郊的工业区,由于技术的发展,环境遭到了严重的破坏,滚滚的烟尘包裹着水泥建筑物。女主人公朱莉娅娜在这个恶劣而恐怖的环境里出了一次车祸,开始对周围的一切产生病态的恐惧反应。无法沟通的处境让她长期处于孤寂状态。"红色沙漠"是安东尼奥尼对人生处境的一个隐喻,既指遭到破坏的城市环境,又指城市人精神世界的荒凉和恐怖。安东尼奥尼在本片中将物质的颜色进行象征化处理,使其成为主人公情感色彩的象征,这种镜像语言影响了张艺谋在电影中对色彩的运用。

新现实主义电影的主要特征可用其两句口号概括,那就是"还我普通人"和"把摄影机扛到街上去"。他们的实践探索了一条不同于好莱坞的电影生产模式,首先是电影内容的变

---

① 克里斯蒂安·麦兹:《电影的意义》,刘森尧译,南京:江苏教育出版社,2005年,第202页。

化,新现实主义电影将镜头转向了社会底层和边缘人物,直面现实生活,开启了电影的底层关怀视野;其次,将拍摄场地从摄影棚转向了真实的生活场景,还大量启用群众演员,这种为了减少制作成本的生产方式造就了新的电影美学风格,纪实性的电影美学风格成为继好莱坞的幻梦美学效果后又一重要的电影美学传统,这种美学风格深刻影响了中国第六代导演对电影的理解。

(四)德国:新德国电影运动

1962年,在奥博豪森举行的第七届德国短片节上,以亚历山大·克鲁格、埃德加·赖兹为首的26位青年导演,联名发表了著名的"奥博豪森宣言"。他们在宣言中称:"我们的要求是创立新的德国故事片。这种新电影需要各种新的自由,那就是从陈规旧习中摆脱出来的自由……旧电影已经灭亡,我们寄望于新电影。"20世纪60年代上半叶,新德国电影发展缓慢。直到1966年,一批被称为"德国青年电影"、具有纪实影像风格的影片脱颖而出,频频获奖,让逐渐退出人们视线的德国电影再次回来了。这类影片的代表作有克鲁格的《向昨天告别》、施隆多夫的《青年托尔勒斯》、彼得·沙漠尼的《狐狸禁猎期》等。

20世纪70年代以后,德国政府也加强了对电影的扶持。被誉为"新德国电影四杰"的导演们以其独具个性的作品征服了全世界的观众。他们是维尔纳·赫尔措格、沃尔克·施隆多夫、赖纳·法斯宾德和维姆·文德斯。这些导演继承的是"作家电影"的传统,极具个性化,但又没有表现出极度精英化和反传统的立场,而呈现出一种明显的综合化追求。他们所拍摄的影片一方面将对历史的反思与对现实的批判相结合,另一方面,在叙事风格上,传承表现主义传统,又兼顾现实主义的基础,使得影片的社会性和观赏性达到了高度的统一。

赫尔措格(1942~)拍摄的影片往往充斥着怪异、荒诞的形象,使得影片与现实总是保持一定的距离,给人造成一种疏离之感。其最具特色的代表作是《人人为自己,上帝反对大家》。它是根据一个从小被家庭遗弃的野孩子——卡斯帕·豪泽尔的传说拍摄的。卡斯帕被城市里的"文明人"歧视、玩弄、剥削,他说:"如果有上帝,那上帝一定反对周围的人。"这句话表达了卡斯帕对文明社会伪善与残酷的控诉。赫尔措格的电影就像是一部部寓言,反映了现代人的精神困境。

文德斯(1945~)则以"公路片"见长。他所拍摄的影片往往显示出对理想和美的追求,往往透露出人在旅途又孜孜以寻的意象。如他的"公路片三部曲"的第一部《爱丽丝漫游城市》讲述了一位摄影记者帮助一个小女孩爱丽丝寻找亲人的故事。爱丽丝手上的旧照片是祖母曾居住的杂乱的旧房子,而这样的房子几乎存在于德国的每一个街头巷尾。该片奠定了文德斯"公路片"隐喻性的主题:这种没有目的的漫游和寻觅,如同消逝的童年与遗失的身份,再也无法找到。文德斯最为人称道的是其在好莱坞拍摄的最后一部公路片《德克萨斯州的巴黎》。文德斯还非常向往东方文化,日本导演小津安二郎是其精神父亲,在20世纪80年代,文德斯在日本拍摄了纪录片《寻找小津》,表达了对东方文化的崇敬。

施隆多夫(1939~)被誉为最擅长拍摄文学名著改编片的导演,比如他改编君特·格拉斯的《铁皮鼓》,就成功地融合了喜剧片、乡土片、政治讽喻片、恐怖片等特点,通过一个侏儒的视点,反思德国战前至战后的三十年历史。奥斯卡看透了成人世界的虚伪与欺骗而拒绝长大,"铁皮鼓"也成了他抗拒、破坏"正常秩序"的武器。该片获得戛纳电影节金棕榈大奖、奥斯卡最佳外语片奖,成为新德国电影最重要的经典作品之一。

法斯宾德被誉为"德国电影奇才"。他试图通过二战期间及战后德国女性的命运和遭遇来反映一代德国人的精神历程。为此，他拍摄了著名的"德国女性四部曲"：《玛丽娅·布劳恩的婚礼》《莉莉·玛莲》《洛拉》《维罗妮卡·佛斯的欲望》。其中最为重要的代表作是《玛丽娅·布劳恩的婚礼》。该片通过受尽屈辱与伤害的玛丽娅形象来表现战后德国社会的严重异化和民族精神的崩溃，成为探索德国"国家形象"的故事片的杰出之作。

四、多元的当代电影观念（20世纪70年代以来）

西方现代主义电影到了20世纪60年代末期就从兴盛走向式微。1970年初期，那种极端的反理性主义、崇尚导演的个性化书写的"作者电影"慢慢退出主流影坛。20世纪70年代崛起的政治电影和风格电影标志着电影观念发展到一个新的历史纪元。世界电影进入一种新理性主义时期。

（一）政治电影

法斯宾德（1945～1982）

早在1969年，正当欧洲现代主义电影已成强弩之末时，法国和阿尔及利亚合拍的影片《Z》横空出世，受到观众的一致好评，引起国际影坛的震动，带来了一股"政治电影"热潮。《Z》是科斯塔·加夫斯基根据同名小说改编而拍摄的影片。影片以真人真事为创作原型，将1963年希腊左派议员、自由主义者格里戈里·兰姆斯基被独裁政府雇佣的杀手谋害的真实事件搬上银幕。本片以对社会政治的密切关注和严肃的创作态度，赢得了欧洲观众的欢迎，同年还获得了奥斯卡最佳外语片奖。《Z》的成功标志着电影创作观念迎来了新的时代。现代主义电影提倡的"作者电影"一度强调电影仅仅是作家"自我表现"的工具，结果因为社会性的削弱和电影本身的晦涩难懂而逐渐失去了观众。这个事实说明，电影作为一种大众艺术，应该具有创作和欣赏的集体性。在电影实践中，艺术家们研究现实问题、把握大众心理就显得尤为必要。

政治电影首先在法国出现，接着在意大利取得了较高的成就，不久在美国、日本以至苏联与东欧社会主义国家也风行一时，成为一种令人瞩目的电影创作风向标。一般说来，政治片的共同特征是以政治问题为中心，着重表现政治事件、政治思想和行为，以及某些政治人物与这些事件、思想的关系。

意大利政治片代表了政治电影的最高成就。艾里奥·佩特里的《工人阶级的天堂》《对一个不受怀疑的公民的调查》就是其中的杰出作品。弗朗西斯科·罗西拍摄的《马伊之死》通过闪回和多次采访，试图探寻意大利国营石油公司总裁马太伊死于神秘坠机事件后的深层原因，给观众留下许多思考和联想。

意大利政治电影的成功，一方面与它继承新现实主义的传统相关，另一方面也与电影艺术家们的探索和突破密切相连。从高度而言，影片不仅反映社会问题，还善于分析其形成的社会背景；从深度而言，影片开始注重对心理的分析；从广度而言，影片不仅表现城市小市民和农村贫民的生活状况，还反映垄断资本家、大工厂工人阶级以及政府部门各职员等的人生百态;从电影美学上而言,它不仅继承了新现实主义的纪实手法,还采用时空交叉蒙太奇、内心外化的意识流镜头等等以充分体现政治性主题。

(二)战争电影

20世纪七八十年代,世界范围内出现了一批从理性的角度来反思战争的电影,题材集中于越南战争和二战。最有成就和影响的是美国和苏联的战争片。美国表现越战的有《猎鹿人》《现代启示录》《全金属外壳》《生于七月四日》等。除了正面的表现战争场面的影片外,该时期还有对战时人心的深层挖掘的影片,另外,表现二战题材的战争片有《辛德勒名单》《拯救大兵瑞恩》《这里的黎明静悄悄》等。

20世纪60年代,美国掀起了以"性解放"和"女权主义"为标志的"反主流文化"运动,由此衍生出诸如家庭解体和单亲孩子的抚养、教育等社会问题。70年代末80年代初,好莱坞掀起了一股反映婚姻、家庭、老龄等问题的"新伦理片"热。1979年,罗伯特·本顿执导的《克莱默夫妇》是最早的一部家庭伦理片。该片抓住了美国社会离婚率普遍上升的问题,通过家庭出现裂痕,夫妻之间、父母与儿女之间的微妙的情感纠葛,呼唤一种理解与宽容的精神。其后,这类家庭伦理片不断涌现。如反映青少年成长的《普通人》,反映代际沟通的《母女情深》,描述老年生活的《金色池塘》《为黛西小姐开车》,关注弱势群体的《雨人》《女人香》,表现社会边缘族群的《费城故事》等。

《克莱默夫妇》海报

从当代电影的创作实践来看,当代电影中新理性主义电影的哲理内涵包罗万象,与传统的理性主义电影相比,它主要从具体而现实的问题出发,然后上升至政治、社会、道德等层面,最后达到人性和人生哲理的层面。为了表达这些哲理意蕴,新理性主义电影常运用象征、隐喻等手段来加以说明。

当代电影在表现理性主义倾向的同时,还存在着多元综合的趋势。这种多元综合的出现有其社会和文化基础。"结构主义"和"中心移空"的后现代主义思潮使得整个世界变得越来越多元和开放。多元文化的并存,多种声音的绽放,导致传统遭到消解,优越感丧失。各种文化间出现了不断交融、边缘模糊、互相渗透的趋势。

《阿甘正传》海报

(一)新好莱坞时期的体制内外互动

小成本的独立电影频频在各大电影节上摘得桂冠,青年导演锐意革新商业片的叙事模式、重组类型片,使得好莱坞商业制片体制面临内外的互动与交融。这是20世纪60年代中期以来,"新好莱坞"时代所面临的又一次变革。青年导演们试图融多种类型片元素于一身,以求达到思想、艺术与商业价值上的高度统一。弗拉西斯·科波拉执导的《教父》将黑帮片改造成家族史形态的类型巨片,取得了轰动效应。具有浓郁欧洲艺术风格的政治寓言片《飞越疯人院》、被誉为"都市骑士片"的《出租车司机》都推动了好莱坞类型片的演变。

其中,最为人称道的莫过于罗伯特·泽米基斯导演的《阿甘正传》。该片以人物传记片为框架,融合了历史片、政治片、爱情片、家庭伦理片、体育片、越战片、黑色喜剧片、纪录片等形式,创造出好莱坞有史以来难得一见的超级融合大片。影片将越南战争、肯尼迪遇刺、反战运动、水门事件等贯穿起来讲述,充满了讽喻和调侃,表现了美国主流意识形态的复杂演变和重新定位。

大卫·林奇的《我心狂野》将公路片、黑色片、犯罪片、音乐片和童话片的元素融为一体,使得恐怖与幽默、讽刺与同情相互交织。昆丁·塔伦蒂诺的《低俗小说》是一部充满血腥暴力的黑色影片,被评论家誉为颠覆好莱坞传统模式的扛鼎之作。随着独立电影的迅猛发展,好莱坞采取了体制内外的互动、交流来吸纳独立电影艺术家们,从而壮大了好莱坞电影制作团队,增加了好莱坞电影的艺术表现类型。

瑟吉欧·莱昂内的"美国三部曲"讲述了他一生钟爱的美国故事,这是从欧洲人视角讲述的一部美国精神文化的故事。《美国往事》是三部曲中最出彩的作品,影片以纽约的犹太社区为背景,叙述四个从小一起长大的童年玩伴之间纠葛的恩怨情仇。这是一部讲述友谊和背叛的经典,在当时的电影环境下,莱昂内的这部传世之作是显得冗长、缺少跌宕起伏,然而,本片如同好酒一样,愈久愈香。幽婉的排箫是影片的魂,准确地说,本片的所有音乐都称得上旷世之作,在影片开拍之前,音乐竟然已经准备好了三分之二!这就是卓越。

"面条"是这部电影的主角,"随便去哪里,只要第一班的",他在车站买的是单程车票,离开得越快越好,逃离这个没有爱、没有情谊的地方。35年后,再回来的"面条"已经鬓如霜,必须戴老花镜了,那幅当时别离时的站台画面也变成了"爱"字。《往日重现》这支曲子始终在回忆中荡漾,酒吧内的那个用来偷窥的窗口其实是时间之窗,透过这个小窗,回到过去,追忆往日的点点滴滴……

35年后,"面条"深爱着的童年玩伴狄波拉说:"岁月可以使我凋零,我们都老了,现在我们所剩的只有回忆了。"画面给的每扇门和窗户都是时空的追忆,凄婉的排箫在"面条"与狄波拉分别时再次响起。少年时代的好友、最后背叛友谊的麦克斯说:"当你被朋友出卖的时候,你就该复仇。"他是希望死在"面条"手上的。"面条"说:"最大的耻辱莫过于看着自己毕生的功名化为泡影。"其实,麦克斯不仅背叛了自己的兄弟,而且还剥夺了"面条"的记忆,因为他颠覆了"面条"几十年逃亡生涯中对兄弟愧疚的记忆。影片从"面条"在唐人街抽鸦片再回到戏院抽鸦片,电话铃声串起一个又一个欢笑、感伤、成长回忆,横穿数十年的倒叙插叙,而最后看到的皮影戏,宛如人生一样,不过是个影像罢了。

(二)崛起的日韩电影

随着全球化时代的到来,电影也逐渐打破国家地域的界限,表现出题材风格、叙事方式、镜像语言等方面的趋同。同时,在霸权主义政治、后殖民主义文化思潮的影响下,相对弱小民族的文化、不发达国家的电影往往面临着被"吞没"的危机。于是,一些充满民族精神与地域特质的影像开始跻身世界电影之林,并产生了一批堪称一流的电影艺术家。

被誉为日本新浪潮旗手之一的大岛渚拍摄的《仪式》《感官王国》《爱的亡灵》等片,在"政治"和"性"的主题上表现其离经叛道的精神。另一位新浪潮旗手——今村昌平拍摄了《猪与军舰》《日本昆虫记》《诸神的欲望》等。他往往以社会底层小人物为主角,描写赤裸裸的人性与欲望,在对丑恶的审视中,呼唤被虚伪和残酷的现实所掩蔽的日本人的灵性与真情。1983年,他执导的《楢山节考》还获得了戛纳电影节金奖。北野武的《花火》为其树立了"暴力柔情美学"风格,宁静的情感与血腥的暴力并置,非常具有震撼力。黑泽明以其俊朗的风格著称于世,他拍摄的《七武士》《罗生门》《乱》影响颇深。斯蒂芬·斯皮尔伯格曾说:"黑泽明是电影界的莎士比亚。"日本新锐导演岩井俊二以少男少女的爱情故事为题材,以细腻而含蓄的抒情格调触摸青春的心灵,浪漫而感伤,通过跳切、闪回、重复以及手持摄影等方式,营造一种具有浓郁现代气息的叙事氛围。《情书》表现了关于记忆中的爱情故事和爱的记忆。他的《燕尾蝶》则是具有浓郁后现代主义气息的影片。片中,在虚构的"元都"里,来自世界各地、被钱所吸引的人们来到这里,操着日语、汉语、越南语、英语等各种语言,干着黑帮、妓女、流行歌手等不同的行当。这里的生活就像一幅现代都市的"浮世绘"。

《八月照相馆》海报

在全球一体化的浪潮中,韩国电影努力表现其民族文化的魅力,20世纪80年代以后开始走向世界。被誉为韩国电影泰斗的林权泽拍摄的《悲歌一曲》《春香传》《醉画仙》贯穿着历史反思、文化寻根的主题,体现出他对女性的悲悯情怀。该片拥有浓郁的民族文化根基和历史悲怆感。许秦豪的《八月照相馆》《上网》和李真香的《美术馆旁边的动物园》则是唯美的"纯情片"。它们反映了都市里孤独人群的生存状态,温婉中蕴涵着淡淡的感伤。对战争的反思也是韩国电影一大题材。李光模的《逝去的美好时光》、姜帝圭的《太极旗飘扬》以及女导演卞英珠的"卖淫"题材纪录片《低语》《低语2》和《气息》等等,格调凝重而深沉。韩国商业片也成绩斐然。金基德的情色片《空房子》《漂流欲室》用极端的手法表现唯美与残酷之间的反差。郭在容的《我的野蛮女友》引发了一波新女性主义的"野蛮"热,《野蛮女警》《野蛮女教师》等影片相继出现,"韩流"席卷了全世界。

当代世界已经全面进入视觉文化时代。人们获取信息的方式也越来越依赖于"看"与"听"。电影作为视觉文化的典型代表充斥于各大银幕之上,占据着人们的眼球。人们在电影所营造的影像世界里寻找着感官的刺激、视听的享受、精神的归宿、生活的痕迹……人们在光影世界里游弋、搁浅,栖居于影像所搭建的"拟态真实"之中。诚如丹尼尔·贝尔所言,电影影像的逼真性"缩小了观察者与视觉经验之间的心理和审美距离,强化了感情的直接性,把观众拉入行动,而不是让他们观照经验"。镜头的组接、场景的选取、特技的合成等使得观众"不断地有刺激,有迷向,然而也有幻觉时刻过后的空虚,一个人被包围起来,扔来扔去,获得一种心理上的高潮。"[①]在这里,影像成为被消费的对象,成为后工业时代的大众文化消费品。无论是标榜着"真实再现"还是"娱乐至死"的影像,已经步入我们的日常生活之中,建构着我们的生活,解构着传统,拼接着我们的想象。

如今,在后现代主义和大众文化的语境之下,中国电影也面临着多重挑战和选择。代表国家意识形态的主流文化、伴随市场经济汹涌而来的大众文化、坚持知识分子独立话语的精英文化,几乎同时对艺术创作产生着影响。古典美学、现实主义、现代主义和后现代主义交相"叠印",呈现出色彩斑斓的景象。既有走大片路线的张艺谋电影,又有融合娱乐和后现代解构特色的冯小刚电影,还有把商业和艺术融于一身的陈凯歌电影,甚至还有具有浓郁纪实美学特色的贾樟柯电影等等,百花齐放、百家争鸣的生产格局为新世纪的中国电影带来了发展的希望。

---

① 丹尼尔·贝尔:《资本主义的文化矛盾》,北京:三联书店,1989年,第67页。

第二节 外国经典电影鉴赏

电影诞生于现代,因而电影所讲述的是现代人的历史、欲望和梦想。电影鉴赏的主体就是观众,电影鉴赏一般包括感受和理解两个层面,分别涉及对电影艺术要素直接的感受和更复杂的审美理解。因而,电影鉴赏乃是感性和理性交融一体的艺术审美活动。

有幸活在卢米埃尔那个时代的观众是幸运的,电影就是令人激动万分的神迹,火车进站时的奇异景象让人们突然失去了清醒判断现实和电影界限的理智,观众为此惊慌失措。亚里士多德认为,哲学起源于好奇,电影也如出一辙,自产生起就是这样的,没有好奇心的满足,便不可能有电影。

电影除了有其特殊的感受方式外,较之其他艺术类型,它更具公共社会活动性。与文学欣赏活动相比,电影本身是一种大众文化生活方式,它是群体性的,充分贴近日常生活,并满足人们对娱乐的精神需求,或者脱离现实的艺术幻想的需要。

如今,把电影纳入日常娱乐范畴,或者把电影解读视为一场心智锻炼来看待,这无疑是两种极具代表性的欣赏态度,它们反映出人们对待生活和艺术关系的两种典型态度,同时也凝结成电影艺术叙事方式两种代表性的立场:一种是对日常生活作模拟呈现,而另一种坚持以反思的态度去审视我们自己的生活。电影艺术鉴赏正是引导人们对日常生活经验不断进行反省和领悟,它代表着从艺术感性向理智思考的不断深入,努力观照和理解电影故事和自己生活经验与现实环境的联系。电影作为审美愉悦历史印迹,已然博大精深,电影鉴赏便旨在对人类影像中留存的生活记忆作细细品鉴和解读。下面我们选取一部欧美经典电影,引领读者进入镜像话语所建构的生活与情感世界。

被遮蔽的女性形象:《罗丹的情人》

中文名:罗丹的情人
外文名:Camille Claudel
导演:布鲁诺·努坦
主演:伊莎贝尔·阿佳妮 杰拉尔·德帕迪约

《罗丹的情人》剧照

《卡米尔·克洛岱尔》是法国1988年影片《罗丹的情人》的原名,进入香港市场则被翻译为《罗丹的情人》。卡米尔·克洛岱尔,一位曾经与罗丹比肩的才华横溢的女雕塑家,一位一生都在抗拒"罗丹的情人"称号的女人,在她溘然离世后60多年的今天,她依然是大众眼中的"罗丹的情人"。作为一生试图在世俗世界和艺术世界成为与罗丹并立的女人卡米尔·克洛岱尔来说,这已经不仅是她一个人的悲剧,而是女人的悲剧。饰演卡米尔的阿佳妮与卡米尔拥有同样的"一双清秀美丽的深蓝色眼睛"(保罗·克洛岱尔语),她是继苏菲·玛索之后的第二位法国形象代言人,在演戏之后的很长时间依然无法走出卡米尔·克洛岱尔的影子,这或许就是卡米尔的力量,一个普通女人,一个拥有不能被那个时代所原谅的"才华"的女雕塑家的力量。

与罗丹相伴了15年的卡米尔,在怀孕后得知依然无法成为他的妻子,决然地离开了自己心中还在呼唤的"亲爱的罗丹"。雨夜中,卡米尔的扮演者阿佳妮声嘶力竭的"罗丹""罗丹"的呼喊依然无法穿透深厚的玻璃抵达罗丹的心房,那是一种浸透了卡米尔对罗丹难以释怀却又必须放弃的爱。因此,我们能够理解卡米尔获得了罗丹首次在自己作品上签名时的欣喜,她一路狂奔到弟弟的学校想告知弟弟这个消息,但是这种欣喜却无法消解维克多·雨果逝世带给弟弟的悲伤,因为那是整个法国的悲伤。卡米尔后来多次说,宁愿自己从来没有遇到罗丹。她与罗丹在艺术世界中相遇了,而且还在生活世界中相爱。与罗丹的爱情造就了雕塑家卡米尔,同时也摧毁了雕塑家卡米尔。

　　对于女人,尤其是对于作为艺术家的女人来说,爱情往往凸显其双面刃的悖论。20世纪60年代兴起的激进女权主义思想家就极力反对爱情,阿特金森就说:"爱情是残害妇女的心理要点。"[①]因为女人总是把爱情当作生活、生命的全部。处于爱情关系中的女人大多数都将男人价值体系内化,沦为"被内化的殖民者",这也使很多女人一旦失去爱情,自己的生活世界就处于崩溃的边缘。没有爱情之后的卡米尔·克洛岱尔,不仅在物质上陷于困境,而且由于无法释怀的对罗丹的深沉的爱转换成了极度的怨和仇而处于癫狂的边缘。当卡米尔的艺术赞助商将她从洪水包围的房间中拯救出来之后,他为卡米尔策划了最后一次艺术展览。在人潮涌动的展览大厅中,人们围绕着她的《成熟》《窃窃私语》窃窃私语她与罗丹的纠葛。她的弟弟,已是著名的象征派诗人和卓有成就的外交官的保罗·克洛岱尔,正激愤昂扬地为姐姐作艺术辩护的时候,一向美丽的卡米尔却以"小丑"的装扮进入了这个艺术的殿堂,脸上的白粉和血盆大口遮蔽了卡米尔以往的美丽。那种美丽曾经无数次进入弟弟保罗的诗歌:"一副绝代佳人的前额,一双清秀美丽的深蓝色眼睛……身披美丽和天才交织成的灿烂光芒,带着那种经常出现的,甚至称得上是残酷的巨大力量。"卡米尔的"小丑"形象令弟弟激愤的演讲戛然而止,尴尬和蒙羞后的诗人弟弟也弃绝了卡米尔。卡米尔的世界没有了罗丹,没有了弟弟保罗,最后连一向对其艺术赞赏有加的父亲也离世了。卡米尔的世界只有她一个人了,她把自己关在黑漆漆的房间,她以为可以在此躲避罗丹和罗丹信徒的迫害。

　　12岁就开始捏维尔纳夫黏土的卡米尔拥有超越男人的艺术才华,她的这种才华在父亲的赞赏之下获得了极大的发挥,为此卡米尔与母亲产生了很深的隔阂,以至她长期拒绝与卡米尔说话。母亲的愿望就是让卡米尔做一个简单的女人。但是卡米尔所拥有的才华注定了她一生的不凡。19世纪末期不会原谅一个女人拥有超越男人的天赋,而且这个女人还试图在艺术世界中塑造自己的形象。在罗丹的时代,卡米尔无疑就是进入艺术殿堂的"小丑"。卡米尔试图以"小丑"的形象来颠覆男性中心的艺术价值体系,但是卡米尔失败了,罗丹拒绝为其艺术作品正名;弟弟抛弃了她。卡米尔最后一次个人艺术展,无疑就是其艺术人生的隐喻,她是一位擅自闯入法国艺术世界的"小丑",同时也是卡米尔作为女雕塑家的一次行为艺术,以颠覆自己的天生丽质来表达对男性中心体系的艺术世界的抗争。但是卡米尔失败了,她亲手埋葬了自己的艺术。因此,我们只能从留存下来的有限的作品中去体悟卡米尔对生活的感悟,更多的还得借助于罗丹在那个时期的艺术来领悟卡米尔对罗丹艺术的影响,以此感知被罗丹私底下承认的这位艺术上最强劲敌手的艺术韵味。

　　卡米尔父亲去世一周后,弟弟保罗和母亲就决定将长期自闭于房间中的卡米尔送入精

[①] 引自约瑟芬·多诺万:《女权主义的知识分子传统》,赵育春译,南京:江苏人民出版社,2003年,第211页。

神病院,自此开始了卡米尔长达30年的监禁生活。之后,卡米尔将自己隔绝在没有窗户的房间,拒绝外面的空气和阳光的渗入。实际上,对于作为雕塑家的卡米尔来说,当她清醒地行走在19世纪末期的艺术世界的时候,她依然是被那个时代的艺术体系所监禁的,因此,在她生病期间一直都有一个幻觉,罗丹和他的信徒全面地围剿自己的艺术。作为艺术家的卡米尔,她的前半生被艺术世界所监禁;作为女人的卡米尔,她的后半生被精神病院所监禁。无形的、有形的监禁,对于卡米尔来说,没有本质的差异。卡米尔于她生活的时代与艺术,都是作为沉默的存在。尽管她试图言说,却被那个时代所埋葬。我们现在要去全面感知作为雕塑家的卡米尔,很多时候要通过罗丹与卡米尔共同生活期间的作品:《巴尔扎克》《丹娜德》……在这些作品中我们可以看到卡米尔式的对生活的感动和感悟。正如罗丹对卡米尔说的:"我是通过你来感知对生活的感动。"被监禁后的卡米尔一再给弟弟保罗写信说:"我要回家,然后把所有的窗户关上。"已经被世俗视为疯癫患者的卡米尔此刻非常明白自己作为女人,作为雕塑家的女人,最安全的地方就是一个没有与外界交往的房间。于世俗世界来说,那就是一个沉默的存在。正如激进女权主义思想所表述的:"妇女在无人倾听的压力之下,成为了沉默的性别。"①

当卡米尔将那件铭刻有罗丹名字的作品"脚"扔进塞纳河之后,她就试图成为与罗丹并立的雕塑家。但是以罗丹为中心的艺术体系拒绝了她,尽管罗丹私下也承认自己造就了自己最强劲的敌手。作为正统的艺术史依然是罗丹这样的男性艺术大师写就的,他们弃绝了这位试图代替他们的女艺术家卡米尔。她抗争过,充满无限热爱与憎恨地抗争过,但是她最终还是被那个时代所遗弃。她留给后人的经典影像就是坐在精神病院过道的椅子上,空洞的眼神,演绎出一个经典的沉默的身体。

20世纪60年代的激进女权主义要求倾听女性的声音,因此崛起了有关妇女的性生活感受的公开的女性话语。法国女导演凯瑟琳·布雷亚的《罗曼史》就是让女性身体说话的一部女权主义诉求的影片。她的这种言说方式无疑是在延续《罗丹的情人》,她要让女性的身体说话,而不是沉默地存在。凯瑟琳·布雷亚向来就是以大胆的伦理尺度来挑战世俗的男权中心的道德观念,这部影片诉了女性的性压抑通过主体自我的方式获得释放的过程。影片的女主人公面对口口声声说爱自己,但是却拒绝做爱的男朋友,深感身体压抑,在一个晚上独自上酒吧,与一个同样仅仅渴望做爱的男人发生了仅有肉体之欢的游戏,从此她迷恋上了这种游戏。作为中学教师的她甚至还诱惑街边的流浪汉强奸自己;还迷恋与自己瞧不起的男上司的性虐待游戏。当她决定生下自己与男上司在性虐待游戏中产生的结晶时,在上医院生产的前夕,她扭开了厨房的煤气开关。当孩子在医院呱呱坠地的时候,冷漠的男朋友也在煤气爆炸中远离了自己的生活世界,她以如此决绝的方式完成了女性在性活动中的主体位置的确认。这种"公开的女性话语"似乎满足了女权主义思想家关于女性身体的主体性想象。作为该片的女主角安娜·帕里约在影片中以如此决绝的方式完成了对男性中心的社会价值体系的颠覆,但是生活中的她却与此相距甚远。该片中的她,实在令我无法想起她就是多年前的"尼基塔",那时的她是如此的冷艳,如此的决绝,那是一种令男人和女人都无法接近的美。《罗曼史》中的安娜·帕里约是远离了法国大导演吕克·贝松,而《尼基塔》中的安娜·帕里约,那是属于吕克·贝松的创作,吕克·贝松的离去也带走了安娜·帕里约那种

---

① 简·盖洛普:《通过身体思考》,杨莉馨译,南京:江苏人民出版社,2005年,第110页。

令男人和女人都激荡的美。即使在这部非常女权主义的影片《罗曼史》中,我也寻觅不到尼基塔的辉煌。戏里戏外的安娜·帕里约无疑是女权主义思想家的想象与现实。安娜·帕里约与吕克·贝松之间的关系在电影圈中比比皆是,如张艺谋之于巩俐,法斯宾德之于汉娜·许古娜,远离了前者的后者是黯淡的和沉默的。

第三节　中国电影观念史

从1897年电影进入中国,到第一部国产影片《定军山》的出现;从电影的单纯娱乐到深入挖掘电影的内涵;从舞台戏剧的叙事模式到现在与国际电影理论接轨,中国电影已经走过了一百多年的风雨历程。回首最初的默片时代,再看近几年中国影片所斩获的国际大奖,我们不难发现,中国电影已经迎来了一个崭新的时代。

一、初期的戏剧电影时期

当人们还一如既往地去茶园看戏时,电影犹如一道绮丽的彩虹,蓦然闯进人们的视野。从此,在声光电之中观看他人的悲欢离合和爱恨情仇逐渐成为中国人日常生活的重要组成部分。当电影打开了人们生活的另一扇窗户时,仅仅看外国人拍摄的电影已不能满足中国观众的需求。1905年,北京丰泰照相馆的任庆泰出资拍摄了《定军山》,由谭鑫培主演的戏剧录制而成。这是电影和中国戏曲的第一次亲密接触,是中国电影史上第一部默片,开始了中国电影的第一个时期——戏剧电影时期。

北京丰泰照相馆把著名京剧演员谭鑫培表演的武打、舞蹈段落拍成只有三本的短片《定军山》。这部以三国演义中老将黄忠为主角的电影,奠定了中国电影的民族风格,它选择以中国京剧为题材。徐葆耕将影片的经典地位界定为,它"预示了中国的电影将同自己的几千年的传统结合"。张英进在《影像中国》一书中将《定军山》放在现代文化框架下进行"中国特色"民族性建构的立场上确定其意义。同样的,我们可以将中国最早自资经营的制片机构——1920年在上海正式成立的商务印书馆活动影片部,视为民族资本投资民族电影事业的标志性事件。

以郑正秋、张石川为代表的第一代导演群体显示了早期电影人士对于电影艺术的探索。尽管当时拍摄条件极为简陋,但是中国早期电影工作者依然不懈地追求中国式的电影制作。他们以舞

《定军山》剧照

台戏剧作为电影叙事框架,为后来的电影导演积累了创作经验。早期中国电影剧本大多来自民间故事或小说,比较关注生活在所谓"三权"压制下的中国妇女的生活,同时也借鉴了传统小说叙事模式,有着强烈的戏剧冲突,遵循了传统道德价值观念,满足了观众对真善美与正义的追求。

1913年,由郑正秋、张石川导演的中国第一部故事短片《难夫难妻》表现了中国式的婚姻。乾、坤两家欲结秦晋之好,双方家长完全不顾及子女的意愿,在媒人的挑唆之下,一对素不相识的青年就在繁文缛节中被逼结成夫妻。这部电影开启中国家庭伦理剧之先河。完成

于1923年的《孤儿救祖记》则是早期电影中大受观众赞扬的伦理片,这部影片全面体现了中国传统文化价值观念,张扬了传统道德规范与伦常秩序。这部激发了中国观众电影兴趣的影片也让早期的电影人士感受到电影的产业价值。1924年至1927年,仅明星影片公司一家,便相继推出了《苦儿弱女》《好哥哥》《最后之良心》等20多部伦理片,内容涉及"野蛮婚姻""妇女沉沦""都市罪恶""纳妾遗毒"等各式各样的社会问题,并提出了具有人道主义倾向的解决方案。早期伦理片贴近生活,强调传统人伦秩序,具有强烈煽情性的故事起到了社会教化作用。

20世纪20年代,中国电影开始逐步摆脱摄影技术条件的制约和舞台剧的表现形式,摄影机获得了更大的自由度,移动摄影技术使得镜头和画面成为电影最重要、最基本的语言。这个时期出现的一些经典作品,在发挥造型元素作用和画面镜头的艺术韵味的创造方面开始显露出其民族艺术精神的自觉追求。从我国现存较早的一些电影如《掷果缘》《火烧红莲寺》等作品中,可以看到早期电影努力将西方电影技术和中国文化风格特色结合的倾向。另外,早期中国电影也受到"五四"思想的影响,表现了反封建等民主思想,并且借鉴了外国电影的叙事风格,特别是美国通俗情节剧,从而出现了一些经典之作,赢得了不少的观众。

二、20世纪30年代类型电影发展时期

20世纪20年代末,人们的双眼渐渐疲惫和迷茫,需要一些与众不同的电影来吸引。各大电影公司的财务危机使他们不得不重视受众的需求,"只要拍片就能赚钱"的运作模式已不复存在,导演们也把利润和票房放在首位,不再过多地追求影片的艺术价值。于是,中国电影的第二个阶段——类型电影发展时期开启了。对于中国电影史而言,这一时期无疑是中国电影形式上摆脱戏剧模式的重要时期。影片"脱掉"了舞台的外衣,换上了属于电影的独特表现形式,充分展现电影的特长,题材上也不单纯地局限于一类或两类,不再强调影片的教化作用,而是主动寻找符合观众口味的影片类型。但其叙事模式还停留在戏剧模式上,有强烈的戏剧冲突、跌宕起伏的情节等。

这一时期的电影市场充斥着各种家庭伦理片、古装片、武侠片、神怪片、侦探片、爱情片、喜剧片。一旦某一类型片受到欢迎,这一类型片的数量必定在短时间内暴涨。例如,郑正秋拍摄的《火烧红莲寺》第一集大受欢迎后,明星公司接连拍摄到18集,紧接着便出现了其他公司的《火烧平阳城》《火烧七星楼》《火烧青龙寺》等。在电影市场热闹的背后,类型电影也出现了危机,各种"跟风"现象造成了模仿大于创新的局面,获利之心使得许多电影粗制滥造。此时,盛极一时的商业类型电影逐渐开始丧失其原有的吸引力,在慢慢衰退的过程中,第一代导演们也在反思今后电影的方向。他们逐渐探寻出一条适合中国的电影之路。以蔡楚生、费穆等为代表的第二代导演从前辈身上看到了经验和教训,在他们开拓的电影之路上,寻求一种变革。

20世纪30年代,左翼电影运动蓬勃发展。在电影手段不断丰富的情况下,围绕爱国主义和人道主义核心理念,左翼经典电影类型及其鲜明的艺术特质逐步明晰。从世界电影史的视野来看,左翼电影中的很多作品可以和50年代意大利新现实主义运动中的作品相媲美。左翼电影的产生有其特定时代背景,它因民族救亡运动把全民族团结起来,在此背景下诞生了《大路》《风云女儿》等具有醒目的民族特色的电影。

1937年，明星公司出品的《马路天使》是那个时代的通俗化典范。无论是叙事内容还是思想内涵，由袁牧之导演，周旋、赵丹主演的这部影片堪称完美，它是中国民族电影时期都市电影的杰作。影片对上海下层市民生活的极为独到的展示，反映了左翼电影运动关注底层社会边缘人的艺术倾向，同时它也将都市电影中丰富的文化元素成功地综合起来，惟妙惟肖地描绘了一幅都市生活的众生相。影片将严肃的社会主题和鲜明的喜剧手法成功融为一体，尤其值得一提的是电影女主角周旋的歌声拥有极为丰富的韵味，《四季歌》和《天涯歌女》等曲目至今仍让人难以抗拒其令人心醉的魅力。

三、20世纪40年代的现实主义电影时期

左翼电影不仅反映了时代精神、社会潮流，还从批判的角度，进行社会阶级意识的强力宣传、对民众的精神启蒙和思想动员，有着极为强烈的现实功能和可操作性。在对旧的"影戏"观念突破和左翼影评的导向下，电影表现出关注人生的现实主义精神，其现实主义手法的初步探索及成功实践，开创了中国电影的第三个时期——现实主义电影时期。

艰苦的抗日战争胜利后，全国人民欢欣鼓舞，迎来的却不是众人期盼已久的和平安定。外患是解决了，内忧日益严重，人民还是没有从水深火热中走出来。在这样一个时代，一些进步的电影人将镜头对准了苦难中的人民、动荡的政局、腐败的国民党政府等，用镜头记录着这个时代的浮沉。现实主义电影就这样诞生了。

第二代导演经历了之前的浮华后，被这个特殊的时期激发了创作热情。《八千里路云和月》《一江春水向东流》《万家灯火》等，都在中国电影史上留下了浓重的一笔，使这一时期成为中国电影的一个高峰。这些史诗性作品把中国人的求生存主题和民族大义，分别从家庭苦难的角度进行了民族记忆的细致刻画，从而丰富了电影艺术对于时代问题的深刻表现。

第二代导演在历史舞台上崭露头角，创作理念在抗日战争后发生了转变，镜头运用、情节设置、拍摄手法等方面较之以前都有了不小的进步。以蔡楚生为代表的一大批电影家，奠定了中国现实主义电影的坚实基础。在题材和内容上反映普通人的生活和期望，注重表现他们真实的生活。中国抗战后的现实主义电影遵循在传统艺术基础上建立起来的"影视美学"观念，运用蒙太奇理论，对现实生活进行艺术的概括和架构，从而表达出现实生活的意义和本质。它是用艺术的手法表现真实与典型，带有强烈的假定性和戏剧化色彩，在情节架构上也采用了比较复杂的方法，不是单纯地还原事件发生的场景，而以情节为中心展开叙述，有因有果，有完整的故事情节。这种表述方式来自中国传统文学的影响，导致中国电影无法割舍"故事"情结。中国战后的现实主义电影关注更多的是其中的文化价值，其风格影响了中国之后的电影创作。

《八千里路云和月》海报

比如史东山执导的《八千里路云和月》中，虽然用了纪实性手法记录一支演剧队的聚散过程，但影片不仅仅运用记录，还融入了艺术的手法，进行了某些假定，使故事情节和人物更为饱满，将人民战后的悲苦生活表现得淋漓尽致。在蔡楚生和郑君里执导的《一江春水向东流》中，五条动作线并行发展，以一家人的生活变迁，表现十年的

社会图景,事件纷繁、人物众多、关系复杂,生动刻画了不同的人物形象,用交叉和对比使故事情节层层展开,而又环环相扣。

四、新中国电影

第三代导演继承了第二代导演的现实主义风格,反映真实的生活,但是接二连三的政治运动,使第三代导演在艺术与政治之间徘徊。1949年到1976年,是中国电影曲折发展的时期。当时,新中国刚成立,政权的稳固是当务之急,这必然要大范围地对人们的意识进行熏陶,电影不可避免地承担了沉重的义务与责任。第三代导演对电影艺术的追求,犹如刀刃上的舞蹈,华美得惊心动魄。即使如此,第三代导演依旧创作出了一些优秀作品,比如《李双双》《农奴》《南征北战》等,至今还被人称颂。这个时期,可以分为以下两个阶段。

(一)"十七年"电影(1949年~1966年)

"十七年"是第三代导演在新中国电影中最活跃的时期。他们想要开创一种不同于前人的电影新局面,把自己最大的激情投入创作当中,在强烈的政治化导向、独特的审美意识、通俗的叙事技巧作用下,形成了蓬勃宏大的美学风格、昂扬乐观的精神气质和具有民族气魄的艺术特色。早期的工农兵电影以朴素的手法拍摄,不过多追求艺术技巧,注重影片的政治意义。1949年,新中国第一部故事片《桥》拉开了工农兵电影的序幕。刚刚成为国家主人的工农大众看到银幕上的"自我",立刻形成共鸣。

在大写新的历史主体工、农、兵的艺术创作推动下,《南征北战》《三毛流浪记》《智取华山》《我这一辈子》等一系列电影陆续诞生。不管是什么题材的影片,导演们自始至终都围绕着大的主题不变。1950年拍摄完成的《武训传》一经上映,便获得好评,这样一部经典之作,却由于创作倾向与当时主流思想不符合,在政治化的解读下就有了另一番意味,从而引发了全国性的批判运动。《关连长》《荣誉属于谁》《人民的战士》《内蒙春光》等影片相继遭到批判。

过于激烈的政治批判让电影导演无所适从,一时热闹的电影市场,暂时冷落下来。导演们不得不在选材编剧上小心翼翼,认真思考,新中国初期的电影一时间陷入了停滞状态。1956年5月2日,在最高国务会议第七次会议上,毛泽东同志正式提出在文艺界、科教界实行双百方针,即"百花齐放,百家争鸣"。第三代导演们备受鼓舞,在既定的政治大背景下,不断寻找适合新时代的艺术法则,创作出了一些质量较高的影片。

革命战争题材依旧占据了很大的比例,如《渡江侦察记》《董存瑞》《上甘岭》等。喜剧题材第一次登上新中国的电影舞台,这一时期主要以讽刺喜剧为主,如《新局长到来之前》《未完成的喜剧》等。《鸡毛信》是我国第一部儿童影片,虽然还是革命战争题材,但影片中充满了童真童趣,之后还有反映新中国儿童生活的影片《祖国的花朵》。此时期还出现了戏曲片,如《梁山伯与祝英台》《天仙配》等。好景不长,1957年7月,开始了反右斗争,钟惦棐的一篇短评《电影的锣鼓》成为重点批判对象。随着反右斗争的扩大化,一批导演也遭到批判,其电影也被禁演。新中国电影迅速发展的第一时期结束了。

1959年,为了迎接新中国成立10周年,中共中央提出了"向国庆献礼"的口号。5月,周恩来总理的《关于文化艺术工作两条腿走路的问题》讲话,给迷茫、彷徨的电影人指明了方向。于是,一大批政治与艺术并重的献礼片接踵而至,创造了"十七年"期间的电影艺术生产的高潮。在这个高潮中,导演们经历了政治的几次强势干预后,逐渐成熟起来,寻得了政治与艺术的平衡点。本是从西方传过来的电影,在民族化的道路上跨进了一大步,电影呈现的不仅仅是人物和事件,而且侧重于意境的创造,通过意境表现人物情感,并将中国的古典文化、现实主义传统结合在一起,形成了中国的民族电影,如《林家铺子》《林则徐》《红旗谱》。

民族电影出现高潮之后,反右斗争重新开始,再加上三年自然灾害,电影界遭到了重创。面对这一情况,1961年,中宣部在总结反思中,对文化领导工作做了一些调整,第三代导演们的沉重心理得到缓解。1962年5月开始举办的"百花奖",促进了电影的繁荣,出现了一批具有民族特点的优秀影片,如《暴风骤雨》《红色娘子军》《农奴》《舞台姐妹》等。工农兵电影也逐渐成熟起来,《五朵金花》《冰山上的来客》等影片已从最初的"古玉"蜕变为精致的水晶,闪耀着独特的光芒。

在这一波三折中,第三代导演以他们对电影艺术执著的追求,坚持不懈地探寻着符合时代背景的电影模式。在"十七年"时期,他们如履薄冰、战战兢兢,今天被称赞,明天可能就会被批斗,在被批判被打压被误解的情况下,沉默前行。他们不愿意停留在前辈所打造的光与影中,新的时代需要新的方式,他们追寻着艺术的脚步,将政治、艺术、民族融合起来,使电影民族化、艺术化。

(二)"文革"电影(1966年～1976年)

1966年～1976年,文艺界受到了重创。如果说第三代导演在"十七年"时期是刀刃上的舞蹈,那么在"文革"中便是刀刃上的负重前行,每一步都走得那么沉重与疼痛,一不小心就会跌落。

"三突出"原则是直接束缚导演们的枷锁,在这个原则下,中国的电影丧失其原有的艺术特色。从1967年到1973年,"样板戏电影"占据了人们的生活,故事片创作一片空白。"样板戏电影"是多种文本的融合,具有多样的文化来源,《京剧革命十年》中写道:"京剧革命中占领与反占领的斗争,从一开始就是围绕着革命样板戏而进行的……每一个革命样板戏的诞生过程,都有一部惊心动魄的斗争史"。[①]今天,我们再看样板戏电影,不能单纯地否定它。它的存在有其历史背景与政治前提,在当时一定程度上影响着人们的意识形态。

从1973年到1976年,故事片的创作得到了恢复,但依旧困难重重。谢铁骊拍摄的《海霞》,拍时历经波折,审片时也几度遇阻,最后主创人员还遭到迫害。故事片的创作便在一片荆棘中,艰难前行。

五、新时期电影

粉碎"四人帮",如一把钥匙打开了电影的枷锁,电影从此奔向新天地。之后的改革开放如一道春风,吹醒了电影人心中那份沉睡的渴望,吹来了新的观念。国内拨乱反正,开始恢复正常秩序;国外重建联系,努力向世界看齐。数百部被禁的电影一一解禁,被错判的冤案一一改正,创作的自由空间不断拓展,电影的新时代即将到来。在这样的一个时期,谁不为之心动?谁的热血不为之燃烧?每个电影人心中都有自己的个性化世界,在经历了电影的曲折发展后,他们的理想不但没有磨灭,反而越发坚定与清晰。

---

① 福建师范大学中文系现代文学文艺理论组:《京剧革命十年》,天津:天津人民出版社,1974年,11月。

第二代导演从20世纪30年代开始,不断关注中国电影的成长,他们在第一代拓荒人的基础上,继续探索中国电影之路,并取得了辉煌的成就。一些在"十七年"和"文革"中受到不同程度批判的导演在新时期也跃跃欲试。虽然岁月无情地夺走了他们的青春,但他们根据自身情况继续从事电影事业,接拍电影或做顾问等,为中国的电影事业发挥着自己的余热。比如吴永刚,30年代拍了《神女》,80年代担任《巴山夜雨》的总导演。汤晓丹,活跃在20世纪三四十年代,从1931年的粤语片《白金龙》到"十七年"间的《南征北战》《红日》等,到了20世纪80年代,再次导演了《南昌起义》《廖仲恺》。

第三代导演用镜头记录着新中国的诞生与成长,历经曲折,终于看到了电影的未来。他们迫不及待地想要表达被压抑许久的情感,但又心有余悸,思想一时间还无法完全挣脱束缚,他们对自己的创作进行重新定位,在文学作品改编中寻找电影的艺术性。《边城》《伤逝》《芙蓉镇》等都是具有代表性的影片。

以谢飞、郑洞天、张暖忻、吴贻弓为代表的第四代导演,是被耽误创作青春的尴尬一代。他们面对被"文革"摧残的电影事业,心怀哀痛。作为知识分子,他们拥有强烈的使命感和责任感。在苏联解冻文艺思潮和巴赞纪实美学的影响下,他们关注人的觉醒,思考人的历史和命运,影片中蕴涵了对人的个性尊严、价值的探索,追求纪实美学风格。但他们对巴赞的纪实美学进行了一次误读,强烈的主体化意识和鲜明的个人风格,特别是擅用画外音表达出处的叙述者视角,其实是对巴赞纪实美学的背离。在叙事模式上,《小花》《城南旧事》《邻居》《逆光》《乡音》等影片打破了中国电影传统单一的起、承、转、合的叙事模式,彻底抛弃戏剧的拐杖,使中国银幕开始出现非政治化的情感影像。

当第四代导演还沉浸在他们的电影创作中时,一批更年轻的导演携带着他们的影片,横空出世,给中国影坛带来了强烈的冲击。张军钊的《一个和八个》、陈凯歌的《黄土地》《大阅兵》《孩子王》、田壮壮的《盗马贼》、黄建新的《黑炮事件》、张艺谋的《红高粱》,使第五代导演旋风般地完成了自己的命名式。

他们以一个群体出现在众人视野:都是1982年前后从北京电影学院毕业,接受过专业训练,吸收了欧美现代电影的观念,努力建构具有民族特色的影像语言。第五代导演终止了对巴赞纪实美学的学习,他们将眼光投向了影像语言革新,用写意的镜头表达内心的情感。他们的电影也是反思性艺术,扎根于中华民族的文化土壤中,却又以批判的眼光看待这个民族,他们的身上集聚了传统文化和现代意识,他们在探索一条将东方影像现代化、世界化的道路。一部部影片走向国外市场,获得了殊荣。

当第五代导演的事业正如日中天时,一群迷失身份的年轻人通过镜头向我们讲述一个个生活在社会边缘的人物,从他们的影片中我们可以看到一些熟悉又陌生的影子。他们坚持着"我的摄像机不撒谎"的信念,忠实记录着底层小人物的心酸与苦难,这就是第六代导演。他们手提摄影机的摇晃镜头、碎片化的叙述方式、跳跃性的画面风格、冷静客观的镜像语言,颠覆了老一代的电影规律。如张元《北京杂种》、贾樟柯《小武》、张扬《昨天》、娄烨《苏州河》等。如今,国际观众已经把欣赏第六代导演的电影作品当作了解中国新文化、新面貌的窗口。在第六代导演身上,我们可以看到意大利新现实主义电影的对底层人物的人文关怀,也能够看到伊朗电影的纪实叙事风格,他们以小人物书写者的艺术形象与第五代导演那种致力于民族史诗书写相区别。

1997年,《小武》诞生,人们发现了一位叫贾樟柯的电影作者。当年法国《电影手册》评价他的首部长片《小武》摆脱了中国电影的常规,认为《小武》是标志着中国电影复兴与活力的影片。德国电影史学家格雷格尔看过《小武》后则认为:"法国电影中失落的精神在中国电影里得以重拾,他是亚洲电影闪电般耀眼的希望之光。"

导演代际已不能概括新时期电影的特点,它犹如一幅五彩斑斓的水彩画,任由导演们肆意泼墨,畅快淋漓地表达内心的真实想法,体现着它的热闹与喧哗。中国电影不仅要面向中国观众,更要走向世界,这就需要导演们不懈地努力,打造出具有民族特点的光影世界。

第四节　中国经典电影鉴赏

中国的"乱世佳人"
—— 解读《一江春水向东流》

电影名:《一江春水向东流》
年份:1947年
制作:中国昆仑影业公司
导演:蔡楚生、郑君里
编剧:蔡楚生、郑君里
主演:白杨、陶金、上官云珠、舒绣文

8年的抗日战争给中华民族带来巨大的影响,蔡楚生与郑君里导演的电影《一江春水向东流》讲述了日本入侵时一个普通中国家庭的离散,故事情节曲折动人,女主人公充满悲情的命运更是获得了无数观众的热泪,这是中国民族电影时期票房最高的电影。

故事以1931年"九一八"事变后的上海作为开端,进步青年纷纷表达对日本侵略行为的愤怒,开展如火如荼的抗日宣传活动,在爱国运动中,夜校老师张忠良爱上了纺织女工素芬,两人相爱并结婚。他们短暂甜蜜的婚姻生活很快就被全面扩大的日本侵略战争所打断,张忠良加入抗日队伍,留下素芬照顾其年迈的母亲与幼小的孩子。

在战乱中,张忠良一度成为战俘,后来终于逃脱出来,辗转逃到了重庆。在重庆,张忠良借助交际花王丽珍的关系,开始跻身上层社会,看着上流社会浮华的生活,张忠良也开始了堕落的生活,完全忘记了还在上海的母亲、妻子与孩子。在上海苦苦挣扎的素芬满心期待丈夫的归来,她不远千里来到重庆寻找丈夫。

因生活困难,素芬不得不去做佣人。不料,那家正是和忠良有染的王丽珍的表姐何文艳家。一次舞会,素芬见到了忠良,阔别十余载,再见面,自己的丈夫却成了他人的老公。当素芬说出实情后,忠良不敢承认,甚至忠良的母亲前去质问,忠良也不悔改。面对陌生冷酷的丈夫,一直支撑素芬的信念坍塌了,不堪打击的她最终跳入了长江。滚滚长江东逝水,素芬纵身跃入了这淘尽英雄的江,心中的苦涩与悲伤,如同这江水般,淹没了她的生命。

十年,国家发生了一系列的巨变。抗战胜利了,人民终于可以不再受战争之苦了,大家渴盼已久的好日子就要到了。可是,为什么仍有那么多的人在困境中求生?为什么有那么多的悲剧接连发生?为什么本该站起来的大众继续被欺侮?为什么时代依旧动荡不安?当蔡楚生和郑君里用现实主义的手法,将故事展现在我们的面前时,我们仿佛听到了那个时代人民的呼喊,就像是一种无可逃避的宿命,带着强烈的历史反思和现实批判的色彩,席卷了我们的世界。一个家庭的变迁，让我们看到抗战前后"两个世界，两种生活"的不公平状况，让我们看到战后人民的苦难与不幸，让我们看到社会现实的黑暗与无奈，让我们看到整个时代的浮浮沉沉。

影片是按照时间顺序发展的。在宏大的时空背景下，演绎着一个普通中国家庭的生离死别、十年变迁。在起承转合中，仿佛锁链般环环相扣的情节，紧紧牵动我们的心。虽是讲述一个家庭，却令人感觉到厚重，那是历史的重量。透过人物的命运，我们握住了时代的脉搏，在史诗般的氛围中，窥探曾经的社会。影片中较多地使用层层渲染、铺排、对比、呼应等手法，有头有尾、脉络清晰地展开错综复杂的尖锐冲突，巧妙地运用戏剧性因素，为我们打开了一扇极具煽情效果的电影之窗。这样的创作，让中国观众有种天然的亲近感，在当时大受欢迎。

颇富影像张力的镜头，也给影片增色不少。比如大量运用的平行镜头，强化剧情对比效果。片尾高潮戏里，素芬端着盘子走进舞厅并与张忠良相认的戏，运用了比较完整的全景画面的镜头，增强了对比与层次感，从而推动剧情达到高潮。奔腾的江水无法记录历史，它一刻也不愿停留。十年，或许对它来讲不过沧海一粟，对人来讲却已经物是人非、沧海桑田了。于今看来，《一江春水向东流》的价值不仅在于简陋的条件下拍出了优秀作品，更在于它真实地记录了历史。

这部拍摄于 1947 年的力作，确实算得上中国第一部史诗电影。电影将普通人的生活变迁和历史的云诡波谲关联起来，展示出当时整个时代的大悲剧画面。在叙事上它采用了典型的戏剧结构，将故事的动机演变为时代的大戏。另外，这部影片充分实现了对商业和艺术、理性与情感两者的卓有创意的结合，两者之间的有机交融，使得其结构形式虽然庞大，但脉络清晰。评论家将这部电影的人民性、民族性视为其核心价值。《一江春水向东流》上映后创造了票房奇迹，连映三月，观众达到了 80 万人次。

第六章　电视剧艺术观念与作品鉴赏

中国道教有两位地位卑微、知名度却极高的小神仙：千里眼与顺风耳，一位举目千里，一位耳听八方。两个神话形象表达了古人朴素却远大的传媒理想——"秀才不出门，便知天下事"。然而，直到19世纪末期，电子传播技术的发展才让中国古人的愿望变为现实；因为广播电视，世界成为一个紧密相连的"地球村"，全球数十亿观众以自己的观看行为，在同一时刻、不同空间参与同一件事，或许还幻想着同一个白日梦；因为电视，社会成为一个密切相连的"公共社区"，不计其数的人们借助电子媒介，共同关注或讨论着同样的议题；因为电视，家庭成为一个足不出户的"娱乐场"，家庭成员聚精会神地围坐电视机前，小荧幕有大魔力！

电视技术从发明到推广，凝聚了诸多科技专家的才思智慧与反复试验：

理论基础——1842年，英国科学家佩思研究出了将图像转换成电信号的传真技术。1877年，法国人萨雷克受其启发，提出利用该技术可进行电视广播的设想。

技术雏形——1884年，德国工程师保罗·尼普科发明了一种机械式光电扫描圆盘，运用一个布满螺旋状系列小洞的圆盘，实现了活动图像向电流的转换，尼普科转盘后来被用于机械电视。

发明标志——英国科学家约翰·洛吉·贝尔德是电视技术史上的关键人物，被称为"电视之父"。1925年10月，他采用尼普科的机械式光电扫描圆盘，成功完成播送与接收电视画面的实验，第一次在电视上清晰显示了一个人的头像，制作出了第一台真正可用的电视传播和接收设备，这就是真正的电视。从20世纪30年代起，电视传播技术日臻成熟，电视也逐渐进入人们的日常生活。

发展历程——1929年，英国正式开办实验性的电视广播；1935年，英国广播公司创建了世界上第一家电视服务社；1936年11月2日，英国广播公司在伦敦建立了世界上第一座公共电视台（简称BBC），正式向公众播出黑白电视节目。这一天宣告了"电视时代"的到来，被认为是世界电视事业的诞生日；1954年，美国正式播出彩色电视节目，美国全国广播公司（简称NBC）首次正式播出彩色电视节目，美国也因此成为世界上第一个开办彩色电视的国家；1964年后，全美开始普及彩色电视。1975年同步卫星"通讯卫星1号"的发射，拉开了有线电视行业现代化的帷幕。

而在中国，1958年5月1日晚5时，北京电视台（中央电视台前身）首次进行试验播出，标志着中国电视事业的开端；1958年9月2日，北京电视台开始正式播出节目，同年10月1日，上海电视台开播，12月20日，哈尔滨电视台问世——这便是中国最早的一批电视台，它们见证了中国电视事业的诞生。

短短的70多年里，电视的发展与革新经历了一次又一次的历史性飞跃——从黑白到彩色、从地面传输到卫星传播、从有线电视到卫星直播电视、从传统的单向模拟传输到互联网多媒体的互动传播……电视已成为一种无处不在的传播媒介，渗透于社会生活的方方面面。

在电视传媒的冲击下,传统艺术也发生了裂变,产生了电子传媒时代新型的艺术形态:电视艺术。这是一种新兴的表达与传播方式的艺术形态,它不仅绽放了人类的技术智慧之光,也反映出人类艺术表达已经获得了空前的自由。

第一节　欧美电视剧艺术观念

一、西方电视艺术观念

1900年,在巴黎举行的一次国际电子会议上,法国人波斯基在一篇关于"硒的磁性"的论文中,首次使用"television"(电视)一词。该词源于"tele"(远方)与"vision"(景象)的结合,从本义上讲,是指实现"从远处看"的技术系统。作为20世纪影响日常生活最大的发明之一,从机械电视到电子电视,从黑白电视到彩色电视,从无线电视到有线电视,从标清电视到高清电视,电视技术的每一次变革,都极大地影响着电视艺术与产业的发展。

西方早期的电视节目相对简单,主要是一些文体娱乐节目,比如,美国电视节目基本以电影、百老汇歌舞剧与体育比赛为主。随着电视技术的完善和受众需求的变化,电视荧屏逐渐开始出现丰富多彩的节目形式。英文的"节目"(Program)一词,兼有"程序"和"安排"的含义。《中外广播电视百科全书》把"电视节目"定义为:"电视节目是电视台各种播出内容的最终组织形式和播出形式。也即电视台和其他电视机构制作的供播出和交流的、具有完整内容的电视作品。"世界上没有绝对统一的电视节目分类标准,一些约定俗成的类别包括电视新闻、电视剧、电视综艺、电视纪录片等等。

作为商业电视高度发达的国家,美国电视业在西方乃至全世界都堪称典范。在巨大商业利益的推动下,其电视业投资巨大、技术成熟、人员众多,在长期实践中形成了一套市场化程度较高的电视产业运作模式。大量的节目输出使得美国的电视文化在世界上具有相当广泛的影响,许多目前世界流行的电视节目样式,如肥皂剧、情景喜剧、谈话节目等,都诞生在美国。

作为电视事业发展最早的国家之一,美国早在20世纪20年代就已经开始了实验性的无线电视播出,在资本主义经济发达的美国,电视行业已成为继电影之后又一重要的文化产业。20世纪60年代以前,英国和欧洲大陆的国家处于公共电视与商业电视共舞的状态,在商业化浪潮的冲击下,欧洲的公共电视体系逐渐解体,商业电视体系一家独大。今天,以美国为代表的商业电视体系也面临着各种危机,尤其是商业资本对电视行业的全面侵袭的背景下,作为公共事业的电视传媒正在经历公共性的缺失,从而导致社会问题频发。

在节目样式上,从20世纪40年代末到20世纪50年代前期,美国电视行业是杂耍综艺节目的天下。50年代后期,以巨额奖金为诱惑力的智力竞赛节目,成为电视行业的大宗产品。60年代是美国最为艰难的时期,海外的越南战争、国内的种族冲突、政治上的麦卡锡主义等一系列政治与社会的矛盾层出不穷,对于置身其中的美国观众来说,热闹的杂耍节目开始显得过于单薄,丑闻频出的知识竞赛节目也逐渐被观众所遗弃。80年代,电视谈话节目开始兴起与高涨,奥普拉·温弗丽便是日间谈话节目的代表,她雄踞美国电视荧屏30多年,是美国电视史上的一个奇迹,也称为美国大众文化的代表符号,被称为"美国人的心灵女王"。在节目中,奥普拉与寻常百姓共享生活的苦乐,节目的参与者与收视者分享私人秘密,使她的节目成为观众一种集体的情绪发泄。与此同时,有着更长历史的夜间谈话也开始转变风格,由原来主要集中于娱乐界新闻和生活琐事,逐渐转变为将各种时政新闻、重大社会现象及时融入节目,倾吐最贴近现实的联系和嘲讽性、挖苦性的评论。新世纪前后兴起的真人秀节目,再次点燃了美国观众对电视综艺节目的兴趣,当红综艺节目《美国偶像》《全美超模大赛》《舞林争霸》《幸存者》等,也成为各国电视效仿的对象。

二、美国电视剧的事业概况

自1928年纽约WGY广播电视台制作与播放了第一部电视剧《女王的信使》起,美国电视剧已历经了八十多年的探索与发展,在激烈的市场竞争中逐渐成熟,建构起独树一帜的商业运作模式,成为全球最大的电视剧输出国,同时也是美国文化价值重要的输出平台。美国电视剧奉行"最低公分母"的原则,要求每个节目都能得到尽可能多的观众的喜爱和尽可能少的观众的反感。在这一原则的主导下,美国电视剧以扣人心弦的故事、深入浅出的剧情、跌宕起伏的情感、雅俗共赏的文化内蕴,吸引着一批又一批观众,引发人们的普遍关注与广泛讨论。

1928年9月11日凌晨4时,纽约州辛尼塔迪WGY广播电视台的一间制作室里充斥着一派繁忙的景象,独幕剧《女王的信使》在此悄然诞生。这部剧改编自英国剧作家曼纳斯的同名剧本,导演为电台的制作人莫蒂默·斯泰瓦,全剧时长四十分钟,共有两个角色,男女主角分别是WGY的本台演员茂里斯·兰达尔和已隐退舞台的女演员伊泽塔·杰维尔。对于职业人员而言,该片剧情相对简单、场景相对单一,操作起来并不困难,导演还是预留十个小时的准备时间——解决环境的转换、场景的布置、灯光的效果、摄像机的切换、监视器的控制、特技的运用、伴声系统的同步、演员的表现等等问题。

下午1点30分,《女王的信使》准时开播,当天晚间11时又进行了重播,这是世界第一部直播电视剧。受制于当时的技术水平,该剧的音像效果极其有限。此外,笨重的摄像机既不能移动也无法变焦,为了让画面更显清晰,摄影师不得不将镜头紧贴演员的脸,同时加上强光照明作为辅助,挥汗如雨的演员们在特写镜头中显得十分夸张。由于特写机位是完全固定的,镜头中无背景、无运动、无人物变换,因此只能通过人为的办法来活跃视觉效果,导演只得将镜头分为正面特写与侧面特写,还有一部摄像机专门拍摄演员的手部特写。

在这一时代,美国的电视接收技术尚处于实验阶段,例如,附属于WGY广播电台的W2XAD电视台,就是美国最早的实验电视台之一。1928年5月11日,W2XAD创办了一套供无线电爱好者享用的实验性常规节目,通过机械电视系统进行远距离传输。由于技术的限制,接收器只有3英寸大小,41行扫描,焦点不清,图像不稳,伴音系统还需借助广播发射机和收音机另行传送。但这些探索还是为大批试验者和接受者带来了无限的乐趣与动力。《女王的信使》播出后,远在西海岸的无线电爱好者兴奋地说,他们通过短波也接收到了声音信号,并且很幸运地看到了超过3秒的图像。[①]

20世纪30年代起,随着技术的开发,CBS和NBC两大商业广播公司也开始着手建立

---

① 苗棣、赵长军:《论通俗文化——美国电视剧类型分析》,北京:北京广播学院出版社,2004年,第15页。

实验性电视台,并对电视剧的发展倾注了极大热情。尽管设备、环境、空间、技法等主客观条件均十分有限,早期的电视工作者还是进行了大量实验性的戏剧拍摄与播出,剧本大多改编自经典戏剧,总体特点是场景少、景色少、动作少、时间少。直到30年代末期,成熟的电子电视系统基本确立,CBS和NBC也相继建立起自己的电视台,为电视剧的跨越式发展奠定了坚实基础。

二战的爆发使刚刚起步的电视事业陷入停滞,战争结束后,美国的电视业才开始了真正的发展。战后产生的直播电视剧,在抚慰美国人民的战争创伤方面起到了非常好的作用。直播电视剧,即在演播室里直播的栏目化戏剧集。1947年5月7日,NBC一马当先,开办了直播电视栏目"克拉夫特电视剧场",首次播出了由同名话剧与电影改编的剧集《双门》。1953年,该栏目的观众人数,已经由最初纽约地区的3万多上升为遍布全美46个城市的2200多万人,收视率一路攀升。此后,该栏目还从NBC扩展到了ABC,一年播出的剧目多达104部。从1947年开办至1958年停播,"克拉夫特电视剧场"共制作与播出了650部直播电视剧,其中原创剧40部,其余均来源于百老汇戏剧、古典戏剧、舞台剧等的改编。在这档栏目如火如荼地进行之时,其他电视网也纷纷推出了诸如"第一演播室""90分钟剧场""美国钢铁时间"等直播电视栏目。这些著名的直播电视剧戏剧集栏目,大胆开创了美国电视剧的先河。将直播剧的"90分钟"格式引入电视的,是CBS的雇员沃星顿·C.纳迈赫哈勃·罗宾逊,他创作的《剧场90分钟》十分有助于确立电视剧题材的栏目,被认为是"令人欣喜的、新的电视形式"。[①]

总体来看,当时的直播电视剧更像是分幕舞台剧,演员们在演播室内的有限场景中,根据剧本内容依次进行表演,拍摄人员通过中央播控室把信号直接传送给观众,替换场景的时间正好用于插播广告。这样的方式,考验着演员的表演、应变、协作能力,以及现场的表演激情。与舞台剧相比,直播剧更加灵活,利用镜头取景更显自由,场景转换也相对多样。一些导演还大胆创新,在剧集中插入部分外景镜头或空镜头等。

当然,直播也有其缺陷。其中最容易闹的笑话便是穿帮,尤其是在导演想要标新立异的时候,一些意想不到的情况容易发生。此外,现场组织与调度并非易事,这需要演职人员具备极高的能力与技巧,因此人力成本也会相应增加;现场有限的条件,有时也会限制演员的发挥与剧情的推进;对远方加盟台而言,他们只能用16毫米胶片对着电视屏幕拍摄"屏幕纪录片",即无法做到同步收看,节目质量大打折扣。最重要的是,由于直播节目只能播出一次,所以如果想要重播,原班人马就必须重新演绎一次,节目的价值与传播也因此受到影响。

尽管如此,直播电视剧在20世纪50年代还是受到了大批剧作家、导演、制作人、演员以及观众的青睐,饱含人情味的表演、富有挑战性的创造、充满趣味性和新鲜性的播放形式等等,都使直播剧在当时颇受欢迎。

在内容上,美国电视剧的题材十分广泛,几乎涵盖了美国社会的方方面面,包括政治剧、历史剧、爱情剧、医疗剧、警匪剧、家庭伦理剧、战争剧、科幻剧等等。其中,反映现实生活的剧情最受欢迎,它们向观众展示着不同阶级、地域、背景、种族下形形色色的人物,演绎着主角们或幽默、或严肃、或荒唐、或平淡、或富贵、或平凡的生活百态,极易引发受众的共鸣、好奇和关注。同时,美剧更多地偏爱两种风格迥异的表现策略,即反映日常生活中的小人物与

[①] 郭艳民:《当代中美主流电视剧比较》,北京:中国广播电视出版社,2010年,第73页。

非常环境中的大英雄。而另一种远离现实生活的剧情,则为观众提供了一种虚拟的体验途径,史事的真相、政治的内幕、科幻的神奇等,让受众在心理上得到了极大的刺激感与满足感。

在制作上,美国电视剧大多选择边拍边播的方式,编剧可根据上一集的收视情况和观众的回应反馈情况随时调整剧情,或依据现实状况的变动来改编内容,及时将一些热点与焦点加入剧集,应时应景地对现实进行复述、折射或反思。美剧的制作模式大多遵从"构思情节——撰写提纲——设计对白——汇聚脚本——前期筹备——现场拍摄——后期制作——发行播放"的顺序。

三、美国电视剧类型

(一) 日间肥皂剧与晚间肥皂剧

日间肥皂剧是一种低成本、高产出的电视产品,剧中故事贴近现实,人物关系错综复杂,叙事线索多元交错,剧情节奏跌宕起伏,为家庭主妇沉闷的家庭生活带来了轻松、丰富的娱乐时光。这种"物美价廉"的肥皂剧受到了各大电视网的青睐,成为美国商业电视的大宗节目。据记载,最早的肥皂剧是1930年的广播剧《彩色的梦》,这也是在无线广播中"上演"的第一部连续剧,创意人是被称为"肥皂剧之母"的艾尔娜·菲里普。美国人开始用"Soap Opera"(肥皂歌剧)来称呼类似的长篇连续广播剧,广播肥皂剧在40年代初达到鼎盛。

日渐兴起的商业电视很快便对广播形成了极大的冲击,利润丰厚的肥皂剧备受重视。1947年,杜蒙电视网率先推出第一部电视肥皂剧《一个难忘的女人》,由于该剧影响力微乎其微,所以并未留下任何相关记载材料。美国电视史学界公认的首部电视肥皂剧,是CBS在1950年开播的《最初一百年》。日间肥皂剧继承了广播肥皂剧的众多特征,比如观众群体针对家庭妇女,以家庭日用品制造商为主要赞助者,以普通的大众化生活环境为背景,以悬念丛生的故事为内容等。"肥皂剧"的名称也被沿用到电视。

在电视的挤压下,广播肥皂剧渐渐没落下来,有些广播肥皂剧甚至改头换面,以电视剧的形式重新拍摄与播放。1960年11月25日,美国最后一部广播肥皂剧《玛·帕金斯》的播出,宣告了广播肥皂剧时代的结束,全面掀起了电视肥皂剧的狂潮。20世纪40到50年代的肥皂剧,基本都是采用现场直播的方式;进入60年代以后,随着直播戏剧的消亡,日间肥皂剧也改变了直播的方式。

进入录播时代的肥皂剧,呈现出工业化与公式化的倾向,每周播出5天,最扣人心弦的情节被安排在周五播出,目的在于为下一周的剧集造势。"无休无止的连续性"[①]成为日间肥皂剧的最大特点,宽敞的时域空间为创作者的自由发挥提供了极大保障。定时的、持续的叙事方式,试图营造出这样一种"虚拟氛围",即剧情的发展与现实的时间好像是一致的,甚至有的剧集与现实时间完全同步。迄今为止,历史最悠久、篇幅最冗长的日间肥皂剧是《指路明灯》,该剧以广播剧为前身,连续播出了15年,于1952年转战电视荧幕,每集长度也由最初的15分钟涨到30分钟再到60分钟,并连续播放了60余年,总计超过1万小时、1千多集。几十年来,观众见证了剧中人物的出生与成长、喜悦与悲伤、成功与失败,早已与剧中人

[①] 苗棣,赵长军:《论通俗文化——美国电视剧类型分析》,北京:北京广播学院出版社,2004年,第57页。

物熟识,结下深厚的情谊。或许,正是这种以时间积累的感情使该剧经久不衰。

日间肥皂剧的另一个显著特点在于"真实主义"。[①] 这也是该类型剧集的基本创作原则。为达到真正融入观众生活,日间肥皂剧对细节的要求极高,力求逼真,讲究自然;另一方面,它紧紧追随社会变迁的脚步,一些关注度高的社会话题经常被搬上荧幕。在罗伯特·西里尔德看来,肥皂剧基本上都是写实主义的而不是理想主义的题材。[②] 因此,日间肥皂剧也成为反映美国社会发展与现实生活的一面镜子,又被称为"民间文学"。但是,它毕竟只是一种大众通俗娱乐的形式,所以仅仅是浅尝辄止,缺乏深刻的挖掘,并不能揭示出深层次的社会矛盾与内涵。

1976年1月,《时代周刊》首次以肥皂剧《我们的生活岁月》作为封面文章的内容,这也标志着日间肥皂剧全盛时期的开始。此后,马里兰大学还首开了"肥皂剧课程"。[③] 历经了十几年的辉煌,日间肥皂剧的全盛期于20世纪80年代戛然而止。进入90年代,日间肥皂剧也在依据观众的喜好不断调整,逐渐向年轻受众靠拢,以时尚吸引受众。总体来看,日间肥皂剧这一经典类型不会完全消失,至今依然保持着顽强的生命力,被称为美国电视史上的"经典保留节目"。

伴随着日间肥皂剧地位的下降,一种新兴的电视剧类型——晚间肥皂剧(Prime-time Soap, Night-time Soap)于20世纪80年代开始崭露头角,很快便占据了晚间电视节目的龙头地位,甚至引发了世界性的肥皂剧狂潮。最早的晚间肥皂剧可追溯到1964年的《佩顿之地》,而真正开启晚间肥皂剧时代的则是《达拉斯》。此后,《豪门恩怨》《比弗利山庄》《综合医院》等剧集都获得了成绩不俗的收视率。

晚间肥皂剧每周定时播出一次,时间长度相对固定,现已成长为电视荧幕上的一个固定栏目。与日间肥皂剧相比,晚间肥皂剧在题材、叙事艺术与制作等方面都形成了自己的特色:晚间肥皂剧偏重于豪门家族生活,日间肥皂剧则比较偏爱展示中产阶级生活;在叙事艺术方面,晚间肥皂剧的叙事节奏更加紧凑,情节更加跌宕起伏;由于多角度胶片摄影机的使用和明星大腕的加盟,因而晚间肥皂剧的制作成本相对较高,当然,可视性也就相应得到加强。

在鼎盛时期,美国晚间肥皂剧曾一度风靡全球。例如,《达拉斯》就是一部传遍了全球90多个国家的经典剧集,被学界界定为"美国文化帝国主义的象征"。然而,随着经济危机的结束,西方经济的复苏,以豪门恩怨为题材的晚间肥皂剧逐渐暗淡,到了20世纪80年代末,收视率一路下滑。直到90年代,青春题材的晚间肥皂剧再次点燃了观众的热情,比如福克斯推出的《比弗利山庄》等。对于娱乐至上的美国人来说,没有什么比肥皂剧更适合的消遣工具了,人们在充满未知的剧情中,享受着一种安逸而舒适的荧屏生活。

(二)情景喜剧

情景喜剧(Situation Comedy,简称 Sitcom)是一种30分钟(包括广告时间在内)的系列喜剧,它是与舞台表演的讽刺和口头喜剧联系最直接的一种节目形式,以现场观众的笑声(或后期配音)为背景,遵循一套特有的制作模式,每集是一个独立故事,剧集之间没有逻辑

[①] 苗棣,赵长军:《论通俗文化——美国电视剧类型分析》,北京:北京广播学院出版社,2004年,第61页。
[②] 罗伯特·西里尔德:《电视剧的写作》,《电视剧研究资料选编》,中国电视制作中心,1984年,第146页。
[③] 苗棣,赵长军:《论通俗文化——美国电视剧类型分析》,北京:北京广播学院出版社,2004年,第65页。

联系。"笑声"是该剧种的最大特征,这种标志性传统发源于早期的广播独角喜剧。20世纪30年代的酒吧兴起了一种独角喜剧,后来成为广播节目中的一个重要样式。在酒吧这种特殊表演环境中,演员意识到与观众互动的重要性,没有观众的笑声难以激发演员的幽默才能与发挥表演效果。为此,广播电台特意在演播室中布置了一批观众,让演员们能够身临其境地进行表演,观众们的真实反应也被同步播出,他们的笑声便成为了剧中的"第三种声音",它不仅感染了现场演员,同时也带动电视机前的观众,由此成为广播喜剧节目的一个标志。于是,当情景喜剧转战电视荧幕之后,这一传统也延续了下来。20世纪50年代中期,还出现了专门研究"灌装笑声"的机构——哥伦比亚广播公司电子笑声部,利用电子笑声合成器制作出300多种不同的笑声,效果逼真,甚至比现场观众的笑声还要"真实"。

二战结束后,消费主义风潮和"幸福生活"的需求弥漫整个美国,这一气氛极大地影响了美国,迅速膨胀的电视事业汲取一切娱乐表演的形式,以满足观众不断变化的收视需求,以追求最大利益。当时,美国电视界普遍认为,直播效应是电视吸引观众的基本手段,甚至是艺术的本质特征之一,于是,在广播中效果极佳的情景喜剧便被移植到了电视荧幕中。1947年,杜芒电视网率先推出了第一部电视情景喜剧——《玛丽·凯和琼尼》,该剧先后由NBC和CBS接手,围绕一位银行家与其爱捣乱的妻子之间的故事展开,美国人也因此爱上了这种萦绕着阵阵笑声的"小型剧"。

20世纪五六十年代的情景喜剧围绕传统家庭故事、时代社会现实、中产阶级生活等展开。情景喜剧也引发了一股"丝绸睡衣喜剧"的浪潮。在城郊高档住宅区拥有一所房子,由一个能挣钱的白领丈夫、贤惠美丽的妻子和几个健康活泼的孩子组成的家庭,成为一代美国人的梦想。电视正是努力在屏幕上让这种好梦成真,于是被称为"丝绸睡衣喜剧"的家庭轻喜剧应运而生,迅速走红。这一时期的情景喜剧,仅局限于一些狭窄而又脱离现实的题材,对现实生活的反映极为有限。

"魔幻喜剧"(Magicom)在60年代风靡一时,主角多以魔法女巫、天外来客,或者是能够言语与思想的动物、飘忽不定的幽灵等为主,他们拥有神奇的魔力,各显神通,能够克服一切困难,创造幸福生活,电视剧过度美好的想象受到了观众的质疑。当然其中也不乏优秀作品,例如以休闲和放松风格为主的《安迪·格里菲斯节目》、揭露美国社会"金钱本质"的《比弗利山的乡巴佬》等等。

情景喜剧真正的深度开掘,还是在20世纪70年代以后,1970年9月开播的《玛丽·泰勒·摩尔节目》,第一次把一个年近30岁的单身职业女性推到电视喜剧的舞台中心,改变了传统家庭喜剧中职业妇女形象。此后,反映保守主义与自由思想冲突的《一家大小》,批判越战的《野战医院》都引起了极大轰动。这一时期的情景喜剧,以对时代的深刻反思,现实的深度剖析,生活的深层介入为主,题材和内容都呈现出多样化的趋势。作品中塑造的主人公不再是光彩照人的超级英雄,他们有自己的生活困境与喜怒哀乐,也不太成功,这种更为写实主义的倾向影响了后来一系列的优秀电视剧。

到了20世纪80年代,情景喜剧又一次向传统回归,其乐融融的普通家庭生活再次成为主打,中国观众熟知的《成长的烦恼》便出现在这一时期。同时,情景喜剧将视线转向黑人群体,第一个尝试的便是《考斯比节目》。这部剧不仅将情景喜剧从如火如荼的情节系列剧中解救出来,几乎拯救了当时备受困扰的全国广播公司,还激发了美国社会对于种族与阶级问题的激烈争论。[①] 1986年,美国情景喜剧史上第一部宗教题材的剧集《阿门》正式播出,再现了一幅非裔美国人教区的真实生活场景。一系列以黑人为题材的情景喜剧的播出,改变了黑人传统的荧幕形象,在一定程度上影响了社会舆论。

20世纪80年代末到90年代初期,一种新的情节样式开始进入编剧们的视野,即家庭和两性关系,制作者们开始关注一些不完美甚至残缺的家庭,或是离了婚的独身女人。其间,《干杯》《金色女孩》《带着孩子结婚》等都是典型代表。由此,我们可以深刻感受到美国电视剧在制作策略上的转变,即从传统题材转向了关注现实、关注生活、关注普通人的现代题材。现代社会生活中的信息浪潮、多元追求、深层思考、多重情感等,都对电视剧创作产生了潜移默化的影响,人们的审美心理和诉求也随之改变。

20世纪90年代,情景喜剧进入了空前繁荣的时期,各大电视网争相推出新作品,抢占晚间黄金档。这一时期的电视剧深受后现代主义的影响,日益商业化、感官化、平面化,追求嬉戏快感和娱乐休闲,这被看作对现实生活的一种反讽与调侃。《急诊室的故事》《辛菲尔德》《朋友》《欲望都市》《辛普森一家》等当红剧集流传至今。

在一些学者眼中,情景喜剧之所以备受青睐,是因为人们总是偏爱观看自然、亲切、堪比真实生活场景的作品,就像孩子喜欢童话故事,人们都喜欢简单化的故事情节、善恶分明的主人公等等。情景喜剧与童话故事间有着异曲同工之处。总体来看,情景喜剧的特点在于:

(1)幽默的源泉来自人物所处的特殊情境,喜剧效果依赖于社会冲突,多是通过人物对话的形式展现;

(2)故事情境重复出现,经典的情景喜剧大约每28秒钟就会出现一个笑料,故事结构可以预测;

(3)大部分故事发生在有限的内部场景中,较为单一,场景的转化通过相邻情景画面的淡入和淡出呈现,既符合情景喜剧的运转模式,也压缩了制作成本;

(4)剧中人物大致可以归为三类,即常规角色、次要角色(配角)和临时客座演员;

(5)故事中总是存在着至少一个"倒霉"的主人公,这也是剧集的中心人物,幽默效果的核心动力。

(三)西部电视剧

20世纪60年代的美国充满动荡不安的因素,反传统的青年学生运动、反种族主义的民权运动、争取社会权利的女权运动、要求和平的反越战运动等运动交相呼应,各种反主流的新兴思潮纷至沓来。频发的游行、示威、抗议、动乱等活动,侵扰了百姓的正常生活,对人们的心理造成冲击。这时,电视剧便成了大众的"心理避难场所",人们企图在娱乐中得到放松,忘却繁杂的现实生活。于是,西部剧应运而生,独领风骚。这些发生在西部荒原上,孤胆英雄惩恶扬善的故事,让大众在都市生活中看到陌生的西部世界,体验善与恶的斗争。

其实早在20世纪50年代,西部剧就已经兴起,由于当时的主要受众群是青少年,因此也被称为"儿童"型西部剧,其代表为《孤独骑士》。到了50年代后期,迪斯尼公司、华纳兄弟公司、哥伦比亚公司等好莱坞公司相继进驻电视行业,一些成功的电影经验也随之移植,可以说,此时的西部剧正是好莱坞西部电影在电视荧幕上的"搬迁",西部剧的第二次热播由此形成。此时的受众群也向"成人"转移。20世纪50年代末,"成人西部剧"已颇具规模,以《烟

---

① 苗棣,赵长军:《论通俗文化——美国电视剧类型分析》,北京:北京广播学院出版社,2004年,第114页。

枪》《带枪走天下》《布南礼》《夏安》为主要代表。其中,《烟枪》一举夺得1958年"艾美奖"最佳系列剧奖,这也是西部剧唯一一次获此殊荣。

西部剧的故事背景大多设定在1860年到1890年之间,情节火爆紧凑,充斥着枪声、打斗、追逐等激烈场面,扣人心弦;剧中人物多以警察或执法官为主,正邪分明,勇敢强壮,在逆境中捍卫正义,在困苦中坚强挺立,独立、坚韧、刚毅的性格展现得淋漓尽致;最终,正义总会战胜邪恶,英雄总能打败敌人。这些情节,不仅为受众提供了充分的感官刺激,满足了受众情感上的安慰,同时,也引发了受众的认同——美国历史都是由勇于冒险的英雄们所开拓的。总体来看,西部片中对错、善恶、好坏的泾渭分明,体现着一种鲜明的价值取向与正义的道德观念。

另一方面,无论是在时间上,还是在空间上,西部剧都偏离了普通大众的日常生活,脱离现实的状况使得西部剧从20世纪60年代初期起逐步走向衰落,到了60年代中期,一度火热的西部剧已基本退出荧幕。西部剧的消失,也折射出美国社会的变化趋势:个人英雄主义被集体主义取代;对土著美国人(印第安人)的态度开始转变,不再盲目认为他们是坏人;城市与时代故事更受欢迎,比乡村田园剧情更加有趣;在道德概念模糊时代,西部剧的道德观念,即将对与错截然分开,被认为过于简单化与过时。[1]

(四)情节系列剧

进入20世纪60年代,西部剧的衰落却托起了一大批情节系列剧的竞相争艳——警匪剧、侦探剧、犯罪剧、法律剧、医务剧、科幻剧、冒险剧、政治剧等纷纷崭露头角。情节系列剧是指一些系列化的剧集,它发源于商业广播系列剧和现已销声匿迹的电视单本剧,现今的情节剧受众广泛,剧情相对简单,呈现出一种实用化与通俗化的倾向。

在剧情内容和表现手法上,情节系列剧具有强烈的可选性,在一定程度上满足了不同层次、不同要求、不同爱好、不同性格观众的需求,并随着时代与现实的变化不断调整。观众可根据自己的喜好与口味进行选择,找寻剧中的"自我",以此获取心理的安慰、社会的信息、娱乐的放松,以及各异的审美愉悦感。

在主题与主旨上,情节系列剧呈现出显著的整体性,围绕一个主题展开不同的叙事,以展现生活的不同方面。这些内容相互照应,有的是情节上的延续,有的是时代背景的相同,有的是环境空间的相通,无论是哪种关联,皆在引导观众找寻与把握剧情的内在联系,激发观众对生活的思索。观众由此能洞悉时代的脉搏、现实的状况、发展的趋势、民族的精神,以及对人性的反思等等。

在结构层次上,情节系列剧具有丰富的多样性,通过开放、灵活、多变的结构形态来表现主题。其主要标志是,每一个故事的结尾,编创者并不会给观众非常明确的结束感,更不是刻意追求传统的大团圆结局,而是仅仅展示主要生活的一个片段,甚至仅仅抛出一个问题,让剧中人物带着困惑、矛盾与期望走向未来。这样的"结局",不是一个句号,而是一个充满诱惑、时断时续的省略号,蕴涵着开放与辐射的意味。[2]

在品种繁多的情节系列剧中,警匪剧和侦探剧历来占据着重要地位。其中,《不可接触》《联邦调查局》《落日街77号》等在当时流传较广。这些剧集的热播,与西部剧的传统密不可

---

[1] 郭艳民:《当代中美主流电视剧比较》,北京:中国广播电视出版社,2010年,第79页。
[2] 苗棣、赵长军:《论通俗文化——美国电视剧类型分析》,北京:北京广播学院出版社,2004年,第149页。

分,西部剧中正义的价值观念与对英雄的完整诠释,深深影响着后来的警匪剧和侦探剧。片中的"执法者"与"仲裁者"成为勇敢、正派、聪慧、力量的象征,这与上述两个类型中的"警察"形象不谋而合,英雄们被塑造成英勇的正义之士,为了公众利益可以牺牲自己的一切,演绎出一个个完美的"理想形象"。

进入20世纪70年代,风靡一时的情节系列剧进入低迷时期,虽然电视机在技术上有了很大改进,跨入"彩色电视"的行列,但在内容、主题、格局、情节上并没有什么创新,老生常谈的传统很难给观众留下深刻印象。其间,只有《科波伦》等少数几部剧集产生了良好效果。[①]经历十年的起伏,情节系列剧终于在20世纪80年代有了转机,警匪剧《山街蓝调》脱颖而出,一举成名。该剧由著名制片人斯蒂文·博科齐领头创意推出,以芝加哥警员为原型,描述了一群酷爱工作、忘我付出的美国内陆某城市中警员们的故事。该剧被称为"群角戏的始祖",首创了一系列编剧技巧,如每集开发若干条故事线,部分当集揭开,部分故设悬念,甚至有的可以延续整季,在刻画主人公的工作与生活间的冲突之时,重点突出他们在理性与情感之间的挣扎。这一复杂线索、连续因素和众多角色的表现方式,后来被称为"弹性叙事"。此外,近景镜头的多重运用,多重情节的快速切换,画外音的配合使用等,都为该片增添了与众不同的砝码。该剧播出首季便包揽了8项艾美奖,一共获得过98个艾美奖提名。可以说,《山街蓝调》的制作模式已成为一种"模板",被广泛应用于多部系列剧中。

(五)电视电影

进入20世纪60年代后,电视业与电影业的联系越发紧密,二者在许多方面相互渗透与利用。例如,好莱坞的故事影片活跃在电视荧屏之上,既让观众足不出户便观赏到了电影,也让电影艺术在新领域散发出新的活力,这是电影市场的延伸拓展,也是电视剧市场新的增长点。NBC率先于1961年买下了50部影片的播放权,ABC和CBS也于1962年和1965年在晚间黄金时段开辟了电影专栏。由此,好莱坞电影的电视播放成为一种标准化的规范。然而,在巨大利益面前,各种问题也就呈现出来,比如影片的供不应求、优秀影片的高成本、影片长度与广告时段的划分、电影画面与电视机比例的失调等,都困扰着电视公司。于是,电视网开始尝试自己拍摄制作。1964年,环球电影公司向NBC提出一个新兴概念——"Made for TV movie",即电视制作的电影,简称电视电影,一种全新的电视剧样式由此诞生。同年10月,环球电影公司拍摄了第一部真正意义上的电影电视《看他们怎么跑》。两年后,二者签订了合约,常年合作在电视中首播影片。电视电影的制作成本相对较低,并且更适应电视的播放。

在60年代后期至70年代初,电视电影的题材多集中在浪漫故事、喜剧故事和惊险故事等方面,坚持了电视剧轻松自然的娱乐风格。同时,对于一些备受欢迎或反响良好的影片,制片公司还进一步发掘其内在潜力,将其扩展,拍摄成为系列剧。后来,电视电影也开始涉足严肃题材,《我亲爱的查理》就是电视电影转型的标志,这是一部讲述黑人男孩与白人姑娘爱情故事的影片。当时,"黑白相恋"的剧情很容易引发南方保守的白人观众的极大不满,在经历了60年代的民权主义与社会洗礼后,美国观众的思想已经发生了很大变化,该片不仅好评如潮,还一举夺得3项艾美奖。这部电视电影的成功为电视电影题材的转型提供了信心。

---

① 苗棣,赵长军:《论通俗文化——美国电视剧类型分析》,北京:北京广播学院出版社,2004年,第29页。

另一部里程碑式的电视电影就是《布里安之歌》。该片改编自真实故事,讲述了职业橄榄球员布里安和赛耶思的故事。该片播出后获得了较高的收视率,鉴于良好的反响,该片又在电影院上映。由此也创造了美国影视业的一项新制度,在允许的情况下,优秀的电视电影在播出一段时间后,可以继续在电影院上映,这为优秀的电视电影开拓了市场空间。在《布里安之歌》之后,以生理和疾病为题材的电视电影成为另一种重要类型。此外,以真实事件为依据进行改编的剧集也大幅度增加,成为一种主流。

进入 20 世纪 70 年代末 80 年代初,自产自销的电视电影已基本取代了好莱坞出品的影片。电视电影也逐渐成长为一种特殊的电视剧类型,由电视业提出或批准创意,并出钱投资,专门为电视而制作,在电视荧幕上播出的剧集,以 2 小时或 4 小时为主。电视电影的特征在于:制作成本大约控制在 500 万到 800 万美元,远远低于动辄千万的好莱坞大片;结构设置相对灵活,不受电视广告的影响;多采用近景、特写等镜头景别,更适合电视的小屏幕;倚重身体语言,更显清晰通俗;题材广泛多元,包括时代热点话题、社会关注焦点、畅销书籍改编、惊险怪诞故事等。①

1972 年开播的 HBO 电视网,近年与它的姊妹频道(只播放电影的 Cinemax)在电视电影方面取得了较大的市场份额,它的总订户已达 3500 万,占到美国付费电视频道市场的 90%。它投资的电视电影向来以大手笔著称,比如 2001 年,HBO 电视网投入 1.25 亿美元制作系列电视电影《兄弟连》,使其成为电视史上最为昂贵的制作之一,成本几乎是电影《拯救大兵瑞恩》的两倍,名演员汤姆·汉克斯和大导演史蒂文·斯皮尔伯格是该剧集的执行监制。《兄弟连》不但创造了收视佳绩,而且它的 DVD 销售额将近 1 亿美元,并使历史频道向 HBO 电视网支付了 750 万美元的重播权费用。2005 年拍摄的史诗片《罗马》,2010 年由著名导演马丁·斯科塞斯担任导演的黑帮片《大西洋帝国》都为其获得了丰厚的市场回报,这些巨片的制作,使 HBO 成为当前美国电视电影制作行业的龙头。

(六)微型连续剧

微型连续剧来源于欧洲,20 世纪 50 年代由 BBC 公司推出的《福赛特家事》是英国最早的微型连续剧。与冗长的肥皂剧和系列剧相比,这一剧种显得短小精悍,通常只有 4 到 12 小时。也正是因为其持续时间较短,与美国以"一周"为周期的节目安排方式相冲突,因此在美国起步较晚,直到 70 年代才出现。美国第一部真正的微型连续剧名为《蓝骑士》。另外,诸如《Q87 号》《穷人、富人》《华盛顿:幕后的故事》《荆棘鸟》《布鲁斯特公寓的女人》《兄弟连》等都是优秀的微型连续剧作品。

1977 年的《根》是微型连续剧的代表作。《根》改编自当时轰动一时的同名非虚构小说,是一部以黑人为主要角色的作品,讲述了作者阿历克斯·哈雷的祖先由 18 世纪中叶被卖作黑奴,到 100 多年后的南北战争结束之间的家族史。这是一部全面展示黑人家族史的作品,演绎了黑奴的悲惨遭遇与命运,震撼人心。在以白人为主的美国,播出一部以白人为反面人物的剧集,尚未有过先例。然而,在 1977 年 1 月 23 日晚播出这一剧集之时,反响极其热烈,收视率一路攀升,位居第三。随后,ABC 公司又投拍了续集《根:后代》。

在题材上,美国的微型连续剧大多改编自当红长篇小说,扣人心弦的情节、曲折动人的故事、跌宕起伏的情节为剧集的播出博得了眼球。同时,微型连续剧中,也不乏联系当下实

---

① 苗棣,赵长军:《论通俗文化——美国电视剧类型分析》,北京:北京广播学院出版社,2004 年,第 225 页。

际的政治、经济、军事、文化等内容的作品。在形式上,与电视电影相同,微型连续剧选用了适合于小屏幕观赏的电视特点,同时最大限度发挥胶片单机拍摄的优势,充分利用镜头语言进行叙事和表现。[①] 在风格上,充足的时间为剧情的发展提供了保障,故事发展紧凑简洁,一气呵成。可以说,微型连续剧不仅牢牢抓住了原有的电视观众,也吸引了大批原本很少观看电视剧的受众。

然而,微型连续剧的发展并非一帆风顺,尽管当时很多优秀的作品确实代表了美国电视剧的最高水平,由于高额的投资、高质量的技术要求、电影化的拍摄方式等原因,微型连续剧在进入 90 年代后就衰落了,大制作、高成本的作品很少出现。在受众口味变化与兴趣使然的驱动下,微型连续剧还是会偶尔出现,其中也不乏像《诺曼底大空降》这样的好作品,但总体来看,微型连续剧的火热程度已经大不如前。

新世纪以来,美国电视剧的总体格局并未发生翻天覆地的变化,情景喜剧、情节系列剧、电视电影构成了晚间电视节目的主要内容;肥皂剧依旧在没完没了地讲述着观众身边的故事,用真实与笑声俘获受众的心。当然,激烈异常的竞争与受众变幻莫测的要求,对美国电视剧不断提出新的严峻挑战。

第二节　美国经典电视剧鉴赏

一、《达拉斯》(Dallas 1978)

《达拉斯》于 1978 年至 1991 年在美国连续播出了 13 年,当属美国电视史上最具成就的电视连续剧之一,被誉为"日间美剧之王",被众多学者视为美国全球文化扩张的典型文本,揭开了美国肥皂剧的全球化时代。

全剧围绕一个庞大的石油家族中惊心动魄的权力斗争而展开:石油大王乔克·尤因由于年迈即将退居二线,其长子 J. R. 尤因为了鲸吞家族财产和独揽企业大权,不惜采用各种阴险毒辣的手段,甚至企图谋害胞弟……在金钱与权力面前,人性深处的美丑、善恶、真伪,上层社会的阴暗、腐朽、奢靡,淋漓尽致地展示出来。仅在播出的第一季,该剧就荣登全美收视率排行榜的第一位,并在随后的几年中一直处于领先地位,引发了一场全美国甚至是世界上的肥皂剧狂潮,此后的《豪门恩怨》《鹰冠庄园》等收视率较高的晚间肥皂剧,都是在其带动下产生的。

《达拉斯》的成功,并非在于庞大的演员阵容、精湛的演技表现、巧妙的拍摄技巧等常规因素,相反,有限的场景、简化的动作、以对话的形式推动剧情的发展等方式,使得这部剧看上去似乎并不高明。然而,该剧的关键就在于其内容选择和情景设置的独到。全剧集中展现了一个大多数普通人渴望知晓却难以进入的常态空间——豪门及黑道,满足了普通观众对于上流社会的生活风尚及家族恩怨的好奇与窥探心理。同时,该剧从一开始便设置悬念,疑问迭出,环环相扣,在多条线索的编织下,通过跌宕起伏的情节与扩展素材的片长等手段,使得剧集引人入胜、魅力长存。

---

① 苗棣,赵长军:《论通俗文化——美国电视剧类型分析》,北京:北京广播学院出版社,2004 年,第 239 页。

在亿万观众的翘首期待下,该剧在 20 世纪 80 年代风靡全球 90 多个国家,法国文化部长杰克·朗曾宣称《达拉斯》是"美国文化帝国主义的象征"。2003 年,利贝斯与卡茨合著《意义的输出〈达拉斯〉的跨文化解读》一书,提出"文化帝国主义理论家们认为,霸权信息在洛杉矶被预先打包,然后运往地球村",从受众的文化背景、个体经验、社会环境等方面出发,对该剧的深远影响与文化意义做了多方面解构。如今,经典剧集《达拉斯》已被看作美国全球文化扩张的符号代表。2010 年 11 月 8 日,《达拉斯》播出 30 周年之际,该剧组在剧集的外景地举行了盛大的庆典活动。

二、《欲望都市》(Sex And the City 1998)

《欲望都市》(1998~2004)共分为六季,自从在美国有线电视 HBO 播出以来,不仅深受电视观众的厚爱,陆续包揽了艾美奖、金球奖最佳喜剧、最佳女主角、最佳女配角等重要奖项及多项提名奖。该剧围绕居住在纽约曼哈顿的四个单身女人展开,她们事业成功、时尚动人、个性突出、颇具魅力,在分享深厚友谊的同时,各自也面临着不同的难题。身处曼哈顿这个处处充满欲望、诱惑与忙碌的都市中,她们享受着狂欢,却也承受着压力,在踽踽独行中追求着自己的幸福归宿。

剧中四位女主角的鲜明个性与不同角色定位,成为该剧的一大亮点,也是吸引大批观众的主要原因。纽约著名报纸专栏作家凯利是全剧的主角,她是一份时尚杂志《性与城市》的专栏作家,她思想深刻,思维活跃,是一位善良与敏感的女性。她渴望真爱,不断尝试,在体验到愉悦之时,也夹杂着些许伤感与惆怅,这是一位感性与理性兼具的女性形象。她就是一个纽约客符号,既是欲望都市中的旁观者,也是追寻者。律师米兰达独立自强、简洁干练,她面对爱情时惶恐不安,在渴望伴侣的同时又畏惧不前。尽管没有出众的外表,她明确地知道自己的需要,甚至知晓朋友的需求,给人一种真实确切、体贴温暖的感觉。公关经理萨曼莎是《欲望都市》中人气最高的角色,她特立独行,大胆开放、骄傲张扬,甚至有些出位,时常制造一些"惊世骇俗"的效应。她总是对任何事情都充满自信,从不掩饰自己的渴望,似乎又总能廓清情与欲的界限。美丽善良的夏洛特从高中时起就是一个品学兼优的好学生,她是一个完美的理想主义者,柔弱中却也显露一些坚韧,她还具有几分东方传统女性的美德,亲和力与感染力使其成为最受男性观众青睐的角色。

《欲望都市》的成功,不仅在于四位貌美出众的女主角以及时髦现代的场景,内容角度的设置也功不可没。编剧将长久以来被视为"禁忌"的话题——性,成功地融入了现代都市与单身女子的生活之中,并采用一种轻松愉悦的方式呈现,将观众带入了一个全新的视野之内。全剧传达了一种积极昂扬的主旋律,无论四位女性所追求的幸福是否会实现,她们始终怀揣梦想,勇敢追求,这才是最重要的。这种乐观的生活态度感染了每位观众,生活的美好,就在于像四位女性那样微笑地面对生活。

三、《老友记》(Friends 1994)

《老友记》(又名《六人行》)是一部历时十年的经典剧集,由华纳兄弟公司出品,美国

NBC 电视台于 1994 年 9 月 22 日开始上映。该剧发生在纽约市区的一个公寓中,居住于此的菲比、瑞秋、莫妮卡、钱德勒、乔伊和罗斯是彼此最好的朋友,他们共同生活,彼此相伴,一起走过了十年的点滴岁月。事业、友谊与爱情是该剧的主线,纵使老友们性格各异,有时也会发生矛盾甚至冲突,但他们始终不离不弃,在团聚与离别、欢笑与泪水、争执与包容中共同度过了风风雨雨的十年。

剧中人物鲜明突出的个性与幽默乐观的生活态度是吸引众多观众的原因之一。可爱善良的菲比总爱沉浸在自己的世界中,天马行空的思维,偶尔发作的坏脾气,使她散发着一股独特的魅力,让大家原谅她的"神叨叨"与"无厘头",在哭笑之余却不得不为之动容。

漂亮随性的瑞秋曾经是一个连垃圾都不会倒的富家千金,一次逃婚后加入了老友的行列,在大家的鼓励与帮助下逐渐自立自主起来,从咖啡店侍女成长为时尚界精英,再也不是那个被宠坏的公主,最终不仅找到了自己的人生目标,也收获了真爱。

勇敢娇憨的莫妮卡是一个典型的家庭主妇形象,她贤惠能干、热情好客,将家中打理得井然有序,虽然有些好强,喜欢掌控与安排一切,却也自信坚定,努力追寻爱情,用了十年时间实现了做母亲的愿望,同时如愿成为一名大厨。

幽默慷慨的钱德勒喜欢调侃一切,以"玩笑"心态面对生活,他在插科打诨中逐渐成长,从逃避责任到勇于承担责任,努力面对生活,最终丢弃了繁杂的数据处理工作,从事自己喜爱的广告工作,也摆脱了从前的阴影,与莫妮卡携手成为平淡却完美的一对。

单纯可爱的乔伊像个永远长不大的孩子,头脑简单,总闹出一些笑话,率性纯真,富有爱心。较真偏执的罗斯才识渊博,做起事来一板一眼,不能忍受他人违反规则,对待爱情执著专一,最后也终于明白:无论是辉煌的事业还是死板的原则,都不能把自己与深爱的瑞秋分开。

从播放至今,该剧获奖无数,经久不衰,六位主演也从籍籍无名发展为名声大噪的明星。在真实而残酷的现实中,《老友记》用十年的时间诠释了一种纯粹的理想主义生活,青春的年代、纯洁的友情、平淡的爱情、简单的生活——该剧让观众在平凡的感动中心无旁骛,暂时远离聒噪的现实,倦怠的精神在此得到片刻放松。2004 年 5 月 6 日播出的大结局更是创下了全球同步直播的收视之冠,当时一股悲伤的气氛席卷了整个美国,五千万观众坐在电视机前告别了陪伴他们十年的剧集,三千多人坐在纽约时代广场上,边看着大屏幕边流下了眼泪。正如剧中瑞秋对莫妮卡所说:"谢谢你陪伴我走过这十年,是你,让我拥有了这么美好的十年。"

四、《生活大爆炸》(The Big Bang Theory 2007)

如果你要问时下最流行的情景喜剧是什么,那一定非《生活大爆炸》莫属。这部剧于 2007 年上映以来,一直保持着火热的收视率,甚至被影迷们称为"21 世纪的《老友记》",目前已经进行到第五季。这是一部以"科学天才"为背景的情景喜剧,主人公 Sheldon 和 Leonard 同住一个屋檐下,是一对智商总数超过 360 的疯狂科学家宅男,几乎通晓所有物理学知识,任何理论倒背如流,无论什么科学问题,都难不倒他们。然而,面对日常生活的时候,这两个不修边幅的大男孩却窘态百出,一些简单的生活琐事就会让他们犹如迷失在太空舱中一般,束手无策。另外,他们还有两个有趣的科学家同事兼好友——风流倜傥的犹太人 Howard

Wolowitz 和羞涩腼腆的印度人 Rajesh Koothrappali。有一天,隔壁搬来了一位演员兼餐厅招待女孩 Penny,她美貌可爱,性格开朗,友善热情。于是,诸多妙趣横生的生活喜乐便在四个"科学怪人"与一个美女之间悄然"爆炸"开来。

本剧的成功之处在于,克服了美国人对于知识分子根深蒂固的厌恶之情,少见的、冷僻的"科学"题材反而受到了受众的追捧。剧中人物的设置是本剧热播的主要原因之一,每一个主角都有着鲜明而独特的个性,天才们超高的 IQ 与偏低的 EQ 间的矛盾常常引发诸多笑料,有异于常人的行为与话语构成了故事的看点。

《生活大爆炸》剧照

全剧的"人气王"当属 Sheldon,演员吉姆·帕森斯也因饰演此角一举连续夺得 2010 年与 2011 年艾美奖最佳男主角(喜剧类)。中国影迷们爱称 Sheldon 为"谢耳朵",他是一个 IQ 高达 187 的天才,可爱单纯,率性本真,有时却又自负霸道。他拒绝相信这个世界上有比自己聪明的人,坚信自己是万能的,永远不可能犯错;他有着严格的"规律态度",大到宇宙运行,小到如何叠衣,都有一套自己的准则,甚至对每日的饮食都有着不可忤逆的规定;有时对待朋友还很"尖酸刻薄",总爱一针见血地指出别人的错误,安慰人时永远都是那句可爱而温暖的"there,there"……然而,无论"谢耳朵"是多么啰唆刻板,无论他的行为有多让人费解,朋友们还是喜欢与他在一起,疼爱他、照顾他、包容他,他的一言一行、一举一动都能惹来观众的开怀大笑。

除此之外,剧中还有 IQ 为 173 的 Leonard,他善良朴实,真挚热心,给予"谢耳朵"无限的包容与关怀。自认为魅力非凡的 Howard 总喜欢穿着色彩艳丽的紧身衣裤,他有着极高的语言天赋,然而掌握六门语言的目的却是用来与女生搭讪,风流倜傥的个性在剧中展现得淋漓尽致。羞涩的印度男孩 Rajesh 有一个奇怪的症状,即见到女生时便立刻"失语",可爱腼腆的个性深得人心。在"种族歧视"的现实背景下,剧中这个印度人的塑造无疑是成功的。剧中唯一的女主角 Penny 是一个智商与文化程度一般的普通人,甚至没有念过大学,与四位天才在一起的时候总显得格格不入,却又不可或缺,这个热情开朗的女孩在天才们平淡无奇的生活中掀起了阵阵波澜,推动了剧情的发展。

剧中浓郁的科学味道充分显示出美国编剧的超高技能,剧中人物脱口而出的科学知识包罗万象,除了本行物理外,化学、生物、医学等,其他领域也不在话下,这些知识不仅先进前沿,也很贴近观众的生活。更重要的是,全剧没有任何说教的成分,真正做到了寓教于乐,让人们在轻松的情景下去了解平日陌生的知识,甚至引发一些观众在观看后继续学习的欲望。Smart is the new sexy——本剧所传达的理念正在掀起一股全新的时尚热潮。

五、《急诊室的故事》(ER 1994)

有些美剧可能对电视荧屏产生深刻影响,有些剧集可能改变了不少人的命运,而只有极少数的电视剧可以达到这样的双重效果——连续 15 年经久不衰的《急诊室的故事》(以下简称《急诊室》)便是这样一部优秀剧集。该剧于 1994 年 9 月 19 日由 NBC 出品,长达 15 季共

246集,每一集相对独立,是世界电视史上第一部以"医学"为题材的专业电视剧。本剧主要讲述了发生在美国芝加哥一家急诊室中的故事,围绕每天收治的不同急救病人展开,充分演绎了医护人员高超的医术与博大的爱心,是一部经典的情节系列剧。

如果说急诊室是一个生死较量、争分夺秒的战场,那么这里的医护人员便是一场场战争中的"先头部队"。在《急诊室》中,鲜明而犀利的人物个性是该剧引人注目的焦点之一。忠于职守的主力医生马克·格雷尼对待工作悉心投入,尽管因为工作而失去了爱妻,却依然坚守在医院的第一线;英俊潇洒的儿科医生道格·罗斯医术出众,却总洋溢着花花公子的本性;曾经只会"纸上谈兵"的实习医生约翰·卡特,经过不懈的努力与奋斗,终于成长为一名广受尊敬的主治医生;另外还有外表强硬、内心挣扎的事务总长凯瑞·维弗,用工作填补内心空白的克罗地亚人洛卡·考瓦克,拼命工作而失去自我的内科医生陈精美,勤奋向上不甘落后的本顿医生……在这间急诊室中,位于医院底楼的医生们,以自己坚韧顽强的品质战斗在最辛苦的岗位上,虽然薪金偏低,一次工作时间长达36小时,他们却忠于自己的工作,忠于自己的内心,忠于自己"医生"的称谓。在与死神的无数次赛跑中,他们面对的不仅仅是疾病与伤痛,还有形形色色的患者与家属,在健康与病痛之间,善恶、美丑、真假的内心世界一览无余。最大的挑战在于,医生们还要面对自己的各种人生困境,甚至包括日夜相伴的同事们的生老病死。

《急诊室的故事》剧照

《急诊室》的关键之处就在于,无论是剧中人物还是观众,都无从知晓下一个进来的人会是谁,也永远猜不出人物的命运,时时有意外,时时有发展。每天都有人健康地从急诊室离去,当然也有很多生命在此画上句号。在这个生命与死亡并存的空间,自始至终都充满了对生命的敬畏、人性的关怀与人生的反思。在一幕幕跌宕起伏的情节中,一些平日不易为人们所觉察的心灵秘密逐渐暴露,生死攸关的时刻,往往更容易展示真实的自我。

《急诊室》的成功,除了扣人心弦的情节外,多线叙述、紧凑的节奏与手提拍摄等技法,也让观众耳目一新。剧中精准专业的医学术语及生动形象的病例,普及了观众的医学常识。随着该剧的播出,越来越多的美国人开始关注健康问题,并主动去医院体检,甚至加强了很多人戒烟的决心,可以说,本剧对美国人健康观念的成长,起到了不可小觑的推动作用。同时,该剧折射出的人性光辉也映照在观众心中——冷醒、智慧、顽强、真挚,积极向上的主调发人深省。

《急诊室》自开播以来,创纪录地获得了21项艾美奖以及115项提名奖,播出期间经常创下50%的惊人收视率。当前好莱坞明星乔治·克鲁尼就是通过本剧而一举成名,作为一名电视明星却能够纵横好莱坞,克鲁尼创造了荧屏奇迹。2009年4月2日,NBC带领观众重温了15年来《急诊室》中震撼人心的一幕幕场景,大结局似乎没有刻意的告别,而是在平常的故事中戛然而止。据统计,当时观看谢幕仪式的观众多达1640万人,创下了13年里美剧大结局的收视之最。在美国十余年来做过的多次调查中,不论是专家还是观众的评选结果都显示,《急诊室》堪称美国电视剧史上最受欢迎的10大剧目之一。

第三节　中国电视剧发展史

　　1958年5月1日,我国第一座电视台——北京电视台(中央电视台前身)开始试验广播。为了丰富电视屏幕的文艺形式,同年6月15日北京电视台在演播室直播了"电视小戏"《一口菜饼子》,这部20分钟的"小戏"拉开了中国电视剧的序幕。从第一部电视剧《一口菜饼子》的播出到今天,中国电视剧已走过了50多年的历程。与西方电视剧发展的历史相比,中国电视剧历史进程更加短暂与曲折。尽管中国在1958年就开始了电视传播的历史,由于经济与历史等原因,中国电视事业的真正发展却是在改革开放之后,在此之前,中国的电视机基本上都属于单位所有,比如当年《一口菜饼子》诞生的时候,全国仅有数百台电视机,电视还属于公众非常陌生的传媒,而电视剧的发展有赖于普通观众电视机的拥有量。因此,本节探讨中国电视剧艺术发展历程是从改革开放谈起。

　　我国电视剧的创作形式经历了由电视单本剧到电视连续剧的发展,其场景制作由演播室搭景走向实地取景,播出方式由现场直播发展到实景录播,播放载体由黑白电视机发展到彩色电视机,美学风格由戏剧影像转变到电视剧影像……电视剧艺术在依托影像技术进步的同时,也逐渐建立了自身的叙事传统。尤其在经过改革开放30多年的快速发展后,中国电视剧逐渐走向成熟,2010年中国电视剧产量已经稳居世界第一。国家广电总局电视剧管理司司长李京盛在浙江横店说,电视剧投资和创作空前繁荣,制作机构已从2004年前的400多家,发展为现在的2700多家。随着国家《文化产业中长期发展规划纲要》的实施,中国电视剧将获得更加良好的发展空间,中国电视剧艺术也将在新世纪书写新的历史神话。

一、勃兴的新时期电视剧(1978~1991)

　　1978年12月18日到22日在北京举行的十一届三中全会中心议题是全党的工作重点转移到社会主义现代化建设上来,此会议开启了改革开放新的历史时期。从1978年到1991年,中国的国民生产总值平均年增长率达到了9%,改革开放不断深入,市场经济观念渗透到各个领域,电视剧的生产与传播也不例外。在这段时间内,中国电视剧经历了复苏以及快速发展的时期,电视剧成为进入市场经济时代人们主要的娱乐方式。

　　1978年5月,北京电视台正式更名为中央电视台。5月22日,中央电视台播出了"文革"结束后的第一部电视剧《三家亲》,这是中国广播电视剧团和中央电视台合作录制的节目,这部短剧的意义在于,它是中国第一部从室内到室外实景拍摄的电视剧。它以真实的环境、多变的场景和灵活的镜头反映了生气勃勃的农村生活。《三家亲》尝试的"实景中拍摄真实的故事"的叙事模式带领着中国电视剧沿着这条道路走向了成熟与繁荣。

　　1979年底,国务院批准恢复"文化大革命"前的电影发行放映体制。中国放映公司认为电视台播放新出的电影拷贝影响发行放映收入,停止向电视台提供新的故事影片,剧团和剧院也提高了收费标准,导致电视台的节目来源发生危机。电视台不得不尝试自己生产文艺节目,电视剧也开始考虑如何摆脱电影与戏剧,形成自己的艺术特色。电视剧创作者开始摸索作为一门独立艺术形式的电视剧的本体特征以及审美创作规律。这个时期的电视剧创作者把镜头对准现实生活中的人和事,第一次把人民群众的业余文化生活带进了电视屏幕,由于当时电视传播能力的局限,大多数观众无缘观看。1980年中央电视台录制的《凡人小事》是该探索时期的代表作。

《凡人小事》根据杜保平的短篇小说《绣花床单》改编,讲述了中学教师顾桂兰生活中所遇到的平凡小事。顾老师的丈夫两年前不幸病故,留下她和女儿翠翠相依为命。由于家里离学校太远,每天上下班在路途中会花掉很多时间,使得顾老师在教学事业和照顾家庭两头忙碌奔波。她多次向学校提出调动申请,都没有得到答复。体弱多病的翠翠又一次生病入院,顾老师不得不违心地向新调来的张书记送礼。另一方面,张书记到顾桂兰家中探望翠翠,对于顾桂兰家中的困境深表同情,亲自到教育局反映情况,促成了调动。事情办妥之后,张书记还亲自上门表达了过去学校领导对她关心不够的歉意,并坚持要她收下两瓶酒的酒钱,离开的时候悄悄留下了那床绣花床单。《凡人小事》获得首届全国优秀电视剧奖一等奖,该剧具有现实主义的品格,塑造了平民百姓的形象,将镜头对准一个普普通通的中学教师,以她调动工作的这件小事形成了对人民群众现实生活的观照。

随着拍摄技术的发展,中长篇电视剧在叙事完整性、内容丰富性、线索复杂性上的优势展露出来。1980年,中央电视台拍摄了我国第一部电视连续剧《敌营十八年》。1982年,第三届"飞天奖"评选开始设置电视连续剧奖项,连续剧和系列剧逐渐取代短篇电视剧,成为电视剧的主流形式。电视连续剧因"连续"为电视剧确立了与其他影像艺术区别的特质,从而为中国电视剧的发展确立了方向。

从1978年到1984年,我国电视剧从"文革"前的停滞状态走向了快速复苏的发展阶段,1979年到1981年,中央电视台一共播出电视剧278部,1982年全国生产电视剧348部,1983年,中国电视剧制作中心成立,电视剧产量比上年翻了一番。1983年底,广播电视部委托电视剧艺术委员会、中央电视台、中国电视剧制作中心联合召开了全国1984年电视剧题材规划会议。会议要求1984年要把反映现实生活的题材放在首要位置,还具体安排了各单位的1984年题材规划,1984年由此成为改革开放初期中国电视剧历史上第一个产量高峰期。全年生产电视剧740集,其中541集在央视播出,这一年生产了改编自梁晓声同名小说的《今夜有暴风雪》,这部电视剧标志着中国电视连续剧走向了成熟。

二、快速发展的中国电视剧(1985～2000)

1985年初,我国电视机拥有量达到5000万台,观众人数两亿多,中国电视事业进入蓬勃发展时期。1984年4月29日,中国电视艺术家协会在北京成立;5月16日,北京电视制片厂更名为"北京电视艺术中心",随后,各省市自治区的电视艺术家协会也像雨后春笋一样破土而出。从1984年到1991年,中国电视剧快速增长,1985年全国生产电视剧1300多部,1986年生产1500多部,到1991年产量为5000多集。由于电视剧艺术的兼容性,吸引了广大文艺工作者的积极参与,加上电视机事业的快速发展,电视剧获得了广泛的观众基础,成为"当代中国最主要的文艺作品展示窗口"。[①]

(一)名著改编热潮

1985年到1991年是中国思想变动最大的时期,是计划经济向市场经济过渡的时期,作

[①] 任远:《中国电视50年的风风雨雨》,http://news.sohu.com/20090911/n266635832_2.shtml,2011年8月4日。

为文化产品的电视剧也铭刻了这个意识形态转型时期的烙印。这个时期的名著改编的电视剧获得了丰硕成果,《四世同堂》《红楼梦》《西游记》《围城》成为当时荧屏的亮点。电视剧充分利用了文学资源,探索了电视的视听语言和叙事方式,直接推动了中国电视剧的艺术形式自觉。

《四世同堂》是老舍最钟爱的一部小说,这部小说在解放后一直未受到重视。正如有学者指出,老舍写作《四世同堂》时,其反省精神是最为重要的写作动力,这种反省精神的基础就是对以北京人为代表的苟安、麻木、落后的深刻描写,同时也是对祁瑞全等人的文化自新的共鸣。《四世同堂》改编为电视剧后,于 1985 年播出,当时正值反法西斯战争胜利 50 周年,这部电视剧的播出引起了观众的强烈反响。由于受制于当时的文化环境,这部电视剧并没有完全尊重老舍原作的精神,比如在许多地方有意拔高人物的精神境界,突出人物的英雄主义行为,忽略了老舍原作对个人主义价值的赞美,而强调集体主义精神。①

《围城》则是 20 世纪 90 年代初期把名著改编成电视剧作品的代表作。这部由电影导演史蜀芹参与的作品获得了小说作者钱钟书先生的首肯。导演史蜀芹后来在谈到《围城》筹拍期间,拜访钱钟书先生时,谈及小说改编的问题,钱先生说:第一,媒介物就是内容。小说是,电视剧也是,这就是个内容。好比诗情要变成画意,诗、画是两种媒介,画是一定要改变诗的,这是一个原则。小说变成电视剧,要改变这是不可避免的,是艺术的一条原则。剧本是另一个媒介,而剧本到了屏幕上又成了另一个媒介。媒介物变了,内容当然要变的。钱先生的一席言论,对改编者给予充分的创作自由。② 不少电视剧评论者认为,电视剧《围城》以整齐的编导演摄阵容,较好地把原著深厚的文字语言转化成了画面和视听语言,受到了广大观众特别是知识分子的推崇和欢迎。

(二)农村题材

随着土地承包责任制的推行,农村生活也发生了天翻地覆的变化,作为大众文艺的电视剧也将镜头转向了这一蓬勃的生活场景——农村。《雪野》和《篱笆·女人和狗》是其中最具代表性的优秀剧作。

《雪野》讲述了在关东农村妇女吴秋香如何突破狭隘的乡村意识走向致富道路的故事。故事从寡妇吴秋香兴办养鸡场开始,最后走出茶间岭新开大车店。该剧着眼于改革开放对于农村和农民心态的改变,而这种改变涉及生活方式、思想感情、价值观念。同时又将讽刺之笔指向广大农村的封建残余意识,深刻地反映了我国农村的现实生活状态。在《雪野》的讨论中,有的学者已经明确意识到电视剧作为大众文化的本质特点,也就是"电视剧的日常性、现实性和家庭性",他们认为《雪野》是真正属于"电视文化范畴的作品"。③

《篱笆·女人和狗》是韩志君、韩志晨兄弟的"农村三部曲"之一(还有《辘轳·女人和井》《古船·女人和网》)。《篱笆·女人和狗》的播出引发了当年荧屏上的东北风,枣花、茂源老汉、铜锁、小庚等角色,给观众留下了深刻的印象。仲呈祥曾说:"《篱笆·女人和狗》等'农村三部曲',写的实际是当代农民的心史。"这部农村题材的电视剧以现实主义为基本叙事立场,揭示改革开放时期农村人的现实生活,创作者忠于农村生活实际,忠于农村人的精神世

---

① 杜庆春:《走向文化生产的经典文本再生产》,《北京电影学院学报》,2000 年第 2 期。
② 史蜀芹:《向大师致敬:电视剧〈围城〉随想》,http://www.library.sh.cn/jiang/yscp/5.asp,2011 年 8 月 4 日。
③ 丁道希:《从〈雪野〉看电视文化的特点》,《当代电视》,1987 年第 1 期。

界,是从农民的立场诠释了农民的生活与精神状态。

(三)主旋律电视剧

由于电视传媒的大众性,电视剧在传达主流意识形态方面,远远超越其他大众媒介和艺术形态,是主旋律文化产品传播最便捷的渠道。主旋律电视剧的生产大多数都得到各级党政军部门直接与或间接的支持,主要类型有行业剧(即表现某个由政府部门管理的行业业绩的电视剧)、"英模剧""重大革命历史题材剧(重大历史事件剧/重大人物传记剧)""红色题材(红色经典)剧"和"军旅剧"等等。

20世纪90年代初期,全国电视剧创作题材规划和引进海外电视剧管理工作会议就提出了"弘扬主旋律,提倡多样化"的创作原则。这一时期的电视剧创作也呈现出以主旋律为主,多种电视剧类型共同繁荣的发展态势。尤其是在1991年中国共产党建党70周年、1993年毛泽东100周年诞辰之际,《纪委书记》《少年毛泽东》《中国出了个毛泽东》等优秀剧目都给观众留下了深刻印象。

在1994年召开的全国宣传工作会议上,江泽民发表了重要讲话。针对如何加强和改进宣传工作,他明确提出要"坚持为人民服务、为社会主义服务的方向和百花齐放、百家争鸣的方针,弘扬主旋律,繁荣社会主义文化"。正是在这样的方针指导下,20世纪90年代中期涌现出许多表现现实题材的精品剧目。《西部警察》《孔繁森》《英雄无悔》《重案探组》《问鼎长天》等都契合了弘扬主旋律、强化精品意识、现实题材等创作标准,其中表现改革、反腐倡廉等重大社会问题的剧目尤为突出。

不断深入的改革开放给中国人带来了巨大的生活变迁,尤其是城乡两种文化价值观念遭遇了新中国成立后最大的一次碰撞,20世纪90年代以来,大批反映城市改革、探寻改革的深层次问题的电视剧受到广泛关注。《外来妹》《情满珠江》以及《选择》等都把关注焦点放在了农民进城后价值观念的转变、城市化进程和新农村建设的探寻等问题上,这些电视剧以艺术的方式记录了这段辉煌而艰难的改革历史。

针对社会转型期出现的拜金主义、享乐主义、传统道德丧失和贪污腐败等社会问题,电视剧创作发挥了观照现实联系实际的功用,表现反腐主题、树立先进人物形象……这些内容既表达了主流话语,又与世俗生活结合起来,广受观众好评。《苍天在上》《英雄无悔》《党员二楞妈》《人间正道》《难忘的岁月——红旗渠的故事》《开国领袖毛泽东》等剧目都将视角对准了现实生活中存在的官吏腐败问题,表现出打击腐败的力度和难度。这些主旋律电视剧通过对先进形象的塑造,达到弘扬先进精神、先进意识的宣传目的,为处于市场经济转型时期的中国民众树立道德模范。

中国电视剧与主流政治意识形态保持着高度的同步性,这不仅保证了电视剧传播的畅通性,也保证了喜欢以政治作为生活谈资的中国观众的心理支持。主旋律电视剧基本上都取材于当时的时代中心议题,通过宏大的历史或者政治背景来表现人物,现实矛盾的设置与解决基本上都按照主流观念进行,通过善恶分明、奖惩公正的结局给予观众正确的社会价值引导。

(四)逐渐成为电视剧大宗产品的通俗电视剧

从20世纪80年代到90年代,中国处于社会转型时期,社会转型的冲突、分化、无序与寻求共融、整合、有序的努力,在这一时期的中国电视剧上留下了深深的烙印。一方面是"主旋律"电视剧在继续努力维护国家意识形态的权威,另一方面是大量的通俗电视剧通过市场机制形成了多元的文化产业格局。

在平凡人的日常生活中去寻求人生的意义,是现实题材电视剧的内在需求。1990年,中国第一部室内电视连续剧《渴望》的热播,标志着通俗剧逐渐成为中国电视剧的主流。这部电视剧利用社会赞助资金,采用基地制作、室内搭景、多机拍摄、同期录音、现场剪辑的工业化制作方式,用善恶分明的类型化人物、二元对立的情节剧模式和扬善惩恶的道德化手段来叙述普通家庭中普通人的悲欢离合。这部当时中国最长的电视剧在中国各地都引起了巨大的反响,多家电视台轮流播放。《渴望》的制作模式成为了一种范本,随后出现了大量表现普通家庭传奇故事的电视情节剧,这种模式直到现在还长盛不衰,家庭伦理剧、"苦情戏"等仍然是最重要的电视剧类型,依然是电视剧的大宗产品。

通俗剧逐渐探寻出属于自己的发展道路——讲述普通人的故事,表现平民化日常生活内容。这种反崇高的审美趣味和创作路线引发了广大观众的认同。这一时期涌现出许多广受欢迎的作品,如《编辑部的故事》《上海一家人》《过把瘾》等。

20世纪90年代初期,中国掀起了一股海外淘金热,这股热潮也造就了电视剧《北京人在纽约》。这是一部充满异国情调的通俗剧,创作人员抓住了改革开放以后涌现的出国潮这一社会热点话题,也抓住了人们对于这些游子在海外生活经历的好奇心。该剧讲述了一对夫妻放弃国内的事业基础和地位,带着梦想出国打拼的故事。音乐演奏家王启明和医生郭燕,本来拥有一定的经济基础和社会地位,还有一个年幼可爱的女儿,他们为了追求那个传说中的"美国梦",毅然飞向大洋彼岸,然而面临的却是十分残酷的考验。夫妻俩在纽约面临了强烈的文化冲击和无情的生存竞争,王启明放弃了自己的专长,以打零工为生。原本美满的家庭也分崩离析,两人各自组建了新的家庭,女儿来到美国之后,情感受到各方面的刺激,人生观和价值观都发生了很大的变化。

《北京人在纽约》将矛头直接指向社会上的盲目出国者和崇洋媚外思想。随着改革开放的深入,整个社会文化心理对于异国生活,尤其是对美国具有强烈的了解欲望,仿佛"外国的月亮特别圆"。该剧并没有回避出国潮中涌现出来的文化、家庭等矛盾,而是以一个家庭的发展脉络展现出残酷的社会现实,为人们敲响了警钟。

《过把瘾》改编自王朔的小说,也是一部十分优秀的通俗电视剧。该剧描写了方言与杜梅从相识、相爱、相斥、相离、相信,直至最后再次相聚的故事,这当中充满了婚姻的沟沟坎坎、恩恩怨怨、磕磕绊绊。《过把瘾》把普通人的情感故事搬上荧幕,没有把婚姻当作爱情的结束,而是把漫漫爱情路讲述得淋漓酣畅。

(五)亦正亦谐的古装历史剧

在20世纪90年代初期,中国大陆和香港合拍了戏说历史剧《戏说乾隆》和《戏说乾隆续集》,一炮走红。20世纪90年代后期,大众的审美趣味表现出向娱乐化的转变,偏重于"戏说历史"的电视剧让人们乐在其中。《宰相刘罗锅》让"戏说"成为热点后,接踵而来的《康熙微服私访记》成为中国电视剧史上续拍最多的系列电视剧。

除了戏说剧之外,历史正剧依然是中国电视剧创作的重要主题。历史正剧要求创作者在把握历史真实和艺术真实的关系中,严格遵循现实主义的创作原则。《雍正王朝》是具有代表性的历史正剧。《雍正王朝》以清朝雍正时期为历史背景,波澜起伏的故事情节和剧烈的矛盾冲突,再现了惊心动魄、错综复杂的政治斗争,还成功塑造了才华横溢、城府颇深的八爷,骁勇善战、狂妄自大的十四爷,忠诚而智慧的李卫,满腹野心的年羹尧等形象。对于雍正的阴险恶毒、善于权术以及政治智慧、人性温暖都予以了同样的书写,重新塑造了这位清初的皇帝。

根据中国古典名著改编的电视历史剧是中国电视剧制作最成功的作品类型之一,继20世纪80年代后期完成了《红楼梦》《西游记》的改编之后,《三国演义》(1994)、《水浒传》(1998)的改编也获得了成功。古典名著的改编一方面获得了主流政治意识形态的首肯,另一方面也推动了中华经典文化的现代传播。电视剧的制作者也通过古典名著本身的影响力获得了海外市场推广的可能性,因此,90年代的名著改编受到了主流政治以及大众文化生产者的普遍青睐。

从1958年第一部电视剧《一口菜饼子》开始,中国电视剧走过了50多年的历史。作为一种艺术的观念,电视剧发生很大变化,《一口菜饼子》是中国第一个直播的"电视小戏"。所谓直播,就是指演员表演、电视传播、观众收看是同时进行的。此时的"电视剧"的含义是在演播室演出的戏剧,经过多个镜头拍摄,镜头分切的艺术处理,通过电子传播与荧幕传达给观众的一种新型的艺术样式。此时的电视剧观念基本上依托于戏剧美学,具有强烈的舞台表演的特色。

改革开放之后,电视剧进入了快速的复苏时期,此时电视剧开始实行实景拍摄,借鉴电影镜像语言,在叙事方面采用蒙太奇的结构方式获得了时间与空间的多维度自由,此时电视剧观念的变化主要借助了电影美学的资源。1978年到1982年,中国电视剧基本上以单本剧为主。从中国电视事业初步发展时期的"电视小戏"到20世纪80年代初期的"单本电视剧",中国电视剧生产者初步明确了电视剧的本体特征。20世纪80年代中后期,随着电视连续剧的大量生产,电视剧与电影艺术的差异逐渐显现出来,电视不再是"微型电影院",成为登堂入室、家家户户都离不开的"家庭艺术"。由于电视传播符号是观众面对面的交流,这就注定了电视剧题材必须贴近观众的生活,表达方式必须是不需要花费太多时间思考就能解读的镜像语言。作为电子艺术,电视剧在时间上具有无限性,因此电视剧也是可以包容厚重的题材;由于电视剧可以同样使用电影的蒙太奇镜像语言,这就给电视剧提供了远比电影更广阔的表现空间。中国电视剧艺术观念的自觉,是中国电视剧产业辉煌的重要理论基础,也是中国电视剧总体上超越当代电影的首要原因。

三、新世纪以来的中国电视剧(2001至今)

进入新世纪之后,中国电视事业更加繁荣,相关数据显示,2002年全国电视观众平均能够收看的频道为16个。目前全国各大城市正在进行模拟信号向数字信号的转换,这将大大增加收视频道数量。根据中央电视台进行的观众收视行为的抽样调查,1997年全国电视观众数量为10.94亿,2002年观众数量为11.15亿,观众数量的增长几近饱和。2001年获得电视剧发行许可证的有8877集,2003年突破了1亿,进入新世纪之后的中国电视剧已经进入了生产过剩的时期。新世纪以来,市场化运作已经全面渗透进电视剧制作行业,已经形成比较成熟的电视剧制作模式。

随着互联网的逐步扩展,网民数量的逐渐上升,从电视屏幕转移到电脑屏幕的人数的增加,进入新世纪之后的中国电视也遭遇生存危机,电视网络平台的开发与利用成为新世纪中国电视的重要发展方向。对于电视剧来说,则是增加了一个新的传播平台,据相关数据显示,2010年电视观众人均收看电视剧为32分钟,网络观众单次人均收看电视剧达到3.5集,时长超过了传统电视。① 传播平台的扩展开拓了电视剧的市场空间,新世纪之后的电视剧推进了题材的年轻化、表现形式的娱乐化,这是为了迎合当前电视剧观众网络化的趋势,电视剧也成为时代话题的重要制作者之一,《闯关东》的轰动效应,《金婚》的全民共鸣,《士兵突击》中的许三多更是成为"年度人物","不抛弃不放弃"成为当时的"年度热语"……

历史题材的电视剧依然是新世纪以来中国电视剧的大宗产品,个人史、家族史、国史都有比较优秀的作品出现。《潜伏》是对中国共产党革命历程中秘密战线的战士的书写,这是一部叫好又叫座的电视剧,掀起谍战剧的热潮,同时也开启了对于革命战士与将领的个人化书写的历史。

《士兵突击》反映了以许三多为代表的普通士兵的心路历程,讲述了一个中国军人的传奇故事。有影评人评价说"这不是一部电视剧,它是哲学、是人生,是成长的历史",甚至每一位观众都能在许三多身上找到自己的一些影子。许三多说"有意义就是好好活,好好活就是做很多很多有意义的事",班长老马说"别再混日子了,小心让日子把你们给混了",连长高城说"我认识一个人,他每做一件小事的时候,他都像救命稻草一样抓着,有一天我一看,嚯,好家伙,他抱着的是已经让我仰望的参天大树了"。在如今这个竞争激烈的社会里,这些言语总能给人以无限的勇气和热情。

有人将《大宅门》(第一部2000年;第二部2002年)定义为家族剧的开山之作,讲述了中药世家白府经历清末、民国等时期的浮沉变化,忠实地反映了同仁堂这个大家族的百年沉浮。当时的观众把这部戏叫做"五好电视剧"——故事好、导演好、演员好、后勤好、气氛意蕴好。后来的《乔家大院》《范府大院》《橘子红了》都是家族剧的优秀代表。

在建党80周年与90周年之时,中国的电视文艺工作者奉献了一批献礼作品,《长征》《突出重围》《光荣之旅》《日出东方》等都是优秀剧目,在这期间也产生了不少优秀的军旅剧,借助于中国崛起的神话,军事必须强大的先在叙事框架,在爱国主义的主题中,将民族主义与国家主义结合在一起,创造了一种有效的政治共同体。从《和平年代》《突出重围》《DA师》到《垂直打击》《士兵突击》都是用爱国主义核心思想来建构民族文化共同体,既获得了观众的共鸣又获得政治意识形态的首肯。

社会生活题材电视剧依然有不少优秀作品产生,英国学者约翰·埃利斯说"电视是国家和民族的私生活",电视剧同样也反映了民众所关心的社会问题,反腐剧是其中的重要题材,《大雪无痕》《忠诚》《当关》《大法官》《绝对权利》《至高利益》等剧在当时都具有较高的影响力。电视剧《忠诚》改编自周梅森小说《中国制造》,讲述了一个现实与理想交织的党政干部的故事。该剧曾被评为"最出色的反腐剧"。

家庭生活剧历来都是观众喜爱的题材。《贫嘴张大民的幸福生活》《牵手》《空镜子》《浪漫的事》等作品都为人们津津乐道。《浪漫的事》讲述一个父亲过早离世的家庭,母亲一人面对三个女儿恋爱、结婚、生子、离婚又复婚等一系列生活变故的故事。该剧细致入微地呈现了平民百姓、特别是普通女性真实鲜活的生存状态,获得了飞天奖、金鹰奖等多项大奖。《大

---

① 俞亮鑫:《有线电视好日子是否要被网络取代?争播事件不断》http://www.dvbcn.com/2011-03/03-71057.html,2011年10月20日。

姐》《婆婆》《错爱一生》《搭错车》《中国式离婚》《结婚十年》都创下了很高的收视纪录。《蜗居》引发了对当前的家庭伦理剧所表现的价值观的大讨论,后来的《媳妇的美好时代》《老大的幸福》《金婚风雨情》给荧屏吹来了一丝和谐之风,家庭生活中的宽容理解、相濡以沫成为观众心中的一股暖流。

都市题材的电视剧赢得青年观众的关注。《奋斗》《我的青春谁做主》等都是对现实社会年轻人生存压力、竞争精神的完美写照,引起了一大批年轻人的广泛共鸣。"80 后"第一次以成人的身份迈入社会、踏入家庭生活,正式进入公共视野。同时,表现都市白领职场生活的剧集也丰富起来。"80 后"集体成长是不可回避的话题,"80 后"长大了、成熟了,遇到了来自现实的严峻挑战,他们要追求爱情、追求事业,一刻都不能等待。当代青年人的生存现实是:没有宏大的战场,却有实实在在的职场。《杜拉拉升职记》《女主播的故事》《无懈可击之美女如云》等剧中塑造了一个个形神兼备、有情有义的年轻白领形象。他们平凡、智慧、时尚,在竞争中有得意有失落,他们身上散发出强烈的人格魅力,具有当代年轻人勇于拼搏的精神风貌。

著名媒介文化研究者波兹曼在《娱乐至死》中提到:电视改变了公众话语的内容和意义;政治、宗教、教育和任何其他公共事务领域的内容,不可避免地被电视的表达方式重新定义。电视剧作为电视的主要内容之一,具有相当广泛的收视群,同样也改变着公众话语形式。进入新世纪以来,无厘头、谐谑、恶搞等方式成为都市人宣泄生存压力的途径。三角恋、不伦恋、第三者在"红色经典"电视剧中愈演愈烈,当娱乐化态度碰上严肃题材,不得不使人重新审视这种大众审美的方向。

新版《红色娘子军》成了青春偶像剧,洪常青与吴琼花的爱情纠葛成为全剧主线;《沙家浜》中阿庆嫂、郭建光和胡传魁竟然发展出三角恋爱;《林海雪原》中的杨子荣变成了一个一身江湖气的伙夫,还有一个叫"槐花"的初恋情人,两人搞了场"婚外恋"……人物关系滥情化,只以男女关系为切入点是引发"红色经典"改编争议的关键。针对"红色经典"电视剧泛娱乐化的倾向,2004 年 5 月,国家广播电影电视总局发出《关于"红色经典"改编电视剧审查管理的通知》。同时,还针对涉案剧中大量刑侦细节曝光,暴力、色情、血腥、黑道等内容泛滥下发了管理通知。这些措施对于净化电视剧播出环境发挥了很好的作用。

第四节　中国经典电视剧鉴赏

从 20 世纪 80 年代开始,刚刚经历过巨变的中国人对于丰富的精神生活极度渴望,迅速普及的电视机日益成为文化生活的重要道具。这个时期的人们不仅见证了中国电视事业飞速发展的过程,更见证了电视剧的成长,下面我们就品评一些代表作。

一、《红楼梦》

2011 年初,由李少红导演的新版《红楼梦》揭开神秘面纱,同观众见面。同一时期,作为对比参照的旧版《红楼梦》也掀起重播热潮,包括江苏、北京、广东等在内的七大卫视不约而同选择在白天播出 1987 年版的《红楼梦》。

"一个是阆苑仙葩,一个是美玉无瑕",《枉凝眉》中的唱词唱醉了多少"红迷"的心。自

《红楼梦》问世以来,改编作品不胜枚举。京剧、评剧、黄梅戏、越剧等传统戏曲都搬演过《红楼梦》中的片段,电影从1927年就将《红楼梦》搬上银幕,之后有各种版本产生。1987年,36集电视剧《红楼梦》第一次完整地将文学著作《红楼梦》搬上荧屏,红学家周汝昌称之为"首尾全龙第一功",这是电视剧改编古典文学名著的一次成功尝试。

《红楼梦》被鲁迅先生评价为四大古典名著,是清代小说的巅峰之作。它以荣国府的日常生活为中心,以宝玉、黛玉、宝钗的爱情婚姻悲剧及大观园中点滴琐事为主线,以金陵贵族名门贾、王、薛、史四大家族由鼎盛走向衰亡的历史为暗线,展现了穷途末路的封建社会终将走向灭亡的必然趋势。在1987年版电视剧《红楼梦》播出之前,它还往往被当作高深难读的"大部头"被束之高阁,电视剧的播出激发了《红楼梦》的全民阅读热情。著名红学家冯其庸先生说:"这是《红楼梦》小说有史以来最大的普及。当时确实书店里的书抢购一空,这是对的。以前都是折子的、片断的表演,我们是全本搬演,第一次把《红楼梦》的人物在屏幕上定了位。"

毛泽东评价小说《红楼梦》"不仅要当作小说看,而且要当作历史看。他写的是很细致的、很精细的社会历史"。面对这样一部巨作,要改编成电视连续剧是相当考究的。旧版电视剧《红楼梦》前二十九集基本忠实于曹雪芹原著,后七集不用高鹗续作,而是根据前八十回的伏笔,结合多年红学研究成果,重新构建这个悲剧故事的结局,这是一次大胆的创新,也使得电视剧编创者承受了极大的压力。《红楼梦》于1984年9月正式开机,于1987年上半年制作完成。播出以后引起巨大反响,但并非全是喝彩声。导演王扶林至今仍记得描述当时收视反应的两个词:毁誉参半,差强人意。有说好的,竟然把这个《红楼梦》拍出来了,不容易!细看又觉得不够深刻,味不够,一时争议纷纷。2007年,当中央电视台举办《红楼梦》剧组20年聚会的时候,《红楼梦》已经在各级电视台播出了700多次。经历了岁月的淘洗,1987年的《红楼梦》尽管有很多遗憾,然而终究瑕不掩瑜,成为观众心目中"不可逾越的经典",成为"中国电视史上的绝妙篇章"。

在当时而言,《红楼梦》的拍摄不仅是中央电视台的任务,而且是整个红学界的大事。从做提纲到写剧本、选演员、办学习班,都要逐一征求专家的意见,几乎所有的红学名家都参与其中,红学研究专家都成为这部电视剧的艺术顾问。到现在,电视剧名著改编的班底还未有超越《红楼梦》的。在《红楼梦》成功的带动下,《西游记》《三国演义》《水浒传》都相继改编成功,四大名著改编的电视剧都获得了较好的海外市场回应,也带动了国内名著阅读市场。在新世纪的第一个十年中,新版《红楼梦》和《三国演义》问世,尽管也有不错的收视率,观众普遍反映"新不如旧"。

尽管新版《红楼梦》制作技术方面远远高于旧版,新版本的播出却引发了观众对旧版的怀念,这种现象的产生源于两个方面:一方面源于旧版有大量红学家的艺术指导,从而保证了旧版本对原著精神的忠实表达;另一方面,新版本必须面对先期旧版观众已经形成的观赏体验,按照接受心理来说,除非新版本有重大的突破,否则难以打动这群旧版迷。新版《红楼梦》的境遇,也是当前经典名著重拍片面临的困境。

二、《渴望》

1990年,我国第一部室内剧《渴望》诞生,并且成为通俗电视剧进入中国电视剧主流的标志。该剧几乎囊括了当年"飞天奖""金鹰奖"等所有奖项,制造了观影热潮。那一年,有一个名字感动了数以亿计的中国观众,她的命运牵动着无数善良的心——她就是刘慧芳。该剧以"文革"那个社会动荡不安、是非颠倒的年代为背景,讲述了两对年轻人复杂的爱情经历,揭示了人们对爱情、亲情、友情以及美好生活的渴望。

故事开始于一段复杂的恋情,年轻漂亮的女工刘慧芳面对两个追求者迟疑不决,一个是车间副主任宋大成,一个是来厂劳动的大学毕业生王沪生。在那个普遍歧视知识分子的动乱年代,她以极大的同情心和包容心接纳了后者并与之结为夫妻,又对捡来的弃婴给予了无微不至的母爱,甚至辞掉工作照顾一对儿女。当刘慧芳把一对儿女养大之时,却面临丈夫的背弃和家庭的变故。为了能安慰年迈的公公,她毅然将儿子送去陪伴爷爷;出于对他人亲情的理解,她又将弃婴小芳送还给了她的亲生父亲。最后,剩下的就是孤独的自己。

刘慧芳是一位集中了传统美德的妇女形象:媳妇的孝心、妻子的贤惠、母亲的无私,尽管流过泪之后的观众指责刘慧芳形象"过度夸大""不符合时代精神"。对于作为知识分子代表的王沪生,电视剧对其的价值判断也被指责为"有偏差""过度消极"。这样的批判正指向《渴望》的创作弱点,《渴望》无论从剧情、人物塑造还是表演来说都并非至善至美,那么形成"渴望热潮"的奥秘究竟是什么?

朱光潜先生在他的《谈文学》一书中曾说:"如果作品所写的与自己所经历的相近,我们自然更容易了解,更容易起同情。"车尔尼雪夫斯基在《俄国文学果戈里时期概观》中提到"在人类活动的所有方面,只有那些和社会的要求保持活的联系的倾向,才能获得辉煌的发展。"[①]电视剧《渴望》正是契合了受众审美心理中对于真善美的渴望,对于人间真情的追寻。刘慧芳、宋大成等艺术形象有血有肉,具备奉献、宽厚、真诚等人间至情,从而激起了整个社会心理的强烈共鸣。

故事发生在"文革"时期,剧中人物的人生起伏都随着时代的改变而改变。导演将审视的目光投向世俗生活本身,以一个普通家庭的悲欢离合投射整个民族的遭遇。剧中刘慧芳、宋大成、王子涛、王亚茹等各阶层的人们都充满了浓郁的悲剧色彩,而正是刘慧芳身上的"善"增强了人们追求美好生活的信心,这种真情暖意缓缓流入人们的心底,因而深深打动了刚从历史阴影中走过来的中国人。同时,该剧播出于1990年,那时的中国已经走进了改革开放时期,商品经济的浪潮冲刷着人们的生活和心理,金钱至上、拜金主义、以权谋私等观念严重地冲击着无私、善良等传统道德,刘慧芳的出现满足了观众对美德的期待。

有人说,《渴望》是第一部真正为中国老百姓拍摄的电视剧,人们从中体验到了对普通人情感生活的关怀。它使中国电视剧题材重心从社会公共空间退回到家庭亲情空间。《渴望》的播出,创造了中国电视剧最高收视率——90.78%,"举国皆哀刘慧芳,皆骂王沪生,皆叹宋大成",成为当时独特的文化现象,也成为一个时代的神话。《渴望》的制片人郑晓龙在接受《先锋国家历史》采访时谈道:"《渴望》没有更高的主旋律……我们希望广大人民群众看到《渴望》,心里都有一种温暖的感觉。让人们渴望善良、美好,唤起人性的复归。"从此,家庭生活剧、情感剧如雨后春笋般涌现。电视剧创作回归家庭情感空间,表现出对崇高审美方式的对抗。

进入20世纪90年代,人们的物质生活得到极大提高,精神需求也越来越多样化。此

---

① 车尔尼雪夫斯基:《车尔尼雪夫斯基论文学》上卷,辛未艾译,上海:上海译文出版社,1978年,第544页。

前,电视剧担当的"社会角色"多为表现严肃的社会政治生活,而在新的时代背景下,电视观众的审美视角发生转变,这种转变表现为要求电视剧展现与百姓生活息息相关的日常生活,将老百姓关心的重大社会问题放到日常生活的描述中去。回到家庭、回归真情成为家庭生活剧的创作重心。

三、《奋斗》

由佟大为饰演的陆涛在大学毕业时说:"王老师,请留步。我们很舍不得您,非常非常舍不得您。但是,我们必须告诉您,我们必须离开您,我们必须去工作,去谈恋爱,去奋斗。这件事十万火急,我们一天都不能等。"故事正是以一群"80后"大学生离开大学校园走入社会开始的。

随着新世纪第一个十年的过去,第一批"80后"已经迈入30岁的人生门槛。以往的青春题材电视剧往往围绕他们早恋、溺爱、学业、校园生活等话题展开。如今,那群曾经活跃在校园里的身影跨入了成人的世界,实现了社会身份的转变——由学生到职场人、家庭新手。摆在他们面前的,已不是浪漫甜蜜的校园恋情,而是柴米油盐的家庭生活;不是如诗如画的大学校园,而是残酷的职场竞争;不是乌托邦的梦想,而是真真切切的奋斗……对于"80后"来说,由校园到社会的经历是一次无法错过的共同体验,这也正是该片大获成功的因素之一,《奋斗》被誉为一部展现"80后"生活全貌的"清明上河图",唤起了这一代年轻人的共同记忆,在大学生和年轻白领中反响强烈。

电视剧《奋斗》讲述了陆涛、夏琳、米莱、杨晓芸、向南等当代年轻人面对爱情、亲情、友情和事业等问题的人生态度和取舍,具体到每一个人来说,都是一种情感上的成长。陆涛对夏琳一见钟情,抛弃了女朋友米莱,投入到和夏琳的恋爱中;杨晓芸和向南通过朋友介绍相识,步入闪婚行列,又经历了离婚和复婚;华子收到女友露露和好哥们猪头的结婚请帖,最终在对方的真诚感召下放下了所谓的"面子"出席了婚礼……不管是米莱痴心地等着陆涛还是向南决定回到杨晓芸身边,这些都是他们自己做出的选择,并且需要花费更多的时间去为这个决定负责任。米莱在等待中成长,陆涛在被等中成熟,华子在露露和猪头的婚礼上完成"洗礼",向南在婚后才开始学着怎么去爱,"我从没见过你那么哭过,突然我感觉到,你像个小孩子那么可怜,我感到了我对你的责任,看着你哭,我也懂了什么是责任"。"责任"二字便是剧中的爱情所传达的最大主题。

电视剧的主人公陆涛怀揣着才情与梦想进入社会打拼,在生父徐志森的帮助下事业平步青云,然而却在急功近利的浮华社会中迷失了自己。夏琳为了爱情不惜放弃了一段友情,放弃了去法国学习的机会,却又因对感情的不确定而果断离去。华子从毕业起就不断创业,做二手车、卖盗版书、开发廊、开蛋糕店、开泰国菜馆,屡次失败却很快又找出路……几乎所有的"80后"都面临理想和现实二元相悖的困境。全剧的一大亮点在于对价值观的反思,传达出"金钱不能凌驾于理想之上,更不能驾驭理想"的取向,他们追寻的终点都在于一种灵魂的高贵与宁静。

《奋斗》中的"80后"们独立、叛逆、坚守、执著,有着强烈的自我意识。自"80后"一词诞生之初,伴随的是各种攻击和负面印象,比如"最没有责任的一代""最自私的一代""最叛逆的一代"。然而随着这一代人成长与成熟,他们身上越来越多的人生品质展现出来,那种独立的个性光芒与无所依傍的人生追求更是"80后"们所独有的。尤其"80后"女性——个性独立、忠于自己的爱情观、追求独立人格和事业,剧中的夏琳、米莱、杨晓芸等女性用她们的理智、独立、富于理性生动诠释了这一点。

《奋斗》在做宣传时称,这是继《我们无处安放的青春》以及《与青春有关的日子》之后的又一部青春大戏。这两部电视剧中,前者描写的是50年代出生的人在年轻时代的冲动迷惘和他们对生活的感悟;后者描写了90年代两个人在爱情和婚姻中的两难抉择。《奋斗》却以现实主义视角展现了当下年轻人的成长历程,伴随着时间的流逝,懵懂莽撞的"80后"年轻人走进了职场,步入了家庭,当上了年轻的辣妈,成为了高级白领……一路走来的那些共同记忆,只为纪念那"肉包子打狗"般的青春。

第七章 绘画艺术观念和作品鉴赏

面对经典绘画作品,美国文化历史学家房龙试图回答"什么是真正的画家"和"画家究竟想干什么"等问题时,遭遇了极大困难,困难来自于东西方绘画历史的源远流长。关于这些问题,艺术家都给予了不同的回答。从旧石器时期的岩画、地画、树画、洞窟壁画,以及新石器时代陶器上的图饰,从青铜器时期器皿上的象形图案,再到有文字记载的古典艺术、现当代艺术,尽管风格赫然迥异,却都留下了时代生活的印痕。当人类有了自我意识后,都会试图以某种方式向他人传达自己的思想,其所见、所闻、所思、所感。面对同一景像,艺术家都有可能会被它的朴实、和谐或者突兀嶙峋所震撼,音乐家会通过音符将这种感受表达出来;诗人则会以文字、诗句向人们传递这种情感的跃动;作为画家,他则会使用最能展现其天赋的媒介——色彩和线条描绘那一刻的感动。由此可见,所有的艺术精神在人类的心灵层次都是相通的。

面对一幅幅美术作品,当我们惊叹李唐的"山水"、郑板桥的"竹"、徐悲鸿的"马"、齐白石的"虾"、毕加索的"拿烟斗的男孩"、梵·高的"向日葵"时,心中总会有疑惑,艺术大师们在何种心境下创造了这些艺术精品?这些艺术精品究竟表达了什么?这就是绘画之"理"要解决的问题。《庄子·养生主》中庖丁解牛的神妙,在于其对牛之"理"了然于心,然后才能出神入化。绘画之"理"也同于庖丁解牛之"道"。苏轼《文与可画筼筜谷偃竹记》中写道:

> 故画竹必先得成竹于胸中,执笔熟视,乃见其所欲画者,急起从之,振笔直遂,以追其所见,如兔起鹘落,少纵则逝矣。与可之教予如此。予不能然也,而心识其所以然。夫既心识其所以然而不能然者,内外不一,心手不相应,不学之过也。故凡有见于中而操之不熟者,平居自视了然而临事忽焉丧之,岂独竹乎?子由为《墨竹赋》以遗与可曰:"庖丁,解牛者也,而养生者取之;轮扁,斫轮者也,而读书者与之。今夫夫子之托于斯竹也,而予以为有道者,则非耶?"[①]

"胸有成竹"而得通晓其"理","象外之境"而得精湛其"技","理"于"技"先,观念的高逸解放了技术的桎梏,绘画之"理"也就在于此。

[①] 〔宋〕苏轼,孔凡礼点校:《苏轼文集》第二册,北京:中华书局,1986年,第365页。

第一节　中国绘画艺术观念

一、史前绘画艺术观念

关于中国绘画的起源问题,跟世界的起源一样是不可考的。从无年代记载的岩画开始,地画、树画、壁画等其他原始绘画在不同地区相继出现,我们只能推测出中国绘画创作的前点可以上溯到史前的旧石器时代,是史前文化的重要组成部分。这些绘画当中,有些可谓巨制,比如内蒙古阴山岩画,相互连接的画面和图像从旧石器时代开始,经过各个历史断代的连续补充,使得绵延300公里的山脉成了令人叹为观止的画廊。它们的画面或以动物、植物为内容,或描绘人类的活动,手法简单,大多出于宗教和巫术的目的,并不是出于审美和欣赏的需要。类似的还有连云港孔望山将军崖岩画遗址。

至于地画、树画,"希望能明确这样一个问题:岩画产生之前或同时,可能有地画,甚至还有树画。而且,地画、树画的数量在当时并不是少数。地画,不一定刻凿,除少数用墨、彩之类作画外,多数可能用尖石子或树枝在泥土上画;至于树画,可能有刀刻。只不过地画、树画不易保存,不像岩画,经得起风霜雨雪,尚能保存下来。"①甘肃秦安大地湾在1982年发现了一幅新石器时代的地画,被绘制在室内近后壁的中部居住面上。与新石器时代的其他画类相似,地画除了反映当时原始人类的生活场景,主要体现原始宗教信仰,实际上就是当时最直接的生活功用。

新石器时代另一个重要的绘画种类毫无疑问是陶画。"陶器的发现,它的意义,不只在充分地发挥了火的功能,还在于制作上改变了原材料的性质,标志着人类在与自然斗争中获得了一项新的划时代的创造。"②在长江、黄河、淮河、珠江流域的新石器时代遗址中,大量的陶器涌现,包括灰陶、黑陶、彩陶,陶器上的图案艺术将当时的绘画水平推至高峰,甚至影响了中国早期绘画写实风格的形成。"绘画走入图案,看上去似乎和写实的发展方向不符。殊不知,原始绘画的图案化,正是写实的酝酿阶段。它收拾了零星的小股写实,使之规范化,锤炼了形象的变异能力,重要的是:它通过图案,展现和传播了绘画审美,让绘画心安理得地进入社会生活。"③陶画的几何图案也反映了先民的记事能力,呈现出原始文字的符号意义。这揭示了中国传统绘画从一开始就具备了"书画一体"的雏形,"写"与"画"之间难以划分界限。

新石器时代的陶器

---

① 王伯敏:《中国绘画通史》,北京:三联书店,2008年,第22页。
② 王伯敏:《中国绘画通史》,北京:三联书店,2008年,第9页。
③ 江宏:《名作的中国绘画史》,上海:复旦大学出版社,2006年,第7页。

二、先秦绘画艺术观念

进入青铜器文化初期的先秦绘画并不是特别发达,加之留存下来的画作残缺不全,现存最早的布画殷人画幔证实了西周之前便有了布帛画,且画幔一直在民间使用到现在。绘画艺术的表现主要体现为青铜器的纹饰。受原始绘画尚图案刻画的影响,青铜器纹饰的写实性和装饰性十分突出,但是非常明显的是其造型能力通过概括、变形、组织得到极大的提高,内容主要还是反映当时的生活,象征权力的神化。同时,那个时代也开始出现对绘画作用的基本认识。

比如《尚书》所记:"予欲观古人之象,日月、星辰、山龙、华虫、作会、宗彝、藻火、粉米、黼黻、绨绣,以五采彰施于五色,作服汝明。"①日、月、星辰、群山、龙、华虫、宗彝、藻、火、粉米、黼、黻等,通称"十二章",绘绣有章纹的礼服称为"章服"。十二章纹,是中国帝制时代的服饰等级标志,指中国古代帝王及高级官员礼服上绘绣的十二种纹饰,十二章纹其实就是十二种图案,各有其象征意义。可以看出,在中国绘画观念的源头上,绘画不是被看成艺术的,而依然是一种装饰图案。可是,它是"以对自然、物象的观察和真实表现为主的","自然忠实成了一种基本观念。"②同时,"自苍颉之后,有虞氏在官吏的服饰上绘制五色纹彩,绘画的独立性就此得以明确。既然可以根据服饰上的五色纹彩来鲜明区分官吏的身份,那么地位的高低尊卑也就因此而能够得到明确,于是,礼乐大大地得到阐发,教化也由此兴起。"③

《周易》对于绘画的功用有这样的论述:"以通神明之德,以类万物之情"④,可见,在先秦时期,绘画已然开始承担社会教化的作用,"夫画者,成教化,助人伦"⑤。关于绘画产生的原因,《易经》认为是"圣人有以见天下之赜,而拟诸其形容,象其物宜,是故谓之象。"⑥"象"在《周易》中基本的含义就是指那种能够诉诸人的视觉的、有显见的外在形貌的具体物象,是一种鲜明的"视觉表象"。由此看来,《易经》对于绘画的理解是基于保存形状物貌,以图"立象",然"立象以尽意",表达思想意愿。不难看出绘画的功能和意识在此进步了许多,不再单一地为自然物理描笔,而是通过绘画的艺术活动传达人对于事理的审视,从而产生了最初的审美知觉和艺术娱乐,"以尽情伪"。

除此以外,《左传》进一步明确绘画关于教化意义的社会功用,还开拓性地涉及了绘画本体性的认知,"远方图物"、"铸鼎象物",隐含着对于绘画中写真和模仿的内容。战国时期,诸子百家的典籍中涉论绘画增多,虽未成系统理论,但是表现出当时艺术的审美倾向。加之绘画遗作不少得以传世,让我们更为直观地认识这个时期的绘画及其观念,比如战国帛画《龙凤人物帛画》。而关于绘画的言论,孔子儒家的入世与老庄道家的出世作为最具影响力的审美价值观念对后世产生了深远的影响。

尽管孔子没有直接言说绘画之理,其评述却蕴涵了中国重要的美学观念:"君子不以绀

---

① 林木、李来源:《中国古代画论发展史实》,上海:上海人民美术出版社,1997年,第6页。
② 贾涛:《中国画论论纲》,北京:文化艺术出版社,2005年,第26页。
③ 张彦远撰,承载译注:《历代名画记全译》,贵阳:贵州人民出版社,2009年,第6页。
④ 黄寿祺、张善文:《周易译注》,上海:上海古籍出版社,2007年,第549页。
⑤ 张彦远撰,承载译注:《历代名画记全译》,贵阳:贵州人民出版社,2009年,第1页。
⑥ 黄寿祺、张善文:《周易译注》,上海:上海古籍出版社,2007年,第384页。

缃饰,红紫不以为亵服。当暑,袗绤绤,必表而出之。"①君子不用近乎天青色和铁灰色作镶边,浅红色和紫色不会用于平常居家的衣服。可见孔子在色彩意识上的元认知能力,并且借其学说的巨大影响力将色彩意识的观念传播下来,醒发后世。其二,"知者乐水,仁者乐山。知者动,仁者静。知者乐,仁者寿。"②把欣赏自然之景与君子之道联系起来,强调仁智的品德与情操,崇尚素雅,对于后世文人士大夫的审美思想奠定了基础。其三,"子夏问曰:'巧笑倩兮,美目盼兮,素素以为绚兮。'何谓也? 子曰:'绘事后素。'"③先有白色的底子再作画,这是关于绘画的一段比较直接的描述,参照孔子学说"仁"与"礼"的关系,它包含了仁之于礼先的道理,但是,"以今天的认识看待这一论述,可以理解为:在绘画上,思想内容是主,形式是辅;绘画的目的性是根本,然后才是形式。此种议论已经涉及绘画构成的两个重要组成部分——内容与形式,为此后中国画论的展开开列了方向性清单。同时这一论述突出了绘画内容的重要性,强调绘画的社会价值,与《左传》中'使人知神奸'的理论异曲而同工。"④

老庄学说中关于绘画的论述相对较多,在其核心思想"道"观照下,有如下内容:其一,"玄之又玄,众妙之门。"⑤"玄"与"道"被同义阐释,是为"道玄","玄"在色彩意义上即指黑色。在道家学说里面,黑色深沉而单纯,是最受钟爱的颜色,且"五色令人目盲",明显地表现看重单一的素色、反对华丽繁复的玄素质朴的色彩观,为后世墨法的发展提供了理论依据,也成为后世孜孜以求的美学境界。其二,《老子》四十一章之"大象无形"及四十五章"大巧若拙",强调"无"的特性,虚无,空灵,而至"笔不周而意周";还强调"拙"的特性,拙朴,单纯,而追求"宁拙毋巧"。因此,气韵与意蕴的审美要求使得中国画能在写意的道路上渐行渐远,在美学观念中都属于顺应自然而对生命体验的慧悟。庄子学说以哲学故事来阐释艺术的真谛,就绘画而言,"解衣般礴""庖丁解牛"等借由人生哲学来反馈绘画艺术的观念,继承了老子自然而然、象外之境的创作态度,并进一步延伸了"真"的审美思想。庄子认为,外在形体是次要的,最重要的是内在精神,只要顺应自然,内在的真实弥足珍贵。至此,重神轻形的审美观成为中国绘画长期以来最重要的思想根源,也有力地促使了中国画从写实走向写意。

三、秦汉绘画艺术观念

秦汉时期绘画初具规模,壁画、漆画、木板画、木简画、画像砖、石与瓦当、帛画甚至肖形印等多个画类皆已兴起并发展迅猛。宫廷画家、画工及文人画家张衡、蔡邕等也使我们看到秦汉时期中国绘画的兴盛。但是绘画的目的主要还是为统治者歌功颂德,以此巩固其封建统治,绘画的观念演变为一种维护封建统治的道德观念。汉早期"无为而治",武帝时期"独尊儒术",都对绘画提出了政治要求。但是也可以看到《淮南子》以"无为"继续论述"形神关系"以及创新提出"谨毛而失貌"的观点;东汉无神论者王充主张绘画要反映现实,反对尊古卑今,都代表了绘画艺术发展的一个必然时期,具有那个时期的现实意义。

---

① 杨伯峻:《论语译注·乡党篇》,北京:中华书局,2009年,第98页。
② 杨伯峻:《论语译注·雍也篇》,北京:中华书局,2009年,第61页。
③ 杨伯峻:《论语译注·八佾篇》,北京:中华书局,2009年,第25页。
④ 贾涛:《中国画论论纲》,北京:文化艺术出版社,2005年,第36页。
⑤ 陈鼓应:《老子注释及评介》,北京:中华书局,1984年,第53页。

四、魏晋南北朝绘画艺术观念

魏晋南北朝时期战事连连,政局混乱,促使文人画家寄情艺术以逃避世俗的烦扰。由于内心思想诉求的不同,儒家、道家的观念分庭抗礼,加之佛教文化也占据了一席之地,中国传统文化的三种主要思想资源为此时的绘画艺术提供了丰厚的发展空间,开始出现系统化的绘画理论。如东晋顾恺之的画论,南宋宗炳的《画山水序》,王微的《叙画》,南齐谢赫的《古画品录》,南陈姚最的《续画品录》等,对后世产生重大的影响。

此时的绘画理论非常强调社会教化等功利性,比如顾恺之针对人物画和肖像画提出"以形写神",宗炳的"求真""求本""求心"充分肯定了山水画的美感享受,恰恰应和了孔子"游于艺"的思想,又张扬了自我个性。王微的思想是入世和出世的对立与统一,也是那个特定历史时期的典型代表,比如其"素无宦情"就充分表现出避世的性情怡悦,以山水画修身养性,大异于绘画一直以来重"教化"的社会功用,使其成为真正的审美艺术。谢赫的六法论是中国绘画审美中极其重要的标准和法则,曰:"气韵生动,骨法用笔,应物象形,随类赋彩,经营位置,传移模写",尤为注重内在的精神意义,并以"气韵生动"实现他法,"千古不易的是'六法'的名称,而不断发展的绘画,不断更新的绘画审美,则在'六法'的'我注'和'注我'的过程中,与时俱进,新意迭出。"[①]

姚最《续画品录》最有价值的便是第一次提出了"心师造化"的观点,成为中国绘画理论最重要的命题,阐释了画家与自然之间的唯物关系。唐代张璪在此基础上提出"外师造化,中得心源",使得画家们在实践中重写生、重生活,建构了现实主义绘画的形体。另外,姚最的"逐妙求真"也影响非凡,特别是对宋朝院体写实绘画的发展提供了基本法则。

另外值得一提的是苻秦建元二年(366 年)开凿的敦煌莫高窟,作为佛教文化东入而产生的佛教洞窟壁画代表,经历数代,是中国艺术的瑰宝。壁画以佛教故事为内容,结合本民族的文化加以革新、创造,并带有不同时代的绘画观念和手法的明显印迹。

五、隋唐五代绘画艺术观念

隋唐五代时期,中国古代绘画进入了第一次辉煌,尤其是唐代,中国绘画走向成熟。短暂的隋朝作为魏晋南北到唐代的过渡,在绘画实践上主要体现为卷轴画和壁画,综合了前朝的各种表现方法,并起到继往开来的作用。而唐朝绘画艺术之灿烂实在令人向往。

初唐时期,画风雄健,主要以故事画、宗教道释画、功德人物画为主,也反映人们的现实生活,这与唐朝初立有很大关系,绘画必然要发挥最大的社会功用,助益于封建统治。盛唐时期,题材多样化,但是对画理的追求强调形神兼备,特别注重传神,见于众文人诗文中的论画诗句以及王维《山水论》《山水诀》,并且充分结合"诗意",重视对绘画意境的不断追求。

中唐、晚唐时期,受政治经济动荡的影响,绘画实践较之以前开始有所下滑,绘画理论的成就却很高。特别是张彦远《历代名画记》,系统地整理了前述,总结了"书画同体""意存笔先"等中国绘画的本体特性,第一次明确了谢赫"六法"的内在关联,并梳理了绘画功能及绘

---

① 江宏:《名作的中国绘画史》,上海:复旦大学出版社,2006 年,第 36 页。

画用笔等,影响巨大。

到了五代,"绘画达到了中古绘画的新水准"[①],特别是山水画,成就斐然。荆浩《笔法记》在总结前人绘画实践方法基础之上,提出了"搜妙创真",认为"真"是事物的精神实质,非画不可,并在谢赫的"六法论"之上发展了"气、韵、思、景、笔、墨"六要。上述两类对绘画的心与形都提出了成熟的要求,指出了中国绘画的"立意"与"立形"的正确关系。

六、宋元绘画艺术观念

宋代艺术政策宽松,绘画因而繁荣鼎盛,特别是院派绘画和文人画,两者对立又互长。院体写实绘画与政治意识不无关联,主要受伦理教化观念的影响,在统治阶级有意培养和推动之下,院派写实风十分盛行,注重笔墨技巧和艺术形式,促成了花鸟画的发展和成熟。南宋时期院体画从山水画破体而出并走向成熟,继而波及花鸟画、人物画,强烈地冲击着早先工整细致的画法,画风略繁从简。

宋代文人画的粉墨登场实际上是文人政客、诗人、书法家等展现自身审美理想的必然趋势,他们的学识修养、性情人格得以在绘画中传达。文人画丰富了传统绘画观念,"最为关键的是,文人画家把传统上重社会教化作用的绘画功能变为理想人格精神情趣的抒发,将诗、书、画融为一体,'文人画'的品格特征得以成形。"[②]文人画的肇始证明了宋代绘画发展的一个事实,即写实绘画向写意绘画正式迈进的探索,书法被纳入绘画,系与"心源",从墨竹到墨梅、墨兰,后来便有了工笔和意笔之称。写意的寓意就在心源塑造及造化的意识之中,画家的绘画实践变为主动的观察和体会,展现画家的审美理想。

元代绘画观念发生了重大的变化,主要是宋代和宋代以前写实绘画的极端发展给画家造成了一定的束缚,加上元朝统治者放弃对绘画的管束,画家的身份和结构也骤然改变,宋代那种宫廷画家不复存在。于是,元代画家在表达自己的审美理想时更为旷达、自由,强调绘画表现情感。

文人画在元代得到进一步的发展。元朝社会的突变给文人带来的不是顺从,而是避世的反抗,他们无法在社会平台上展现一切与政治相关的现实主义题材的作品,只能以迂回的、寓意的、含蓄的方式纾解,久之便形成了元代绘画变实为虚的感情色彩。正如明代张泰阶在《宝绘录》中所述:唐人尚巧,北宋尚法,南宋尚体,元人尚意。倪瓒的"逸气说""逸笔说",钱选的"士气说"都倡导绘画的传神和气韵,重笔墨情趣,潇洒而不羁,但是完全逃脱传统的写实思想并不可能,所以当时绘画的主流观念矛盾一直贯穿着元代绘画的始终。"士大夫工画者必工书,其画法即书法所在"的说法更体现了文人画的特征"书法入画法",同时结合诗歌的逸气,元代绘画具有了浓郁的文学意味。

七、明清绘画艺术观念

明代统治阶级对画家的迫害使得明代复苏了宋代院体绘画。唯统治阶级意图是瞻,一

---

① 王伯敏:《中国绘画通史》,北京:三联书店,2008年,第302页。
② 贾涛:《中国画论论纲》,北京:文化艺术出版社,2005年,第118页。

味地模仿古人,厚古薄今,没有自成体系的绘画审美中心引导,主流观念缺失。直到宣德年间,明代的院体山水开始探索自己的道路。它继承了南宋的院体风格,由于被日益成熟的文人画影响,明代院体山水更具有自如、烂漫、直率而富有生气的特点。另一方面,与院体绘画对应的文人画在明代达到了高峰,逐渐占据了画坛的支配地位,注重立意和笔墨。如祝枝山说:"绘事不难于写形而难于写意",可见"意"是当时画坛的至高准绳。

明代末期,董其昌提出山水画的"南北宗论",引发了绘画观念的大辩论,"以手法、风格区别,又拘于青绿与水墨两种画法,所论前辈画家并非出于自觉,故有自相矛盾与歪曲历史之虞。"[1]这种南北分宗的观念有利于梳理明清时期文人士大夫绘画实践和理论,突出了南北审美观念的异趣,"扬南抑北",为后代推崇柔靡南风作了坚实的铺垫。

清代绘画进入一个特殊发展的时期。清政府"以夷制汉"的统治和汉文化的根深蒂固冲突不断,加上西方外来艺术的冲击,使得清代绘画在中国传统绘画之路上显得黔驴技穷,虽为"师古",但服务于政治需要,是为"做作",毫无新意。只有偏于一隅的文人画还在苦苦挣扎,这与他们的避世求存相关。因此,他们的绘画在"师古"的实践过程中显得个人风格强烈,追求自我的笔墨修养。

王原祁在《雨窗漫笔》中说:"淡妆浓抹,触处相宜,是在心得,非成法可以定矣。"石涛在《画语录》中以"具古以化""法障不参""借古开今"进行了清代画坛的革新,并提出了"一画说",论证"夫画者,从于心者也",可以理解为对道家哲学的画法注解。"清初四僧"之一的石涛主张"内外合操","这正是传统中国画意境审美的基本点。赋形式于意义,寓精神于物象,情中有景,景中生情,情景交融,既体现了人与自然之间的交融和谐,又展示了人作为主体的创造精神。"[2]被誉为"清代一冠"的常州派的创立者恽格则追求学养的"士气"和"逸气",并说道:"笔墨本无情,不可使运笔墨者无情,作画在摄情,不可使鉴画者不生情。"[3]"情"为绘画艺术观念的最终载体,来指导艺术活动结果的实现过程,达"意"而善终。郑板桥的绘画观念着力于"胸有成竹""意在笔先",极符合道家"有"与"无"的辩证统一,"识"于先而"意"相随,画家的个人修养、情思造诣就显得尤为重要了。

八、近现代绘画艺术观念

中国近现代绘画经历了历史上最大的裂变。近代以来国土的分崩离析,社会的黑暗,政权的更迭,使得中国绘画惨淡经营,但也迸发出些许生机与活力。可是,绘画的主流观念难以确定。受到新文化思潮的冲击,画家群体反对一味"摹古",而主张注意社会现状,用画笔传递对现实的认识与反思,呈现了较强的社会教育意义。

传统绘画方面,如齐白石、黄宾虹、张大千等依然坚守"中国画"的阵地,延续中国传统绘画艺术观念,笔意、墨意、心意盎然,产生了富有当下文化内涵、与画家感情兼容的艺术价值,传承了中国文人画的传统。至于刘海粟、林风眠等人,皆受到西方艺术的熏陶,学以致用,将中国文化传播到世界的同时,也将西方的绘画元素糅进了作品中;林风眠的"中西调和"、实

---

[1] 贾涛:《中国画论论纲》,北京:文化艺术出版社,2005年,第173页。
[2] 贾涛:《中国画论论纲》,北京:文化艺术出版社,2005年,第199页。
[3] 恽格:《南田画跋》,《画论丛刊》(上),北京:人民美术出版社,1962年,第177页。

现"民族化"应算得上是现代语境下中国绘画本土化、民族化命题提出的鼻祖。他的先觉为现代绘画观念的立足提供了保证。

新中国成立以来,绘画艺术备受争议。在全球一体化的范畴中,中国绘画在崇洋与回归之间纠结,既共享着西方现代艺术的所有表现方式,又继承着中国传统绘画的精髓力量,两者是否真能"调和"? 无法回答。但是可以明确的是,中国传统绘画审美价值体系中的"气""意""趣"肯定是最符合中国人的审美观念的,而且我们也决不能丢弃它,漠视它,甚至糊弄它,应该最大化地继承并发扬,以最民族化的身份屹立于世界,才是与世界绘画的真正统一。

第二节　中国经典绘画鉴赏

中国绘画的历程就是一部史诗,承载着许多人物的故事、社会的变更和思想的变迁,如歌如泣,美丽动人。面对着浩瀚的绘画艺术,作为欣赏者,我们通过一幅幅作品与不曾谋面的艺术家畅谈人生、分享喜悲、切磋技巧、共悟大道。那么,就让我们一起走进中国绘画艺术的历史长廊,共同翻开中国传统艺术精神的灿烂篇章。

一、《洛神赋图》

原《洛神赋图》(27.1厘米×572.8厘米,绢本长卷,设色),东晋顾恺之作。我们今天所看到的是宋代摹本,分别藏于辽宁省博物馆、故宫博物院、美国弗利尔艺术博物馆等处。

顾恺之(约345～406)

顾恺之(约345～406),字长康,东晋画家、绘画理论家、诗人。晋陵无锡(今江苏无锡)人。曾任参军、散骑常侍等职。他出身士族,多才艺,工诗词文赋,尤精绘画,特别是肖像、历史人物、道释、禽兽、山水等题材。张彦远称道:"多才艺,尤工丹青,传写形势,莫不妙绝。"[1] 顾恺之的作品无真迹传世。流传至今的《女史箴图》《洛神赋图》《列女仁智图》等均为唐宋摹本。顾恺之在绘画理论上也有突出成就,今存有《魏晋胜流画赞》《论画》《画云台山记》三篇画论。他提出了传神论、以形守神、迁想妙得等观点,主张绘画要表现人物的精神状态和性格特征,重视对所绘对象的观察、体验,通过形象思维即迁想妙得,来把握对象的内在本质,在形似的基础上进而表现人物的情态神思,即以形写神,开创了整个绘画理论的新纪元。顾恺之的绘画实践也体现了其艺术观念:"顾恺之之迹,紧劲联绵,循环超忽,调格逸易,风趋电疾。意存笔先,画尽意在,所以全神气也。"[2]

---

[1]　张彦远撰,承载译注:《历代名画记全译》,贵阳:贵州人民出版社,2009年,第280～281页。
[2]　张彦远撰,承载译注:《历代名画记全译》,贵阳:贵州人民出版社,2009年,第79页。

顾恺之《洛神赋图》

《洛神赋图》是中国人物画中的翘楚。相传顾恺之读罢《洛神赋》大为感动,遂凝神完成该画卷。此画卷一出,无人再尝试该题材,它成为中国绘画史上无人超越的名画。《洛神赋》为建安七子之一曹植所写,传说曹植年少时曾经与县令甄逸之女甄宓相恋,后来甄宓却嫁给其兄曹丕,生了明帝曹睿后因谗言获罪致死。曹植在获得甄后遗枕后感而生梦,创作《感甄赋》以作纪念,明帝曹睿将其改为《洛神赋》传世。洛神是传说中伏羲之女,溺于洛水为神,世人称作宓妃。把甄后与洛神相提并论,实际上也是对甄后的怀念。

《洛神赋图》全卷分为三个部分,采用连环画的形式,婉转细致又层次清晰地描绘了曹植与洛神真挚纯洁的爱情故事。画中人物安排疏密得宜,在不同的时空中自然地交替和重复,在山川景物的描绘中展现辽远的空间美。

原作描述诗人情场失意,与所爱之人失之交臂,在想象世界中,诗人与洛水边美丽的洛水神相遇,以表达对失去的情人的怀念。画卷完美准确地再现了《洛神赋》的情感意蕴。站在岸边的诗人痴情地望着远方水波上的洛神,梳着高高云髻的洛神回眸一望,被风而起的衣带所营造的恍如隔世的感觉,这就是"翩若惊鸿,婉若游龙""仿佛兮若轻云之蔽月""皎若太阳升朝霞"。她欲去还留,顾盼之间,流露出倾慕之情。初见之后,画家在整个画卷中安排洛神与诗人再次相遇,日久情深。最终不奈缠绵悱恻的洛神,驾着六龙云车,在云端中渐行渐远,留下情意难却的诗人。

顾恺之《洛神赋图》(局部)

东晋时代的人物画已经有如此成熟的技术处理,这是令人惊叹的,山水画家从中发现了树石、泉水的波纹线条；花鸟画家从树叶的勾勒中找到了装饰画风的渊源；人物画家们更是理直气壮地将其定位为人物画的权舆。在一幅如此宏大的横卷场面中，将山水、花鸟、人物画技巧荟萃一炉，这正是顾恺之不同凡响的所在。

同时，我们还看到画面上种种匠心独运之处：洛神，鹤立一旁，在画卷的左侧，人物突出，让人很容易看出这是故事的主人公；诗人与随从则据画面右角，形成群体场面，以繁映简，互相掩映，既绘出诗人梦见洛神后痴心眷念的神态，又明确传达出这是在想象世界中，凡人与仙女的恋情。从画幅看出画家已经意识到远小近大的景观原则。洛神脚下的洛河水，完全是一种透视的处理。远山一抹淡笔，潇洒而简洁，在拉出景观空间、塑造可行可游的实际环境方面，都堪称是随心所欲却不逾矩。作为背景的树木，也是近处具体而细微，远处概括而模糊，飞龙、仙鸟亦一一遵循这个原则。

此图卷从内容、艺术结构、人物造型、环境描绘和笔墨表现等，都不愧为中国古典绘画中的瑰宝之一。顾恺之把中国画从原始意义上的概括，上升到有精致技巧的形式处理，对于丰富中国画的形式及表现力都作出了重要贡献。

二、《步辇图》

原《步辇图》(38.5厘米×129.6厘米，绢本，设色)，唐代著名画家阎立本所绘，现有宋代摹本藏故宫博物院。

阎立本(约601～673)，中国唐代画家兼工程学家。雍州万年(今陕西省西安临潼县)人，出身贵族。其父阎毗为北周驸马，擅长工艺、绘画、建筑，工篆隶书。兄阎立德亦长书画、工艺及建筑工程。父子三人并以工艺、绘画驰名隋唐之际。阎立本的绘画艺术，承家学，师张僧繇、郑法士，他善画道释、人物、山水、鞍马，尤以道释人物画著称，曾在长安慈恩寺两廊画壁，颇受称誉。

阎立本(601～673)

武德九年(626年)绘的《秦府十八学士图》表现了秦王李世民属下的房玄龄、杜如晦等18位文人谋士的肖像。贞观十七年(643年)又奉诏画长孙无忌、李孝恭、魏徵、房玄龄、杜如晦等24功臣像于凌烟阁，成为继汉代麒麟阁、云台画功臣像之后的又一次大型政治性肖像画创作活动，按人写真，图其形貌，对每个人的身材、相貌、服饰、年龄及神情等特征都有生动而具体的刻画，可惜凌烟阁画像早已不存。

阎立本《步辇图》

《步辇图》描绘了贞观十五年(641年)唐太宗会见迎接文成公主入藏的吐蕃使臣的情景，这是反映汉藏和亲的历史画卷。《步辇图》里主要人物是唐太宗李世民和吐蕃使者禄东赞。唐太宗端坐于画幅右边的步辇上，身姿端庄，神态威严自若。九位宫女簇拥在四周，有的扶辇，有的执扇，有的撑伞，姿态轻盈，徐徐前行。左边三人排队肃立，与右边形成鲜明的对比,有一种静的意境。前面穿红袍者是朝廷的引见官,第二位就是吐蕃使者禄东赞,第三位穿白衣者是通译官。画中所有的人物,不管是左边静的一组,还是右边动的一组,人物的行为举止都不夸张,集中在表情的刻画,这就是谢赫所说的"气韵生动"。整个构图疏密有致,动静结合,极富韵律感和节奏感,既有对比又有统一,并且主要人物非常突出。画中唐太宗与引见官显得特别高大,体现了作为宫廷画家的阎立本的职责——为统治者唐太宗服务。

阎立本《步辇图》(局部)　　　　　　阎立本《步辇图》(局部)

《步辇图》中唐太宗的形象是全图最大亮点:其一,生动细致的面部刻画,使得唐太宗样貌神俊,目光深邃,展现出一代明君的风范与威仪;其二,以宫女们的娇小和柔弱反衬皇帝的壮硕和沉着;其三,以禄东赞的谦恭有礼来衬托唐太宗的平和可亲。作者在画面中不仅再现了这一具有伟大历史意义的事件,更鲜明生动地刻画了人物的不同身份、气质、仪态和相互关系,具有肖像画特征。

从构图的角度来讲,《步辇图》很明显将所有人物分成两组:以画卷中轴线为界,左边引见官、禄东赞、通译官依次排开,井然有序,没有任何装饰,在规矩中略显拘谨;右边以唐太宗为中心的人物群,左右簇拥的仕女形象,以及装饰物"两把屏风扇""一面旌旗""步辇"等。按照人物的角色分工进行构图布局,仕女衣带飘飘和华盖的迎风招展都有意刻画一种充满了柔情、安详、和善的情调。左右对比,尤其是通译官谨小慎微、诚惶诚恐和仕女们神情自若、仪态万方的表情形成鲜明的对比,一张一弛、一柔一刚,让人的视觉得到了充分的享受。

从色彩上讲,全卷设色浓重纯净。作者特地将典礼官——画面正中间的轴心人物画成红色,既符合中国传统的喜庆基调,又不会显得太突兀,同时利用了华盖顶,与宫女服饰的配色,映衬出一团祥和、喜庆的气氛;禄东赞来自西域,服饰多以网状彩绘织成,鲜有完整色块。太宗贵为天子,能够与之相配的颜色只有黄色。再者,由于红色恢宏的气势,理应由中原大唐独享。

阎立本的绘画表现技巧已相当纯熟。衣纹器物的勾勒圆转流畅中时带坚韧,畅而不滑,顿而不滞,有顾恺之、陆探微之遗风,但独辟其劲而不紧的格调;随张僧繇之疏简,但无"点曳斫拂"之势,仅存疏体之表,可见其艺术态度的小心翼翼。阎立本在唐代绘画中占据举足轻重的地位:"唐代少了个主爵郎中或者右丞相,无关国运,唐代绘画若没有阎立本,初唐一段便会是大空白。"①

三、《韩熙载夜宴图》

《韩熙载夜宴图》(28.7厘米×335.5厘米,绢本长卷,设色),五代南唐画家顾闳中所作。现藏于北京故宫博物院。

顾闳中(约910~980),五代十国中南唐人物画家,曾任南唐画院待诏,与周文矩齐名。顾闳中工画人物,用笔圆润遒劲,间以方笔转折,设色厚重华丽,善于摹写神情意态。存世作品有《韩熙载夜宴图》卷,但有人认为此画是宋人摹本。

五代名门之后韩熙载雄才大略,后避祸于江南,却未获信任,从而力避后主李煜的召用,故意耽于声乐,不问政事,以消除皇室的猜疑。画家顾闳中奉旨窃画韩家夜宴,即成《韩熙载夜宴图》。该画真实地描绘了在政治上郁郁不得志的韩熙载纵情声色的夜生活,成功地刻画了韩熙载的复杂心境,是古代人物画的杰作。

顾闳中(约910~980)

《韩熙载夜宴图》采用了传统的表现连续故事的手法,随着情节的进展而分段,以屏风为间隔,均以韩熙载为主。通过听乐、观舞、歇息、演奏、散宴等情节,如叙事诗般描述了夜宴的整个过程。画家在构图上作了精心安排,每段一个情节、一个地点、一个人物组合,相对独立,每段又统一在一个严密的整体布局当中,繁简相约,虚实相生,富有节奏感。

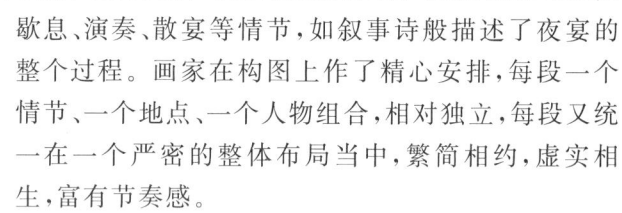

第一段:听乐。夜宴伊始,宾客满堂。画面中共有七男五女。韩熙载留着长须,端坐在榻上,心情沉重,似在凝思。韩熙载的旁边,红衣者即状元郎粲,一手撑在榻上,一手抚着膝盖,身体前倾斜倚,全神贯注地在听琵琶演奏。在韩熙载的对面,他的宠妓王屋山正在专心致志地弹拨琵琶。全场所有的人都专注地听她弹奏,浑然忘却了一切,沉醉在旋律之中。

第二段:观舞。韩熙载换了一件浅黄色的衣服,挽袖举槌击鼓,他的眼神呆滞,双眉紧蹙,面色凝重,心事重重。其余的人都在打着拍子,韩熙载的神情与欢乐的场面形成鲜明的对照。画面中突兀地出现

顾闳中《韩熙载夜宴图》

了一位和尚,他作回避状,显得颇为尴尬。

第三段:歇息。歌舞进行了一段时间,宾客稍事休息。韩熙载退入内室,一边洗手一边与侍女交谈。

---

① 江宏:《名作的中国绘画史》,上海:复旦大学出版社,2006年,第63页。

第四段：演奏。以屏风相隔，韩熙载回到了宴会厅，袒胸露腹，坐在椅上。他的身边有三个侍女，其一在身后垂首而立，其二在身侧手执纨扇，其三在对面哝哝细语。远处另有五个侍女，或吹箫，或吹笛，热闹非凡。

第五段：散宴。歌舞盛宴结束了，客人陆续离开。韩熙载站立送客，客人或已离去，或依依不舍，与舞妓嬉笑，韩熙载依然很平静地站立在那里，自始至终都是闷闷不乐、郁郁寡欢的精神状态。

顾闳中《韩熙载夜宴图》（局部）

画面中三个屏风绝不雷同的处理方法体现了画家巧妙的构思。人物组合或个体的趋向动势变化取巧，疏密向背有致，神态动静相宜，紧密而富有张力。特别是第三段场景中安置了一枝烛台，红烛高照，点明了《夜宴图》特定的时间，无须描绘夜色，这就是中国传统艺术的隐喻表达技巧。

画家对人物的刻画尤为精到，以形写神，具备高超的艺术水平。古代称肖像画为"写真"，"真"就是对象内在的精神本质的展现，也就是传神。只有具备了高超的写

顾闳中《韩熙载夜宴图》（局部）

真技巧，才能对创作人物画得心应手。画家通过对不同对象的形体姿态、目光手势的相应描绘，或弹奏舞蹈，或击拍欣赏，或嬉笑调情，皆是情态生动。再看对主人公的刻意描绘——韩熙载形体高大，长髯，头戴高巾，从凝神倾听，到挥锤击鼓，直到曲终客散，每个场合始终眉峰紧锁，若有所思，沉郁寡欢，表现了韩熙载英雄无用武之地的复杂内心世界，以现实主义的表现手法刻画了人物特殊的个性，把他的空虚、苦闷及抑郁放诸夜宴歌舞的戏乐场面，形成鲜明对比，曲尽神形，《韩熙载夜宴图》的内涵得以深化。

再看其设色用笔，《韩熙载夜宴图》多处采用了绯红、朱砂、石青、石绿等色，对比强烈，而整个画卷统一在墨色丰富的层次变化中，色墨相映，神采动人。画家准确地把握了对象的形体特征以后，以线这个独立的艺术元素勾画出对象的外在轮廓，同时也表达出对象本质的要求，具有独特的审美意味，正所谓"语其坚则千夫不易，论其锐则七针可穿。仍能出之于自然，运之于优游。无跋扈飞扬之躁率，有沉着痛快之精能。"[1]

《韩熙载夜宴图》用笔挺拔劲秀，线条流转自如，铁线描与游丝描结合的圆笔长线中方笔顿挫，韵味起伏。韩熙载面部的胡须、眉毛勾染到位，好似从肌肤中生出一般；衣纹用线的勾勒如屈铁盘丝，严整简练，柔中带刚，服装上的花纹细如毫发，工细非常，塑造了富有生命活力的艺术形象。"此图画法细腻工整，人物的细部刻画和器物的刻画，丝丝入微，精妙绝

---

[1] 沈宗骞：《芥舟学画编》，转引自李戏鱼：《中国画论》，郑州大学教务处教材科，1982年，第245页。

伦。"①所有这些都在技巧和风格上比较完整地体现了五代人物画的风貌,也体现了我国传统的工笔重彩画和人物肖像画的杰出成就。

四、《清明上河图》

《清明上河图》(24.8厘米×528.7厘米,绢本长卷,设色),北宋画家张择端所作,是北宋时期风俗画的代表作,现存于北京故宫博物院。

张择端(1085~1145),字正道。琅邪东武(今山东诸城)人。北宋著名画家。他自幼好学,早年游学汴京(今河南开封)。宋徽宗时供职翰林图画院,专工界画宫室,尤擅绘舟车、市肆、桥梁、街道、城郭。他是北宋末年杰出的现实主义画家,其作品大都失传,存世的《清明上河图》《金明池争标图》为我国古代的艺术珍品。《清明上河图》是《东京梦华录》《圣畿赋》《汴都赋》等著作的最佳图解,具有很高的史料价值,它不仅继承与发展了已经失传的中国古代风俗画,而且还继承了北宋前期历史风俗画的优良传统。

张择端(1085~1145)

北宋汴京非常繁盛,四河流通,陆路四达,交通、商业、人口居全国之首。《清明上河图》以精致的工笔记录了北宋末期汴京郊区和城内汴河两岸的建筑和民生。

作品采取长卷形式,运用散点透视的构图法,将繁杂的景物纳入统一而富于变化的画面中。画中人物大的不足3厘米,小者如豆粒,仔细品察,个个形神毕备,毫纤俱现,其间还穿插各种活动,构图疏密有致,笔墨章法都非常巧妙,极富情趣。

全图分为三个段落。首段是汴京郊区的春光。在疏林薄雾中,几家茅舍、小桥、流水、老树和孤舟掩映成趣,与热闹的市场形成鲜明的对比,透出清幽之感。旁边一片柳林,枝头微泛嫩绿,虽是春回大地,可依然春寒料峭。驮炭的毛驴、抬轿的队伍、骑马的游人接踵而至,似从京郊踏青扫墓归来,点出了清明时节的特定时间和风俗,为全画展开了序幕。

张择端《清明上河图》(局部)　　　　　张择端《清明上河图》(局部)

中段即是繁忙的汴河码头。从画面上我们可以看到稠密的人群,云集的粮船,有在茶馆

---

① 江宏:《名作的中国绘画史》,上海:复旦大学出版社,2006年,第96页。

休息的,看相算命的;也有在扫墓卖祭品的,饭铺进餐的。汴河上虹桥飞跃,河里船只往来翕忽,首尾相接,或纤夫牵拉,或船夫摇橹,或大声吆喝,或长竿力撑,有的满载货物,拨水而上,有的靠岸停泊,正紧张卸货,船里船外都在忙碌着。桥上的人,也拥挤在桥边指指点点,扶栏观望,桥头、岸头、街头呵然一气……这里是名闻遐迩的虹桥码头区,车水马龙,熙熙攘攘,名副其实是一个水陆交通的会合点。

后段便是热闹的市区街道。画面中以高大的城楼为中心,侧翼延展开来,屋宇鳞次栉比,店铺林立,茶坊、酒肆、脚店、肉铺、庙宇、公廨等等皆可见。此外尚有医药门诊、大车修理、看相算命、修面整容,各行各业,应有尽有。"孙家正店"门前客流如织,街市行人,摩肩接踵,川流不息,商贾、士绅、官吏、小贩、行脚僧人、外乡游客、街巷小儿、豪门子弟、行乞老人,男女老幼,士农工商,三教九流,无所不备。轿子、骆驼、牛马车、人力车,样样俱全。但画面结尾,一处宅院,一挂垂柳,两三散人,清幽之态再现,恰与首段郊野的清淡形成首尾呼应之势。

在这五米多长的画卷里,共描绘了五百五十多个各色人物,牛、马、骡、驴等牲畜五六十匹,车、轿二十多辆,大小船只二十多艘。房屋、桥梁、城楼等也各有特色,是典型的宋代建筑,造型百千,生动盎然。构图起伏有致,在如此规模宏大的场景中尚尽疏密虚实之美,十分难得。

整个画卷的用笔设色也令人惊叹。作品以工写为主,线条苍劲细致,简洁清晰,界画整齐。繁复的人物、建筑、器物、工具的层层叠叠,无阻滞之感。色彩辅以青赭,施以白描、轻晕、轻染,使得画面中的景致轻快明洁,人物鲜活灵动。尽管对于"清明"二字一直存在一些争议,有人认为是指入画时间为清明时节,还有人认为是在粉饰太平,但《清明上河图》把北宋汴京的建筑风貌、街市繁华、风土人情逼真再现,是一部宋代社会生态的百科全书,也是我国绘画史上不可多得的现实主义伟大杰作。

第三节 西方绘画艺术观念

一、原始社会绘画艺术观念

从原始工具、岩刻、壁画中,我们可以看到人类原始的生活场景,此时的绘画没有可考据的理论观念,但是可以看出这些绘画艺术作品基本上都体现了原始人类的哲学:在改造大自然的初始阶段,人类对自然更多的是敬畏,出于想要生存的功利目的,他们创作了这些远古绘画作品,表现了人类对自然的敬畏与渴求自然的垂爱。

二、古代社会绘画艺术观念

古埃及与两河流域率先进入阶级社会,是西方文明的重要发源地。古埃及的绘画主要是墓室壁画,以其"正面律"定型样式和装饰的程式化造型而著名,艺术史家定义为"概念现实主义"。两河流域的绘画作品遗留下来的很少,如今仅存马里宫殿壁画和乌尔城军旗都倾向于平面的描绘,但是可见清晰的画面层次,具有浓厚的装饰性。神的属性在这些作品里被体现得淋漓尽致,借此神化了统治阶级的威严和无上权力。此时,绘画成为宗教的工具,在社会生活中发挥着较大的作用。值得一提的是到了亚述时期（前1000～前612），艺术开始为世俗生活服务，具有很强的现实性。进入新巴比伦时期（前612～前539）后，艺术作品视觉上的冲击力加强，豪华而更富有装饰性，可是从亚述时期而来的美术强大的生命力反而减弱了。

马里宫殿的四轮马车

古希腊古罗马的绘画成就并不突出，比较著名的作品依然是壁画，如庞贝壁画。由于这一时期希腊和罗马成为欧洲文化的中心，艺术在这里得到了比较系统的发展，奠定了西方艺术类型观念。艺术家们意识到"艺术的首要任务是产生艺术的活动，尤其是产生艺术的能力；其次，艺术不只包含着我们今天所认知的'艺术的'才能，它还包含任何人类生产事物的才能，只要它是建立在规则之上的一种惯常性的生产就行了。"[1]当时的艺术观念更多的是作为一种知识，比如亚里士多德就认为艺术是"依照正确的推理从事生产的持久的倾向"，因此这种艺术观念包含了现在的手工艺，那个时代重视的不是绘画作品本身，而是绘画的技巧，并且把这种技巧视为一种工匠一样的技巧，也就是说，当时的艺术还不具有美的意义。

庞贝壁画

古希腊和古罗马的思想家对艺术的分类进行了开创性研究，柏拉图将绘画列入只产生影像的艺术；受到亚里士多德艺术观念的影响，昆提利安把艺术分为三类，第三类所包含的艺术则要产生出对象，当艺术家活动完结之后这些对象还继续存在，在希腊文中被称为"生产性的"，绘画便归于其中；西塞罗对艺术进行了等级划分，其中绘画隶属微末艺术；普罗提诺将绘画划入模仿自然的艺术范畴，在这种观念中，我们看到绘画艺术进入艺术正统历史的曙光。

三、中世纪绘画艺术观念

中世纪继承了古希腊、古罗马的艺术观念，并且把艺术作为推动实践理性的一种独特形式。经院哲学家托马斯·阿奎那（约1225～1274）认为艺术是"正确的理性的命令"，苏格兰哲学家邓斯·司各脱（约1265～1308）把艺术界定为"被生产之物的正确观念"或者"依据真实原则生产事物的才能"。[2] 艺术的特质首次在精神范畴内得以关注，但是它依然包括工艺、科学与美术等。中世纪将艺术划分为自由的和机械的艺术。十分可惜的是，当时的艺术理论并没有对绘画艺术有所认识，因为那时候的绘画被普遍认为是一种技艺，代表作是教堂的玻璃镶嵌画等。作为教堂装饰，玻璃镶嵌画顺从平面与纵向，突出色彩与线条，崇尚灵魂救赎。当时的玻璃镶嵌画几乎不涉及现实生活，基本上都是对基督教义的宣传和表现宗教体验。

---

[1] 瓦迪斯瓦夫·塔塔尔凯维奇：《西方六大美学观念史》，刘文潭译，上海：上海世纪出版股份有限公司译文出版社，2006年，第54页。

[2] 瓦迪斯瓦夫·塔塔尔凯维奇：《西方六大美学观念史》，刘文潭译，上海：上海世纪出版股份有限公司译文出版社，2006年，第61页。

四、近代时期绘画艺术观念

文艺复兴时期仍然牢牢抓住古典艺术观念分类的多元性,当中的很多概念都被保留下来,作为各种艺术分类的理论基础。鲁道夫·哥克伦纽斯于 1607 年编撰《哲学辞典》,将艺术区分为"主要的",如建筑,以及"辅助的",如绘画;又区分为"创作性的",如雕刻,以及"工具性的",它为创作性的艺术充当工具。① 约翰·亨利希·阿尔斯蒂德在 1630 年编辑的多卷百科全书上,介绍了十七种艺术,绘画被列入诚实的艺术类。诸如此类的分类不能一一在此赘述,但由此可见,绘画进入美术范畴十分艰难。

15 至 16 世纪,文艺复兴和巴洛克时期以及矫饰主义时期,人们开始对绘画在艺术系统的位置产生了一种觉悟,一种情感,比如瓦拉认为最接近自由的艺术就包括了绘画、雕刻以及雕塑,达·芬奇也说:"绘画是自然界一切可见事物的唯一的模仿者。"该时期以"三杰"为代表的绘画,转向市民社会,全面表现人的整体价值,体现了古典艺术中人神关系的和谐追求与不断协调。但是达·芬奇的《艺术论》依然把绘画视为科学,他认为正是绘画的科学性使绘画的知识基础系统化,成为自身可以不断完善的形式系统和符号体系,由此可以看到西方绘画艺术的科学精神。事实上,古典绘画一直将视觉经验恒常化,把艺术创作秩序化、规则化,这种绘画观念服务于等级社会制度。因此,绘画的科学性实际上是西方封建制度的等级社会权利关系、文化观念和知识型构的结果,绘画艺术依然难以获得艺术的独立性。

到了 17 世纪,英国文艺复兴时期重要的散文家、哲学家弗兰西斯·培根(1561~1626)掀起了一场深刻的、创新的、影响深远的学术分类运动。他摒弃了依据理性和记忆指导进行分类的古典艺术观念,而是按照想象进行区分,这就为美术的独立性提供了理论基础,但是,我们依然要再次叹息,因为培根还是只重视诗歌,音乐与绘画是"专以追求耳目之娱为其能事的艺术",美术还是被归入实用技术的范畴,绘画的美学意义还是没有获得本质的突破。

启蒙时期,艺术的又一次分类终于促使了"美术"名称的建立。虽然美术在文艺复兴时期偶尔被提出来,但是如上文所言及,没有被大众所认可。直到 18 世纪中期,查尔斯·巴多在他的《将美术简化为单一的原理》中将音乐、诗歌、绘画、雕刻、舞蹈都归到美术类中。因为"作者在这些艺术令人产生快感的共同目的中,以及在它们模仿自然的事实中看出它们的特性"。② 这一类艺术的观念旨在予人快感和产生功效。在 18 世纪的相关论著中,绘画与建筑、雕刻已经是美术类中具有权威性的了,并且逐渐从机械艺术门类中走了出来。古典艺术至文艺复兴时期的艺术观念范畴的外围终被打破,美术终于被当作"美妙的"而独立起来了,但是我们看不到对美术进一步的细分。德国美学家莱辛在《拉奥孔》中区别诗歌与绘画艺术时,绘画被赋予了新的意义:"画描绘在空间中并列的物体;画宜用于'引起快感的那一类可以眼见的事物';画是线条颜色之类'自然的符号',它们在空间并列的,适宜于描绘在空间中并列的物体;画所写的物体是通过视觉来接受的;画的最高法律是美,再现物体静态;画通过

---

① 瓦迪斯瓦夫·塔塔尔凯维奇:《西方六大美学观念史》,刘文潭译,上海:上海世纪出版股份有限公司译文出版社,2006 年,第 62 页。
② 瓦迪斯瓦夫·塔塔尔凯维奇:《西方六大美学观念史》,刘文潭译,上海:上海世纪出版股份有限公司译文出版社,2006 年,第 65 页。

物体去暗示动作情节……"①正如康德将绘画视为表象的艺术,莱辛接受了亚里士多德的一切艺术都是模仿的看法,但是他更为注重画的特殊规律。此时,绘画作为模仿自然或者模仿对象的艺术活动显露端倪了。

19世纪以来的艺术在观念上产生了重大的变革。艺术依据它们的审美知觉、艺术的作用、完成的方式、活动的形态、艺术的效用和元素被区分,但令人惊异的是,不管这些分类的过程有何不同,可分类的结果竟如此相似。正如我们今天所划分的艺术门类和其中各类的关系一样,严格意义上的艺术品种基本分在同一范畴。绘画被界定为空间性的、静态的、应用图画的艺术,并且具有模仿性、再现性、一定的联想性特质。

五、现代绘画艺术观念

现代绘画艺术是个性自由的大爆发,多元化的艺术格局使得绘画的艺术观念难以统合,也很难以集体规范的形式出现。"现代主义美术首先在艺术精神和创作观念上对传统美术表现出彻底的决裂和否定态度;其次,现代主义美术具有十分顽强的自我表现意识,试图深入主观的精神世界和个体的内在真实,揭示人类更为隐秘而朦胧的生活境界。"②现代绘画艺术在形态学意义上的极端化、艺术家个人特征的表达夸张化几乎穷尽了绘画媒介的所有手段。

事实上,作为艺术家而言,艺术家从事艺术活动首先要打交道的就是绘画媒介,其重要性自然不言而喻。对于艺术创作者来说,不断寻找新的材料,并不断地从这些材料里发掘新的表现形式是至关重要的。我们发现,在现代绘画中,绘画的语言不仅仅是观念的变更,更是对物质材料的过度要求:从绘画技术到高新技术,从平面描绘到实体创作,从具象写实到抽象概括,从线条、用笔、肌理、质地到板块、选材、空间、构成……"当克莱因用人体模特的滚动来制造印痕的时候,当丰塔那用匕首在画布戳孔来构成画面的时候,当杜桑在《蒙娜丽莎》脸上加上小胡须的时候,当罗斯科把一张画慢慢涂成黑布的时候,绘画已经完成它在形态上爆炸与扩张的任务。从这个意义上讲,现代绘画始于个性也终于个性,个性解放爆发出来的创造力对于艺术史已不再有开创性的意义。"③西方现当代绘画在个性的爆发时代经历了几个阶段,每个阶段并没有明显的时间断点,它们或同时出现,或交替登场,所承载的艺术观念也是多元的,对立的,或重合的。

纵观西方绘画艺术观念的发展史,古典主义时期绘画经过较长历史时期的磨合和沉淀,最终以典型化的理想模仿的方式表现自然形象,表达了对理想美的崇尚;文艺复兴绘画中焦点透视法的发明,表明人作为主体对真实世界和客观科学知识的重视和把握;其后的浪漫主义、现实主义等艺术风格,都以不同的艺术语言表现这种"写实",反映了艺术家的理性精神和审美情感。随着时代的变迁,资本经济竞争改变了延续数千年的社会结构,也引起艺术意识形态的重大变革,对传统的反叛和规则的怀疑使得现代绘画的观念在个性自由充斥的话语环境中越来越多元化。现代的艺术观念在与古典主义的和谐理想、浪漫主义的神秘激情和现代主义的语言创造的激荡中坚定地前行。所以,我们不能以最精确的语言来阐释西方

---

① 莱辛:《拉奥孔》,朱光潜译,合肥:安徽教育出版社,2006年,第237~238页。
② 周绍斌:《西方美术作品欣赏》,杭州:浙江大学出版社,2005年,第215页。
③ 王林:《当代绘画的观念行问题》,《文艺研究》,2006年第7期,第99~107页。

绘画艺术观念的原发及发展过程。绘画的观念作为一种潜在的精神力量神秘而强大,在真正的自由创作中本就无以言说,因此,我们只能以绘画的发展历史作为参照系,找到某一个参照点,充分了解艺术创作和历史情境的关联。

第四节　西方经典绘画鉴赏

西方的绘画史历经波折与变革,各个时期的画作在特定的自然和人文环境中满足了人们的精神需求。画家们在实践过程中实现了心灵理想的诉求,观众在欣赏中感知艺术家的心绪与情感,感悟艺术家的人生体验。结合西方绘画观念的相关知识,我们就西方各个时期的代表作品进行鉴赏,领悟作品的精神内涵和艺术经验,力求带来更多的想象和灵感,实现对艺术实践和感知的再创造。

一、《蒙娜丽莎》

《蒙娜丽莎》(77厘米×53厘米,木板油画)是一幅享有盛誉的肖像画杰作。它代表达·芬奇的最高艺术成就。现藏于法国巴黎卢浮宫。

列奥纳多·达·芬奇(1452~1519),意大利文艺复兴三杰之一,也是整个欧洲文艺复兴时期最完美的代表。他是一位思想深邃、学识渊博、多才多艺的艺术家和科学家。他一面热心于艺术创作和理论研究,研究如何用线条与立体造型去表现形体;另一方面,他也研究自然科学,为了画出真实感人的艺术形象,广泛地研究与绘画有关的光学、数学、地质学、生物学等多种学科。他的艺术实践和科学探索精神对后代产生了重大而深远的影响。壁画《最后的晚餐》、祭坛画《岩间圣母》和肖像画《蒙娜丽莎》是他一生的三大杰作。这三幅作品是达·芬奇为世界艺术宝库留下的珍品中的珍品,被誉为欧洲艺术的拱顶之石。

达·芬奇(1452~1519)

《蒙娜丽莎》的原型究竟是谁至今还是个谜,据说是威尼斯公爵夫人,也被称为蕉贡妲夫人,这个推测起源于16世纪。有人甚至认为这是达·芬奇的女性自画像。达·芬奇用了四年的时间还没完成这幅画,便把它带到了法国。1519年,他在法国去世了。该画确立了后来长期影响意大利绘画界的理想女性形象。蒙娜丽莎的右手更被称为"美术史上最美的一只手"。

达·芬奇善于运用明暗法创造平面形象的立体感。他使用圆球体受光变化的原理,首创明暗渐进法,即在形象上由明到暗的过渡是连续的,像烟雾一般,没有截然的分界,《蒙娜丽莎》是这种画法的典范之作。画中的妇女坐姿优雅,笑容若隐若现。画家对于眼角唇边等人像面容中表露感情的关键部位,掌握了精确的比例关系,并用色彩的光影对比表达了含蓄的辩证关系,达到神韵之境,她的微笑具有一种神秘莫测的千古奇韵。不同的人或在不同的时间去观看,感受似乎都有所不同。有时她的笑舒畅温柔,有时又显得严肃,有时像是略含哀伤,有时甚至显现出讥嘲和揶揄。达·芬奇从解剖学和生理学的角度深刻分析了女主人公的面部结构,研究色阶的明暗变化,突出了女主人公的温柔和女性活力。

达·芬奇在50多岁时为这位少妇画像,她的温柔唤起了画家对母亲的回忆,激发了他的创作灵感,因此,达·芬奇在描绘蒙娜丽莎时,是用真诚而纯洁的情感去描绘的,他用对母亲和情人的双重情感来尽情描绘此人的肖像。不仅如此,他还把她作为一种理想,一种美的象征,作为人类世界的欢乐和光明来描绘。他要把自己的美感和体验,用画笔传达给所有的人。

可以说,达·芬奇的《蒙娜丽莎》最好地诠释了文艺复兴时期人文主义的最高理想。因为经历了封建宗教在中世纪漫长岁月里对人性和精神的束缚和压抑,人们更向往真实的人性美。画中的蒙娜丽莎便是一个摆脱了封建桎梏的全新的真实的女性形象,成为这一新时代的标志而载入史册。

《蒙娜丽莎》的超凡魅力和奇闻轶事也是令人惊叹的。这幅画一直跟随在达·芬奇的身边,直到他死后数年,画像由法兰西国王弗朗索瓦一世买下。此后,它一直归法国王室所有,直到1805年拿破仑将之珍藏在卢浮宫。

1951年,《蒙娜丽莎》到西班牙展出,西班牙元首佛朗哥亲临机场捧画,20万马德里市民化装成堂吉诃德载歌载舞,夹道欢迎。1954年在英国展出,丘吉尔首相派6架飞机和300名礼仪小姐专程将《蒙娜丽莎》从巴黎接往伦敦。法国方面破例允许丘吉尔首相用手指抚摸3次,但规定手指必须反复洗刷和严格消毒。1963年6月《蒙娜丽莎》在美国华盛顿展出,保安人员有4万众,每个参观者要经过6道哨卡,接受各种仪器的检查。1974年5月《蒙娜丽莎》在日本东京展出,每个参观者只准在画前站9秒钟。每年前去卢浮宫瞻仰这幅画的人达700万左右。

达·芬奇《蒙娜丽莎》

二、《夜巡》

《夜巡》(363厘米×437厘米,布面油画),是荷兰画家伦勃朗(1606～1669)的杰作,也是一幅备受争议的作品。现藏于荷兰阿姆斯特丹国立博物馆。

伦勃朗是欧洲17世纪最伟大的画家之一,也是荷兰历史上最伟大的画家。他生于荷兰莱顿,父亲是磨坊主,母亲是面包师的女儿。伦勃朗17岁到阿姆斯特丹向历史画家拉斯特曼学画,21岁时,他已经基本掌握油画、素描和蚀刻画的技巧并形成了自己的风格,回到家乡开画室招徒作画,期间创作了许多自画像。1631年他再次来到阿姆斯特丹,成为阿姆斯特丹的主要肖像画家。

伦勃朗的绘画艺术借鉴了戏剧舞台艺术,他经常利用如同舞台高光的亮色描绘在阴暗背景下的人物。他的肖像画风格人物安排也具有浓厚的戏剧性,十分动人。到了50年代,他的绘画技巧更为纯熟,迭色的利用使画面更有立体感。但是伦勃朗有轻微的内斜视,导致他的眼睛不能很好地捕捉立体感,但因祸得福的是他的画面有了完美的构图,也就是说,他看到的二维画面与作品呈现出的状态近乎一致。

伦勃朗的生活总的说来是艰辛的。他和他的妻子有4个孩子,只有最小的一个存活。妻子去世后,他和女仆住在一起,女仆还为他生了一个女儿,为此教会谴责他们过着"罪恶的生活"。同时,他为了绘画经常购买大量的绘画工具,从不计较财产,很快就到了破产的边缘。1669年他在贫病中去世,身边只有女儿陪伴,死后葬在西教堂一个无名墓地中。

伦勃朗(1606~1669)

伦勃朗留下600多幅油画、300多幅蚀版画和2000多幅素描,其中有100多幅自画像,而且几乎他所有的家人都在画中出现过。伦勃朗最著名也最有争议的作品就是《夜巡》。当时画坛上有个不成文的规定,志愿军人的群像必须按照身份和军阶分配到画面相对应的位置上。伦勃朗一反陈规,在此画的布局上另辟蹊径。他刻意摆脱了团体肖像画的格局,将画中的人物增加了一倍,以达到成群结队的效果,让人群自由地发挥,所以他画中的人物鲜活灵动,而不是僵硬地摆姿势。出现在《夜巡》中的人不乏富商大贾,而且每个人都付给画家100荷兰盾,不过居主角大位的法兰斯·班宁柯克和威廉·范罗莱登伯格付的钱可能比较多。画中民兵队队长法兰斯·班宁柯克一身符合身份的黑色劲装,胸前披着红色的饰带,野心勃勃的他日后成为阿姆斯特丹的市长。在他身侧的是他的副官威廉·范罗莱登伯格,他的穿着打扮花哨,左手拿着一根与他军阶相符的战戟,也表示他在阿姆斯特丹的政坛做得有声有色。人群中能被指名道姓的人并不多,站在右侧的士官长叫做兰伯特·坎普特,以卖布起家的他在教会中位高权重。站在左边的士官长是雷尼·英格兰,他也是布商。骄傲的高举民兵旗帜的掌旗兵叫做杨科尼·李斯维谢,他为了书籍和艺术品散尽了家产。他们都是17世纪中叶居住在世上最富裕城市的有钱人。

伦勃朗在画《夜巡》时正是他春风得意名利双收之时,所以他在绘制此画时才展现了如此大胆的构图。这不仅体现在这幅画惊人的尺寸,而且《夜巡》最伟大的成就是将静止的画面创作成为一幅充满动感的作品。画中人各个盛装打扮,仿佛要参加节庆游行。这幅画捕捉了班宁柯克命令手下出发的那一刻,他双唇微张,他身后的民兵队蓄势待发,这一刻士官长正好转过头去,掌旗兵高举旗帜,鼓手开始击鼓,一旁的狗开始狂吠,左侧的男孩拔腿狂奔,每个人都有动作。你会觉得自己来得正是可以欣赏此完美构图的时刻,

伦勃朗《夜巡》

要是晚到一刻整个布局就乱了。画中动作可以分为两个层次,首先是整体构图的动作,中央那群人正要出发,后方的人则跟了上来,左边和右边的人都有动作,整个团体看起来生气蓬勃,这幅画的主要部分没有任何静止的元素,是一幅动感十足的画,给观者一种眼睛不知道该看哪里的烦恼。一些无法一目了然的微小细节,比如班宁柯克脚边的饰带正在飘动,后边

掌旗兵的领巾也在飘动，体现出了动感。

伦勃朗在创造动感的同时，也营造了队长及副官仿佛要走出画框的错觉，两人都抬起后脚，班宁柯克的手前伸，在副官的制服上形成一道强烈的阴影，这也是他刻意的安排。副官威廉·范罗莱登伯格手上的战戟似乎也正对着我们而来，仿佛越过舞台上的脚灯。当然，伦勃朗在绘制《夜巡》时修改了不少地方，为了营造出惊人的立体效果，他不厌其烦地修改战戟等细节。民兵队的特色武器是毛瑟枪，伦勃朗画中有两名民兵摆出典型的演习姿态，这也是画家再三修改的细节之一，画家削减前边士兵的肩部宽度就是为了呈现毛瑟枪精巧的机械装置。

《夜巡》打破了所有民兵团体肖像画的传统，以充满动感的笔触和光影创作了一幅极具戏剧性的杰作，他更进一步地发挥创意，在构图中加了几名不速之客，让这幅作品多了些即兴意味，再度展现伦勃朗跳脱传统格式的企图。其中鼓手不是班宁柯克民兵队的成员，左侧负责搬火药的男孩急急忙忙地把火药交给火枪手，火枪手几乎整个躲在队长身后，其他五官不完整的"临时演员"则填补了构图中的空白，并增加了群众感。

伦勃朗笔下最为奇特的人物，应该是穿着金色华服的小女孩，她是如梦似幻的人物。伦勃朗刻意地想让人措手不及，有什么比一个小女孩出现在民兵队中更让人始料未及的安排呢？小女孩完全不属于这个阳刚的世界，她的存在并不自然，而是充满了超自然的意味，小女孩似乎散发出由内而外的光彩，也是这幅画的焦点。我们会情不自禁地看着她，她腰带上挂着一双清晰可见的鸟爪，鸟爪是民兵队的标志，所以她可说是代表了整个民兵队。这个小女孩是谁，邻家小孩吗？某个民兵的女儿吗？还是伦勃朗的妻子？至今还是个不解之谜。

伦勃朗也在画中以微小的象征性细节代表了民兵队的任务。班宁柯克的手在他副官的制服上形成了一道不经意的阴影，其实他的手指包住了一只持有城市纹章的狮子，因此，队长可说是握住了这个城市，这个令人安心的手势仿佛在说"这群人是捍卫阿姆斯特丹的精兵"。1642年，伦勃朗在《夜巡》上签下了自己的名字。

据说民兵队和家属并不欣赏这幅画，他们觉得这幅画让人不安，而且似乎在嘲笑阿姆斯特丹的市民。据史料考察，对画中人大感不满的说法并不正确，他们全都付清了尾款，也对画作被悬挂在聚会所中的事实感到满意，他们还以它为荣。伦勃朗的学生山姆范豪斯登在他的论文中有一段关于《夜巡》的评论，他在文中暗指有人对画中次要角色的布局有点意见，希望伦勃朗当时能多花点心思处理细节，而不是全心全意地落实他想象中的愿景，也希望《夜巡》的光线能处理得好一点，因为《夜巡》中许多人都半掩在黑夜中。

《夜巡》顶端有一个有所有主角姓名的盾牌，这并不是伦勃朗的作品，而是《夜巡》揭幕八年后才加上去的。也许有人认为画中的民兵并不那么容易辨认，所以在盾牌上都得到了平等的待遇。班宁柯克一定对这幅画很满意，因为他又请画家赫瑞特兰登再临摹了一幅1/36的木板油彩画，还叫人用水彩临了一幅《夜巡》收藏在家族相簿中。

到了19世纪，由于油画失色，表面的光油呈现黑褐色，有人误认为画家描绘的是晚上的场景，因此取名《夜巡》。后经专家鉴定，画家采用的是白天的自然光线，描绘的也是白天的场景。在这幅画中，画家通过独特的构图和色彩及明暗的处理，塑造出了一种紧张、神秘、动感的队伍出行氛围，打破了巴洛克艺术中那种激动不安和讲究排场的法则，而是更多地关注人物的内心活动。

三、《日出·印象》

《日出·印象》(48厘米×64厘米,布面油画),是法国画家克劳德·莫奈(1840～1926)的代表作。现藏法国巴黎马尔莫坦美术馆。

莫奈是法国最重要的画家之一,也是印象派代表人物和创始人之一。印象派运动可以看作19世纪自然主义倾向的巅峰,也可以看作现代艺术的起点。印象派的理论和实践大部分都归功于他的推广。莫奈擅长光与影的实验与表现技法。他最重要的风格是改变了阴影和轮廓线的画法,在莫奈的画作中看不到非常明确的阴影,也看不到突显或平涂式的轮廓线。除此之外,莫奈对于色彩的运用相当细腻,他用许多相同主题的画作来实验色彩与光完美的表达。莫奈曾长期探索光色与空气的表现效果,常常在不同的时间和光线下,对同一对象做多幅的描绘,从自然的光色变幻中抒发瞬间的感觉。可以说,他对光影之于风景的变化的描绘,已到神出鬼没的境地。

克劳德·莫奈(1840～1926)

这幅扬名于世的《日出·印象》描绘的是透过薄雾观望阿佛尔港口日出的景象。绘画笔触描绘出晨雾中不清晰的背景,多色彩赋予了水面无限的光辉,在由淡紫、微红、蓝灰和橙黄等色组成的色调中,一轮生机勃勃的红日拖着海水中一缕橙黄色的波光,冉冉升起。海水、天空、景物在轻松的笔调中,交错渗透,浑然一体。近海中的三只小船,在薄雾中渐渐变得模糊不清,远处的建筑、港口、吊车、船舶、桅杆等也都在晨曦中朦胧隐现……这一切,是画家从一个窗口看出去画成的。这是一个感觉上的灰绿色的世界,这个世界是真实的,又是幻觉的,它每时每刻随着太阳光而变化着,画家运用神奇的画笔将这瞬间的印象永驻在画布上,使它成为永恒。

如此大胆地用"零乱"的笔触来展示雾气交融的景象,这对于一贯

莫奈《日出·印象》

正统的沙龙学院派艺术家来说是艺术的叛逆。该画完全是一种瞬间的视觉感受和活泼生动的作画情绪使然,以往学院派艺术推崇的那种谨慎而明确的轮廓,呆板而僵化的色调荡然无存。这种具有叛逆性的绘画,引起了各方的反对和嘲讽:病态、怪诞、不堪入目。该画在送往首届印象派画展时还没有标题,莫奈就给这幅画起了个题目——《日出·印象》,"印象派"却因此名噪一时,风靡世界。一切皆在于画家的作品成功地在第一时间抓住了视觉的第一印象,是观者在阳光底下对于自然景物的直观的光学感受,新鲜而感人。

莫奈的绘画艺术是西方绘画史上重要而美丽的一抹色彩，而他个人辛勤创作、默默探索，并勇于接受成功和失败的拷问，更是那变幻的光线、颤动的空气以及绚烂的色彩背后让人尊敬和敬仰的艺术价值。从莫奈的《日出·印象》开始，印象派绘画在欧洲逐渐成长并壮大起来，它是欧洲美术从现实主义到现代主义的重要过渡，引发了整个世界艺术形式和格调的重大变革，但是我们之所以称之为"过渡"，是因为印象派绘画还没有背弃传统的写实之风，模仿自然的写生依然占据重要地位。从这个角度看来，印象派绘画与中国传统的山水画之间有着相通之处，他们的审美追求中共同存在着对于"气韵""意味"的捕捉，"形似"的模糊恰是为心灵的通达、神韵的表现做伏笔，笔随意动。

虽然今天现代主义绘画的格局风云变幻，但印象派绘画在当今世界依然是最受欢迎的画派之一，它的艺术生命力还在不断延续着，激励着艺术家们创作出更多具有高尚审美价值和艺术趣味的优秀作品。

第八章　书法艺术观念与作品鉴赏

第一节　中国书法艺术观念史

书法之所以成为一门艺术,首先离不开独特的书写工具——毛笔。一管柔毫,善使者能牵掣纵横,八面出锋,笔底幻化出千种变化、万般姿态;情感、心绪、气质无一不凝结在看似静止的笔画当中。

一笔写出,便有了气韵的流动,虚实的生发;如此笔笔承接贯通,便意味着一幅作品的完成,也必然是一生命的完成。所以亦可言:一书一世界。

于是,中国的书法,成为技进乎道的艺术;由书法可以通达人心,由书法可以证悟自然。

不解书法,就难以真正感悟中国传统文化与艺术的内核。这么讲并非夸大其词,如果想切入传统文化,书法是再合适不过的艺术门类了。

治国平天下是传统士大夫阶层的理想,实现这个理想必须要读圣贤书,所以读书识字成为天经地义的事情。因此,中国人笔下的文字绝非仅是现代意义上传达信息的抽象符号,它有着代天地立心、为往圣继绝学的先天使命;书写也远非简单的抄录,毛笔的挥运之间早已凝聚着书者对文字本身特有的崇敬心理。这一"敬"的心理甚是要紧,它关涉到中国书法这门艺术得以生成的本质因素,关涉到中国书法近乎宗教形态的基本品质。

在流传下来的书法作品中,属于上乘的作品毕竟属于少数,大多是诗文草稿、笔记、写经之类的东西。然而,古人的"一般"作品,何以也让今天的我们赏玩不已?这正是其间散发出的中国传统里居敬不苟、自在自适的精神气质吸引着我们。所以,书法在传统文化里不能用登台献艺的眼光去理解,它首先是日常书写,这种书写融入历代读书人的生活、血脉中。

古人论书法,先得讲求应规入矩,不可乱了章法;先求平正端雅,其次追奇崛变化,到最后终归平淡天真。学习书法的顺序,也是先楷、隶,后行、草。这不单单是艺术演进的规律,而且体现了"敬"这一传统文化精神的重要性。规矩、法度之类的技巧训练,伴随的是成人立德的心灵培育。待到书法表现臻于从心所欲而不逾矩的程度时,其人的心智也就同时达到真、善、美的理想境界。

如果没有"敬"的品质作为修习时的心理支撑,书法则会变成任笔成体、"我自用我法"的邪魔妖道;对应人心,则难免流入私欲流荡、我心自用的痴妄病态。"敬"到底是一种什么状态呢?凝神静气、收摄心神等是常常出现在古代书论中的词汇,可以帮助我们体会何谓"敬"。正是缘于此,书法的练习过程中,总是强调恭敬自适、从容静穆的气度,而尽量袪除心浮气躁、慌乱匆忙、自矜自夸、狂妄自大的作风。说到底,"敬"无外乎定力与慧力——敬而能定,定而能安,安而后思,思而终有所得。

儒学宗师朱熹也是一位书法家,然而他在评论宋四家(苏轼、黄庭坚、米芾、蔡襄)的时候,却被一些人指责为"外行"。因为朱熹认为这四家中,唯有蔡襄的字写得最具楷则法度,最值得师法,而苏、黄之辈却把字写坏了。不过从书法史上讲,苏、黄、米是被后世公认为宋代尚意书风的主将,而蔡襄只不过是开启时代风气的先行者。所以我们可以推知,朱熹何以推崇蔡氏,恐怕看重的正是其端谨深密的风格——后学上手至少可以培植居敬克己的心性根基,而以此生发开去,神采可能有所不足,书法的品格却不离正宗。苏、黄放笔挥洒,随性而发,境界固然高出一层,然而学者不慎,往往只见飞动,一味任性率意,最终难脱荒败轻率的弊端。所以在朱熹看来,与其纵逸,不如笃实;与其率性,不如首先固其定性,才能有序可循,有法可依。

在书法鉴赏这一章的开篇特别拈出一个"敬"字,并非漫谈式的随想议论,最大的原因恰恰在于我们今天现代文化与古典传统的隔阂,"隔"必然导致理解上的不通、不懂。对中国书法的品鉴解读,文化精神上的隔阂不能不说是其中最大的障碍。

现代文明的一个突出特色便是对技术的信赖,相信技术的日新月异最终会解决诸多社会问题。但是对于技术的过度崇拜,势必导致人类对自身德性的关怀愈趋匮乏。人类内心的那份自在自足、不假外求的踏实感、归宿感似乎越来越遥远。于是乎,焦虑、不安、浮躁、惶惶然的心理弥漫于现代人的内心。原本以为技术可以帮助人们享受生活,不料结果却是生活节奏的加快,现代人竟然比古人忙乱了许多。总而言之,技术有些让人不知所措。

在书法作品的赏读中,我们可以慢慢体会出古典与现代的差异。品察古人的作品,不论其审美风格如何呈现——或动或静,或阴或阳,总会给人留下"宁静致远"的印象。纷纷扰扰的外物不能乱其意,其情其性是那么自得其适。于是,下面列举的语汇便成为传统古典精神的注解:静穆、优雅、清逸、淳厚等等。然而斯风已远,这些令人神往的风度能不让今天的人们为之怅然慨叹吗?作为人类终极关怀的提示,古典精神难道不值得现代人深思吗?

那么,书法究竟是一门什么样的艺术呢?

在中国传统艺术中,人们常常将书法与音乐相提并论。个中缘由在于两者皆是最为纯粹的艺术门类。何谓纯粹?即艺术媒介、表现形式的单纯、自由。比如说,小说离不开讲故事,塑造人物形象;绘画离不开对外在世界的模仿、再现;像电影这样的艺术更是综合了声、光、舞台等诸多手法的综合艺术。相形之下,音乐依存于音符,书法则托身于毛笔书写生成的点画形质,两者的形式语言都无法跟外在自然形象相对应。所以,它们最有资格以纯粹相称。

书法是抽象的笔墨点画,但是这并不妨碍人们从中感受天地万物的无穷变化。这里有一个很有意思的现象:翻开古代书法论著,处处可见书法与自然物象的对应。比如评价书家的风格时,以"飞鸿戏海,舞鹤游天"比喻钟繇,以"龙跳天门,虎卧凤阙"比喻王羲之;又比如用"屋漏痕"、"锥画沙"形容用笔的自然爽劲;在论及书家学习书法时,常听到从诸如"担夫争道""船夫摇橹"的意象中顿悟成家的经历。而唐代韩愈在论及草圣张旭时的一段话,更是让人领悟到书法通达天人之际的神奇力量:

> 往时张旭善草书,不治他伎。喜怒窘穷,忧悲愉佚,怨恨思慕,酣醉无聊,不平有动于心,必于草书焉发之。观于物,见山水崖谷,鸟兽虫鱼,草木之花实,日月列星,风雨水火,雷霆霹雳,歌舞战斗,天地事物之变,可喜可愕,一寓于书。故旭之书,变动犹鬼

神,不可端倪,以此终其身而名后世。"①

由此可见,书法这一看似单纯、抽象的艺术,竟也可以通会万物,感化性灵,进而由一而达乎万,由技而达乎道!

解释书法的神奇力量,还可以从艺术门类的本体属性说起,也就是它不同于其他门类而自成一体的内在属性。这里不妨从字源说的角度看看。《说文序》中对"书"的注释值得反复揣摩:"著于竹帛谓之书,书者,如也。"现代学者、书法家胡小石先生是这么理解的:

> 字之言孳,书之言如,皆从双声为训。……聿,所以书也。即笔之初字,古作聿,象手持笔之形。以手持笔,表现文字之形体于竹帛之上,故曰著。书著亦双声相训也。书主文字形体之表现,故其义为著,而以各种抽象之点画,表现吾人深心中繁复微妙之情绪,与最高之理想。②

这段论述提示了书法得以存在的两点关键要素:其一是表现形迹的依托,即毛笔的运用;其二是表现形迹的最终归宿,即对情、性、理的表达。概括地讲,前者是技的层面,后者是精神世界的层面;离开前者,精神层面的体现只会是瘫软的呓语,而背离后者,书法将失去它赖以存身的终极意义。

一、器用——以毛笔为核心

东汉蔡邕有句名言:"惟笔软则奇怪生焉。"③正是特殊的书写工具——毛笔,给了笔墨形迹展示无尽变化的可能。毛笔具备什么样的特性呢?"笔"的本字即"聿"。"聿"者,就字形而辨,可以这样做个形象注解:右手抓着一根小木棍,棍子顶端系着一撮毛。所以"聿"字本身就含有毛笔和书写两重意思。

就毛笔而言,最关键的部分无疑是尖端所系的那撮毛。选择哪一种兽毫,涉及书家的书风、使笔习惯等因素。历来书家都推崇像兔毫、鼠须之类的健毫、硬毫,以软性羊毫笔作为风尚也只是清代一部分碑学书家的喜好。

近代文献学家余嘉锡先生有笔记《羊毫笔》一则,应该是对古人选择笔毫的很好印证:

> 古人之笔多用兔毫,惟韦仲将《笔墨方》,以青羊毛为笔心,则不用白羊毛,盖或无兔之地,以此代之耳,他书未有言羊毫者。清人喜用羊毫笔,其实柔软不中书,故其书法亦不能佳。按:宋度正《性善堂集》卷一《蒙谓卿机宜学士佳章宠寄,依元韵酬谢》诗有云:'瓦札带尘壤,羊毛拂烟霏。'于羊毛字下自注云:'笔之最下者。'是则南宋之末虽有羊毫笔,尚为时人所贱视也。④

---

① 韩愈:《送高闲上人序》,《韩昌黎全集》,北京:中国书店,1991年,第294页。
② 胡小石:《中国书学史绪论》,《二十世纪书法研究丛书·历史文脉篇》,上海:上海书画出版社,2000年,第58页。
③ 蔡邕:《九势》,《历代书法论文选》,上海:上海书画出版社,1979年,第6页。
④ 余嘉锡:《读已见书斋随笔》,《余嘉锡文史论集》,长沙:岳麓书社,1997年,第656页。

其实何止是南宋,明清以前的书法中就绝少看到羊毫笔的影子。前人常言善书者不择笔,其实并不意味着书家对书写工具不讲究。事实上,越是高明的书家,越在乎毛笔的精良程度。在很多书法作品的末尾,即跋语部分,我们经常看到书家对其创作背景的描述:如天气状况、创作机缘、纸张笔墨的性能等等。气候和畅,纸墨相发等"合"的因素,自然有助书写进入顺情达意的状态;而一旦遇上风燥日炎、笔墨不称等"乖"的因素,自然有碍正常水平的发挥。这正是唐人孙过庭所说的"得时不如得器,得器不如得志"。而"器"当中最核心的无疑属于毛笔。

上面讲到"惟笔软则奇怪生焉",其"软"字当然不是软弱、柔软的意思,相反应该作弹性来解。古时评价毛笔,无不推锋颖劲健硬挺者为上品,因为笔锋只有具备"健"的性能,才便于写出刚柔相济、收放自如的笔画来。书法的变化万千,正是依赖那小小的一管锋芒才得以实现的。"无中国之笔,则无中国之书矣。"这样的说法一点也不为过。

至于柔软的羊毫受到一些书家的推崇,已经是清代以后的事,这里大致有两方面的原因:

首先是书法作品尺幅的变化。明代之前的书法作品,除了碑刻、摩崖之类,一般的形制都是尺幅比较小的尺牍、手卷、册页,正所谓小笔写小字(硬毫本身即难以做成大笔)。小字在大的视觉感受上并不突出,但其精妙的笔墨神韵,正好适合文人们闲暇之际细细把玩。

明代以后,由于居室陈设、审美风气诸多因素的作用,大字、大尺幅的作品开始出现,以前很少看到的对联、中堂等形制逐渐流行起来。大字得用大笔去写,能制大笔的羊毫随即派上了用场。大笔含墨多,书写时有利于墨色枯湿浓淡的表现,而同时也在一定程度上弥补了大字笔法简单的缺陷。比如王羲之、王献之即"二王"一脉的书法,变化丰富的使转笔法,用小笔来写是最适合不过,而一旦字形放大,相同的笔画用大笔来完成,则势必难以实现。因此大笔书写,往往强化提按、墨法的变化,以弥补与小字相形之下笔法上的劣势。

另一方面,推崇羊毫的重要原因是随着金石学①的勃兴,篆、隶书体的创作迎来了自唐代之后的又一个高峰。代表篆隶最高成就的是先秦两汉的书法,清代人师法其古朴凝重、稚拙天然的书风,用意是给当时萎靡衰微的书坛注入一潭活水。篆隶的主导笔法是中锋,利用羊毫笔的柔顺来表现篆隶浑劲、绵密的笔意,是清代书法家的一大创造。

书法家不仅非常重视毛笔的作用,同时也一样在意其他器用、材质的性能。比如就纸张的使用而言,晋唐宋元的书法家,一直把光洁细润的特质作为品评的最高标准。在他们看来,毛笔的复杂运动只有在这样的纸面上,才会有最佳、最充分的表现。晋唐传统最在乎点画形迹的原初运动形态,如果在生宣上濡墨晕化,虽然呈现出意外的墨韵变化,但是精微的笔法难免受到损失。

所以,鉴赏、学习中国书法,对器用——笔墨纸张的认识显得尤为关键;器用的技术支撑,正是书法艺术不同风格之所以存在、演变的内在前提。举一个简单的例子:有不少书法爱好者学习王羲之的经典作品《兰亭序》,随便找来纸笔便去临摹,且不管笔毫的长短、软硬,也不论纸张生熟与否。试想一下,拿着羊毫笔、生宣纸试图临王羲之,会是什么情形?笔不

---

① 近代考古学传入中国前,金石学是以古代铜器和石刻为主要研究对象的学问,被视为中国考古学的前身。研究对象属零星出土文物或传世品;偏重于铭文的著录和考证,以证经补史为研究目的。形成于北宋,至清代正式有"金石之学"的命名。

辨,纸不分,器用的性能距离晋人太远,其结果只能是磨砖以图镜! 由此可知,不懂器用,谈不上懂书法;不懂技术,也就无法破解形迹语言,进而窥测更深一层的内涵。

二、书体

除了器用的支持是书法得以存在的前提之外,书法还有一个质的规定性,即必须以汉字作为造型依据。以书法的用笔去创作抽象画、图案画,还算书法吗? 也许那些作品完成得很精彩,但已经脱离了书法的规定性,而归属于另一种艺术门类;虽说仍然带有书法的某些属性,却无法以书法立名。

或许会有人问:拿着毛笔随意发挥,不是更自由吗? 其实任何一门艺术的实践,都必须在一定的程式内进行,而最玄妙的地方恰恰是虽然依存于程式,却能变幻出无穷的花样。如果我用我法,想怎么弄就怎么弄,那还有什么可稀罕的呢? 书法必须按照汉字本身所赋予的字形来布置点画,这是谁也不能摆脱的法则。所以,即便是像唐代狂草圣手张旭、怀素,极尽字态变化之能事,也依然合乎草书规定的字法。所谓圣手,讲究的正是在随心所欲的同时又丝毫没有逾越法度。

汉字为中国书法提供的造型依据,从书体上讲,就是我们平时所说的五大书体:篆、隶、楷、行、草。当然,五种书体皆发源于我国最早的成熟书体——甲骨文。

甲骨文是殷商时代的文字,因为其文字刻于龟甲、兽骨之上,故而得名。在坚硬的甲骨上刻制文字,先民们多是采用类似篆刻单刀的手法,而且很多时候不是按照笔顺的常理契刻,先刻某一方向的笔画,然后再刻另一方向的笔画。如此一来,甲骨文自然形成了笔画瘦劲方硬的风格。

春秋战国时期,篆书里面的大篆成为通行文字。大篆一般都是青铜器上的铭文,所以又称作金文。不同于甲骨文的直接刻制,大篆最主要的制作方法是先在模板上把字刻好,然后再通过浇铸的方式加工完成。由于青铜器铸造流程的特殊工艺,大篆的艺术特色不能不说是双重因素在起作用:圆浑凝重、起止不见痕迹的笔意,笔画相连处犹如古树分叉的用笔,既源自书写时的原初笔迹,也同样归因于相应的铸造工艺。

战国时期的秦国开始流行另一种篆书——小篆。小篆相较大篆,字形大大简化,用笔也便捷了许多。秦始皇统一全国后,命丞相李斯等人大力推行小篆,以之作为全国的官方标准字体。小篆的用笔很少出现大篆那样的起伏波动,而是纯以圆劲匀净的中锋出之,犹如玉箸一般。结体上布白匀称,多呈长方形的修长姿态,可谓集刚健婀娜于一体。

隶书是从篆书演变而来的书体。汉字演变发展的一般规律不外乎由繁至简,而隶书正是化圆为方,变纵势为横势。隶书中对后世影响最深的当属东汉时期的碑刻作品,它标志着隶书发展的最盛期。西汉的时候,隶书便已经通行天下,但这时的隶书不像东汉那样成熟、典型,往往保留着一些篆书的遗意,而且流传于世的隶书,碑刻很少,大多是竹木简、帛书的形式。隶书,也有人称之为"八分书"。之所以这样称呼,很大程度上因为"八"字的体态,既代表了隶书向左右开张取势的特点,也形象地说明了隶书的特色笔法——波挑。波挑的笔法,最明显的例证便是"蚕头雁尾"。当然,解读隶书的要义应该着眼于其雄迈朴厚的精神气度,特征性的修饰用笔如"蚕头雁尾",只是随其情意的一种生发而已。

两汉时期的隶书经典,几乎全是刻石类型的作品。缘于刻石作品的特殊内容和功用,其书者乃至刻工必然是当地的名家、名匠。这与简牍多属无名书吏所作是大大不同的。以经典性来论,简牍自然不如碑刻。但是对于研究学习隶书而言,以原初笔迹呈现的简牍理应有不可替代的作用。

草书、行书、楷书,是中国书法史上最常见的书体,大致在魏晋时期渐趋完善。

草书分为章草、今草。章草基本上是隶书快写、草写的结果,笔法处处可见隶书的波挑。今草则改变了章草字字独立的章法,转而追求字与字之间纵向的连绵笔势,用笔也不再夹杂隶书遗意。在"二王"手里,今草确立了自晋代以来的基本范式。唐代的张旭、怀素以纵轶不羁的笔法,把今草的连绵笔势推向极致,完全打破了汉字的固有空间分布,从而开创了狂草一格。

行书有着与草书相同的运笔特征——流便简捷,但是不像草书那样带有很强的抽象性。行书的字形,基本以楷书作为点画依据,但又不像楷书那样必须规范、妥帖地安放好每个笔画。正是因为兼具楷书的易识性、草书的简便性,所以行书也就成了古人日常书写中最喜欢使用的书体。行书也可分为行草、行楷,前者杂用草书字法,后者大致接近楷书的快写。

楷书和行书、草书一样,都是从隶书演变而来,并不像有些人所想象的:先有楷,后有行、草。三国曹魏时期的钟繇,最擅长楷书,对这一书体的成熟起了引领风气的作用。之后的王羲之进一步脱去了钟繇楷书的隶书笔意,创立了被后世尊为典范的纯正楷体。所谓"楷",就是楷则、规范的意思,楷书在各类书体中最讲究点画的不苟。虽然也可以把楷书写得流畅、飘逸,但楷书的书体风格毕竟主于端肃、静穆。这也正是晋代以后碑刻文字多用楷书的原因——立碑勒石是非常严肃慎重的事情,很难想象以率意的行、草入碑。此外,古时候的科举考试也是楷书得以发展的重要推力。例如,在以书判士的唐代,出现众多诸如颜真卿、柳公权这样的楷书大家,并不是偶然的现象。当然,科考也会带来相应的负面影响。许多读书人为了迎合主考的趣味,将楷书写得越来越规矩,以至于端正有余、灵性缺失的"台阁体""馆阁体"流行于明清两代。楷书还有另外一个独特的地方:其规范性的书写,让它和印刷传媒结下了不解之缘。及至今日,到处可见的"宋体""仿宋体"便是唐代颜字、欧字的合成。只是,脱离笔法表现的印刷字体已不再属于书法,而是转入设计范畴了。

篆、隶、楷、行、草,五大书体各有其体态特征,但是由于它们都统摄在书法总的用笔、结字、章法规律之下,所以它们又是可以相互贯通的。在书体演变的过程中,有时会出现书体之间互参互融的过渡阶段,很多作品看起来非楷非隶、非篆非隶,奇古之趣自然溢出。后世也有一些书家,为了追求风格上的独特,有意糅合书体,但往往失于勉强嫁接之弊,有违书贵自然的衍生大道。从另一方面讲,古人在论述某一书体时,常常会以其他的书体作为参照。比如孙过庭论真(即楷书)、草二体:"草不兼真,殆于专谨;真不通草,殊非翰札。真以点画为形质,使转为性情;草以点画为性情,使转为形质。草乖使转,不能成字;真亏点画,犹可记文。"① 草书迅捷流便,但如若看不出点画,笔意便缠绕不清;楷书一点一画,清晰可辨,但贵在能写出点画间笔势的连贯性。所以简单地说,要像写草书那样写楷书,要像写楷书那样写草书,方各臻其妙。

以上主要从器用和书体两个方面讲述中国书法的特性。器用是拿什么去写字的问题,书体则是写什么的问题。接下来,我们将探讨如何写的问题——笔法。不论是谁,学习、鉴

---

① 孙过庭:《书谱》,《历代书法论文选》,上海:上海书画出版社,1979年,第126页。

赏书法必须落实到具体的形迹上面,而生形之法的核心依据便是笔法。所以,破解笔法将是谁也不能绕过的。

三、笔法

元代大书家赵孟頫曾说过:"结字因时而变,用笔千古不易。"言下之意,不同的书体甚或是表现风格,书家自己都可以根据自己的喜好在结字上有所体现和发挥,但是对待笔法,则必须遵守"千古不易"的法则。"千古不易"的笔法正是书法技法中最为核心的因素,舍此而言书法,只能在外围打转,根本无法触及书法的内奥。

首先要讲的是执笔。简单说,执笔就是握笔的方法。唐宋之后一直到现在,流行五指执笔法,即食指、中指置于笔管之前,拇指、无名指置于笔管之后,小拇指贴附在无名指之下。这样一来,五指之力聚于一处,笔毫上下左右的挥运无不如意。

这里限制在唐宋之后,这涉及书法史、居室家具史的演变。唐代之前,惯用席地凭几的作书方式。在类似《北齐校书图》的史料中,我们可以发现古人左手执纸,右手操笔,用的就是类似今天握钢笔的三指执笔法。三指执笔法不像五指法那样与桌面形成垂直夹角,但是左手纸张的斜面和右手所操之笔也同样成垂直夹角。

知晓这一历史演变,关于执笔的争执之辞立时可以澄清明辨。比如,是否一定要悬腕写字?是否要像清代某些人所主张的,握笔只恨不能将笔管捏碎?唐代以前的书写方式灵便省事,自然凭虚挥笔,无需谈什么悬腕与否。后世一再主张悬腕

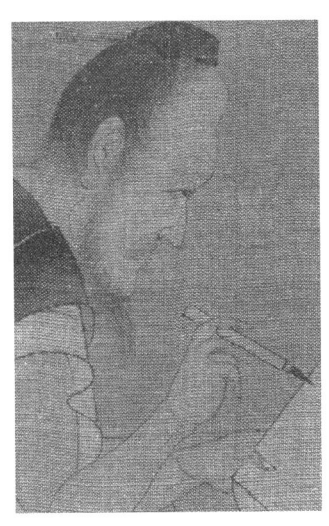

北齐·杨子华《北齐校书图》

的说法,其本来的用意在于强调手腕的灵活无滞碍。但如果不论字的大小、个人的书写习惯,而一味迷信悬腕,恐怕反倒违背了书贵自然的道理。至于执笔的用力大小,因人而异,因书写时笔势笔力而异,没有一个量的规定,也不是力量越大越好。前人以为使笔贵在灵虚便捷,常常用"弄""拂"之类的字眼来形容其动作。

一般来讲,小字运指、腕;大字运肘、腕,全是为了运笔自如的需要。其实书写时的最佳状态往往是苏轼所说的"浩然听笔之所之,而不失法度乃为善"。[①]通身的力量发于笔端,不辨力之所从来,一旦粘著何处使力,力就变为僵力、死力。我们天天吃饭用筷子,谁也不会去理会哪里在使力,关键是"达其意"就行。如此说来,执笔之法与用筷之法也完全是一个道理,本来无需弄得那么玄妙。

由执笔引出了笔法的第二个要素——用锋。中国的毛笔是一个极富弹性的毛锥子,它当然可以仅用笔尖毫芒,画出白描绘画中常见的如春蚕吐丝般的线描,但是书法的用笔要复杂丰富得多。缘何?答曰:用锋。现当代的许多论者在给书法下定义时,多是称之为线条的艺术。线条一词本为西方绘画的表现术语,移植过来界定书法或许可以说明这门艺术的某些特性,但容易引起现代人的误解。传统书论从未讲过什么线条,而是习惯用点画、形质的

---

① 苏轼:《东坡题跋》,卢辅圣主编:《中国书画全书》第 4 册,上海:上海书画出版社,1993 年,第 157 页。

说法。试看唐代孙过庭对点画的形容:"一画之间,变起伏于峰杪;一点之内,殊衄挫于毫芒",①便可以多少明白线条与点画之间的巨大差异。

书法的用锋,大致又可以分为两个系统:一是篆、隶系统,以中锋为主;二是楷、行、草系统,在以中锋为主的基础上,更多地施以中侧锋面的变化。

标准的中锋用笔,即笔心始终运行于笔道的中间,所谓"映日视之,有一缕浓墨正当其中心,虽屈折处,亦无有偏侧者,盖用笔直下,则锋尝在画中。故其势瘦而长。"②不过,这种中锋只是唐代李阳冰一路小篆的基本写法,书史上的大部分篆、隶绝非那么"刻板"。中锋看似不难,实则要凭借这一简单的技法,写出高远古朴的内蕴,并不是一件易事。清代曾有人为了追求篆书的古朴简净,竟然搞出一套离奇的办法:或烧笔头,或用细线扎住笔毫。殊不知,中锋讲求锋芒内藏,摄气内转,如果失去挺健遒润的笔锋作用,点画将干枯无味,毫无意趣可言。

中侧锋面的转化变幻,最明显地体现在以"二王"为代表的行、草书。行、草比较强调形迹与意态的连贯一气,所以笔画之间的衔接连带少不了侧锋和锋面转换的运用。这样的变化恰好带给表现技巧的无限可读性。行、草的锋芒相较篆、隶,的确外耀了一些。不过以二王为宗的帖派书法既崇尚用笔的剀切峻洁,又讲求含蓄古雅,不失篆意。这是一种极高明的境界。

关于用锋、用笔,前人喜欢用一些比喻来帮助后人理解其中的玄机,最常见的比如"折钗股"、"屋漏痕"、"锥画沙"。钗是古时候梳理头发用的发钗,如果将之折断,钗股的折断处方棱立角。所以"折钗股"正好拿来比喻用笔的峻洁利落。唐代张怀瓘用"摧锋剑折"形容用笔,想必也是同样的意思。"屋漏痕"是形容中锋用笔的意味,恰似墙壁上的漏雨痕迹那般的浑然天成。唐代颜真卿曾经向张旭请教书法,张旭讲述到用笔秘诀——"锥画沙":"后于江岛,遇见沙平地静,令人意悦欲书。乃偶以利锋画而书之,其劲险之状,明利媚好。自兹乃悟用笔如锥画沙,使其藏锋,画乃沉着。当其用笔,常欲使其透过纸背,此功成之极矣。真草用笔,悉如画沙,点画净媚,则其道至矣。"③这里的"沙"解释为水滩上的细润沙地比较妥当。在平沙之上以利锋写字,一点一画起止分明,笔笔入"沙",毫无含混模糊。所以,"锥画沙"用以比喻用笔的爽利简净。

我们为何在这里特别在意用锋的问题,是因为这关涉到学习和鉴赏书法的要害之处。元代赵孟頫曾感慨,如果得到好的拓本,哪怕是只有两三行,就不愁学不到前辈的笔法。拓本尚且如此,更不用说是真迹了。对于习书者所临摹的范本,无疑是越真越好,越不失原作的锋芒越好。书法的精微,原本就在那毫厘之间的锋芒。真迹仅此一份,所以便有了刻本、拓本以提供给后人更多的研习机会。好的刻本还是不够用,又有了翻刻本,如此翻来转去,距离原先的真迹就自然愈来愈远,以至于"面目全非"。因此,不论是学习还是鉴赏,应该尽可能多地去感受原作,或是精良的复制品;遇到书法上的疑难困惑,最好的解答首先是在真迹那里。

书法常常被分为碑帖两个体系:帖即是"二王"一系的书法,碑则是刻石书法,如汉碑、北

---

① 孙过庭:《书谱》,《历代书法论文选》,上海:上海书画出版社,1979 年,第 125 页。
② 郑杓,刘有定:《衍极》,卢辅圣主编:《中国书画全书》第 2 册,上海:上海书画出版社,1993 年,第 794 页。
③ 颜真卿:《述张长史笔法十二意》,《历代书法论文选》,上海:上海书画出版社,1979 年,第 280 页。

碑。这同样和我们讨论的用锋话题密切相关。古代的书家和负责刻石的刻工是两个行当。有些刻工比较忠实书家的原初锋芒，刻出来的效果如同墨迹，例如唐代褚遂良的《雁塔圣教序》。当然也有一些刻工在原有的笔意之上加入了浓厚的刀意，墨迹的原初笔锋往往被凿刻的刀锋所代替。一般来讲，我们不主张在学习刻石书法的时候，刻意去追求刀刻的效果，以致丧失了毛笔的自然笔趣，而是应该透过刀锋看笔锋，多去体会原初笔迹的起落行止。

四、字法、章法、墨法

好的笔法虽然在某种程度上有自己的独立审美属性，但中国书法的本质属性必然要求它服从于汉字的造型，也就是说，写出的每一个点画要搭配成一个个的汉字，而且最后形成通篇的章法安排。单个字的内部组合称之为字法，或者叫结字；通篇字和字、行与行的安排即称之为章法。至于墨法，即毛笔书写时显现于纸、帛之上的墨色变化。字法、章法、墨法，本来和前面所论的笔法相并称，都是前人品评书法作品时常用的标准。不过限于篇幅，我们在重点讲述了笔法之后，只能在本节对其他"三法"做一个简要的提示，待到对具体的作品鉴赏时会做更多的分析。

字法和章法，说到底都统归于点画的排布置陈。点画之间、字与字之间，乃至行与行之间自然包含了映带、俯仰、顾盼、收放、虚实等关系。字法、章法绝非现代意义上的"设计"，其中"计白当黑"的空间分割远不止是一个平面上的事情。书法的排布置陈，贵在能以笔势生发出点画位置；黑白之间的分割看似静止，实际上含蕴着力与气的周游潜行。

有一种说法，是将字法总结成为两大类型——"平画宽结"与"斜画紧结"。简而言之，前者取的是平势，以平正宽博的态度取胜，如许多汉隶作品、北朝的《泰山经石峪金刚经》、颜真卿的楷书作品；后者取的是斜势，以欹侧不平见长，如"二王"一路的行草作品、欧阳询的楷书。这种归纳有助于习书者在临摹时快速把握字法的一般规律，但毕竟书法落实在具体的点画形迹上，是处处变动无方的，不能将对规律的掌握取代对"活法"的体会。晚清以来流行欧阳询所创的三十六法和黄自元总结的九十二法，许多人拘泥于这些"死法"，结果字里毫无鲜活之气，几类美术字。

章法是通篇的效果，这么说也没什么错，不过理解成形式感的大效果，则有欠稳妥。书写过程中时刻伴随着书家的情感流露——时而平静，时而激越，其间的起伏波动自然会通过笔迹的运动随机而发，无半点勉强安排的痕迹。时下有些书法家在书法创作中，对章法的布置反复推敲、精雕细琢，其安排、设计的用意太重，已经背离了书法"迹由心生"的本质属性。具体到章法的构成，我们不妨将之分为三种类型：

第一种是纵横行俱分。这样的章法类型，往往在界格之内书写，字字独立，纵横成行，唐代楷书便多是如此。这类严整的安排，看似容易，其实要避免流于呆滞无趣，在细微处见呼应，在无迹处见顾盼，同样是需要很高明的手法。

第二种是有纵行而无横行。多数行、草书作品即采用这样的布白形式，有的行间距离偏于茂密，有的则偏于疏朗。

第三种是纵行横行俱不分，似满天星斗，纯任天机而现。这类章法把全篇看作一字，临习者最难把握，往往一点一画有失，便有可能气脉无法贯通，满盘皆输。先秦时代的一些金文、唐代的狂草，均是纵横无分的代表。

书家选择哪一种章法形式,主要取决于他的创作习惯,但作品的形制、幅式也是影响这一选择的重要因素。最能说明问题的莫过于所谓"大小"之别。明代特别是晚明之前的书法史,一般的书法创作属于文人士大夫的清玩,作品的形制以手卷、尺牍最为常见,而此类形制都是纵不逾尺的幅式。这样一来,写小字再自然不过,而小字便理所当然地要求精微细腻,也就是说,不论章法还是笔法,都要经得住观者的反复把玩。明代之后则不同,丈二八尺的巨幅作品不可能去追求尺牍的精致,它的长处在笔势、笔态的流走跌宕,类似一些人所讲的"视觉冲击力"。这仅是"大小"之别带来的章法变化,还有像对联、扇面、斗方、匾额特有的形制,都有着各自惯常的章法样式,这是书家在创作时不可能不预先考虑到的。

墨法之所以成为书法品鉴中的重要一点,是今天很多惯用墨汁的人很难体会的。清代王澍的一段话,或许能帮助我们理解古人为何如此讲究用墨:

东坡用墨如糊,云"须湛湛如小儿目睛乃佳"。古人作书,未有不浓用墨者。晨兴即磨墨升许,以供一日之用。及其用也,则但取墨华,而弃其滓秽,故墨彩焕发,气韵深厚,至数百年犹黑如漆,而余香不散也。至董文敏以画家用墨之法作书,于是始尚淡墨。虽一时韵味冲胜,及其久也,则黯黮无色矣。要其矜意之书,究亦未有不浓用墨者,观者未之察耳。[1]

到博物馆观赏书法作品,墨香大概只是"意会",墨色给观者以悠远摄人的墨气,倒是可以亲身体会。明代以前,由于所用书写材质的原因,书家最喜好浓墨如漆的效果,而之后,开始有人尝试涨墨的表现,如王铎、何绍基。涨墨的运用,是有意识引入类似水墨相融的泼墨技法,别具一种元气淋漓的氤氲弥漫之境。然而,不论是涨墨还是明代以前的墨法,都依存于用笔。离开用笔的果敢、生动,任何用墨的技巧必然是瘫软苍白的。

第二节 中国经典书法作品鉴赏

书法是生命体,不是技巧的摆设,须血、肉、筋、骨、脉和融一气,才会活脱自然,神采焕然。

历来品评书法,首先看的是品格、气韵、味道,所谓书如其人。观王羲之书法,仿佛得见晋人的风流态度;而观颜真卿书法,另是一种浩然正大的气象;又如弘一的书法,则绝去人间烟火,无一丝尘俗气味。

宋代黄庭坚说,士大夫可以百为,唯不可以俗,俗则不可医。论书法,也可以讲百为,随便你怎么表现,但最怕沾染一俗字。俗,意味着气骨的卑下,品格的平庸,纵然笔底生花,也终究是搔首弄姿的饰品,反不如三岁稚子来得可爱。

对传统书法的鉴赏,我们可以从多个角度尝试,比如书体、书家个体、书风流派等等。每一种视角自然有着它独特的切入点,但也就不可避免地带来了某种局限性。所以本节的设想是以书法史的时代风气演变作为大的讲述线索,在每一个专题中又融入对经典作品及书家个体的关注。

---

[1] 王澍:《竹云题跋》,北京:中华书局,1991年,第64页。

一、汉隶古风

隶书从篆书演变而来,所以最初的形态是篆隶互融,篆书的笔意和字势都比较浓厚,如战国时期的一些帛书;再往后,隶意逐渐完备,一些隶书所特有的波挑笔画开始明显起来;到最后,隶体日臻完善,但又出现用笔华饰的新问题,隶书在发展到极盛时期之后难以避免地转向衰败,雄浑质朴的气象已然不在。这一个由淳转醨、由厚转薄的发展过程,是隶书在演变过程中的自然规律。当它盛极而衰之后,魏晋时期的楷、行、草便登场了。

以材质来分,汉代的隶书可以分为刻石和简牍两大类。镌刻上石,是为了纪念功德,永传后世。汉代儒家思想盛行,上下尊崇孝道,所以树碑立石是时代使然。由于立碑纪功是非常郑重的事情,所以一般碑刻的书写者往往是当时很有身份又深谙书艺的人。只是魏晋以前罕见作品落书者的名款,后人无法得知其名姓——先民认为写好字乃文化人的分内之事,根本没有必要以落款的方式自矜自重。

绢帛比较贵重,于是简牍(简牍包括竹简木牍)成了纸张流行之前使用最普遍的书写材料。从现存考古发掘资料来看,传世的汉代简牍书法基本上为下层书吏所书,当然不比汉碑凝重的庙堂气象,但极富书写的自由度,各种风格的取向皆有完备的展现;加之简牍作品是毛笔的原初书写笔迹,这对理解和学习汉代隶书来讲是极为难得的取鉴对象。

西汉初期的简牍书法延续着战国及秦代的简牍风格,代表作品有《江陵凤凰山木牍》。西汉后期,隶书更趋成熟,以宣帝时的《定县汉简》、成帝时的《武威仪礼简》为代表。《定县汉简》用笔、结体都是十分成熟的隶书,结体宽博,字形扁平,蚕头雁尾突出,用笔明快,波挑明显。

东汉的简牍,从中既可以跟同一时期的汉碑作对照性的研读,还能找出后世新书体萌生的端倪。简牍为一般书吏所写,非正式场合所用,所以用笔、章法上的随机、率真是它的最大特征。于是乎,出现了隶书的草写方式——草隶。草隶基本上类似章草,正是后来草书的发端。当然也不仅是草书,行书、楷书的演变历程,都能在简牍里面找到充分的线索。

西汉的碑刻极少,流传于世的作品因此而被视为拱璧。《五凤刻石》,西汉五凤二年(公元前56年)刻,石为方形,3行,共13字。用笔浑成高古,略带篆势,无波磔,两"年"字竖画伸长,痛快酣畅,与简牍笔意十分接近。

东汉时期的碑刻书法是整个书法史的一个高峰,在桓帝、灵帝时达到极致。这一时期的碑刻书法代表了最为成熟的汉隶,风格多样,气象万千。针对书法风格,清代康有为对汉碑有一段总览式的概说:"骏爽则有《景君》《封龙山》《冯绲》;疏宕则有《西狭颂》《孔宙》《张寿》;高浑则有《杨孟文》《杨统》《杨著》《夏承》;丰茂则有《东海庙》《孔谦》《校官》;华艳则有《尹宙》《樊敏》《范式》;虚和则有《乙瑛》《史晨》;凝整则有《衡方》《白石神君》《张迁》;秀韵则有《曹全》《元孙》。"[①] 康有为列举出的作品无一不是汉隶的经典,我们不能一一讲述,只对其中具有代表性的作品作简要的介绍。

---

① 崔尔平:《广艺舟双楫注》,上海:上海书画出版社,2005年,第83页。

东汉　简牍　　　　　　　　　东汉《石门颂》

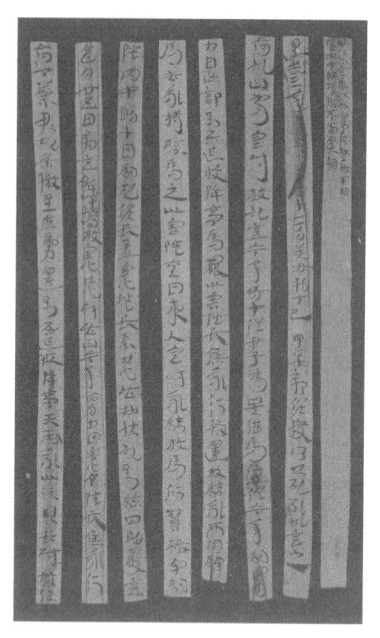

《石门颂》，也称《杨孟文颂》，东汉建和二年（公元148年）镌刻在陕西汉中褒河岸边褒斜谷石门西壁的摩崖上面，一直到1967年修建水库时，才从山崖中凿出，于1971年迁至汉中博物馆。汉代有所谓的"汉三颂"——陕西汉中的《石门颂》、陕西略阳的《西狭颂》、甘肃成县的《郙阁颂》，它们都是"颂体"，又都是摩崖刻石。"颂"，即意在颂扬功德的文体，皆辞藻华美，音韵和畅。

摩崖刻石的书写和镌刻，是一般在石碑上的书刻者所无法想象的。论材质，石碑光洁细润，而摩崖起伏不平；论创作环境，石碑上从容裕如、精雕细琢，而摩崖则身临险境，不容半点分心。尽管摩崖书法的创作难度极大，但这种天造地设的"纸面"提供给书家特殊的发挥空间。摩崖书法之所以表现出奇逸高浑的风格，正在于字间距离的处理、字形大小都可以根据石质的情况随机变形，故常有出其不意的地方。如《石门颂》第三行，"命"字最后一竖画笔势纵荡，超出常规，使"兴"字与"命"字之间距离拉大，"出"字与"散"字之间距离拉大。这显然就是为了避开山崖裂缝所作的应变。此外，摩崖不同于碑刻的地方还体现在，数千年的风雨剥蚀使得笔画多了一层自然再造的苍茫感，直中有曲，曲中藏直。

《石门颂》在汉隶中的突出地位还与它的"草意"有关，这一点尤为后世所推崇。《石门颂》以篆书的圆笔作为主要的用笔方法，结体也属于标准的隶体，那么"草意"所指，既不是"二王"一系的帖派笔法，也不是形迹上的牵丝连带，而是迹断意连的笔意、笔趣，更是书家不拘于点画的高逸之气。

以汉隶为代表的碑派书风，后世常用三个字来概括——拙、重、大。所谓拙，不是笨拙，而是兼具质朴与浑厚的大巧若拙；"重"是指其点画的笔力而言；"大"则指其气象而言。这些审美属性在一些帖派书家那里并非没有，但的确可以说明碑帖两种表现形态的风格倾向。

东汉末年的《张迁碑》恰恰是在"拙"与"重"上体现得最突出的隶书经典。先看这一"拙"字。作品"拙"意的造成，缘于两方面的原因：一是以方笔为主导的用笔；二是朴拙天真的结字。用笔可分裹毫和铺毫两类。裹毫在运笔过程中毫端呈聚拢状，好似屋漏痕的笔意；铺毫在运笔当中毫端则呈铺开状,好似猛士挥剑,恣肆酣畅。《张迁碑》的方笔多源于铺毫,《石门颂》的圆笔则归于裹毫。当然,《张迁碑》也不是笔笔执意求方,许多方意是用笔和结体的方正共同作用的效果。书法的结字和用笔,本来便不可分开而单论,《张迁碑》结字上的朴拙正是其方笔的生发。方方正正的结字,外围紧密而内部疏阔,体态时而头重脚轻,时而憨厚无饰,活脱脱汉代说唱俑的神情!

东汉《张迁碑》 　　　　　　　东汉《曹全碑》

"拙"之外是"重"。笔力厚重,原是书法点画作为力量之迹的起码要求,《张迁碑》把这一点发挥到了极致。不过,厚重绝不是使蛮力、死力,一副颟顸霸道的样子。如果那样,笔意僵滞无疑。从本质上说,《张迁碑》的沉雄厚重已经不止是笔力的问题,它更是反映出汉代先民们视天、地、我本为一体的心态。

如果说《张迁碑》让人想到汉代霍去病墓前石雕,那么汉隶中的另一件精品《曹全碑》则让人想起长袖飘举的汉代舞女俑。前人认为隶书之有《曹全》,犹如楷书、行书之有赵、董,这非常形象地说明了《曹全碑》的风格特征。《曹全碑》自明代万历年间出土以来,影响甚大。清初习隶者,多以《曹全碑》相标榜。学者、书法家朱彝尊便是其中的代表人物。明末清初碑学的风气逐渐兴起,取法汉隶成了一时的风尚。只是当时许多人为了追求书法的古意,求怪、求异,好用生僻的异体字,所以反而使隶书缺少了平正大方的气度。在这种背景下,朱彝尊师法《曹全碑》,有着改变时风的积极意义。《曹全碑》的秀逸美韵,在汉隶碑刻中并不多见。在把握这一书风时,特别要体会其秀而不纤、内含筋骨的特质。与《张迁碑》相比,《曹全碑》的用笔要"轻"得多,除了一些主要笔画,多数点画只用到毛笔的笔尖部分。"轻"非纤弱的意思,而须绵里藏针,瘦劲飘逸,这种度的把握比较微妙,需要练习者细心揣摩。此外,在疏朗的章法布白下,《曹全碑》的收放伸缩做得尤为巧妙,收敛处紧而密,放纵处疏而宽;每个字大部分笔画都比较收敛,忽有一、二笔画放纵伸展,别具意趣。

二、魏晋风度

钟繇是三国曹魏时期的书法家,后世人们习惯将他与书圣王羲之并称为"钟王",与汉末的草圣张芝并称为"钟张"。钟繇最擅长隶书、楷书,而他对书法史的贡献集中体现在对"新体"——楷书的完善与创新。当然,一种新书体的成熟绝非是一两个书家的功劳,书体的演变有其自身演变规律。比如,楷书中的悬针竖画可以在东汉隶书《曹全碑》中找到相似的笔意;从居延、敦煌汉简中,还有东汉某些陶瓶题记中看,楷书的大致法则已经形成。钟繇的贡献则在于,在前人的基础上对"新体"的完善和美化。他师法刘德升、曹喜、蔡邕,最终完善了楷书新体。钟繇的楷书,隶意比较明显,字法整体取平画宽结,不同于以后"二王"楷书的斜画紧结。其传世作品有《荐季直表》《还示表》《宣示表》《墓田丙舍帖》等。

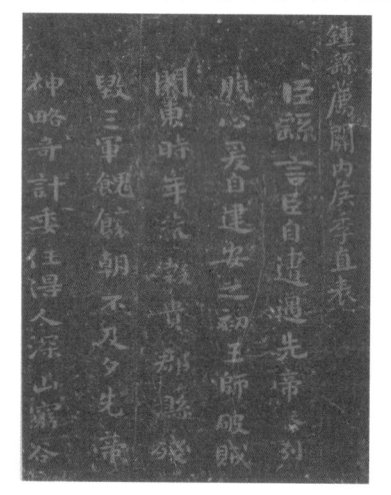

小楷《荐季直表》被公认为是钟繇最出色的作品,其内容大致是钟繇向魏文帝曹丕推荐关内侯季直的一篇书表。在《荐季直表》中,很多人可能会觉得里面的字笨拙宽扁,与惯常的审美标准存在着很大的距离。这并非眼光不济,欣赏水平低下,而是辨别能力被俗见所限制了。如果不能破除一种审美习俗的制约,理解钟繇的楷书时就会或多或少地存在障碍。钟繇在你眼中的笨拙,其实正是其天真可爱之处;你认为《荐季直表》纵横无行,章法散漫无法,然而历代书家终身向往却难企及的,正是这般天女散花似的妙处。

王羲之是东晋时期与谢安齐名的大名士。"坦腹东床""以书换鹅"的故事展示了王羲之的性情所适:前者是不拘尘俗、率然求真的"竹林"风度,后者是惟兴之所至,一任自然。其人属于潇洒风流之人,其书法自然超然出尘。王羲之的书法,不做作,不安排,完全是从自己胸襟流出,后人把他推为"书圣",在于其书法最能体现晋人超脱高迈的神韵。也可以这么讲,中国道家文化所崇尚的"无为""自然",在王羲之的书法当中找到了充分的印证。

曹魏·钟繇《荐季直表》

东晋·王羲之《兰亭序》

"天下第一行书"《兰亭序》是王羲之文章、书艺交相辉映的一件作品,备受历代书法家推崇,与颜真卿的《祭侄文稿》、苏轼的《黄州寒食诗帖》并称"天下三大行书"。《兰亭序》这篇文章缘起于文中所言"暮春之初"的"修禊事也",所谓的"修禊"原指古时的春季沐浴——在农历三月三日上巳节这一天除去污垢,借以消灾祈福。王羲之和他的好友谢安、孙绰等41人,在今天绍兴兰亭选了一处"清流激湍,映带左右"的好地方,行修禊之事。那天的日子"天朗气清,惠风和畅",大家围于曲水之边,流觞赋诗,感慨于万物的变迁无常。所作的诗歌《兰亭诗》汇于一集,众人请王羲之作序。这就是《兰亭序》的由来。

《兰亭序》之所以达到令后人难以企及的艺术高度,正是在于王羲之以骏爽秀逸之笔写出一团平和冲淡之气。唐代何延之评价《兰亭序》:"遒媚劲健,绝代更无。""遒媚"之"遒"便是骏爽的意思——锋芒凛凛,神采焕然,绝非松弛邋遢,呆呆滞滞;而"媚"不是现在流行意义上妖媚的贬义,而指秀逸——神情的清朗高迈。对《兰亭序》的平和冲淡之气,我们借用孙过庭《书谱》中的一段话作解释最好不过:"右军之书,末年多妙。当缘思虑通审,志气和平,不激不厉,而风规自远。"①

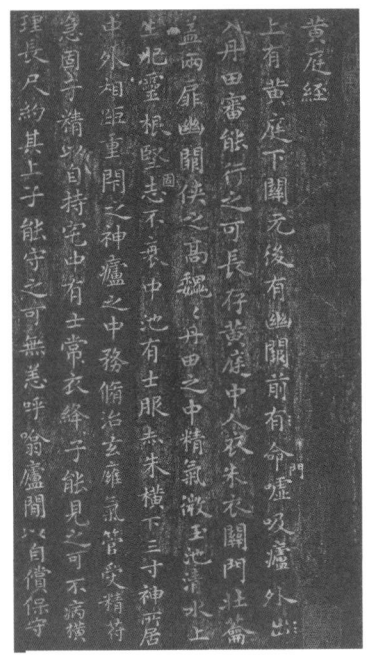

东晋·王羲之《黄庭经》　　　　东晋·王羲之《洛神赋十三行》

王羲之同样精通小楷,在继承钟繇楷书的基础上,他进一步脱去隶书余韵,变平势为斜势,为后世确立了楷书的典范样式。《黄庭经》《乐毅论》《孝女曹娥碑》等作品虽然在大的风格上类归于秀逸古雅,但不难发现每一件作品都有自己独特的意态和气质。历史上不乏这样的书法家:看一件作品觉得精彩,看上十件作品难免心生倦意。这不是创作水平的问题,而是书家以固定的创作状态去书写不同情感的文字内容。知其一,便知全部,难怪会心生倦意。反观王羲之,一书一貌,且并非有意而为。这是因为当书写内容的情感与书法表现相一致的时候,当文章、书家、技法三者合为一体的时候,情随文生,书因情显,不同意态与气质的变化是自然而然的。孙过庭这样描述王羲之的创作:"写《乐毅》则情多怫郁,书《画赞》则意涉瑰奇,《黄庭经》则怡怿虚无,《太师箴》又纵横争折。暨乎兰亭兴集,思逸神超,私门诫誓,

---

① 孙过庭:《书谱》,《历代书法论文选》,上海:上海书画出版社,1979年,第129页。

情拘志惨。"①想必说的就是这个道理。拿《黄庭经》来说,其内容是魏晋时期流行的道家养生修炼的著作。养生的主旨在清心寡欲,守真抱一,收摄人的心神,不使之外驰。王羲之本人即笃信道教,在抄写经文的过程中,毛笔底下始终应会着道家恬淡虚静的意境,因此自然会"怡怿虚无"。

王献之是王羲之的第七子,字子敬,小字官奴,官至中书令,人称"王大令",与其父在书法史上并称"二王"、"羲献"。同他的父亲一样,王献之也是东晋名士的楷模。《晋书·王献之传》称赞他高迈不羁,风流为一时之冠。可见若论风度,子不让父。在书法史上,小王的地位相比父亲,并没有弱到哪里去,甚至在晋末至南朝宋齐间声名一度超过父亲。

小楷《洛神赋十三行》是王献之可靠的作品,今天只能看到石刻本。现存石刻本中,首推"碧玉版本",次是"白玉版本"。"碧玉版本"在明代万历年间被发现于杭州西湖葛岭地下,因其石刻颜色深暗,堪比碧玉,故有"碧玉版本"的称呼。又因为发现之所为宋代贾似道半闲堂旧址,一些人便认为此本多半为贾似道所刻。《洛神赋十三行》给人最大的感受是点画特别的洒脱从容,充溢着一种雄姿英发、长袖振风的气度。之所以如此,单从形式上讲,与字法的关系很大。多数字呈现出内收外放、重心偏上的特征。内收外放讲的是笔画的聚散离合,点画纵荡而能神凝气摄,悠游自在而俊骨傲立。而重心偏上,字显得有精神,磊落挺拔。需要特别体会的是作品中的笔意。其舒展从容的笔意,最终来源于王献之的器量胸襟。胸怀大量才能生发出从容通脱的态度,这绝非伪饰造作得出来的。常闻前人言,写小字容易精密却难得宽绰有余。王献之的小楷恰是精微之外还能写出大字般的从容气度。学习王献之小楷,能得其美韵的人不少,得其高迈之神骏的人却不多。究其因,这或许跟对笔意的理解有关,而不止是技巧的事情——如果不去体会王献之笔意背后的雅量与风度,学他的小楷终会隔着一层。

三、北朝刻石

北朝刻石简称"北碑"。"北碑"是与"南帖"相对应的概念。清代阮元在《北碑南帖论》中说:"短笺长卷,意态挥洒,则帖擅其长;界格方严,法书深刻,则碑据其胜。"②南朝的书法承传了"二王"一脉的风气,整体呈现出秀妍流美的格调,而北朝则大不同。北朝的文化气候、书体本身的演进规律等因素,共同作用于北朝书法,使之形成字体多含隶意、风格雄肆质朴、形制以碑刻为主的独特面目。所以,这里的"南、北",不仅仅包含时代、地域的意思,更是代表了两种审美风格。"南帖"以清健、秀逸、雅正为美,"北碑"以雄强、质朴、天真为美,两种美如同春兰秋菊,不必强分高下。

《张猛龙碑》是北碑成熟期——北魏时期的代表作。该碑的体势奇险峭拔,虽处处呈险,但又化归俊朗;用笔剖砖切玉,笔以刀出,有很强的"刀味"。学习该碑,应注意两点。其一,险绝固然可以补救平庸的毛病,但险则峭,峭则气紧,少了雍容舒和的态度。所以,把握风格上的这个分寸特别要紧。其二,"刀味",不单是针对《张猛龙碑》,研习多数魏碑都要面对这个问题。魏碑独具的雄健刚肆,既出于毛笔的原初书写,也源于刻工运刀带来的特殊审美效

---

① 孙过庭:《书谱》,《历代书法论文选》,上海:上海书画出版社,1979年,第128页。
② 阮元:《南北书派论·北碑南帖论注》,上海:上海书画出版社,1987年,第39页。

果。因此，一味模仿"刀味"，置笔意于不顾的办法势必损伤毛笔的书写性；而不体会用笔如用刀般的爽劲骏快，也同样难以获取魏碑的神气。此外，《张猛龙碑》易学不易化，临习数日便可上手，但有可能长期"困守"于原作的格局体态，难以脱化出自家的面貌。弘一法师曾经专学魏碑，于《张猛龙碑》用力甚勤，开始也仅是得其形，但最后他借魏碑面目写出一片纯净简逸，无一丝尘嚣气息。此为善学善化者。

北魏《张猛龙碑》　　　　　　　　北魏《牛橛造像记》

　　北碑中有一个重要的系统，即依附于宗教而来的造像书法——龙门造像就是其中的代表。龙门造像题记在楷书史上以方骏雄肆的气概特出其风，同晋人"二王"一脉的古雅秀逸形成鲜明的对比。之所以如此，本自书家的性情是一方面，而方笔的大量运用无疑也是造就"龙门风格"的重要原因。圆笔的意致趋向涵容、平和，而方笔则特别能展现出纵肆不羁、豪迈伟岸的神情。不过，对于方笔的运用目前还存在不同看法。有人认为魏碑的方笔大多是当时刻工以流行的刊刻刀法刻制所成。然而，从近年出土的高昌墓砖中可以发现：许多直接书丹的作品，其与"龙门风格"并无二致的方笔，完全是书者以高超的控笔技巧来完成的。我们不能不说，刀刻是造成方笔的一大因素，但是书者善于运用方笔也是不能否认的事实。就风格而言，龙门造像中如《牛橛造像记》、《始平公造像记》、《杨大眼造像记》、《孙秋生造像记》等作品不论笔致、意态，还是刀刻的技法，都感觉有些相似，这说明当时的洛阳聚集了一批承传有序、自成派系、富有经验的书家和刻工。龙门造像的兴盛，正是建立在这一基础之上的。

　　北朝墓志是北碑的另一类形态。孝文帝迁都洛阳后，极力推行汉化政策，曾下令鲜卑贵族改拓跋姓为元氏，死后葬于洛阳北邙山。唐朝诗人王建作诗《北邙行》："北邙山头少闲土，尽是洛阳人旧墓。旧墓人家归葬多，堆着黄金无买处。"[①]足以想见一时风气之盛。石碑立于地面之上，千百年经历着自然风雨的侵蚀，显示出斑驳古朴的美。但毕竟是雾里看花，与原初刻制时的面目相去甚远——这还不包括人为手段对石碑的损害。墓志深埋地下，一朝出

---

① 王建：《王建诗集》，北京：中华书局，1959年，第2页。

土，犹如新制，刻制的字口毫发无伤。所以，墓志书法为解析当时的笔法、刀法提供了非常好的途径。

邙山墓志当中数元氏墓志最为精彩。元氏墓志为皇族所制，书家、刻工应该都是当时第一流的人物。或许是皇族喜好的趣味所致，或许是书家、刻工的"讲究"态度所致，元氏墓志那样精丽秀美的楷书，与龙门雄迈豪纵的楷书完全是两路风格。这不仅让人产生这样的推测：造像类的书家是比较纯粹的北方书风一派，而墓志类的书家则受到南朝"二王"一路书法的浸染。像《元怀墓志》、《元羽墓志》、《元晖墓志》等作品，无不是体态婀娜，流美疏宕。当然，说元氏墓志秀美的同时，毕竟不能忘了其深植于北朝文化的大背景，故而元氏墓志，言婀娜而复含刚健，言流美而内藏雄强。

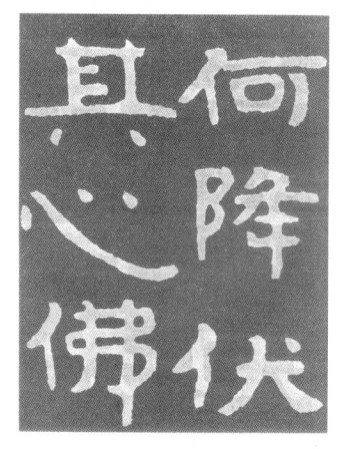

汉代隶书有《石门颂》这样的摩崖书法，而北朝则把摩崖书法推向了最高峰。这当中就有被清代康有为誉为榜书之宗、大字极则的《泰山经石峪金刚经》。它刊刻在泰山斗母宫上的山涧中，书写的内容是佛家经典《金刚般若波罗蜜经》。写大字，用笔实则容易笨拙，用笔虚则容易中怯，而《泰山经石峪金刚经》做到了以实证虚，实不碍虚。《泰山经石峪金刚经》的用笔藏头护尾，笔笔中锋，化取篆隶笔意，并不执著于毛笔着纸的锋面变化。在运笔过程中，其意、其情随力运而渗化到点画的每一细节，以质实之笔求取蓄意的深厚、气象的静穆。从空间布白上讲，《泰山经石峪金刚经》的笔势字态初看平淡无奇，细细品察则动人心魄。其字形融合楷隶，而笔意出以篆隶，点画的空间置陈无不依凭于无碍之意的周游流动，故而能化巧为平，不求惊人之笔而自能摄人心神。

北齐《泰山经石峪金刚经》

四、大唐气象

前人对历史上几个时代的书法高峰，是这样评价的：晋人尚韵、唐人尚法、宋人尚意。所谓唐人尚法，在对应到唐楷上面最合适不过。所以这里从唐楷谈起。唐代楷书的辉煌成就，自然离不开时代特有的政治、文化背景。一代雄才唐太宗李世民深知"虽以武功定天下，终当以文德绥海内"，而文治之一的策略即弘扬书道。书法之道可以正人心、畅人情，由修身进而兼天下。唐太宗既是大政治家，又是杰出的书法家，他对书法的理解远远超出"艺者小道"的认识。借书法以相人，唐代在选拔人才上特别看重楷书的水准。以书取仕，科举录用中书法独占一科；铨选官员，立"身、言、书、判"为准则，"楷书遒美"者优先。有唐一代，国势强盛，文章粲然，其恢宏、裕如的气象正是唐代书法深含庙堂气的渊源。这一点与两汉时期颇为相近。

法度森严是对唐代楷书整体的概括，当然这是与魏晋小楷的萧散、北碑的雄肆作比较而得出的论断。实际上，唐代楷书处在南北朝书风融合的大背景下，既含着南人的秀雅，又传承着北人的朴厚，可谓文质相兼。如果用刚峻清健来形容唐楷的风格更为合适，也免得有些人被法度森严一词所误导，总觉着唐楷是一副绷着面孔的感觉。刚峻，即生死不移，凛然不可侵犯，近似于儒家所言的正大浩然之气。所以观晋人书，如亲风流名士，而观唐楷，如会仁者义士,你心中生不起半点的随便、冒犯。唐楷的森严绝非故作摆架子,而是源自内在的气性——内有所植,外自显威仪。清健,清者绝去俗浊污卑,健者,生气鲜活,神情润朗。你可以不喜欢仁者的刚峻而向往名士的潇洒,但你绝对不可以沦入俗浊;取清去浊,既是完成人格的要求,也是艺术品格的本质要求。回头再看有人学唐楷为法所敷,端端正正、规规矩矩,却成了生力无多的馆阁体,究其因,是把唐楷的内在精神没学到或是学歪了。这正是法不缚人而人自缚。

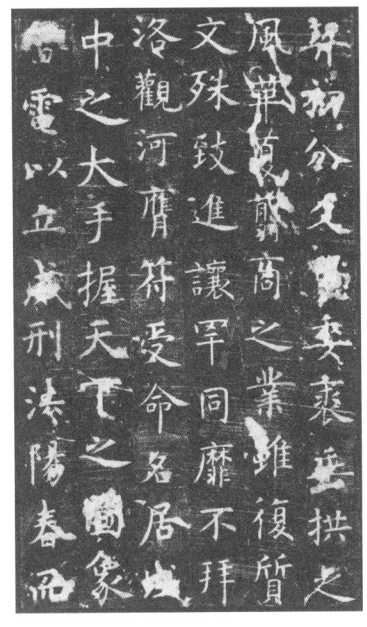

唐·虞世南《孔子庙堂碑》　　　　唐·颜真卿《颜勤礼碑》

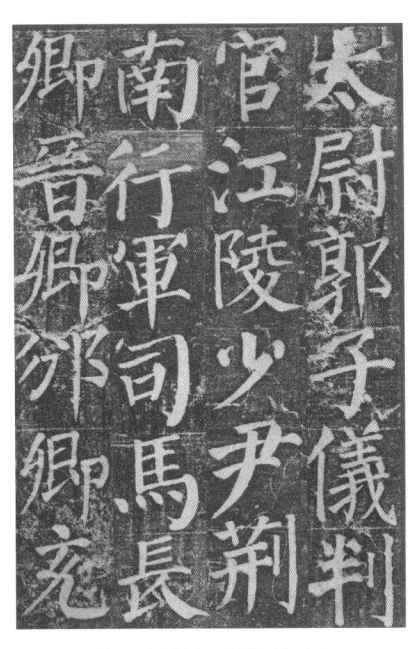

初唐的楷书以"初唐四家"——欧阳询、虞世南、褚遂良、薛稷最具盛名。欧、虞二人属于同一辈,皆精通经史。两家相比,欧阳询的北朝书风浓重一些,偏于质;虞世南则深得南朝书风的精髓,直通晋人,偏于文。欧字以险劲著称,尤多刚峻的气度;虞字则平和温雅,风神萧散。如果执意比较两家高下,唐代张怀瓘的看法反映了当时的一种审美态度:"欧若猛将深入,时或不利;虞若行人妙选,罕有失辞。虞则内含刚柔,欧则外露筋骨,君子藏器,以虞为优。"[①]褚遂良是历史上有名的忠烈之臣,太宗驾崩后,他全心辅佐高宗。高宗废王皇后立武昭仪,褚遂良拼死相谏。后来,褚遂良遭武后贬谪岭南,病死于蛮荒之地,以骨鲠的忠烈气节赢得了后世的景仰。褚遂良的楷书面目更为丰富。早期作品如《伊阙佛龛碑》,用笔蕴涵隶书笔意,方正奇古,坦荡宽博。《雁塔圣教序》秀逸瘦劲,是褚遂良最晚的作品。该碑书刻双绝,刻工是当时的名手万文韶,读碑文如对真迹。单看《雁塔圣教序》的飘然之意,很难把它跟方正奇古的《伊阙佛龛碑》联系起来。可是细细读来,褚遂良的骨鲠、刚峻,却从来没有改变过。论《雁塔圣教序》,妩媚秀逸人人可见,断然也不可忽视了生死刚正的气骨。总言之,褚遂良以瘦硬通神的笔意,将南风之韵、北风之骨,不露痕迹地融为一体,将唐代楷书推上了新的高度。

初唐书法面貌多样,总的趋势却是回归王羲之,所谓欧字得王之骨,虞字得王之韵,褚字

[①] 张怀瓘:《书断》,《中国书画全书》卢辅圣主编,第1册,上海:上海书画出版社,1993年,第93页。

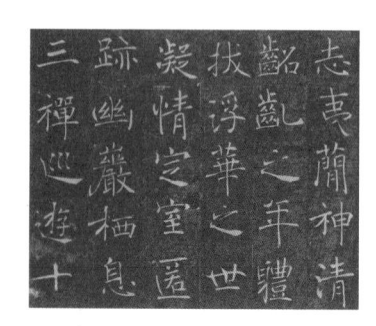

唐·褚遂良《雁塔圣教序》

得王之肌。但是颜真卿一出，瘦硬通神转为丰润华滋，秀雅转为雄伟，风气为之一变。

颜真卿一心保国，却屡遭奸人排挤。然而政治上的磨难练就了他刚正不阿的气节。最后，颜真卿选择了以身殉难，视死如归。肝胆照千秋，颜真卿将儒家正大的精神体现得淋漓尽致。而颜氏书法正是其人格的化身，与晋人的潇洒风流形成并举之势。王字以斜取势，呈欹侧之美；颜字则平正端庄，磊落大方。王字的结体内紧外疏，颜字则内疏外密，远承北朝摩崖，体态宽博，意境浑穆。颜真卿的代表作《大字麻姑仙坛记》质朴苍劲，雄浑中兼得高古。《颜勤礼碑》为晚年所书，朴质中蕴藏华茂，巧丽化归平正。观者临碑而对，读到的不止是磅礴的气魄，还有雍容温润的仁者之风。其行书《祭侄文稿》，笔随情动，一片苍浑郁勃之气不可阻遏，真无意于书而书自成矣！

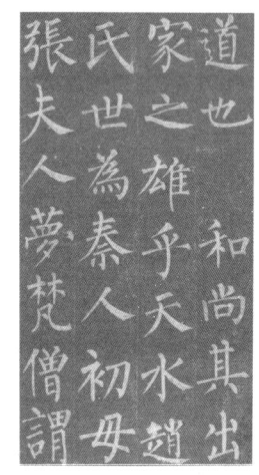

唐·柳公权《玄秘塔碑》

唐代楷书中柳公权与颜真卿并称，所谓"颜筋柳骨"。柳字脱胎于颜真卿，丰姿华润不似颜字，却别以峭拔见胜。也许历史总是处在回环往复的变化中，书法史也不例外。初唐书法崇尚瘦硬，盛中唐转而以丰肌华茂为美，晚唐似乎又回归于趋瘦的风气。柳体的"骨"在两方面体现得最明显：一是用笔，锐利爽劲，犹如宝刀切玉；二是姿态的挺拔，好比是大丈夫，顶天立地，威武不屈。当然也有人不太喜欢柳体，说它稍过紧峭有失宽博；又如宋代米芾称其为"恶札之祖"，骨节太露。我们不能说这类批评没有道理，但是艺术往往就是如此的奇怪：某些艺术表现技法在带来优点的同时，似乎也让缺陷随之而生。一般资质的人绝不适合守着柳体来深研书法，不是柳字不好，而是因为柳字的个法很难让你找到书法的通会之途；而且稍不留神，柳体的"骨节"不但使你无缘清瘦的好处，反倒很快滑入"恶札"的邪道。这也许正是历史上鲜有学柳字而成为大家的原因。

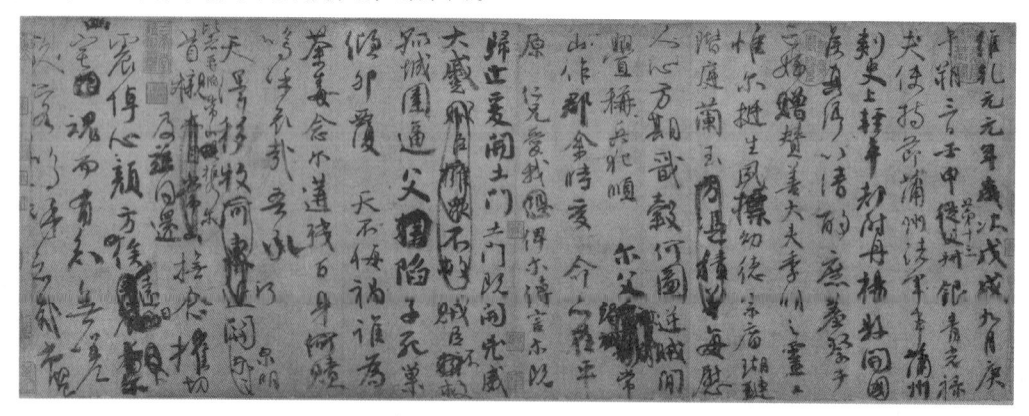

唐·颜真卿《祭侄文稿》

唐代书法似乎让后人难以理解：既然楷法如此森严精到，为何又出现了草书史上极尽性情之变的狂草艺术？一边是端严恭敬，一边却是放意纵肆，两个极致走到了一个时代。但想想这是唐代,是一个包容各家思想、气象恢弘浩大的时代,便不难理解了。人们追求的是一种自由、饱满的生命状态,这样的状态须容纳多元的文化、不同的极致。

张旭,吴郡(今苏州)人,官至长史,人称"张长史",为人狂放不羁,性嗜酒,每大醉,呼叫狂走,或以头濡墨而书,世号"张颠",又被称作"草圣"。文宗时,将李白诗歌、裴旻剑舞、张旭草书,诏称为唐"三绝"。他的草书被视为"盛唐之音"的完美体现。

张旭是典型的道家者流,他一任性情所适的狂颠之态并非杜撰,而是有很多同时代诗人的旁证。书为心画,书法到了最高层境,无非是一个人心灵世界的本真体现。所以理解张旭的为人、心态,对读懂他那奇变无方的狂草是非常有好处的。唐代诗人李颀有《赠张旭》一诗:

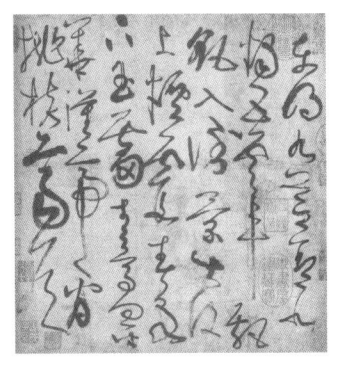

唐·张旭《古诗四帖》

张公性嗜酒,豁达无所营。皓首穷草隶,时称太湖精。露顶据胡床,长叫三五声。兴来洒素壁,挥笔如流星。下舍风萧条,寒草满户庭。问家何所有?生事如浮萍!左手持蟹螯,右手执丹经。瞪目视霄汉,不知醉与醒。诸宾且方坐,旭日临东城。荷叶裹江鱼,白瓯贮香粳。微禄心不屑,放神于八纮。时人不识者,即是安期生。①

好个"放神于八纮"!神游物外,天人无隔,是其人,也是其书。张旭《古诗四帖》参看的运笔,可谓一片神行;不见其形,但觉有一股缭绕不绝的气息在徐徐渗入观者的千万个毛孔。作品中笔笔不断,字字相连,打破了字法的惯常规律。不过,张旭对楷书法则无比精通,他的《郎官石柱记》甚至被黄庭坚赞为唐人正书第一。可见,张旭并非不知法,而是不执于法,不屑于法。点画出乎意料之外,却又在情理之中;处处随意走笔,却又不是任笔放诞可以梦见。

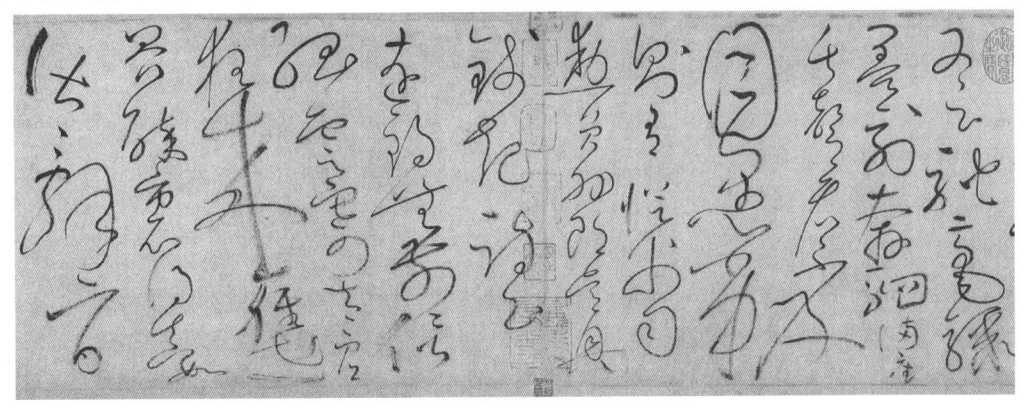

唐·怀素《自叙帖》

"素狂"与"张颠"并称,指的是另一位狂草大家怀素。怀素自小出家为僧,对书法尤为用功。他自己种植芭蕉,用蕉叶练字,故而为居室取名"绿天庵"。写废的毛笔被他埋于地下,名曰"笔冢"。他与张旭一样,也嗜好饮酒,酒酣兴发之时,墙壁、衣服,无不书之,因此得名

---

① 隋秀玲校注:《李颀集校注》,郑州:河南人民出版社,2007年,第60页。

"醉僧"。狂草长卷《自叙帖》是怀素的代表作品。该作品的文字内容比《古诗四帖》超出许多,尺幅的长度也增加了很多,这给书写时表现情绪的起伏变化提供了更大的空间。最初数行自述经历,还写得较为平和,之后写到当时名流对自己书艺的赞誉时,怀素越写越得意,到了后半卷,满纸如同惊蛇走虺、狂风骤雨。纵观全卷,有数十字成一行,有两三字成一行;时而毛笔吃纸很浅,时而用到毛笔的腹部。这都不是怀素刻意的安排,完全是其情不可遏止,行于所当行、止于所当止而已。

五、宋人尚意

宋代书法的主要成就在行、草书。就宋人的用笔而言,仍然承继着晋唐一脉,但这并不是说宋人就甘于随人脚踵,"寄人篱下"。宋人以自己的智慧,知法而不泥于法,出于法度而合乎书理,在自然率真、无意求佳的信笔书写中,开创出被后世称道的"尚意"书风。其成就最高者是"宋四家"——苏轼、黄庭坚、米芾、蔡襄。

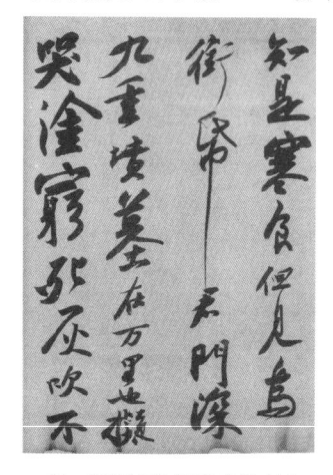

宋·苏轼《黄州寒食诗帖》

"宋四家"当中,苏轼位列首位,无论是从他对当时艺术风气的提领开创,还是从他本身的艺术境界来讲,都是当之无愧的。"无意于佳乃佳耳",苏轼的这种书法创作态度,是最为后人所熟知的。"无意"就是"无心""无为""无执著",其义理跟庄子所讲的"解衣盘礴"的创作状态一样。"有意"即人为去做,终究难以冥契自然大道。因此中国艺术历来推崇神品、妙品,轻视能品。宋代"尚意"书风在创作上的一个最大特点是无伪无饰,提倡自由无碍的书写心态,而苏轼无疑是最有力的实践者之一。

被贬置黄州团练副使的那段日子是苏轼人生观、艺术观的重要转折期,被誉为"天下第三行书"的《黄州寒食诗帖》即创作于此时。《黄州寒食诗帖》最能撼人心魄的是笔由情使:诗中的情感波澜随着笔意的流走,淋漓痛快地体现在书法形迹上,其感染移情的功效一点也不亚于文学本身的力量。这一点跟怀素《自叙帖》是同一道理。也正因这个道理,书史上许多书家一些随机而作的稿书特别能打动读者。精心准备的作品固然很完善,却往往精能有余,神采不足。

苏轼的字写得比较肥厚,这在《黄州寒食诗帖》中有比较突出的表现。苏字的"肥"源于师法盛唐书法的丰腴之美。肥浊臃肿当然俗不可耐,但骨秀气清的丰肌润泽自有妙处,我们当然不能把书贵瘦硬当作书法品评的不二标准。苏轼似乎早就预料到有人会对他的"肥字"提出非议,然而他相信自己的判断:"杜陵评书贵瘦硬,此论未公吾不凭。短长肥瘦各有态,玉环飞燕谁敢憎?"[①]

行书,特别是草书,是黄庭坚书法最受后世称道的,虽然面貌各异,但细审之下,我们可以用奇崛磊落来概括黄氏书法总的风格特征。真正的书家,其书风无不深深根植于其人格。奇崛者须脱俗,不随人俯仰,没有一点尘俗者气;磊落者,绝去猥琐卑陋,为人处世坦荡荡。

---

① 苏轼:《苏轼诗集》第 2 册,北京:中华书局,1982 年,第 372 页。

黄氏一再盛赞王羲之、颜真卿，因其书，也因其人——王有逸气高致，颜有临大节不可夺的忠义。黄氏晚年的境遇可谓恶劣，生活条件异常艰苦，可书法作品没透出半点颓丧的老气，倒是一片郁乎苍苍的生力。如果没有坚韧的人格支撑，这是绝对不可能做到的。

《诸上座帖》是黄氏草书代表作，此时的他可以说年高手硬，已入化境。字法奇险是黄氏草书的一大特征。奇险固然不落常俗平庸，易得变幻莫测的效果，但稍有不慎，为险而求险，则字势的自然度就会降低。所以，奇险不流入造作、邪怪，便显得弥足珍贵。观《诸上座帖》，体势真如惊蛇入草、飞鸟出林；眼睛随着笔端流走，就仿佛有一团云气将人托举，一会儿腾入天外九霄，一会儿沉入涧底深泽，其境真似"凭虚御风而不知其所止"。

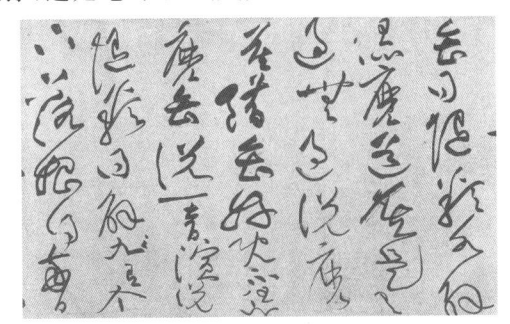

宋·黄庭坚《诸上座帖》

将张旭、怀素、黄庭坚三位狂草大家的作品摆在一处，黄庭坚在意态的天然无饰上似乎稍逊一筹，但若论点画的绵劲，谁都要让他一头。黄庭坚认为草书与篆隶同法同意，求取的便是篆隶用笔的古厚苍劲，加之他以奇崛磊落的人品作依托，《诸上座帖》的用笔不仅有草书的流畅、圆熟，而且融入了生涩坚韧的笔意。涩是顺畅油滑的反义，笔在纸上绝不一滑而过，似乎有种相反的力量阻挡笔的运行，在抗争阻力的过程中自然产生笔的涩意。韧相对"脆"而言，"脆"易折，韧则刚柔相济，内含的生命力绵绵不绝。涩与韧的笔意既源于黄庭坚对草书风格的追求，更是象征了他对精神品性的追求。

六、吴兴复古

赵孟頫，浙江吴兴（今浙江湖州）人，人称赵吴兴。赵孟頫是中国历史上少有的艺术通才，诗文书画俱精通绝伦。他以宋宗室仕元，虽被人指责气节有亏，但是身负重振晋唐传统的历史使命，力保艺术龙脉在异族统治下不被泯灭，其功劳又有谁人可比？南宋以来书法日趋衰陋，赵孟頫认为最大的原因是放意妄书，不识古法为何物。因此，他力主复古，主张书法学习必须溯本穷源，直探晋唐。从此，在赵孟頫的倡导和影响下，"二王"书风又成为元代书坛的主流。

后世提到楷书四体——欧、颜、柳、赵，这"赵体"是就赵孟頫的大楷而言。在唐代楷书备极法度、几乎成为绝响的情势下，赵孟頫还能追踪晋唐，创造出可以比肩前贤、独立于书史的楷书新体，实属难能可贵。"赵体"的创新主要体现在：改变了唐人作大楷多用提按、华饰的手法，在楷书中融进了行书灵动的笔意。这样一来，"赵体"既显得流美，又不失庄严；在赵孟頫的身上，晋人的韵致与唐人的法度合于一体。赵孟頫的传世大楷，《玄妙观重修三门记》宽厚雄健，《帝师胆巴碑》精密古劲，代表了"赵体"的最高水准。

赵孟頫也是书史上数一数二的小楷圣手。《汲黯传》为赵孟頫的小楷力作。当我们展玩此作时，当为其精到准确的笔画叹服不已。精准的点画显示出对毛笔无比纯熟的掌控能力，笔到意到，毫发不爽。执著于控笔以求准确，笔意势必拘谨，只有熟而再熟，到达无意求准而自准的地步,方称得上真正的熟能生巧。赵孟頫在书写时,毛笔形同利刃,爽劲劈斫,真像是大将临阵,进退裕如而无不如意。如果说《汲黯传》正如赵孟頫所自称的"有唐人遗风",那么他另一件小楷《道德经》更是越唐入晋,直追二王遗风。《汲黯传》用笔遒劲,有一种肃然的气象,《道德经》用笔劲中含柔,更趋灵秀虚和,可谓远接王羲之的韵度。说到这里,使人想起王羲之书法一书一貌的特征,而赵孟頫在两件作品中也有所体现。汲黯是西汉时著名的谏臣,品性刚直,赵孟頫书写《汲黯传》,风格刚峻,这中间正好有着意理的一致性;老子《道德经》是道家经典,主旨在自然无为,赵孟頫出以虚和之笔,这也绝非偶然。

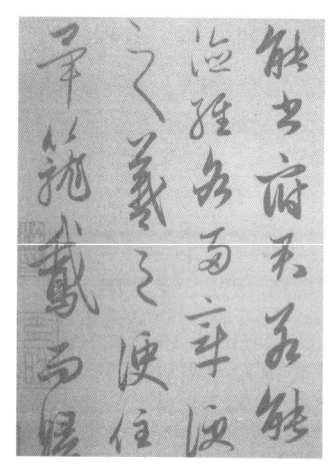

元·赵孟頫《汲黯传》

赵孟頫的行书一样被后世所重,特别是在有元一代,他的行书笼罩了整个书坛。不过,赵孟頫的气质在书法史上是比较独特的。雍容华贵的贵族气质从赵孟頫的骨子里透出,所以别人学赵字,效法形式还比较容易,但气质意韵的相合就难了。赵孟頫的行书继承了王羲之不激不厉、含蓄蕴藉的风格,再化以自家性情,秀润而不失骨力,华美而不甜腻。后来有人用狭隘的人品即书品的标准来批评赵字,总喜欢说赵字甜熟软弱,有媚骨,其实是很不客观的。此外,也有人认为赵孟頫的书法太熟,少了"生趣"。不可否认,赵孟頫有些作品确实太过精熟,反而影响了随即而发的生动性,只是有时候气质的华贵温婉掩盖了这一缺陷。不过,假如只看赵孟頫最上乘的一批行草作品,恐怕连眼力苛刻的董其昌,也不敢再说赵字太熟的话。

元·赵孟頫《王羲之书事卷》

明清以后的书法,我们不再专门讨论。并非这两个朝代没有书法大家,而是基于两方面的考虑。一是篇幅的限制,如果面面俱到,只能是泛泛点到,对读者并无多大助益。二是从书法史看,明清两代书家中能写出自家面貌的不乏其人,但就整体书法表现语言的形态而论,并没有太多超越前代的地方。写帖的,基本笼罩在宋元书风之下,少数突出者,依旧是晋唐一脉。写碑的,不论是写先秦篆书、汉代隶书,还是写北朝碑刻,总归没有超越前代。即便是像王铎、傅山一路的行草巨制,虽然在尺幅、章法、墨法上有某些突破,但总体而言仍然没有脱离晋唐草书的表现范畴。正是考虑到以上两点原因,我们觉鉴赏一节举出六个专题,应该可以使读者对中国书法有一个最基本的认识。

第九章　音乐艺术观念与作品鉴赏

音乐是时间艺术，唯有在时间的绵延流动中才能得以呈现，它是非语义性的、非具象性的艺术。正是由于这种艺术特质，音乐才留给人们更多的想象、体验直至理解的空间。用"音乐的耳朵"，用心来倾听，就能感受到音乐开启的不仅是一个五彩斑斓的音响世界，更是一个无限宽广的精神世界。

《论语·述而》有"子在齐闻《韶》，三月不知肉味，不知为乐之至于斯也"的赞叹；在西方，英国美学家沃尔特·佩特也曾说："一切艺术都向往音乐的状态。"从东方到西方，音乐艺术从来就是最贴近人类心灵的艺术，是"艺术中的艺术"，而那些留存至今的原始乐器也早已说明，人类的历史有多长，音乐的历史就有多么绵长。

法国艺术家丹纳在《艺术哲学》中曾说："伟大的艺术与它的环境同时出现，决非偶然的巧合，而的确是环境的酝酿、发展、成熟、腐化、瓦解，通过人事的拢动，通过个人的独创和无法预料的表现，决定着艺术酝酿、发展。环境把艺术带来或带走，有如阳光的强弱决定植物的青翠或憔悴。可以说，美好的艺术在世界重新出现，是和时代潮流建立的美好环境分不开的。"

音乐艺术的发展历程，也就是音乐观念的演变过程，审美观念的发展变化也会影响音乐形态的演变和发展，音乐观念的转变必然会带来音乐创作手法的变化。当我们面对中西音乐艺术时，会发现由于中西音乐艺术的生成环境、发展历史、哲学基础的不同而使中西音乐艺术观念产生极大的差异，也造就了中西音乐艺术不同的音乐形式，而且影响着我们对中西音乐艺术的感受方式。下面我们就分别梳理中国与西方的音乐艺术观念演变的历史。

第一节　中国音乐艺术观念史

中国几千年的音乐发展，经历了一个漫长的发展道路，其中所蕴涵的音乐审美意识，不仅是古代贤哲们不断探寻音乐美的思维历程，也是不断创造音乐审美听觉的物态化过程，这些音乐审美意识不仅表现在那些丰富而深刻的范畴、命题之中；同时也积淀在那绮丽多姿的音乐艺术形式中。从审美文化看，中国音乐艺术也有其特别之处，如以生动的旋律线性表现为主旨，以审美意象为中心，以感物说的传统美学思想为基础，强调直观、内省的个人体验，而且中国音乐形式因与文学诗、词、曲有着密切的关联，使其以抒情为主要目的，有着优美的文体形式，从而具有独特的美感意趣和审美机制。

回顾中国音乐的发展历史，在原始社会时期，以古乐舞为典型代表的音乐活动，成为先民们最初音乐实践活动以及最重要的文化行为方式，虽然没有记录下来的音乐观念，但在古乐舞的音乐活动中，已经包含了与祭祀、狩猎、耕种等与生活息息相关的内容，而且共同的乐舞活动，不仅成为情感的载体，也使所有氏族成员产生了共同的文化心理认同。

从留存至今的距今约八千年的河南舞阳贾湖骨笛,距今约七千年的浙江余姚河姆渡的骨哨,以及距今约五千余年有舞蹈图像的彩陶盆等出土文物中,都可以看到音乐审美意识的感性形态,这些原始乐器是人的音乐审美听觉得以开启的明证,这不仅在中国音乐史上,而且在世界的文明史上都是少有的。

一、上古时期的音乐观念

夏、商、周时期,中国音乐才开始了自己灿烂的历程。这时的乐舞活动中,乐的主要功用从原始社会时期的图腾祭祀等礼仪活动,转向对统治阶层、英雄人物的歌颂,比如以《大夏》《大濩》等为代表的乐舞就是体现了"王者功成作乐"。西周时为了巩固奴隶主阶级的社会地位,吸取商代灭亡的教训,创立了以"礼"为核心的礼乐制度,把音乐当作附属于礼的规范人的工具,但也促进了音乐教育、器乐种类、乐理观念、音乐哲学、音乐美学的发展。

这个时期出现了"八音"分类法(金、石、丝、竹、匏、土、革、木),它是我国音乐历史上最早的乐器分类法,而且西周时期使用的乐器已近70种,编钟艺术是这个时期最突出的成就。西周末年,由于社会政治经济的变动,西周衰落,诸侯争霸,"礼崩乐坏",音乐逐渐突破礼的束缚而发展,突出了娱乐性,不受礼束缚的"新乐"逐渐代替了使人听了昏昏欲睡的"古乐",促进了音乐实践的发展,音乐审美逐步由经验上升为理论,出现了萌芽状态的阴阳五行音乐思想、礼乐思想及"平和"审美观,已具备了中国传统音乐美学的基本特征。

这一时期提出了"和""中""淫"等音乐审美范畴,而"和"是最重要的一个。西周末年的史伯认为:"声一无听,物一无文"(《国语·郑语》),就是说,只有单一的音调不能组成动听的乐曲,物体只有一种颜色,便呈现不出美丽的色彩。而"和六律以聪耳",悦耳的音乐要由高低不同的乐音组成,只有将音乐中各种因素有机地协调统一起来,才能形成高低起伏、对比鲜明的乐曲。在《左传·昭公二十年》中晏婴有一段论"和"的论述:"声亦如味,一气、二体、三类、四物、五声、六律、七音、八风、九歌,以相成也;清浊、小大、短长、疾徐、哀乐、刚柔、迟速、高下、出入、周疏,以相济也。"是指"和"由不同的、相对立的因素构成,音乐要达到完美状态,各要素也要无过无不及,和谐统一。这就形成了中国音乐美学观念上关于"和"的最初论述,它具有多层意义,是中国音乐审美的核心范畴,而"平和"审美观对后来的儒道两家都产生了重要影响。

春秋战国时期,社会的政治经济处在一个大变革时期,文化领域呈现出百家争鸣的景象,音乐艺术蓬勃发展,原先音乐祀神娱祖的作用变为强调音乐的教化功能,一方面继承了西周礼、乐、射、御、书、数六艺,一方面创造了儒家重视诗、书、礼、乐四教的传统。

这一时期具有代表性的音乐艺术形式是"钟鼓之乐",它由编钟、编磬、鼓乐等悬挂的乐器组成乐队,其宏大的气势、崇高的风格,充分显示了这一时期音乐艺术的成就。而这一时期的音乐思想也十分活跃,儒、墨、法、道、阴阳、杂各家都先后提出了自己的音乐美学思想,特别是儒、道两家的音乐美学思想影响了后世中国两千多年的音乐审美意识。

儒家以孔子、孟子、荀子为代表,积极提倡音乐,不断进行音乐艺术实践——弹琴、击筑、鼓瑟、唱歌,并把音乐作为"六艺"之一加以传授,强调以礼制乐,以礼乐治国,重视音乐的社会功能及道德教化作用,提出了诸如"尽善尽美"、"乐而不淫,哀而不伤"、"移风易俗,莫善于乐"、"乐之实,乐斯(仁、义)二者"等重要命题,以"中和"为音乐审美准则,要求音乐的情感表现要适度而不过分,达到一种和谐的审美状态,最终发展成为系统的以"礼乐"为核心的美学思想。

道家以老子、庄子为代表,由其论"道"的哲学思想出发,系统地阐述了音乐与自然的关系,反对束缚人性,崇尚自然,提出了"大音希声""法天贵真"等重要范畴,讲究超越功利、重意轻声,重真重自然,追求音乐与自然、人和社会的和谐一致,要求音乐能抒发人的"天""真"的自然情性,在音乐审美上发展成为追求内在精神之美的自然乐论。

儒、道两家美学思想既相互辩难,又有所交融,形成中国音乐审美观念的主线,这种音乐观念也支配和主宰了中国音乐的审美倾向和精神内涵。因此,从某种意义上说,中国传统音乐美学思想的核心便是儒道互补的美学观念。

二、两汉魏晋南北朝的音乐艺术观念

两汉时期,产生了以采集改编民间音乐为主的音乐机构"乐府",其中各类乐人分工精细,除演奏员外,还包括了乐器制造的工匠。传统的相和歌、鼓吹乐,无论演唱形式、乐器配置和用乐场合都得到了新的发展,吹管乐器、古琴等弦乐器的发展引人注目,如排箫、羌笛、箜篌、琵琶等。汉代文人主要论著均论及音乐,其中代表儒家学派音乐思想的著作当属《乐记》。它首先探讨了音乐审美中"心""物"之间的关系问题,提出"凡音之起,由人心生也。人心之动,物使之然也。感于物而动,故形于声也"的命题,指出"物至—心动—情现—乐生"的作乐过程,承认音乐是产生于人的内心情感的表达,提出了一种客观唯心主义的音乐本源论,抓住了音乐艺术的本质。《乐记》对音乐特征问题也进行了探讨,提出"乐者,心之动也""乐者,德之华也"等命题,意识到音乐所表现的是人心之动,是人对事物的感受和体验,既注重音乐的客观性,又强调音乐的主体性,同时认识到音乐的社会特性,对音乐特征的认识提到空前的高度。《乐记》还提出成熟形态的"天人合一"音乐美学思想,认为音乐以"气"沟通"天""人",彼此互相感应,能影响自然万物、社会政治,使"气"成为一个审美范畴。诚然,《乐记》中还存在着许多片面的、违背音乐艺术发展规律的思想,但其涉及音乐艺术的本质、音乐特征等问题的探讨对中国音乐艺术观念的发展起到了积极的推动作用。

魏晋时期,社会动荡,国家南北分裂,战乱不断,由于局部战争而造成的民族迁徙和融合,各民族音乐得以融汇与发展。传统儒家思想逐渐失去了统治地位,取而代之的是源自老庄哲学的逃避现实、追求人格精神自由的魏晋玄学的兴起,他们对当时的政治、社会制度提出尖锐的批评,同时也提供了逃避现实的思想体系,他们带着任冲动而生活的"风流",带着放达而浪漫的心性,音乐审美呈现出寄情山水和借景抒情的特征。嵇康的《声无哀乐论》成为这一时期音乐美学观念发展的集中代表。嵇康通过对"声"与"哀乐"关系的辨析,阐述了"声无哀乐"的基本音乐思想,即音乐是客观存在的音响,哀乐是人们的精神被触动后产生的感情,两者并无因果关系。他提出"声无哀乐",主张将音乐回归到一种"自然"状态,以此来反对儒家认为的"声有哀乐",把音乐视作政教工具,夸大音乐教化作用而忽视音乐本体的功利音乐思想。这一观点的提出,是对传统儒家忽视音乐本体,把音乐等同于政治思想的强力反叛,代表了魏晋时期音乐艺术由传统儒家功利实用的审美态度转向崇尚自然、注重个人内心情感体验,重视音乐艺术自身的特殊发展规律的审美倾向,并从主体的角度思考音乐审美过程中主客体关系问题,这无疑给音乐艺术观念的发展画上了浓重的一笔。

三、隋唐宋元时期的音乐艺术观念

隋唐时期,正如王建在《凉州行》中写到"城头山鸡鸣角角,洛阳家家学胡乐"那样,经济与社会的繁荣使音乐文化艺术步入了极其辉煌的阶段,东西方音乐文化经过融合、创新,兼收并蓄,形成了中国古代音乐史上所谓中国音乐的国际化时代。隋唐的宫廷燕乐集中地反映了这一时期音乐文化的最高成就,它专指天子及诸侯宴饮宾客时所用的音乐,一般宣扬帝王功绩,歌颂太平盛世,如唐玄宗根据印度《婆罗门曲》改变的《霓裳羽衣曲》就非常富有浪漫主义色彩,洋溢着仙境般的情调。在民间社会生活中,民间俗乐在社会底层广为流行,受到广大百姓的喜爱,如《望江南》就表现一位被抛弃女子的怨恨情感。

宋元时期,由于商品经济的发展和城市人口的增加,市民阶层形成一股强大的社会力量,市民音乐得到蓬勃发展,音乐重心开始由宫廷转向民间,由贵族化转向平民化,民间音乐文化得到丰富和繁荣,类型多样、风格各异的音乐体裁形式纷纷涌现。戏曲艺术的确立与发展标志着我国民族传统音乐步入一个新的阶段,如《西厢记》《窦娥冤》等。文人音乐和词调音乐成为这个时代最富特色的音乐品种,这些音乐与同时期的山水画、宋词以及书法艺术有着密切的关联,音乐中精致的审美情调和雅美的文学境界成为这一时期音乐的主要趣味。在音乐美学观念上,这一时期主张"声中无字,字中有声""文实兼备""声要圆熟,腔要彻满"等等,如周敦颐等人提出"淡和"审美观,强调音乐必须"淡而不伤,和而不淫",中和儒道两家,提出"淡和"准则,及用"淡和"之乐消除人们的欲求,平息人们的躁动,从而维护封建伦理程序。

四、明清音乐艺术观念

进入明清时期,音乐艺术进一步呈现出民间化、世俗化的特征。小曲、弹词、昆曲等俗乐进一步发展,民歌、戏曲成为主要的音乐样式,特别是戏曲艺术的发展和繁荣,是这一时期的代表性特征。现存的相当多的传统音乐都来自明清时期,如《凤阳花鼓》《十面埋伏》等。此时的音乐内容也更加丰富,既有反映社会矛盾的,也有反映人民日常生活的,还有表现人们对传统伦理道德的反抗,追求自由爱情生活的。这一时期的音乐审美特征是对以多种风格的俗乐为特色的、与社会现实生活紧密相关的、富于抒情性和戏剧性的音乐美的追求。

在音乐美学领域的突出标志是以李贽为代表的主情派。他们以"童心"说为基础,以自然为准则,以写真情、至情、痴情为号召,把音乐从禁锢人心的"礼乐"中解放出来,把音乐送回到人的主体之心中,使音乐成为人们抒发情怀的声音。这种观念促成了描写世俗人情的市民文艺的繁荣。

在古琴领域,有徐上瀛的琴论专著《溪山琴况》,其完整性和系统性可称之为各代琴学理论的集大成者。他总结了古琴表演艺术的"和""静""清"等24个审美范畴,也称"二十四况","和"是其理论核心。该书把对意境、情趣、韵味的追求提到新的高度,一方面强调儒家"圣心"的造化,另一方面也提倡道家"淡泊宁静,心无尘翳"的修身之道,是中国音乐美学儒道合流的代表作。

五、现代音乐艺术观念

20世纪是中国音乐发生剧烈变化的时期,民族解放和人民解放运动,给音乐艺术带来前所未有的冲击,也给音乐文化的发展带来无限生机。随着旧文化的终结和新文化的传播,中国音乐的发展出现两种音乐文化并存的现象,一方面是在本土文化土壤上生息衍变的传统音乐;另一方面是随着西方音乐观念、形态的传入又经国人选择、借鉴、创造、不同于此前中国传统音乐的新音乐,如晚清时期的宗教歌曲、民国初期的填词歌曲、20年代的艺术性歌曲以及30~40年代的抗日歌曲和群众歌咏活动等。两种音乐文化不断碰撞、融合、发展,产生了一批优秀的音乐成果,一直影响到今天。

20世纪前半叶,即从20世纪初到1949年,这一时期是传统音乐观念与西方音乐观念初步结合的时期,西乐东渐成为中国近代音乐史上不可阻挡的时代潮流,中国音乐也由此进入了新音乐与传统音乐并行的多元化社会音乐结构的新时期。传统音乐方面,产生了以学堂乐歌和群众歌曲为代表的新音乐形式,如《送别》《义勇军进行曲》《解放区的天》等。同时,也产生了许多新的戏曲剧种,如评剧、越剧、黄梅戏等,许多说唱和戏曲艺术大家诞生,如京剧的"四大名旦"(梅兰芳、程砚秋、尚小云、荀慧生)等。器乐方面,以二胡独奏音乐的发展最为显著,既有继承传统音乐特征的二胡曲《二泉映月》,也有吸收西方作曲技法而创作的二胡曲《光明行》。钢琴、小提琴独奏音乐和管弦乐也得到较大发展,如30年代标志着中国钢琴音乐创作进入一个新时期的《牧童短笛》、马思聪创作的小提琴曲《牧歌》和贺绿汀的小型管弦乐曲《森吉德玛》。这一时期还创作了大量优秀的独唱歌曲,如《问》《教我如何不想他》《嘉陵江上》《我住长江头》等。还有许多优秀的合唱作品,特别是抗日救亡和全面抗战爆发后的几年间,创作了大量的合唱作品,包括《到敌人的后方去》《在太行山上》《游击队歌》《黄河大合唱》等。此外,这一时期电影歌曲也成为大受欢迎的歌曲类别,如《渔光曲》《夜半歌声》《四季歌》等都成为广为传唱的歌曲。

20世纪后半叶,即新中国成立后,以小型声乐体裁为代表的新音乐形式得到充分发展,产生了大量优秀的声乐作品,如《歌唱祖国》《祝酒歌》《在希望的田野上》等。此外,西洋器乐曲的创作也得到较大的发展,如钢琴曲《蓝花花》《庙会》,小提琴协奏曲《梁山伯与祝英台》等。这一时期还创作了一批歌剧作品,如《伤逝》《原野》等。总之,各种音乐思想不断碰撞,音乐形式不断融合、创新,音乐审美情趣也变得更加丰富、多样,中国音乐开始了现代化的历程。

第二节　中国经典音乐作品鉴赏

一、琵琶曲《十面埋伏》

在传统琵琶大套武曲中,《十面埋伏》和《霸王卸甲》都是以楚汉相争为题材的作品,但各自反映的侧重点不同。《霸王卸甲》属南派,表现的重点在"楚歌"、"别姬";《十面埋伏》属北派,主要描写楚汉战争胜利者刘邦部下的大将韩信以十面埋伏的计策,导致项羽一败涂地、自刎于乌江的历史故事,描写了垓下之战的激烈场面,尽力刻画了汉军"得胜之师"

的威武雄姿。

《十面埋伏》又名《十面》或者《淮阳平楚》，是我国最早的武套琵琶大曲。作者不详，乐谱最早见于《华秋苹琵琶谱》卷上，是清代北派琵琶演奏家王君锡的传谱，标题《十面》。这部作品为标题叙事性多段体结构，全曲共分十三段，每段都有标题。由"1 列营、2 吹打、3 点将、4 排队、5 走队、6 埋伏、7 鸡鸣山小战、8 九里山大战、9 项王败阵、10 乌江自刎、11 众军凯歌、12 诸将争功、13 得胜回营"十三个段落组成，基本概括了战斗的全部过程。目前演奏一般删去 11~13 等段落，显得结构更为精练集中，主题更加突出。

《十面埋伏》出色地运用音乐中特性音调的变奏、展衍等创作手法和琵琶演奏中的"煞""推""拉"等技法，充分展示了琵琶演奏技巧，逼真地再现了古战场上铁骑纵横、戈矛相击的激烈场面。全曲音乐格调昂扬，情绪奔放。构思完整，形象鲜明，节奏复杂多变，富有强烈的戏剧性，并一气呵成，好似一幅生动感人的古战场画面的再现。

二、二胡曲《二泉映月》

阿炳，原名华彦钧（1898 年～1950 年），江苏无锡人，出身贫苦，双目失明后以卖艺为生，精通乐器，尤其是二胡和琵琶，作有二胡曲《二泉映月》《听松》《寒春风曲》及琵琶曲《大浪淘沙》《昭君出塞》《龙船》等。《二泉映月》是阿炳在 20 世纪 20 年代创作的最具代表性的二胡作品之一，是一首描写人生经历的乐曲，表现了作者在旧社会饱尝辛酸的感受和倔强不屈的性格，具有强烈的感染力，是作者毕生艺术呕心沥血的高度结晶。

《二泉映月》借景抒情，采用江苏民间音乐素材写出，运用多种二胡弓法和不同力度的变化，充分展示了二胡这一拉弦乐器在不同音区的表现力，作品将低音把位的优美沉稳、音色柔和的旋律与中高音区音色的明亮、情绪激昂的音乐材料不断交替、变奏，不断深化主题音乐形象，乐曲的旋律委婉流畅，跌宕起伏，意境深邃，使内心情感得到充分的表现，表达了饱受生活艰辛的人们所流露出的凄婉、悲怆之情，同时也表达了人们对美好生活的憧憬。

友人陆墟曾这样描述阿炳在街边拉奏《二泉映月》的情景："大雪鹅毛似的飘下来，对门的公园，被碎石乱玉，堆得面目全非。凄凉哀怨的二胡声，从街头传来……阿炳用右肋夹着小竹竿，背上背着一把琵琶，二胡挂在左肩，咿咿呜呜地拉着，在淅淅疯疯的飞雪中，发出凄厉欲绝的袅袅之音。"

《二泉映月》在近代新生的民间器乐曲中极富创造性，它后来成为流传海内外最著名的二胡名曲，是中国民族音乐的经典，并被改编成多种器乐曲。日本演奏指挥家小泽征尔在听完阿炳的《二泉映月》之后，流着泪说："这样的作品应该跪着听。"

三、艺术歌曲《教我如何不想他》

刘半农词，赵元任曲，作于 1926 年。刘半农（1891～1934），文学家、语言学家。在担任北京大学教授时就积极投身于"五四"新文化运动，由于他炽烈的爱国热情，发表了大量的新诗，其中《教我如何不想他》《听雨》《织布》等都由赵元任谱曲并被广泛传唱。赵元任（1892～1982），著名语言学家，江苏常州人。他的独唱歌曲和多声部歌曲成就甚高，对近代独唱歌曲创作及理论都有建树，他的独唱歌曲的题材突出地反映了"五四"精神，所用歌词多为新诗，在音乐风格上既有鲜明的民族特点，又借鉴了西方艺术歌曲的创作方法，并且在音乐的情感表达以及处理音乐与语言的关系上,达到很高的艺术水准。萧友梅在当时曾评价赵元任的音乐创作是"替我国音乐界开一新纪元"。

《教我如何不想他》的曲调是在五声音阶的基础上展开的,歌曲由美好的自然景色的描绘引入作品主题,并采用京剧西皮原板过门的音调加以变化,具有强烈的民族风格,使人感到亲切。歌曲的歌词分为4段,通过对四季不同景色的描写,洋溢着对大自然与生活的无限眷恋,同时也流露出对危难中的"他"的思念。词和曲配合自然,富有诗意。"教我如何不想他"这句在全曲共出现4次,作曲家使用调性的布局和变化,使这一乐句在变化中得以贯通全曲而具整体感,并逐渐把情绪推向高潮。这是一首具有高度艺术性的著名音乐会独唱曲,成为我国早期艺术歌曲的代表作之一。

这首《教我如何不想他》反映了"五四"时期民主与自由的精神,反映了青年挣脱封建束缚追求自由的心声。若单纯从歌词含义上将此曲理解成一首爱情歌曲,是远远不够的。歌词是刘半农旅居英国伦敦时写成的,很有思念祖国和怀旧之情。赵元任曾说过:对歌中的"他"字,可以理解为"男的他,女的她,代表着一切心爱的他、她、它",这样去理解可使演唱获得更加深刻和准确的内涵。

四、江苏民歌《茉莉花》

江苏民歌《茉莉花》是一首人们喜爱的民间小调,流传于全国各地。《茉莉花》属于汉族传统民歌中盛行于明、清而又流传至今的一类"时调小曲",最初叫"鲜花调"。通过不同民间艺人的加工提炼,"茉莉花"在保持基本曲调或基本内容的基础上形成了多种地域性的变体,或被填上多种歌词,从而使这一类民歌流传极广,变体极多,基本旋律形态仍然是江苏的《茉莉花》。

《茉莉花》也是最早传到国外去的一首中国民歌。18世纪末叶,它就流传到了欧洲和美国。1804年,英国地理学家和旅行家同时也是首任英国驻华大使的秘书约翰·巴罗(1769～1848)在所写的《中国旅行记》中收录了这首民歌,从此国外就把它作为中国民歌的典型广泛传播。《茉莉花》也影响了一些世界著名的作曲家,如意大利作曲家普契尼在创作歌剧《图兰朵》时,就采用《茉莉花》作为主要的音乐素材。

《茉莉花》的歌词生动含蓄,感情细腻真挚,借花言情,以曲折的手法,通过对茉莉花的赞美,唱响了青年男女对自由纯真的爱情的向往与追求。其曲调委婉流畅,秀丽优美,为五声徵调式;结构严谨均衡,为单乐段分节歌形式。全曲由四个乐句构成,第一句和第二句平稳自然,但第三句和第四句的旋律一气呵成。旋律中多用十六分音符的快速节奏和切分节奏,给人以活泼轻盈的感觉。整首曲子的节奏均匀平稳,旋律以级进为主,曲调清丽流畅、委婉妩媚,充满了江南水乡民歌清秀细致的典型风韵,被誉为江南民歌"第一歌",至今仍是音乐和歌咏活动中广为传唱的曲目,是经久不衰的传世佳作。

第三节　西方音乐艺术观念史

一、上古时期的音乐观念

说到西方音乐文化的发展,总是要从它的源头古希腊说起。古希腊文化繁荣时期主要集中在"荷马时代"(公元前12世纪~公元前8世纪左右)、"古典时代"(公元前5世纪~公元前4世纪左右)和"希腊化时代"(公元前3世纪左右)。音乐在社会生活中占据显著的地位,古希腊神话史诗的思想内容、人物形象和题材特点对西欧歌剧的形成有直接的影响。这一时期出现了不同题材的祭祀歌、饮酒歌、结婚歌、情歌等,也盛行合唱抒情歌和赞美神灵的赞美歌,以及赞扬英雄的颂歌等。希腊神话中就有对阿波罗和奥菲欧的歌声及里拉琴的描写,在荷马史诗中也有对当时音乐活动的描写。在古希腊时期,音乐并非像今天那样作为独立的艺术门类存在,而是有着更广阔的含义,它是希腊神话中掌管艺术和科学的女神缪斯的形容词形式,可见它与其他艺术是不分离的,不仅包含着诗歌、舞蹈、绘画,甚至与自然科学如天文学、数学都有着紧密的联系。

音乐实践推动着古希腊的哲学家们对相关音乐理论问题的探讨,著名的毕达哥拉斯学派就以数学为基础来研究音乐美的问题。他们认为作为一种美的艺术,"音乐是对立因素的和谐的统一,把杂多导致统一,把不协调导致协调"。赫拉克利特则从新的意义上对"和谐"理论做出解释:"互相排斥的东西结合在一起,不同的音调造成最美的和谐。"他认为和谐是美的特征,但不是美形成的根本原因,美的根源在于将矛盾的、不和谐的因素置于一个整体中,通过不同因素间不断的斗争来达到新的和谐,这也就是西方音乐艺术发展中的基本精神和美学原则。

毕达哥拉斯学派也开始关注音乐与情感的关系,意识到音乐具有一种感召心灵的神奇力量,相信音乐对人的灵魂具有一种神秘的"净化"作用。柏拉图进一步发展了这种观念,提出"音乐美育",用音乐净化人的心灵。亚里士多德承继了柏拉图的音乐美学观念,认为音乐艺术所模仿的对象就是人的情感。古希腊哲学家已经非常细致地确定了每个调式所对应的情感特征和风格特征,这就是西方情感论音乐美学的开端,奠定了欧洲音乐美学的基础理论。

二、中世纪音乐观念(公元5世纪到15世纪)

进入基督教神学统治一切的中世纪,为了巩固封建政权,音乐被打上了强烈的宗教色彩,用歌唱的形式咏读《圣经》,用富于旋律的颂歌来魅惑人心,修道院成为音乐活动的中心。最能代表中世纪早期音乐风格的音乐体裁是格里高利圣咏,它摆脱了早期西方音乐口传心授的方式,成为第一部有乐谱的音乐文献,格里高利圣咏被认为是欧洲单音音乐最完美的形式。复调风格的音乐出现在教会音乐中,这种多声部音乐的出现,给当时人们以新鲜的艺术感染,其特点在于各声部的独立进行,形成不同的和音,用于宗教仪式的颂歌,具有庄严的气氛。

中世纪后期社会生活产生了变化,人们要摆脱封建思想的奴役,世俗、民间音乐逐渐发展起来,这些作品的中心内容是揭露僧侣神们的贪婪,赞扬"小人物"的机智、聪明、高尚的品德和实际才干,也描写日常生活、爱情和友谊,以骑士歌曲为代表的世俗音乐成为主要的音乐形式。

宗教音乐与世俗音乐相互渗透、相互影响,最终成为西方音乐艺术发展的源泉。但是,在音乐观念上,基督教神学却蔑视可听的、现实的世俗音乐,认为只有所谓的"宇宙音乐"才是真正的音乐,古希腊文化中的人本主义传统遭到排斥,这使中世纪的音乐美学充满矛盾,他们既承认音乐艺术的感性价值,又要极力维护神学的信条,试图使音乐远离情感。

三、文艺复兴时期的音乐艺术观念(14世纪至16世纪)

14世纪,以意大利为中心,席卷欧洲大陆的文艺复兴思潮兴起。人文主义者掀起了一场人性解放运动,以新的时代精神反叛神学统治,争取精神解放和人的自由发展,不再把音乐当作宗教工具,认为音乐是表达内心情感、揭示人性的艺术,把音乐艺术存在的理由归于人的需要。无论是宗教体裁还是世俗体裁的音乐,人的情感表现都占有越来越重要的位置,形成了新的音乐风格。音乐家常常用音乐的手法描绘生活中的小景,新的感情、新的题材决定了他们新的表现方法,作品的篇幅逐渐扩大,多声部的歌谣逐渐成长,旋律越来越富有个性,和声感觉和意识也逐步形成。情感论音乐美学终于找到了理想的成长场所。

在音乐实践活动中兴起了"单旋律音乐风格",就是为了突出旋律,把歌词的内容传达给观众,产生打动人的效果。为了模仿古希腊时代集歌、诗、舞、乐融合一体的表现形式,创造了歌剧艺术的雏形——音乐戏剧。此时也是复调音乐发展的高峰,复调音乐技巧日渐成熟,但过于繁复的形式与人的听觉把握之间产生的矛盾也突显出来。宗教改革领袖马丁·路德发起的宗教改革中出现的新教圣咏,就是复调音乐与单旋律音乐相结合的尝试,体现出主调音乐的基本特征。总之,音乐家、理论家们在美学观念上的转变,直接导致音乐实践领域的变革,这种改变也为日后主调音乐和歌剧艺术的高度发展奠定了基础。

四、近代音乐艺术观念

17至18世纪是西方艺术史上的巴洛克时期。"巴洛克"意为形状不规则的珍珠,用这一词来统称17至18世纪的艺术中反映出的极富表现力并打破固有的平衡,追求奇异、夸张的艺术倾向是非常恰当的。这些音乐非常真实地、有力地、戏剧性地表达了人的感情。有些追求"田园式"的优美,有些追求宗教的道德,有些追求浮华的表面,有些追求抒情的作用,有些追求歌词的表达,有些追求音乐本身的情感。这一时期,在那些进步思想活跃的国家里,音乐成了人们用来表达思想感情的有力工具。意大利人找到了用声音表达情感的方式,创造了新的音乐体裁——意大利式的歌剧和奏鸣曲;德国人找到了用音乐阐释哲理和表达内心的形式;法国和英国也发展了富丽堂皇的音乐剧和英雄气概的清唱剧。

同时,这也是一个重视音乐表现力的时代,音乐家继承和发展了文艺复兴时期的人文主义音乐观念,如早期歌剧的理论根据之一,柏拉图所说的"音乐中语言第一,节奏次之,声音居末"。无论器乐艺术还是声乐艺术,在曲式、和弦、调式等各方面都有了新的实践,以巴赫和亨德尔的艺术创作为代表的复调音乐解决了新的思想内容与旧的形式之间的矛盾,使他们成为了承前启后的枢纽人物,为复调音乐逐渐向主调音乐转移,为后来启蒙运动时期的音乐艺术的发展作了准备,使音乐艺术在整体上比以往具有了更明显的情感性。

笛卡儿的"我思故我在"宣告了理性时代的到来,这一时期的音乐家们也不可避免地带有这个时代的烙印。巴洛克时期的音乐家追求的艺术理想,就是试图通过理性化的技术手段,使音乐能够有效地引导和控制听众的情感。这就造成了巴洛克音乐的表现方式在一定程度上的公式化、类型化倾向。总之,巴洛克时期的音乐美学思想"把自文艺复兴乃至古希腊罗马时期以来逐步形成的音乐表情观念以其特有的方式应用与实践并发挥到一个极致"。

文艺复兴运动把音乐艺术从上帝的桎梏中解放出来,18世纪的启蒙思想家们则在"自由、平等、博爱"的口号中,把音乐艺术拉回到普通大众的身边。他们把"艺术模仿自然"作为艺术的信条,认为音乐模仿自然就是表达情感,把音乐表达情感的本质与人要求自由的本性相联系,鼓励人们突破传统,在音乐创作中采用新的手段去表现内心的真情,这种观念无疑对音乐艺术的发展起到了推动作用。

在这个时代,新旧思想发生过激烈的争论。比如以马泰松为代表的"旋律派"与以拉莫为代表的"和声派"之争,以及格鲁克所进行的具有历史意义的歌剧改革,还有以卢梭为代表的启蒙思想家与保守派之间的喜歌剧之争,或者称为"丑角之战"。以卢梭为代表的启蒙思想家崇尚自然的人性,他们认为少数贵族掌握的所谓人类文明已然破坏了自然,扭曲了人性。在"第三等级"中的平民阶层那里才保留着淳厚、质朴的人类本性和真正的道德,这种喜歌剧就表现了他们所张扬的自然的人性与淳朴的道德。

尽管启蒙思想家们的改革受到旧势力的强烈反对,但以海顿、莫扎特、贝多芬为代表的音乐家还是将古典主义音乐带入一个辉煌时期,形成了西方音乐史上著名的维也纳古典乐派。他们的音乐题材重大、崇尚理性、逻辑性强、结构严谨、以主调和声风格为主。他们不仅把音乐艺术的形式发展成历史公认的艺术典范,而且每位音乐家又有鲜明的个性,带给我们不同的音乐感受:在海顿的音乐中感受到对大自然和人类生活的赞美;在莫扎特的音乐中感受到明朗清纯的情感;在贝多芬的音乐中感受到强烈的英雄主义情绪。音乐家们的音乐实践无不闪烁着启蒙思想的光辉,启蒙思想家所崇尚的自然、淳朴、充满激情而又合乎理性的审美理想得到完美体现,特别是到了18世纪晚期,欧洲的音乐创作进入了一个新的、更高的艺术境界,这与音乐家们内心蕴涵的强烈情感是分不开的,也表明了情感论音乐美学发展的新动向。

19世纪初是资产阶级革命与封建复辟势力反复较量的时期,又是民族意识觉醒、工农群众运动如火如荼的时期。战争给人们带来的不是民主和自由,而是更深的痛苦和黑暗,资产阶级由于惧怕工人、农民的革命坚定性和彻底性,而与反动的封建贵族结成同盟,背叛人民。理想和现实的分歧逐渐使一些消极的音乐家沉醉于个人的幻想世界,逃避现实,脱离生活,甚至美化中世纪和古代的生活来掩盖当前的社会矛盾;也有些积极的音乐家联系现实生活,用幻想的题材和形象来塑造理想中的人物形象,在民间艺术中寻取创作素材,建立自己的民族乐派。这一时期,无论是音乐体裁还是音乐表现手法,浪漫主义音乐都极大地开拓了音乐艺术的表现力,带给人们全新的音乐感受,成为西方音乐史上的一个高峰,其创作风格影响了整个19世纪,即使在现代的音乐作品中,我们依然可以时时感受到浪漫主义音乐的脉动。韦伯、柏辽兹、门德尔松、舒曼、瓦格纳、勃拉姆斯、李斯特、肖邦等无数在西方音乐史上谱写了辉煌乐章的伟大音乐家,都是浪漫主义音乐的杰出代表。如果说古典乐派在兼顾音乐形式的基础上表达情感,那么到了浪漫主义时期,主观情感的表达就成为音乐的唯一目的,情感论音乐美学也在这一时期走向历史的顶峰。

以黑格尔为代表的唯心主义哲学和浪漫主义思潮号召人们"回到内心世界中去",要求艺术尽可能地远离有形的现实世界,而在这一点上,音乐艺术似乎与浪漫主义有着天然的关联,音乐艺术非物质的特性使它成为浪漫主义者最钟情的艺术形式。把主观精神内容的表达置于形式之上,把音乐家主观情感的表达作为音乐的首要任务,正是在这样的观念影响下,浪漫主义音乐创造了丰硕的艺术成果,从音乐创作手法的多样到音乐形式的扩展,从音响结构的丰富到音乐题材的拓展,浪漫主义音乐朝着更丰富、更多样化的方向发展,情感论音乐美学的影响力达到前所未有的程度。

然而,也正是在这一时期,情感论音乐美学遭到了以爱德华·汉斯立克为代表的自律论音乐美学观的强烈反对。在其代表作《论音乐的美——音乐美学刍议》一书中,他对情感论音乐美学予以全面否定,反对以情感作为音乐的表现内容,认为音乐的美存在于其自身完美的形式之中,"表现确定的情感或激情完全不是艺术的职能",而"音乐的内容就是乐音的运动形式",并提出了他对音乐美的经典论断:"音乐美是一种独特的只为音乐所特有的美。这是一种不依附、不需要外来内容的美,它存在于乐音以及乐音的艺术组合中。优美悦耳的音响之间的巧妙关系,它们之间的协调和对抗、追逐和遇合、飞跃和消逝——这些东西以自由的形式呈现在我们直观的心灵面前,并且使我们感到美的愉快。"[①]汉斯立克的观点使情感论音乐美学观受到严重挑战。但从某种角度讲,正是情感论音乐美学观成就了浪漫主义音乐的繁荣发展。

五、现代音乐艺术观念

进入20世纪,资产阶级上升时期的古典主义的英雄颂歌和典雅严谨的音乐规范,已经不能满足这个朝气蓬勃的阶级的审美需要,浪漫主义的性灵抒发和内心宁静的世界已失去了平衡,只有民族主义的音乐闪耀着几颗灿烂的明星,但它已经难以担当聚合国家意识与民族情感的责任。此时,音乐艺术也出现了思想的迷惘、离弃现实、离弃音乐的社会价值,音乐艺术从不满现实到不满传统。另一方面,社会物质文明的高度发展,电子电声乐器和音响设备的现代化,也为音乐提供了许多前所未有的表现手段。这些促使音乐家们在艺术思想和艺术手法上追求激烈的更替性的革新或彻底的更替,一步步地向着多元的方向进行摸索。此刻,产生了现代主义音乐。

现代主义音乐流派纷呈,其主要的创作思想和创作内容都有非现实的倾向,大多数的现代主义代表人物都强调音乐与生活无关,不表现任何内容,音乐就是音乐,作曲仅仅是纯粹个人的活动,与听众无关,正如无调性音乐的创始者勋伯格所宣称的那样:"作曲家力求达到的唯一的目标就是表现他自己。"其形式主要有表现主义音乐与十二音技术、新古典主义音乐、整体序列主义音乐等。表现主义音乐和新古典主义音乐在各自的音乐创作中延续着情感论音乐美学和自律论音乐美学的基本观念。

表现主义是现代主义音乐的第一个流派,是在第一次世界大战前出现于德国的一种艺术流派,它紧跟在印象派之后产生,但其美学思想和创作技巧都与印象派截然不同。表现主

---

① 爱德华·汉斯立克:《论音乐的美》,杨业治译,北京:人民音乐出版社,1980年,第49页。

义音乐以奥地利的勋伯格(1874～1951)及其弟子韦伯恩(1883～1945)、贝尔格(1885～1935)为代表,他们师生三人被称为新维也纳乐派,他们是表现主义音乐的代表。勋伯格认为音乐的本质在于情感的表达,并且更加强调情感的纯粹状态,以一种纯主观、反常规的形式表现出来。他们在追求形式的绝对自由、打破旧有的传统观点上,与绘画上的表现主义一脉相承。

新古典主义音乐是西方音乐从19世纪20年代初到50年代影响最大的音乐流派。新古典主义以"回到巴赫"为口号,效仿17至18世纪巴洛克时期或文艺复兴时期的音乐创作风格及手法。他们极力排斥浪漫主义音乐中那种强烈的主观性,认为作曲家应该以冷静的客观性把古典的均整平衡的形式,用"现代手法"再现出来。在创作方法上,他们注重复调技法和18世纪音乐体裁形式的运用,重新启用古典曲调的风格或是巴洛克风格,关注旋律的效果,采用明显的节奏。在模仿过去音乐风格的同时,他们采用现代作曲技法,提倡纯音乐,努力摆脱文学、绘画与音乐的联姻。

在美学思潮上,以斯特拉文斯基为代表的新古典主义音乐坚守自律论的美学观,反对用音乐表现任何外在事物,认为音乐就是一个与外部世界毫无关联的音响世界,提倡"纯音乐"。在情感表现方面追求适度、有控制的、理智的、普遍的情感,而不是强调个人的、主观的甚至不加约束的情感。

社会现实粉碎了人们的梦想,反映到意识形态,人们对音乐的要求和观念发生变化,随着音乐领域中众多新兴流派的涌现,情感论音乐美学和自律论音乐美学的观念已不再作为主要的音乐美学思想而存在,但它们的美学观念,依然影响着当代的音乐实践。

第四节　西方经典音乐作品鉴赏

一、巴赫《d小调托卡塔与赋格》(作品编号:BWV.565)

这是巴赫(1685～1750)1703年在安斯塔特任管风琴师兼乐队队长时期的作品,是巴赫较著名的一首管风琴作品。从乐曲所表现出的奔放的热情、宏伟的气魄,以及在和弦连接的大胆上,可以看出青年时代巴赫作品的风貌。这首作品既不是为基督教仪式服务的,也无宗教的色彩和情感,反映了巴赫对人生苦难的愤愤不平及努力冲破羁绊、追求自由的热切情感。有人把这支曲子比作一首器乐喧叙调,巴赫运用非常有力的音乐语言,对封建、宗教等黑暗势力进行了控诉。它是那样激动有力,充满胜利的信心。正因为如此,人们非常欣赏这支曲子,两百多年来,它成为音乐会上经常表演的曲目之一,还被人们改编成不同形式的器乐曲来演奏。

乐曲由托卡塔和赋格两部分组成。在创作技巧上吸收了前人的优秀成果,同时又大大地发展了它们。"托卡塔与赋格"是巴洛克时期的一种套曲形式的体裁,由17世纪以后发展起来的两种音乐体裁连缀而成。"托卡塔"结构自由,富于技巧性,并带有即兴风格,因此曾被译为"展技曲"或"触技曲";"赋格"是复调音乐中一种由单主题在各声部中逐一呈示,并给以自由展开,最后主题又予以再现的、结构严谨的大型曲式,堪与主调音乐中的"奏鸣曲式"相媲美。因此,它也是复调音乐中逻辑性很强的一种体裁。在这支曲子里,巴赫一反过去的那种平稳、和谐、近似"赞美诗"的写作手法,而赋之以一种富有号召力、充满紧张气氛和反抗精神的、戏剧性的音调,具有一定的威力。在悲壮的"托卡塔"引子里,带有号召性的乐句3次出现在不同的3个八度上,全曲共30小节,但速度变换了5次,时而庄严肃穆,时而急速如风,时而臆想沉思,充分地发挥了这一体裁富于即兴和技巧性的特点。

二、贝多芬《英雄交响曲》(作品55号)

贝多芬的《降E大调第三交响曲》(作品55号)创作于1803年至1804年间,这是贝多芬第一部具有英雄思想的作品,无论音乐内容还是音乐形式,都是音乐史上前所未有的突破,《第三交响乐》的完成,标志着他的创作进入成熟阶段。在内容上,交响曲体现了英雄的大无畏精神,歌颂了争取自由、平等、博爱的崇高思想,表达了他对法国资产阶级革命的敬仰,对共和革命时期拿破仑的崇拜。而这样的题材首次反映在交响曲这样的形式中,是西方音乐史上音乐内容的一次革命,此后以革命英雄为主题的音乐形象贯穿在贝多芬的创作中。贝多芬原先是准备把它献给拿破仑的,希望通过法国大使馆送往巴黎,但拿破仑称帝的消息激怒了他,贝多芬改变了原来的主意。同年十月出版时,题目改为"《英雄交响乐》——为纪念一位伟大的人物而作"。本乐章是根据贝多芬撰写的舞剧《普罗米修斯的造物》的主题谱写的。当时,人们常把拿破仑比喻为"普罗米修斯式的人物"。贝多芬以希腊神话中的普罗米修斯的形象来比喻这位共和主义的英雄。1805年4月7日,这部作品在维也纳正式公演。

全曲共四个乐章。第一乐章,降E大调,四三拍子,奏鸣曲式。这一乐章中,革命英雄主义的斗争形象得到了生动的表现。第二乐章,c小调,四二拍子,复三部曲式,是一首葬礼进行曲。贝多芬首次把葬礼进行曲运用到交响曲中来,是一个创举。该乐章音乐是深沉的、悲哀的,是哀悼为法国大革命而献身的英雄们的挽歌。第三乐章,降E大调,四三拍子,谐谑曲式,复三部曲式。将原来的小步舞曲改为泼辣、奔放、戏剧性的谐谑曲是贝多芬对交响曲改革的又一新的突破。整个乐章充满着生命的活力和乐观的情绪。末乐章,降E大调,四二拍子,双主题变奏曲。"作曲家在最后这一乐章里,歌颂了史诗般的英雄业绩,表达了英雄终于在一系列曲折的斗争中赢得光辉胜利而凯旋。"[①]

三、《猫》(音乐剧)

《猫》是以英国诗人托玛斯·斯特恩斯·艾略特创作于1939年的诗集《老负鼠的实用猫手册》为基础,选用或节选了少量艾略特的其他诗作综合结构而成的。《猫》的曲作者安德鲁·劳埃德·韦伯是当今世界音乐剧作曲家中的顶尖人物。他是一位音乐奇才,他的音乐旋律优美动听,节奏震撼人心,肢体丰满而富个性,时代特征十分强烈。这样一部轰动世界的音乐剧,居然没有一个完整的故事情节,它为观众展现了一个现代寓言,一个猫的世界。在这个世界中,有神秘的猫、实用的猫、迷人的猫、评论家的猫、演说家的猫、恶作剧的猫、老学究的猫,还有罗曼蒂克猫、歇斯底里猫、虚情假意猫、好吃懒做猫、官僚政客猫……猫林林总总,形形色色,世态炎凉,"猫"情冷暖,应有尽有,无非是借猫表现人类的众生相,它从一个奇特的角度吸引着世界各地的观众。

---

① 转引自贝多芬《第三交响曲》总谱扉页,北京:人民音乐出版社,1979。

《猫》剧于1981年5月在位于伦敦的新伦敦剧院上演,是当代最成功的音乐剧之一。《猫》剧中的角色由36位演员、歌手、舞蹈家组成。《猫》剧的成功有许多原因,首先,韦伯的音乐和艾略特的诗吸引了观众,除此之外,《猫》剧特殊的视觉效果也大大吸引了观众。剧中使用了3100多种道具、250多套服装。

午夜,路上悄无声息。突然,剧院内灯光通明,乐声四起,舞台上,一个庞大的垃圾场呈现眼前。一只猫在灯光下狂奔。表情好奇的猫一只一只地出现。每年的这个时候,杰里科族的猫都要举行家族的庆贺会,年轻天真的白猫维克多利亚跳起了独舞"请到杰里科舞会来",作为开场。灰色的大雄猫曼库斯特拉普在给演出作旁白,他们在等待英明领袖老杜特罗内米,他将挑选一只杰里科猫,这只猫将被派到九重天上"获得"新的生命。基于这点考虑,每一只猫都用歌曲和舞蹈来讲述自己的故事,希望能被选中。"老刚比"猫珍尼安,整天不是睡觉就是闲逛;"兰塔塔格"猫是一只爱搞恶作剧、对异性吸引力十足的猫,他希望自己成为世人瞩目的中心;当被遗弃的"富有魅力"的格里泽贝拉出场时,全场安静下来,她从一只妩媚动人的猫变成一只衣衫褴褛、满身泥污的猫。接着上场的是强壮的巴斯朵夫大白猫,重达25磅,经常光顾英国的酒吧和俱乐部,珍尼安为他大唱赞歌,他吻她的手作为回报。突然大家散开,邪恶的猫麦克维弟大摇大摆地进来了。当英明而仁慈的领袖老杜特罗内米到场时,整个家族一片欢腾,他指挥全体猫跳舞欢庆。

狂欢结束后,群猫停下来休息,回忆刚才的"幸福时刻"。这时,"剧院"猫嘎斯出现了。他是一位老演员,渴望获得新的荣誉。"友善大叔"猫申克斯走进他驾驶的火车。这时欢庆会被邪恶的麦克维弟打乱了,他的两个仆人绑架了老杜特罗内米。最后一只古怪的"魔法师"猫施魔法找回了领袖。在老杜特罗内米决定哪一只猫将获得重生的时刻,格里泽贝拉再次唱起《回忆》一曲,众猫表现出巨大的宽容,接受了她的回归,她被选为"去九重天"而获得新生。杰里科晚会结束了,老杜特罗内米告诉"装扮成猫"的人类旁观者,就其独特品性和差异而言,"猫很像你们"。至此,一年一度的欢庆会落下帷幕。

《回忆》这首歌是音乐剧《猫》中的选曲,猫格里泽贝拉在这一年的选举中被选上,她在告别人世前唱的最后一首动人的歌曲便是《回忆》。她在歌中缓缓地唱道:"深夜,街上弥漫着寂静,月儿寻找着梦境,留下孤独的笑影,我忘不了那甜蜜的时辰,愿那回忆重生。我要迎接旭日东升,安排崭新的生活,决不屈从命运。"这首歌曲旋律流畅而迷人,甜美中略带忧伤和孤寂,极为感人。如今这首歌成为一首独立的歌曲在世界各地流传,广受人们喜爱。

参考文献

曹宝麟:《中国书法史·宋辽金卷》,南京:江苏教育出版社,1999年
戴锦华:《镜与世俗神话:影片精读18例》,北京:中国人民大学出版社,2005年
复旦大学中文系文艺理论教研室:《马克思主义文艺理论发展史》,北京:中国文联出版社,1995年
郭宏安等:《二十世纪西方文论研究》,北京:中国社会科学出版社,1997年
何国瑞:《艺术生产原理》,北京:人民文学出版社,1989年
韩玉涛:《中国书学》,北京:人民出版社,1991年
刘悦:《西方古典音乐欣赏指南》,银川:宁夏人民出版社,2005年
陆贵山、周忠厚:《马克思主义文艺论著选讲》,北京:中国人民大学出版社,1999年
孙继南、周柱铨:《中国音乐通史简编》,济南:山东教育出版社,1991年
汤琦、张重辉:《中外音乐欣赏》,杭州:浙江大学出版社,2002年
童庆炳:《文学理论教程》,北京:高等教育出版社,1998年
王耀华、伍湘涛:《音乐鉴赏》,北京:高等教育出版社,1997年
王先霈、王又平:《文学理论批评术语汇释》,北京:高等教育出版社,2006年
吴冠平:《20世纪的电影:世界电影经典》,北京:三联书店,2000年
伍蠡甫、胡经之:《西方文艺理论名著选编》,北京:北京大学出版社,1987年
熊秉明:《中国书法理论体系》,天津:天津教育出版社,2002年
徐复观:《中国艺术精神》,桂林:广西师范大学出版社,2007年
修海林、李吉提:《中国音乐的历史与审美》,北京:中国人民大学出版社,1999年
以群:《文学的基本原理》,上海:上海文艺出版社,1984年
岳英放:《中国音乐鉴赏》,郑州:河南人民出版社,2003年
杨新宇:《金色大厅的辉煌:西方音乐欣赏》,郑州:郑州大学出版社,2004年
张前:《音乐美学教程》,上海:上海音乐出版社,2001年
朱立元:《当代西方文艺理论》,上海:华东师范大学出版社,1997年
周汝昌:《永字八法——书法艺术讲义》,桂林:广西师范大学出版社,2006年
张英进:《影像中国》,上海:上海三联书店,2008年

克莱夫·贝尔:《艺术》,周金环、马钟元译,北京:中国文联出版公司,1984年
安德烈·巴赞:《电影是什么?》,崔君衍译,北京:文化艺术出版社,2008年
让·波德里亚:《消费社会》,刘成富、全志纲译,南京:南京大学出版社,2001年
特伦斯·霍克斯:《结构主义和符号学》,瞿铁鹏译,上海:上海译文出版社,1987年
汉斯—格奥尔格·加达默尔:《真理与方法》,洪汉鼎译,上海:上海译文出版社,2004年

路易斯·贾内梯:《认识电影》,焦雄屏译,北京:世界图书出版公司,2007年

A. 杰弗逊、D. 罗比等:《现代西方文学理论流派》,李广成译,北京:北京大学出版社,1992年

罗伯特·考克尔:《电影的形式与文化》,郭青春译,北京:北京大学出版社,2004年

苏珊·朗格:《情感与形式》,刘大基等译,北京:中国社会科学出版社,1986年

苏珊·朗格:《艺术问题》,滕守尧译,南京:南京出版社,2006年

伊芙特·皮洛:《世俗神话》,崔君衍译,北京:中国电影出版社,1991年

莉丝丁·汤普森、大卫·波德维尔:《世界电影史》,陈旭光、何一薇译,北京:北京大学出版社,2008年

韦尔施:《重构美学》,陆扬、张岩冰译,上海:上海译文出版社,2002年

伊格尔顿:《马克思主义与文学批评》,文宝译,北京:人民文学出版社,1980年

后 记

20年高校执教生涯宛如岁月华章,低吟浅唱,如流水般滑过。回忆自己的求学经历,也曾青春飞扬,那是诗一般的春华岁月,这些与我课堂上的学生是何其相似,面对他们求知的眼神,怎能不让人怦然心动呢?在教授《文艺鉴赏》课堂中,我见证了一批批学生的成长,他们在《文艺鉴赏》中提前感知人生的苦乐,理解社会的波折。在共同的岁月中,他们也看到了我年华也在淡淡地消逝。因为《文艺鉴赏》,我与学生彼此知晓,想来又是如此庆幸。此次编撰《文艺鉴赏教程》得到了学界师友们的大力支持,编撰的过程也是我们友谊增长的过程。本书编写工作安排:第一章(傅其林、韩敏、吴静),第二章(韩敏、刘云春、钟世萍),第三章(韩敏、傅其林、刘丽),第四章(秦红雨),第五章(杨东、易红、王媛鑫、韩敏),第六章(邵春波、朱妍、何严谨),第七章(李海峰),第八章(马炜),第九章(周冰琦、王翔)。参加本书编写工作的还有四川大学研究生谭成、肖翔、甘露、徐黄鹂、韩笑、邢意增、胡佳、曾瑶、张成华,以及重庆渝高中学的刘丽,他们为本书贡献了智慧,在此向他们表示感谢。本书作为西南大学规划教材建设项目,得到了学校的大力支持,本书的责任编辑钟小族老师也为本书提供了许多建设性意见,在此向他们表示感谢。

韩　敏

2012年5月